KB012917

흔해빠진 직업으로 세계최강

ARIFURETA SHOKUGYOU DE SEKAISAIKYOU

시라코메 료 shirakome ryo

illust.타카야Ki takayaki

흔해빠진 직업으로 세계최강

ARIFURETA SHOKUGYOU DE SEKAISAIKYOU

#9

시라코메 료 지음
타카야Ki 일러스트
김장준 옮김

CONTENTS

프롤로그

너무하다고 생각했다.

비겁하다고…… 생각했다.

마치 이야기 속에 나오는 영웅 같았으니까.

너의 붉은빛이 너무 아름다웠으니까.

너의 등이 너무 컸으니까.

내 마음의 약한 부분에 너는 언제나 무언가를 새겼다.

봄에 부는 샛바람 같은 따스함을…….

여름 햇빛을 막아주는 나무 그늘 같은 편안함을…….

겨울의 메마른 공기 같은 아픔을…….

가을 노을 같은 쓸쓸함을…….

달콤하면서도 씁쓸하고, 씁쓸하면서도 달콤한, 너무 복잡해서 한마디로 표현하기 힘든『무언가』.

딱딱하게 굳히고, 오기로 감싸고, 미소로 감춘 내 깊은 부분에 너는 아무렇지 않게 들어와 버린다.

어쩜 이렇게 화가 날까.

어쩜 이렇게 밉살스러울까.

어쩜 이렇게…….

그러니까 부탁이야.

제발 더는—

나를 지켜주지 마.

제1장 ◆ 최후의 대미궁

어떤 물체가 운해 위를 미끄러지듯 비행했다.

쏟아지는 햇빛을 받으며 빛나는 그것은 토터스의 유일무이한 비행형 탈것— 비공정『폴니르』였다.

아래로 펼쳐진 운해는 대양의 수평선처럼 끝없이 펼쳐져 있었다. 구름은 솜사탕이 떠오르는 본래 흰색이 아닌 청동처럼 탁하여 더욱 바다를 연상하게 했다.

그 때문일까? 선체 모양도 모양인지라 지금 폴니르는 마치 하늘의 바다를 헤엄치는 거대한 가오리 같았다.

"오오~. 지상이 하나도 안 보여요~. 위에서 본 수해 같네요."

함교의 둥근 창에 달라붙어 바깥 경치를 구경하던 시아가 토끼 귀를 까딱까딱 흔들며 감탄했다.

시아 말대로 운해는 수해의 짙은 안개가 만드는 안개 바다를 방불케 했다.

그 광경이 시아에게 떠오르게 했다. 어머니— 모나의 묫자리이자『특별한 장소』이기도 한 거목 위에서 하지메와 담소를 나눈 밤을. 달빛에 빛나는 기적 같은 안개 바다를 바라보던 두 사람만의 시간을…….

사랑하는 그 사람과는 이제 새로운 관계로 발전했다. 자기도 모르게 쑥스러워져 싱거운 웃음이 나왔다. 토끼 귀 & 꼬리도 경쾌하게 춤췄다.

"……응. 슈네 설원은 항상 먹구름에 덮여 있어. 지상에는 언제나 눈보라가 쳐. 말 그대로 극한의 땅."

옆에서 창밖을 바라보던 유에가 혼자 생각에 빠져 웃는 시아를 훈훈하게 보며 설명했다.

【슈네 설원】— 대륙 최동남단 일대를 뒤덮는 거대한 설원.

서쪽의 【마국 가란드】와 북쪽 【하르치나 수해】에 둘러싸인 이곳은 절대로 걷히지 않는 먹구름이 어둠의 세계를 만들고 있었다. 가뜩이나 시야를 확보하기 어려운데 맹렬한 눈보라가 화이트아웃을 일으켰다. 대지는 온통 눈과 얼음으로 뒤덮여 기온이 영하 수십 도 위로 오르지 않았다.

그야말로 극지방이라는 말이 어울리는 지옥 같은 장소였다.

"하지만 자연현상은 아니겠지."

소파에 몸을 푹 파묻은 하지메가 중얼거렸다. 안대 너머로 마안석이 푸르스름하게 빛나고 있었다. 편하게 쉬는 것처럼 보이지만 외부 카메라용 아티팩트와 연동한 마안석으로 밖을 경계하는 중이었다.

"먹구름도 설원도 마치 보이지 않는 경계라도 있는 것처럼 구분됐어. ……십중팔구 해방자가 무슨 수를 부렸을 게야."

티오가 감탄과 놀라움을 드러내며 말했다.

그 말대로 【슈네 설원】은 바깥 세계와 뚜렷하게 구분되어 있었다. 북쪽 수해에도, 서쪽의 마인족 영역에도 역사상 빙설 피해가 났다는 기록은 단 하나도 없었다.

보이지 않는 경계가 눈과 얼음의 이계를 만들고 있다는 말이었다. 아무리 판타지 세계라도 그것이 자연 현상일 가능성은 한없이 낮았다.

관심을 가져 달라고 하지메 주위를 어슬렁거리던 카오리가 무슨 생각을 하듯 허공으로 눈을 굴렸다.

"으음…… 설원 안쪽에 거대한 크레바스가 있고 더 안으로 들어가면 마지막 대미궁이 있다고 했지?"

"그래. 얼음과 눈으로 된 대미궁— 빙설 동굴이야."

"일반적으로는 **아마도 대미궁**이라고 불리는 곳이랬지? 기후가 험악하고 동굴에서 살아 돌아온 사람이 없어서 7대 미궁 중 하나로 추정되는……."

"그렇다고 하더라. 하지만 대미궁인 건 확실하니까 걱정하지 마. 다른 사람도 아니고 밀레디에게 직접 들었어. 만든 사람 중 한 명이 말한 정보니까 믿어도 돼."

"아 참, 그랬지!"

카오리는 이해했다며 고개를 끄덕였다. 그와 동시에 분명 지상의 추위도 시련 중 하나일 텐데 이렇게 건너뛰어도 될까, 하고 내심 불안한 표정을 지었다.

"주인님, 어떤가? 나침반은 탈 없이 움직이고 있나?"

티오가 하지메의 손을 들여다봤다. 엄청난 박력을 자랑하는 가슴이 하지메의 눈앞에서 무겁게 흔들렸다. 하지메는 거추장스럽다며 몸을 틀고 대답했다.

"그래. 괜찮아. 그나저나 새삼스럽게 생각해도 대단한 물건이야. 나침반 바늘이 가고 싶은 곳의 방향을 가리키는 게 전부가 아니야. 목적지나 그곳까지 가는 거리가 직감적으로 어렴풋이 느껴져."

하지메가 손에 쥔 낡은 회중시계 같은 물건을 살짝 들었다. 【하르치나 수해】 대미궁을 공략하고 창설자인 류티리스 하르치나에게 받은 아티팩트, 『도월의 나침반』이었다. 그 기능은 『바라는 장소를 가리킨다』.

기존 마법과 신대 마법으로도 이룰 수 없는 『개념』의 발현. 마법의 극치— 개념 마법이 담긴 아티팩트였다.

류티리스의 영상 기록이 알려준 바로는, 모든 신대 마법을 사용할 수 있고 자연의 이치를 수정할 수 있는 어마어마한 의지가 없으면 발동하지 않는다.

한때 밀레디를 비롯한 해방자 전원이 시도하고도 겨우 세 가지 개념밖에 만들지 못했다고 하니까 그 난이도는 생각만 해도 한숨이 나오는 수준이었다.

하지메의 감탄 섞인 말에 카오리가 함께 감탄하며 동의했다.

"지구의 위치도 대강 알아내서 다행이야. 정말로 설명하기 힘든 감각이지만……."

"그만큼 마력 소비는 무지막지했지. 설마 지금의 내가 한 번에 마력 고갈 상태가 될 줄은 몰랐어. 하마터면 거품 물고 졸도해서 흑역사 하나 생길 뻔했어."

씁쓸한 표정으로 그렇게 말하지만 하지메의 눈에는 숨길 수 없는 환희가 어려 있었다.

생사의 갈림길, 지옥 같은 곳에서 가슴에 깃든 단 하나의 등불.

—무엇을 버려서라도 고향으로 돌아가고 싶다.

그 일념으로 계속해 온 여행이 마침내 하나의 희망을 붙잡았다.

그날, 수해 대미궁을 공략한 그곳에서 하지메가 보인 표정.

부드러움과 강함이 공존해 형용하기 힘든, 하지만 마음에 강하게 박히는 미소였다. 이곳에 있는 모든 사람이 그것을 선명하게 기억했다. 마치 하늘을 올려다본 뒤 눈을 찌르는 햇빛이 눈꺼풀 뒤에 환영처럼 남는 듯한…….

바깥의 추위와는 반대로 온화하고 따스한 분위기가 실내에 감돌았다.

창가에서 유에가 또각또각 귀여운 발소리를 내며 돌아왔다.

그리고 그대로 하지메 옆에 사뿐히 앉아 눈을 가늘게 떠서 하지메를 바라봤다. 사랑과 애정이 가득 담긴 눈길로…….

시아도 돌아왔다. 숲 속 토끼가 떠오르는 가벼운 걸음걸이였다. 하지만 막상 소파 앞에 오자 왠지 거기서 우뚝 멈춰 버렸다.

쭈뼛쭈뼛, 머뭇머뭇. 뭔가 고민하는…… 아니, 쑥스러워하는 모습이었다.

"……야, 이제 와서 앉는 곳이나 거리감으로 쑥스러워하지마. 보는 내가 부끄럽잖아."

하지메의 얼굴에 난감한 미소가 떠올랐다.

아무래도 이 토끼는 정식으로 연인이 되고 오히려 이전처럼 거리낌 없이 안기기가 부끄러운 모양이었다.

불도저처럼 밀어붙이던 주제에 막상 멍석을 깔아주자 머뭇거리는 허당 토끼였다.

"……응. 시아, 귀여워."

유에가 엄지를 척. 시아의 토끼 귀가 쫑긋!

"노, 놀리지 마세요오, 우으."

시아는 볼을 물들이고 토끼 귀를 양손으로 잡아당겨 얼굴을 가렸다.

"흠, 귀엽구먼. 아주 영악해. 카오리에게도 밀리지 않을 정도야!"

그런 시아를 본 티오가 턱에 손을 대고 평론가라도 된 것처럼 논평했다.

카오리의 머리 위에 『?!』 마크가 떠올랐다. 「티오, 날 영악하다고 생각했어?!」라며 잔뜩 충격받은 표정이었다.

하지메는 주변에서 들려오는 대화에 어이없는 표정을 지어 보였지만 곧 표정을 풀었다. 흐뭇하게, 그리고 사랑스럽게…… 그런 부드러운 표정으로 시아에게 손을 내밀었다.

"계속 서 있지 말고 앉아."

"앗, 네……."

손을 잡혀 옆으로 간 시아는 기쁘고 쑥스러워하면서도 거부하지 않고 자리에 앉아 하지메에게 찰싹 달라붙었다.

"으…… 확실히 귀여워……."

카오리가 그렇게 중얼거리는데 옆에서 티오가 의미심장하게 웃었다.

"그러면 시아, 슬슬 보고해 보아라. 눈치 있게 지금까지 아무 말도 하지 않고 기다렸어. 자, 어서 이실직고하여라! 소상히 일러 보란 말이다!"

"생뚱맞게 뭘 보고해요? 그리고 티오 씨, 콧바람 좀 그만 부세요. 눈도 충혈돼서 기분 나빠 못 봐줄— 어험, 무섭잖아요."

"시치미 떼지 말아라. 주인님과 초야를 치른 이야기가 아니면 무엇이겠느냐! 그래, 첫날밤은 어땠느냐!"

"네에에?! 말 안 해요! 말할 리가 없잖아요! 그런 걸 왜 물어요, 이 잡룡!"

"어허, 은근슬쩍 칭찬해도 소용없다! 그런다고 내가 넘어갈 줄 알고? 아직 동침조차 레어 이벤트인 나와 카오리를 가엾게 여긴다면 알려 다오!"

잡룡이 헉헉대며 다가오자 시아가 쩔쩔맸다. 그리고 카오리는—.

"어? 지금 슬쩍 나를 가엾다고……. 티오, 아까부터 이상하게 나한테 신랄하잖아! 내가 무슨 짓이라도 했어?! 응?!"

묘하게 초조해하며 티오의 허리띠를 잡고 늘어졌다.

"카오리, 진정해라. 딱히 무슨 짓을 해서가 아니야. 그저 우리 둘만 남았으니까 내가 혼자 친근감을 느낄 뿐이지."

"그건 그것대로 싫은데?!"

강하게 항의하는 카오리도, 너무 잡아당겨 풀릴 것 같은 허리띠도 무시하고 티오는 시아를 몰아붙였다.

"어서 말해 보아라! 주인님의 성적 취향이나 성적 취향, 그리고 성적 취향을 구체적으로 말해 다오! 한 단계 더 도약한 시아! 나를 따르라고 말해 다오!"

"안 해요!"

"뭐냐…… 그렇게 말하기 꺼려질 만큼 주인님이 변태 성욕자—."

"티오 씨랑 같은 취급 하지 마세요! 하지메 씨는 변태가 아니에요! 평범하게…… 평범하게…… 대단했어요. 정말, 저도 모르게 몇 번이나—."

시아의 눈동자가 초점을 잃기 시작했다. 무엇을 떠올렸는지는 달아오른 표정을 보면 일목요연했다. 페어베르겐에서 보낸 마지막 밤은 무척 뜨거웠나 보다.

참고로 그 장면을 훔쳐보려고 한 티오와 카오리 외 기타 수명은 유에가 『뇌룡』으로 격퇴한 덕분에 목격자는 아무도 없었다. 특히 모 삼인족 공주님은 호된 벌을 받아 지금도 황홀한 표정으로 자택에서 요양 중이리라.

일단 하지메는 그걸 자세히 말해 보라며 바싹 다가붙는 잡룡에게 초진동 아이언 딱밤을 날려 예술적인 4회전 백 텀블링을 구경하면서 시아에게 정신을 추스르도록 했다.

퍼뜩 정신을 차린 시아가 수치심 때문에 토끼 귀를 접고 몸을 웅크렸다.

"……응. 하지메의 경험치는 내가 벌었어. 하지메는 밤의 버서커."

"유에, 잠깐만 조용히 있어. 알았지?"

한 손으로 시아의 머리를 톡톡 토닥이며 다른 한 손으로 유에의 입을 꾹 꼬집었다. 옆에서는 카오리가 부러운 듯 안절부절못했고 티오가 황홀한 표정으로 움찔거렸다.

"드, 드디어 마지막 대미궁이네요! 어서 공략하고 뮤를 만나러 가고 싶어요!"

흘러넘치는 수치심에서 간신히 회복한 시아가 이 어색한 분위기를 환기하려고 화제 전환을 시도했다. 하지메는 애쓰는 시아를 보며 피식 웃고 이야기를 받아줬다.

"그러게. 잘 지내야 할 텐데……."

이 이세계에서 기이한 운명으로 만난 어린 해인족 소녀.

자신을 아빠라고 부르며 따르는 소녀는 하지메의 마음에 큰 영향을 미쳤다.

언젠가 지구에, 하지메의 고향에 데려가 주겠다고 약속할 만큼…….

그것은 한때 유에에게 했던 것과 같은 약속이었다.

하지메는 대륙 반대편에 있는 머나먼 땅을 그리듯 눈을 돌렸다. 시아가 그것을 보고 미소 지었다.

"당연히 잘 지낼 거예요. 다른 사람도 아니고 하지메 씨의 딸이잖아요. 우리가 올 수 없으면 자기가 여행을 해서라도 만나러 오겠다고 하던 강한 아이예요."

그건 맞다며 하지메는 웃으면서 고개를 끄덕였다. 그리고 시선을 다시 시아에게 돌렸다.

"네 가족과도 시간을 가져야겠어."

"하지메 씨…… 에헤헤, 고마워요!"

사실 하지메는 【페어베르겐】을 나오기 전 하우리아 족에게 이 세계를 떠나 지구로 오지 않겠냐고 제안했었다.

대답은『No』였다.

이유는 하지메도 알고 있었다. 제국과 결전을 벌인 날, 그들의 결의를 보았으니까.

이 세계에서 생존할 권리를 스스로 거머쥐겠다는 결의.

아인족에게 지나치게 가혹한 이 세계에서 싸워 나가겠다는 결단.

그것이야말로 다시 태어난 하우리아 족의 긍지이자 정체성이다.

이해는 하지만 가족과 떨어질 시아를 생각하면 하지메는 한숨을 쉬지 않을 수 없었다. 그런 하지메를 보고 캄은 평온하고 기쁘게 웃으며「시아를 행복하게 해주면 충분합니다, 보스」라고 말했다.

그때 캄의 얼굴은 틀림없이 딸을 사랑하는 아버지였다.

마음만 먹으면 신의 간섭을 막고 두 세계를 오가는 것도 가능할지 몰랐다.

그러나 가뜩이나 전모가 불확실한 개념 마법을 제작, 사용하기란 쉽지 않을 것이다.

하지메는 언젠가 반드시 실현할 작정이긴 했으나 그것이 언제가 될지는 몰랐다. 곧 재회할 수 있다고 마냥 낙관적으로 보기는 어려웠다.

그렇기에 지구로 귀환할 방법을 확립하면 마지막 날 정도는 시아에게 가족과 함께할 시간을 마련해주고 싶었다.

시아는 그런 하지메의 심정을 자기 일처럼 알 수 있었다. 벌꿀을 듬뿍 뿌린 팬케이크를 한입 가득 베어 문 것처럼 행복한 표정을 지은 시아가 하지메의 손을 살며시 잡았다.

"하지메 씨, 가족과는 이미 충분히 이야기했어요. 마음 써 주시는 건 기쁘지만, 너무 담아 두지는 마세요. 가족들도 그걸 더 기뻐할 테니까요."

"그래?"

"네! 후후, 뮤가 있을 때도 생각했지만, 하지메 씨는 자기 사람을 너무 과보호한다니까요~."

시아는 살짝 놀리는 투로 말하고 쿡쿡 웃었다.

거기에 맞춰 유에가 하지메의 팔을 끌어안고 장난스럽게 눈을 빛냈다.

"……응. 하지메는 자기 사람에게 지나치게 약해. 너무 기대지 않게 조심해야 해."

"아하하. 하지메에게 너무 기대면 끝도 없이 나태해질 것 같아."

카오리까지 그런 소리를 하며 웃으니까 하지메는 떨떠름한 표정을 지을 수밖에 없었다. 어쩐지 게으른 여자 제조기라고 말하는 것 같아서 대단히 듣기 거북했다.

그때, 마치 하지메의 심정을 배려하듯 슬라이드 문이 열렸다.

함교로 들어온 사람은 코우키, 류타로, 스즈, 그리고 시즈쿠였다.

유에와 시아, 말 그대로 양팔에 여자를 끼고 소파에 앉은 하지메를 보아도 이제는 일상인지라 아무도 큰 반응을 보이지 않았다.

……아니, 한 사람만 왠지 눈썹을 꿈틀거리며 입매를 아니꼽게 비틀었다.

그것을 봤는지 못 봤는지는 모르겠지만 하지메는 기회다 싶어 이참에 이야기 주제를 바꾸려고 했다.

"아주 열성적으로 연습하던데, 어때? 아티팩트 신기능에는 익숙해졌어?"

그 말대로 네 사람은 하지메가 개량한 아티팩트에 익숙해지고자 폴니르 갑판에서 훈련을 하고 돌아온 참이었다.

피로 때문인지, 아니면 다른 이유 때문인지, 한숨을 푹 쉰 시즈쿠가 훈련 결과를 보고하려고 입을 열다가—.

"응. 나구모, 덕분에— 으, 저 기분 나쁜 얼굴은 뭐야?!"

소스라쳤다. 징그러운 웃음을 짓고 바닥에서 헐떡대는 잡룡을 보고 만 것이다. 이것도 사건이라면 사건이므로 놀랄 만도 했다.

카오리가 허리띠를 잡아당겼던 탓에 옷이 제법 선정적으로 흐트러졌는데 야하다는 느낌은커녕 비참하고 안쓰러운 느낌만 주는 것이 참 티오다웠다.

"거기 떨어진 음식물 쓰레기는 신경 쓰지 말고 앉아."

더욱 꿈틀대는 잡룡!

코우키 파티는 음식물 쓰레기를 피하듯 살짝 우회해서 소파에 앉았다.

"그래서 어땠어? 문제없었어?"

하지메가 아무 일도 없었던 것처럼 묻자, 코우키는 여러 번 봤는데도 이것만은 익숙해지지 않는다고 생각하며 대답했다. 자꾸만 신경이 쓰여 힐끔힐끔 잡룡을 보는 것은 애교로 봐주자.

"그래, 문제는 없었어. 그리고 놀랐어. 마력 전도율이 현저하게 달라. 출력 자체도 크게 올랐고 새 능력도 상당히 유용해."

그렇게 말하면서도 코우키의 표정은 뭐라고 말하기 힘들게 복잡했다.

너무 쉽게 강해졌기 때문인가. 아니면 그 원인이 하지메이기 때문인가. 혹은 둘 다인가.

그런 코우키의 복잡한 심경은 아는지 모르는지, 류타로가 호탕하게 웃고 말꼬리를 이었다.

"이야, 이거 진짜 물건이야! 공중을 밟는 감각에 당황했지만, 익숙해지니까 엄청 유용해. 내 무기 위력도 배로 올랐고 말이야. 어서 실전에서 써 보고 싶어!"

무기 개량 외에도 하지메는 그들에게 몇 가지 아티팩트를 건네줬다. 공중에 발판을 만드는 『공력』 부여 부츠도 그 중 하나였다.

류타로는 개조한 건틀릿을 맞부딪히며 마치 새로운 장난감을 얻은 아이처럼 기뻐했다. 그 들뜬 마음을 드러내듯 부딪힌 건틀릿에서 충격파가 퍼졌다.

옆에 앉은 스즈는 짧게 땋은 두 머리 다발이 세차게 휘날리자 민폐라는 표정을 지으면서도 고개를 끄덕였다.

"다른 애들이랑 달리 나만 완전히 새로운 아티팩트라서 제대로 다룰 수 있을지 걱정이었는데 실제로 써 보니까 굉장했어! 이걸로 나도…… 제대로 싸울 수 있어. 지키는 것만이 아니라 싸울 수 있어! 고마워! 나구모!"

스즈는 순수하지만 강한 의지가 느껴지는 웃음을 보여줬다.

생각해 보면 이번 여행에 동행하고 싶다고 처음 부탁한 사람은 스즈였다.

설령 친구들과 헤어지는 한이 있어도 한 번 더 그녀를— 나카무라 에리를 만나 이야기하고 싶다. 그러기 위해서는 힘이 필요하다. 그렇게 생각하고 결의한 스즈는 마지막 기회를 얻고 싶다며 하지메에게 머리를 숙였다.

말 그대로 눈빛이 바뀔 정도의 기개였다.

천직 『결계사』— 지키는 것에 천부적 재능을 지닌 스즈에게 하지메가 싸우기 위한 힘을 준 것은 스즈의 그런 마음이 전해졌기 때문인지도 몰랐다.

"나도 문제없었어. 오히려 기능이 너무 많아서 실전에서 뭘 선택할지 헷갈리지 않을까 불안하지만…… 그건 경험으로 해결하는 수밖에 없겠지."

나 알아. 이런 걸 『마개조』라고 하지? 그렇게 말하듯 시즈쿠는 어이없는 표정으로 무릎에 올려놓은 애도(愛刀)— 흑도를 바라봤다.

"그거 다행이군. 승화 마법 연습 삼아 했다지만, 전력을 다해 손본 보람이 있었어. 그래도 아마노가와의 성검은 조금 납득하기 어려운데……."

"뭐? 자, 잠깐만, 나구모! 그게 무슨 불길한 소리야?!"

설마 방금 문제가 없냐고 물은 것은 「어? 나사가 하나 남는데…… 뭐, 제대로 움직인다니까 됐지!」 같은 뉘앙스의 질문이었나?! 코우키는 낯빛이 새파랗게 질렸다.

하지메는 피식 웃고 고개를 저었다.

"걱정하지 마. 그런 뜻이 아니니까. 성검이란 건 역시 특별한 물건 같아. 허용량을 최대한으로 사용해 정밀하고 절묘한 균형을 맞춰 만들어졌어."

"어…… 그게 무슨 소리야?"

"성검은 더 이상 개량의 여지가 없는 완성형이라는 뜻이야. 섣불리 기초 부분에 손을 대면 오히려 성능이 떨어질 우려가 있어. 그래서 나는 정비와 외장 옵션만 추가했지, 개조다운 개조는 못 했어."

하지메의 말에 따르면 성검은 연식이 오래된 아티팩트이고 그 탓에 간간이 기능 고장이 발생하는 상태였다. 그래서 하지메가 한 일은 비유하자면 녹 제거 정도뿐이었다.

하지메조차 개량의 여지가 없다고 평가한 성검을 보며 모두의 눈이 동그래졌다. 특히 코우키는 성검을 뚫어지게 바라봤다.

"아무튼 완벽하게 다루면 마인족 땅에 가서 그냥 죽지는 않을 거야. 그 전에 대미궁에 가야겠지만…… 능력껏 열심히 해 봐."

말과 표정은 쌀쌀맞지만 하지메가 준 힘은 진짜였다. 코우키 파티, 특히 스즈가 목적을 이루기 위한 도움으로는 과할 정도였다.

'나구모, 역시 조금 변했어…….'

시즈쿠는 불쑥 그런 생각이 들었다. 수해 대미궁을 공략한 후, 언동은 크게 변하지 않았으나 깊은 곳에 어떤 부드러운 감정이 생긴 것 같았다.

자기 부탁을 들어준 스즈도 그렇게 느꼈고 한순간 속으로 「나구모, 츤데레?」라고 생각했지만…… 무서워서 입 밖으로 내지는 않았다.

그러던 그때, 하지메가 갑자기 나침반으로 시선을 돌렸다. 이어서 시선을 전방으로 들더니 눈을 살짝 찌푸렸다. 편안하던 분위기도 진지하게 변했다.

"얼음 협곡에 도착했어. 구름 아래로 내려가자."

순간 몸이 붕 뜨며 중력에서 해방된 것 같은 감각이 몰려온 다음, 폴니르는 운해로 돌입했다.

아랫배를 간지럽히는 급강하 특유의 감각에 견디면서 모두 진지함 어린 눈으로 창밖을 봤다. 창밖은 햇빛이 사라진 대신 색칠 공부라도 한 것처럼 회색 구름으로 뒤덮여 있었다.

그때, 번개 같은 섬광이 터지고 폴니르에 충격이 퍼졌다. 폴니르가 벼락을 맞은 모양이었다. 스즈가 작은 비명을 지르고 움츠러들었다. 다른 아이들도 긴장으로 표정이 굳었다.

"어깨에 힘 빼. 지구의 항공기와는 달라. 폴니르는 기후 따위에 영향을 받지 않아."

폭풍과 빗방울이 총알처럼 창문을 때리고 돌이 튀는 것 같은 소리가 연속해서 함교에 울렸다. 무수한 얼음이 부딪치는 것 같았다. 낙뢰도 점차 격해졌다.

평범한 항공역학을 바탕으로 한 비행기라면 지금 당장 추락해도 이상하지 않을 환경이었다.

하지만 하지메의 자신감 넘치는 말대로 벼락에 수십 번 맞아도, 얼음 총알에 난사당해도 폴니르는 끄떡하지 않았다.

"중력 제어는 SF에나 나오는 거 아니었냐……?"

"……그러게 말이야."

류타로가 기가 막히다는 식으로 중얼거리고 어깨에서 힘을 뺐다. 코우키는 자신감 넘치는 하지메의 옆얼굴을 훔쳐보고는 곧 눈길을 돌리며 맞장구쳤다.

자연의 분노가 느껴지는 구름 속을 통과한 시간은 불과 몇 초에 지나지 않았다. 폴니르는 이내 먹구름을 뚫고 구름층 아래로 내려왔다.

"우와~, 하지메 씨, 하지메 씨! 밖을 좀 보세요!"

"시아, 진정해. 처음 보는 광경 때문에 흥분하는 건 이해하는데 토끼 귀가 너무 파닥거리잖아. 아까부터 내 눈을 찌른다고."

창밖은 옆에서 부는 맹렬한 눈보라가 휘몰아치고 있었다. 더불어 창 표면이 쩍쩍 소리를 내며 얼어붙었다.

처음 보는 얼음과 눈의 세계 앞에서 시아는 흥분해서 어쩔 줄 몰랐다. 하지메의 팔에 안겨 귀를 맹렬하게 파닥거리고 그것이 노린 것처럼 하지메의 눈을 찌른다!

"흠, 『극한(極寒)』이라는 말이 정말 잘 어울리는구먼. …… 나는 추운 건 썩 좋아하지 않는데 말이야."

티오는 아래로 펼쳐진 은색 세계와 시야를 차단하는 맹렬한 눈보라를 보고 진절머리를 냈다.

변태의 극에 달한 이 잡룡이라면 살을 에는 추위조차 쾌락으로 변환할 것이 틀림없으니까 너무 까불면 알몸으로 밖에 내던져 버릴까, 라고 생각하던 하지메는 의외라는 눈으로 티오를 봤다.

티오가 무언가를 깨닫고 부르르 & 헉헉. 이 사랑스러운 주인님 같으니!

하지메는 아무것도 못 본 척하고 가슴팍 주머니에서 펜던트를 꺼냈다.

투명한 하늘색 수정을 팔각기둥 모양으로 가공해 사슬에 이은 그것은 외부 공기 조화용 아티팩트 『에어존』이었다.

"그류엔 대화산 때와 같은 전철을 밟을 줄 알고? 다들 내가 준 아티팩트 잃어버리지 마. 그게 있으면 언제나 쾌적한 대미궁 여행이 보장되니까."

유에를 비롯한 일행도 가슴팍에 넣어 둔 펜던트를 꺼냈다.

"……응. 하지메 핸드메이드. 멋져."

"그렇죠~. 눈 결정을 본뜬 점에서 센스를 느껴요."

"하지메에게 받은 선물 제3탄…… 에헤헤."

필요한 물건이라고는 하나, 좋아하는 사람에게 받은 선물이었다. 게다가 하지메 본인이 쓰는 투박한 디자인과 달리 그녀들이 받은 것은 눈 결정을 모티브로 장식에 신경을 쓴 정교하고도 아름다운 디자인이었다.

빛을 흡수해 반짝이는 모습은 별처럼 아름다웠다. 자연스럽게 기쁨으로 입꼬리가 올라갔다.

그런데 거기서 묘한 소리가 나왔다.

"헌데 주인님. 왜 나만 조그만 눈사람인 게냐? 뭐, 이건 이거대로 귀엽다만…… 나도 웬만하면 화려한 장신구가 더……."

티오는 뭐라고 표현하기 어려운 애매모호한 표정으로 펜던트를 얼굴 높이까지 들었다.

무척 밝은 분위기를 주는 눈사람 모양 펜던트였다. 당장에라도 「HA~HAHAHA!」라고 미국인처럼 웃을 것 같은 분위기다.

티오가 다른 이들의 아름다운 펜던트와 자신의 눈사람을 힐끗힐끗 번갈아 보며 아쉬운 표정을 짓는 것을 보고 하지메가 말했다.

"난 알아."

"무, 무엇을 말이냐?"

의외로 하지메는 진지한 표정이었다. 티오는 조금 당황하여 되물었다.

하지메가 노려보듯 눈에 힘을 주고 답했다.

"네 안에 슈퍼 티오가 잠들어 있다는 걸."

"……?!"

쿠궁! 벼락이 떨어진 것 같은 충격이 함교에 퍼졌다.

—슈퍼 티오.

수해 대미궁에서 정신 반전 마법에 걸렸을 때, 티오에게 생긴 이상 현상.

그렇다. 거기서 출현한 것이다.

『너무 누님 같아서 무서운 티오』가.

『너무 멋있어서 기분 나쁜 티오』가!

한마디로, 멀쩡한 티오 클라루스 씨가!!

"난 전설 같은 이야기인 줄만 알았어. 시아와 카오리가 대미궁 공략 후에도 무섭다면서 얘기했었지. 그럼…… 실존하는 거지? 멀쩡한 티오라는 게."

"주인님. 이상하게 분위기 잡는데 미안하네만, 엄청 실례인 거 아는가? 나 제법 평범하게 화나려고 한다만?"

티오가 웬일로 울컥한 뒤 원흉인 시아와 카오리를 봤다. 두 사람은 당황하며 반론에 나섰다.

"어, 어쩔 수 없잖아! 정말로 무서웠는걸! 여왕님 같은 분위기로 날 지킨다고 하니까…… 나도 모르게 이상한 기분 들었단 말이야!"

"어디가 이상하단 게냐?! 왜 무서워해?!"

"무섭죠! 그야 티오 씨라고요! 그렇게 당당하고 흔들림 없이 멋진 티오 씨라니! 지금 다시 떠올려도— 웁."

"기다리거라, 시아! 왜 토하려는 게야?! 나 운다?! 적당히 놀리지 않으면 체통이고 뭐고 다 던져 버리고 대성통곡할 줄 알아!"

그렇게 말하면서도 볼을 살짝 붉힌 것을 보면 역시 티오는 말기였다.

그러나 포기하기에는 아직 이르다! 아마도! 라고 생각한 하지메는 눈사람 펜던트를 손가락으로 척 가리켰다.

"나는 아직 네 안에 있을 슈퍼 티오를 보고 싶어. 빙설 동굴 공략 중에 꼭 실존한다고 증명해 봐. 그러면 노력의 대가로 네가 원하는 디자인의 액세서리를 선물해주지."

"너, 너무하는구먼……. 그건 바꿔 말해 나에게는 여성스러운 선물을 평생 하지 않겠다는 말이지 않느냐?! 사람이 어찌 이럴 수 있는가, 주인님! 벌은 좋아해도 무시는 싫다!"

"야, 잡룡. 왜 벌써부터 『이미 그 시절의 나로는 돌아갈 수 없어!』 같은 소리를 해? 이상 성욕을 불치병으로 확정 짓지 마."

하지메는 울며불며 매달리는 티오를 보자 머리가 지끈거렸다. 두 번 다시 없을 갱생 기회라고 생각했는데…….

그런 티오와 하지메를 보면서 스즈와 시즈쿠가 서로를 돌아봤다.

"……저기, 시즈시즈. 우리 건 뭘 만들었다는 느낌도 없었지? 어떻게 봐도 그냥 돌멩이잖아. 이거보다는 눈사람이 그나마 낫지 않아?"

"스즈, 그런 소리 하지 마. 노골적인 차별 대우 때문에 슬퍼지니까……."

그러면서 시선을 떨어뜨린 시즈쿠의 손에는 근처 강가에서 주운 돌멩이로밖에 보이지 않는 물체가 있었다. 정말로 광석에 방한 효과를 부여한 게 전부인 물건이며 아무런 가공도 하지 않았다.

딱히 고가에 아름다운 장식품을 선물해주길 바라지는 않지만…… 솔직히 조금 실망했다.

"그래? 그냥 돌멩이라도 효과만 있으면 됐잖아?"

"……류타로. 그런 의미가 아닐 거야."

"그래! 그런 의미가 아니야!"

스즈가 노려보자 류타로는 허둥지둥 눈길을 피했다. 류타로는 여자의 세심하고 복잡 미묘한 마음이 취약이었다. 자기가 건드려 봤자 긁어 부스럼만 만드니까.

그러는 사이 고도가 내려가 눈보라 부는 협곡 사이로 대지의 균열이 보이기 시작했다.

깊은 골짜기가 몇 줄이나 펼쳐져 있었다. 거미집 여러 개가 이어진 것 같은 광경이었다.

이것이【빙설 동굴】로 이어지는【빙설 협곡(거대 크레바스)】이었다.

미궁 같이 얽힌 이【빙설 협곡】안쪽에 대미궁 입구가 있을 것이다.

하지메는 폴니르를 조종하며 나침반이 가리키는 대로 공중을 전진했다.

원래대로라면 깊은 골짜기 아래를 탐색하면서 가야 한다. 극한의 추위와 열악한 시야가 무자비하게 생명을 갉아먹는 오지에서 말이다. 세간에서 이곳을 대미궁으로 추정하는 이유도 알 만했다.

잠시 날아가자 협곡 끝이 보였다. 【빙설 동굴】 입구를 찾지 못한 하지메가 고개를 갸웃거렸다.

"음? 협곡이 여기서 끊긴다고? 나침반은 더 앞을 가리키는데……."

"……하지메, 봐."

유에가 함교 중앙에 설치된 외부를 비추는 수정 디스플레이를 가리켰다.

그곳을 보자 어느샌가 협곡의 폭이 상당히 좁아져 있었다.

수정 디스플레이를 확대하니 협곡 바닥에 터널 같은 길이 보였다. 협곡이 끊긴 것처럼 보여도 길은 안으로 이어진 모양이었다. 아무래도 진로 앞의 협곡은 눈이 쌓여 위쪽이 막힌 상태 같았다.

"어쩔 수 없지. 여기서부터는 지상으로 가야겠어. 동굴까지는 1킬로미터 정도 남은 거 같으니까 문제없겠지."

"드디어 밖으로 나가는군요! 난생처음 눈을 만져 보겠어요! 어떤 촉감일까요? 냄새는 날까요? 만지자마자 동상에 걸리지는 않겠죠? 그쵸?"

토끼 귀가 통통! 토끼 꼬리가 붕붕!

시아가 호기심을 주체하지 못하고 다시 창가로 달려가 끝없이 펼쳐진 은색 세계를 바라봤다. 마치 전철 좌석에 올라가 바깥 경치를 구경하는 어린아이처럼 눈이 초롱초롱 빛났다.

그런 시아를 보고 하지메는 무엇을 감추려는 듯 머리를 긁적이고 고개를 다른 쪽으로 돌렸다. 물론 시아에게 뻗으려던 팔과 애정으로 가득한 눈빛에서 시아가 사랑스러워 무심코 껴안으려고 했다는 것은 누가 봐도 알 수 있었다.

【메르지네 해저 유적】을 찾아 서쪽 바다로 갔을 때도 시아는 제법 들떴었지만, 그때와 지금은 하지메가 시아를 보는 시각이 달랐다.

시아의 마음을 받아들이고 새로운 관계를 맺었을 때부터 시아의 천진난만한 말과 행동은 하지메의 이성에 제법 큰 타격을 주게 되었다.

"……후후."

그런 하지메를 본 유에가 의미심장하게 웃었다. 하지메는 과장스럽게 목을 가다듬고 착륙에 집중하는 척 자세를 잡았다.

"협곡 아래에 착륙은…… 안 되겠군. 너무 협소해. 골짜기 위에 내리자."

누구에게랄 것 없이 그렇게 말하며 협곡 끝을 따라서 폴니르를 착륙시켰다. 하강 기류가 발생하는 구조가 아니므로 헬리콥터처럼 눈이 날리지도 않았다. 착륙은 정말로 조용하게 이루어졌다.

하부 해치를 열자 선내로 살을 찌르는 냉기가 밀려들었다.

"흐악?! 추워!"

"이건 심각한데…… 에취."

스즈가 목을 움츠리면서 뛰어올랐고 시즈쿠도 재채기하며

무심결에 자기 몸을 끌어안았다.

기온이 어느 정도일지 체감해 두려고 에어존은 기동하지 않았다. 그건 하지메 일행도 마찬가지여서 모두 순간적으로 몸을 부르르 떨고 나서야 허겁지겁 에어존을 켰다.

밖으로 나오자 바로 거센 눈보라가 불어 닥쳤다. 눈이 얼굴에 달라붙어 일행을 새하얗게 분칠했다.

에어존은 몸에서 일정 범위의 온도를 적정 수준으로 유지해줄 뿐이며 딱히 장벽을 만들지는 않았다. 그래서 만약을 위해 입었던 코트의 후드를 깊이 눌러썼다.

"와, 이게 눈인가요! 아하하, 사박사박해요! 폭신폭신해요~."

그런 상황에서 후드는커녕 코트 앞섶도 여미지 않고 혼자 신이 난 토끼가 한 마리……. 어디서든 덤비라는 양 온몸으로 눈보라에 맞서는가 싶더니 쾌활하게 웃으며 땅을 쿵쿵 밟거나 눈을 퍼면서 인생 첫눈을 즐기느라 여념이 없었다.

"야, 시아. 출발하자. 너무 흥분하지 마—."

"이렇게 된 거 다이빙이라도 해야겠어요!"

"……말 좀 들어."

하지메가 꾸짖지만 시아는 토끼 귀에 경 읽기라는 양 듣는 둥 마는 둥이었다.

시아는 곧바로 힘차게 기합 소리를 내고 다이빙을 감행했다.

착지 지점은 눈앞에 쌓인 티 없이 깨끗한 순백색 눈—.

"오늘부터 나는 눈 토끼다으아아아악~!"

한심한 비명이 메아리쳤다. 그리고 시아가 사라졌다.

그 자리에는 시아의 모습을 한 구멍만이 남았다. 다이빙한 곳이 크레바스 위에 쌓인 눈이었나 보다.

잠깐의 정적이 흐르고—.

"그 후로 어리석은 토끼를 본 사람은 아무도 없었다……."

하지메는 시아가 떨어진 구멍을 측은하게 바라보면서 RPG의 게임 오버 내레이션처럼 중얼거렸다.

"아니, 태평하게 농담할 때야?! 시아가 죽는다고!"

"어떡해, 시아시아아아~!"

갑작스러운 사태에 경악하여 굳어 있던 시즈쿠와 스즈가 핏기가 가신 얼굴로 패닉에 빠졌다. 코우키와 류타로도 예상치 못한 사태에 아연실색이었다.

"높은 곳에서 좀 떨어졌다고 시아가 잘못될 리 없잖아? 괜한 걱정하지 말고 우리도 아래로 내려가자."

하지메는 대수롭지 않게 손을 내저은 뒤 폴니르를 보물고에 넣었다.

그리고 그대로 산책이라도 가는 것처럼 골짜기로 가볍게 뛰어내렸다. 바닥까지 600미터나 되는 절벽을 아무 망설임 없이…….

아이들이 놀라는 소리를 내고 눈을 휘둥그렇게 떴다. 그런 아이들 앞에서 유에까지 훌쩍 뛰어내렸다. 두 사람이 사라진 골짜기 끝에서 허무한 바람이 휭 불었다…….

"앗, 둘 다 잠깐만 기다려~."

이어서 카오리도 폴짝 뛰어 떨어졌다.

마치 「응? 투신? 그냥 폴짝 뛰기만 하면 돼. 어때, 참 쉽지?」라고 말하는 듯한 가벼움이었다. 지구였으면 뉴스에 날 사건이다.

일단 전원에게 『공력 부츠』가 지급된 데다가 마법으로 바람을 일으켜 낙하 속도를 떨어뜨리는 방법도 있으므로 냉정하게 생각하면 아이들에게 문제가 될 높이는 아니었다.

그러나 이론은 이론일 뿐, 감정은 별개였다. 역시 평범한 감수성으로는 깎아지른 절벽에서 스카이다이빙을 하려면 용기가 필요했다.

스즈는 조심스럽게 골짜기 아래를 내려다보고 곧장 벼랑 끝에서 물러나 눈물을 글썽거렸다. 말 그대로 벼랑 끝에 몰린 사람처럼…….

"이 정도로 망설여서 어쩌려는 게냐. 너희가 하려는 일은 낭떠러지에서 뛰어내리는 것보다 훨씬 어려운 것이야. 떨고 있을 겨를이 있느냐? 다리에 힘 딱 주고 똑바로 서지 못할까."

보다 못한 티오가 스즈의 등을 떠밀었다.

정신적으로―.

그리고 신체적으로―.

벼랑 끝으로 밀리는 스즈는 무의식적으로 다리에 힘을 넣었다. 번지점프를 강요받는 연예인 같은 심정이었다. 문제는 로프가 없다는 거지만…….

"자, 잠깐만요! 가요, 간다고요! 저도 할 때는 하니까! 그러니까 적어도 내가 원하는 타이밍에!"

“기다리다가 해 떨어질라.”

필사적인 저항에도 불구하고 몸집이 작은 스즈를 티오가 번쩍 들어 올렸다.

“괜찮다. 가령 피떡으로 변해도 따끈따끈한 상태라면 뭐 어떻게든 되지 않겠느냐. 그러니 잘 가거라~.”

“어떻게든 된다뇨?! 그렇게 애매하게 말하지 말고— 앗, 잠깐, 잠깐, 제가, 제가 알아서 갈 테니까! 그러니까 집어던지지 마아아아아아아아아아아악…….”

타니구치 스즈, 방년 17세. 이세계에서 버려지다. 벼랑 아래로…….

요란하게 메아리치는 비명이 마치 생명의 등불이 사라져 가는 것처럼 잦아들고…… 사라졌다.

티오가 새파랗게 질린 아이들을 빙글 돌아보고 웃었다. 그 웃음이 말해주고 있었다. 「다음, 누가 갈래?」라고…….

“야, 야에가시 시즈쿠! 가, 갑니다!”

시즈쿠는 그렇게 던져지고 싶지는 않다며 제 발로 다이빙했다. 수영 다이빙 같은 아름다운 자세였다.

“나, 나도 간다! 근서어어어어엉!”

“젠장, 될 대로 돼라!”

그것을 본 류타로와 코우키도 뛰어내렸다. 아무리 봐도 자포자기한 느낌이지만…….

“음, 기개가 있어 좋구나.”

티오는 고개를 한 번 끄덕이고 자신도 벼랑으로 몸을 던졌다.

평상시보다 강압적인 티오 씨.

그 원인이 슈퍼 티오 문제로 놀림당한 화풀이였는지 아닌지, 진실은 본인만 알 것이다.

"아, 안 울었어. 나, 나눈 안 우러!"

【빙설 협곡】에 울음소리가 메아리쳤다.

스즈가 작은 몸과 두 머리 다발을 부들부들 흔들며 당장에라도 흘러 떨어질 것 같은 눈물을 억지로 참고 있었다.

사실 다리 사이가 축축한 것도 눈물의 원인이었지만…… 그건 절대로 말할 수 없는 소녀의 비밀이었다.

평소라면 바로 시즈쿠나 코우키, 류타로가 위로했겠지만 이번에는 세 사람 모두 노 로프 번지점프의 여운에 잠겨 그럴 여유가 없었다.

그래서 대신에 카오리가 스즈를 달래주고 있었다. 달래고는 있는데—.

"스즈, 괜찮아~. 이제 안 무서워~. 아, 맞아. 사탕 먹을래?"

달래는 방식이 조금 연세 지긋한 여사님 같거니와 강아지처럼 오들오들 떠는 스즈가 귀여워 죽겠는지 표정도 애완동물을 귀여워하는 사람 같았다.

스즈에게는 그것이 못내 못마땅한 모양이었다. 사탕을 덥석 물면서 눈초리는 점점 아니꼽게 변했다.

"으, 으음, 그렇게 무서웠는가?"

스즈의 상태를 보고서야 죄책감이 들었는지 티오가 머쓱한 표정을 짓고 있었다.

하지메는 그런 티오를 보고 생각에 빠졌다.

"웬일로 사디스트 같은 면모를 발휘했군, 티오. 상대가 타니구치라서 그런가? 그렇다면 앞으로도 타니구치를 제물로 가학심을 자극하면 플러스마이너스 제로로 슈퍼 티오가…… 되나?"

"나구모?!"

"주인님?!"

하지메의 소름 끼치는 혼잣말에 스즈는 「지금 제물이라고 했지?! 맞지?!」라며 절망의 표정을, 티오는 「이제 그 이야기는 그만하면 안 되겠나?!」라며 애원하는 표정으로 소리쳤다.

그러자 그 직후 희미하게 어떤 목소리가 들렸다.

"음? 목소리가 들렸어요. 이 벽 너머 같네요!"

그 말이 끝나기가 무섭게 협곡의 빙벽 한쪽에서 쿵! 쿵! 하는 둔중한 충격음과 「우랴아아아!」라는 기합 소리가 울려 퍼졌다. 소리에 맞춰 빙벽에는 금이 가기 시작했다.

그 후, 귀를 찢는 소리와 함께 빙벽 일부가 무너져 내렸다.

그리고 그곳에서 드뤼켄을 어깨에 진 시아가 유유히 걸어나왔다.

"이야~, 깜빡 속았네요. 교활한 함정이었어요. 설마 제 동심을 이용해 골짜기에 떨어뜨리다니— 으헥?!"

창피함을 숨기려는 듯 시아가 과장스럽게 땀을 닦고 나불거렸다.

그 정수리에 하지메의 꿀밤이 작렬했다.

"멍청아. 아직 대미궁은 아니라도 이곳이 위험 지역인 건 변함없어. 방심하지 마."

"아우~, 죄송해요. 제가 좀 산만했죠?"

하지메에게 혼난 시아는 시무룩하게 어깨를 떨어뜨렸다. 토끼 귀도 축 늘어졌다.

우리의 하지메, 왠지 시무룩해진 시아를 보며 헛기침한다. 그러고는—.

"그래도, 오랜만에 유감 토끼다워서 긴장은 조금 풀렸어."

그런 소리를 한 뒤 힘없이 처진 시아의 토끼 귀를 다정하게 쓰다듬어주는 것이었다.

"……응. 최근 시아는 어벙한 면이 부족해서 조금 쓸쓸했어."

유에도 하지메와 같은 생각을 했는지 그런 소리를 하면서 귀를 쓰다듬고 만지작거렸다.

"아, 아이참, 두 분 다 왜 그러세요! 제가 어벙한 게 낫다는 거예요, 뭐예요!"

우물쭈물, 꼬물꼬물. 싫은 척 말하면서도 시아는 쑥스럽고 기쁘게, 보는 사람까지 몸을 배배 꼬게 되는 몸짓을 보였다.

행복하다는 마음의 소리가 들릴 것만 같은 분위기였다.

딱 그거였다. 하지메와 유에 사이에 종종 펼쳐지는 그 행복한 핑크빛 공간.

그것이 시아를 중심으로 발생한 느낌이었다.

공포를 주입당하고 절망에 빠져 어느샌가 방치된 스즈가 뭐라고 중얼거렸다.

“너무 뜨거워서 눈도 녹을 것 같아. 행복해 보여서 다행이야, 시아시아. 우라질.”

“스, 스즈?! 지금 스즈 입에서 평생 한 번도 못 들은 욕이 나왔는데?!”

뾰로통 스즈의 탄생이었다.

언제나 활기찬 분위기 메이커가 성격 붕괴의 위기에 빠지자 시즈쿠가 겨우 재기동했다. 어떻게든 이 방법 저 방법을 동원해 기운을 북돋으려고 했다. 사탕 먹을래? 먹을래!

“길은…… 이쪽이군. 야, 장난치지 말고 슬슬 출발하자.”

“네가 할 소리야?!”

하지메는 시즈쿠의 항의를 무시하고 손에 든 나침반을 보며 앞으로 걸어갔다.

대미궁 입구가 있을 것으로 추정되는 방향에는 세 갈래로 분기한 커다란 얼음 터널이 이어져 있었다. 나침반은 가장 오른쪽 터널을 가리켰다.

코우키가 자기 뺨을 양손으로 찰싹 때리고 기합을 넣었다.

“그래. 정신 놓고 있을 때가 아니지. 류타로, 시즈쿠, 스즈. 가자.”

“좋아, 가자고. 스즈도 이제 그만 기운 차려.”

“우우, 나도 알아…….”

“스즈, 괜찮아? 사탕 하나 더 먹을래?”

“……사탕은 이제 됐어.”

코우키가 재촉해서 다른 아이들도 심기일전하고 어두운 얼음 터널로 발을 들였다.

얼음벽과 협곡 위에 쌓인 눈으로 만들어진 천연 터널은 바람이 지나는 통로 같았다.

돌풍……까지는 아니더라도 터널 안쪽에서 살을 에는 칼바람이 불어왔다.

냉기는 아래로 내려오기 때문에 골짜기 위쪽보다 기온은 훨씬 낮았다. 거기에 바람까지 부니 체감 온도는 영하 40~50도 정도일 듯했다. 에어존이 없으면 아무리 옷을 두껍게 입어도 가차 없이 체온을 앗아가 체력을 빼앗았을 것이다.

그나마 【라이센 대협곡】처럼 마력을 분해하지 않는 것이 불행 중 다행이었다.

그러나 마법으로 불을 일으켜도 이 극한의 추위 속에서는 그리 오래 가지 못할 것이 뻔했다.

일행은 그런 생각을 하면서 방심하지 않고 길을 걸었다.

당연하지만 터널 안은 정비 따위 되지 않았다. 천연 종유동처럼 얼음덩이나 고드름으로 뒤덮였고 길은 뱀처럼 구불구불 꼬였으며 파도처럼 오르락내리락 굽이쳤다. 그것들을 때로는 뛰어넘고 때로는 우회하고 때로는 파괴하면서 걸어가자…….

"응? 뭔가 있어요."

문득 시아의 토끼 귀가 반응했다. 그 후 하지메의 시선이 한곳에 집중됐다.

제법 넓은 통로 오른쪽에 가시밭처럼 얼음 기둥이 난립해 있었는데 그 사이에 뭔가 있는 것 같았다.

"뀨웅."

"와아, 귀여워!"

나타난 것은 새끼 토끼였다.

그리고 자기도 모르게 환성을 지른 사람은 시즈쿠였다.

모든 시선이 귀여운 것에 환장하는 시즈쿠에게 모였다. 눈빛이, 무척 묘했다.

"어, 어흠. ……마물인가? 귀여운 모습으로 사람을 현혹하다니, 정말 무서운 특성이야."

"시즈쿠, 그거로는 수습이 안 돼."

"시즈시즈. 귀가 새빨간데?"

그런 소리를 하는 와중에도 새끼 토끼가 살금살금 얼음 기둥 사이에서 나왔다.

보통 토끼가 아니란 것은 자명했다. 은백색 털에, 빙설에 동화할 것 같은 모습이고 몸 전체가 눈 결정이라도 뿌린 것처럼 반짝였다.

그러나 그게 마물이냐고 묻는다면…… 조금 의문이었다. 마물의 공통된 특징인 검붉은 눈이 아니라 은백색 눈동자인 점에서 단언하기 어려웠다.

"뀨뀨우?"

대단히 귀여웠다. 고개를 까딱 기울이며 살금살금 다가오는 모습은 다른 의미로 해로웠다. 하지메 파티까지 볼이 조금 붉어졌다.

은백색 새끼 토끼는 선두에 있던 하지메의 발치까지 왔다.

그러고는 코로 흥흥, 하고 귀여운 소리를 내면서 하지메를 올려다봤다.
하지메가 온화한 표정으로 웃었다.
모두가 생각했다.
아, 역시 수해 대미궁을 공략하고 하지메는 변했다.
적이냐 아니냐. 세계를 이분법으로 나누고 막아서는 모든 것을 죽인다.
고향으로 돌아가겠다는 목적을 위해서라면 무엇이든 버린다.
그런 하지메도 염원하던 소원 성취를 목전에 두고, 그리고 지금까지 있었던 수많은 만남을 통해 조금씩 예전의 상냥한 성격을 되찾고 있다고—.
"요망해. 오물 주제에."
콰직! 뭔가 뭉개지는 소리가 났다. 아주, 끔찍한 소리였다.
어라? 모두가 생각했다.
하지메의 신발 아래에서 퍼지는 붉은 액체는 뭘까?
어라? 왜 앙증맞은 새끼 토끼가 움찔움찔 경련하는 걸까? 머리는 어디 갔죠? 아, 신발 아래 있나 보군요…….
"끼야아아아아아, 나구모 이 악마아아아아아!"
스즈의 비명이 울렸다. 그 모습은 흡사 뭉크의『절규』였다.
시즈쿠는 정신을 픽 잃고 뒤로 쓰러져 코우키가 헐레벌떡 다가가 받아줬다. 카오리는 양손으로 얼굴을 가리고 주저앉았고 유에와 티오는 서로를 돌아보며 한숨을 푹 쉬었다.
그리고 시아는 벌레처럼 참혹하게 짓밟힌 토끼의 사체를 보고 외마디 비명을 지른 뒤 뒷걸음질쳤다.

"뀨뀨우?!"

"뀨~?!"

새끼 토끼들이 추가로 나타났다! 짓밟혀 경련하는 동료를 보고 가족의 죽음을 목격한 것처럼 절규했다.

그 직후, 토끼들이 하지메를 향해 깡충깡충 뛰어왔다. 박력이라고는 없었다. 그리고 털 뭉치가 부딪치듯 아무런 타격도 없는 몸통 박치기를 해 왔다.

아무리 봐도 무력하고 귀여울 뿐인 아기 동물이었다.

그래서—.

"쯧, 귀찮게 왜 이래?"

우리의 하지메가 뿌직 밟아 터뜨렸다. 이어서 폴짝 뛰어오른 다른 토끼의 귀를 덥석 낚아챘다. 새끼 토끼가 괴롭히지 마세요, 라고 말하듯 바들바들 떨며 구슬프게 울었다.

시아가 보다 못해 끼어들었다.

"저, 저기요, 하지메 씨? 그쯤 하면 되지 않았을까요? 보세요. 아무런 공격도 못 하고, 그렇게 겁먹었는데……."

"뭐? 너, 무슨 소리야?"

하트와 하트가 전혀 통하지 않았다. 시아는 고개를 갸웃거리면서도 계속해서 항의한다! 부활한 시즈쿠와 스즈가 시아를 응원한다! 저 악마를 말리라고!

"하지메 씨! 저, 하지메 씨 애인이죠?!"

"그, 그래. 그런데 뜬금없이 왜 그래? 낯간지럽게."

하지메는 조금 쑥스러운지 눈길을 돌렸다. 시아와 유에에게는 값을 매길 수 없는 보물 같은 한 컷이었다.

유에가 아니면 지금까지 거의 보이지 않던 그 모습은 역시 하지메의 마음이 부드러워졌다는 증거일 것이다.

"그래요. 전 하지메 씨 애인이에요! 그리고 하지메 씨의 토끼예요!"

쫑긋쫑긋! 토끼 귀에 양손까지 대고 토끼를 어필한다!

"야…… 때와 장소를 가려. 말은 기쁘지만, 내 이성이 못 버티잖아."

시아의 유혹에 질 것 같아 난감하다는 얼굴로 말하는 하지메. 역시나 보물 같은 한 컷!

그 귀중한 얼굴을 유지한 채 하지메는 쓰레기를 버리듯 새끼 토끼를 던져 버렸다. 힘이 얼마나 강했는지 토끼 귀가 찍 찢어졌다. 토끼는 대포알처럼 날아가 벽에 격돌, 피떡이 되었다. 아름다운 빙벽에서 새빨간 무언가가 주르륵 흘러내렸다.

"쳇, 더러운 토끼 귀군."

하지메는 뜯긴 토끼 귀를 진심으로 더럽다는 표정을 보인 뒤 그것마저 쓰레기처럼 던져 버렸다.

"우와아아아아아앙! 유에 씨이~! 전 이제 하지메 씨를 모르겠어요~!"

"……응. 하지메! 그럼 못 써!"

"영문을 모르겠네."

유에에게 안긴 시아와 그런 시아를 안아주며 왠지 하지메를 혼내는 유에.

하지메는 당혹스러움을 감출 수 없었다.

"저기, 하지메. 시아는 아마 똑같은 토끼고 그렇게 귀여운데 무자비하게 죽일 건 없지 않냐고 말하고 싶은 거야."

카오리가 파랗게 질린 얼굴로 시아의 속마음을 설명해줬다.

"그런 게다, 주인님. 무엇보다 시각적으로 상당히—."

티오까지 뭐라고 말하기 힘든 표정으로 쓴소리를 시작한 그 때—.

"""""뀨뀨~!"""""

얼음 기둥 뒤에서 새끼 토끼 한 무리가 나타났다!

그래서 하지메는 보물고를 열고— 퉁! 팡! 퉁! 팡!

압축된 공기가 해방되는 작은 소리와 동시에, 사출된 산탄 바늘이 어린 토끼 친구들을 고슴도치로 바꿔 갔다.

새끼 토끼들은 고깃덩이가 되거나 바늘에 찔려『보여줄 수 없어요!』라는 자체 검열이 들어가야 할 꼴이 되어 피나 내장을 토하고 경련하고 있었다.

—리볼버식 에어 샷건 알루스.

레일건의 지나치게 강한 파괴력과 충격, 그리고 격발음을 줄이고 치명적 살상력을 추구해 만든 아티팩트였다.

작약 대신 승화 마법으로 만들 수 있게 된 극소 크기에 내구성이 약한 일회용 보물고가 세팅되었다. 공이가 때리면 보물고가 부서지며 그곳에 압축된 공기가 해방되어 산탄 바늘을 발사하는 구조였다. 바늘에는 나락제(製) 맹독이 발렸다.

“야, 너희. 뭘 멍청하게 서 있어? 빨리 죽여. 이 부근은 천장에 쌓인 눈 때문에 눈사태가 일어날지도 모르니까 소리와 충격에 주의해.”

산전수전 다 겪은 특수부대원처럼 합리적이며 필요 최소한의 행동으로 새끼 토끼들을 피떡으로 만드는 하지메. 그는 지극히 진지했다.

그런 하지메를 보고 코우키 일행이 소리쳤다.

“““““이, 이 악마아아아아!”””””

하지메가 본래 상냥한 마음씨를 되찾아 간다는 인식을 저 멀리 날려 보내고……. 일단 그 절규로 눈사태가 일어나지는 않았다.

그 후 새끼 토끼 무리를 학살하면서 진격한 하지메 일행은 토끼들의 시산혈해를 넘어【빙설 동굴】입구 약 300미터 앞까지 왔다.

“아니, 그러니까 그건 엄연한 마물이었다니까.”

떨떠름한 얼굴로 선두에 서서 가는 하지메가 말했다.

새끼 토끼 학살 사건으로 충격을 받았는지 여성 멤버들—특히 스즈와 시즈쿠, 그리고 시아가 훌쩍거리며 불평을 툭툭 던지니 하지메도 짜증이 난 눈치였다.

하지메의 주장으로는 사실 그 토끼들은 열을 빼앗는 고유 마법을 가졌고, 에어존이 만드는 난방 공간에 들어온 순간 그 열을 빼앗아 갔다고 한다. 시험 삼아 잡아 보니까 아니나 다를까 경계하지 않으면 눈치채지 못할 정도로 자연스럽게 체온을 앗아갔다.

요컨대 그 새끼 토끼들은 보호 본능을 자극하는 모습과 몸짓으로 대상에게 다가와 쥐도 새도 모르게 열을 빼앗고 동사로 몰아가는 제법 흉악한 마물이었던 것이었다.

"귀여움에 정신이 팔려 끌어안기라도 하면 몇 분 만에 저세상으로 갔을 거라고. 마지막에는 물량 공세로 달려들질 않나…… 생긴 건 저래도 실상은 악마야."

악마라고 비난당한 것에 대한 반발일까? 하지메가 그렇게 말하자 악마 소리를 했던 이들이 눈을 홱 돌렸다.

"그보다 처음에 접근했을 때 눈치 못 챘어? 효과 범위에 들어왔었잖아. 유에와 티오는 알아챘었지? 안 도와주고 뭐 했어? 결국 나만 싸웠잖아."

"……응. 시아를 달래느라 바빴어."

"미, 미안하다, 주인님. 시아가 울먹이는 터라 죄책감이 들어서…… 주인님이 정리한다면 맡기자! 라고 생각했지."

"맡기자! 는 무슨. 그리고 시아, 언제까지 벌벌 떨고 있을래?"

시아가 벌벌 떨고 있었다. 아기 토끼에 대한 무자비함, 주저 없는 폭력, 그리고 찢겨 나간 수많은 토끼 귀…….

"어쩔 수가 없잖아요. 이해는 하지만, 아무런 주저도 없이 토끼 귀를 찢어 던지는 하지메 씨를 보니까 말로 못 할 만큼 슬퍼졌다구요오……."

하지메는 어이없어하면서도 시아 옆으로 가서 토끼 귀로 손을 뻗었다.

“짐승은 짐승이고 시아는 시아지. 내 토끼는 시아뿐이야. 그러니까 망설일 이유가 어딨겠어?”

“……그, 그렇죠. 헤헤헤.”

시아의 입이 헤벌쭉이 벌어졌다. 단순하기 짝이 없었다.

달달한 분위기가 주변에 흐르자 카오리가 입술을 삐죽 내밀었다.

“우…… 이런 걸 보면 정말 받아들였구나, 하는 실감이 들어.”

“그러게 말이다. 우리도 힘내자꾸나. 우리가 저리 될 미래도 머지않았으니.”

“응. 힘내자.”

콧김을 힘차게 뿜으며 의욕을 불태우는 카오리에게 유에 님이 코웃음을 픽 치고 한마디 했다.

“……카오리. 헛수고라는 말 알아?”

“그게 무슨 뜻이야?! 응?!”

유에의 뺨에 응징을 가할 생각인지, 카오리가 손을 확 뻗었지만 유에가 탁 쳐서 떨어뜨렸다.

슈슈슉. 탁탁탁.

최근 들어 자주 벌어지는 공방을 바라보면서 뒤에서 걷던 스즈가 살짝 웃고 옆에 있는 시즈쿠에게 말했다.

“정말로 이대로 가면 카오링과 티오 씨도 저 대열에 합류하겠어. 원래 세계에 있을 때는 생각도 못한 일인데 말이야. 나구모도 정말 어지간해. 그치? 시즈시즈.”

"……."

시즈쿠는 왠지 대답이 없었다. 아니, 애초에 스즈의 말을 듣지 않는 것 같았다.

시즈쿠는 물끄러미 앞만 바라보고 있었다. 생각에 빠진 표정으로…….

시선 끝에 있는 것은 장난치는 친구의 모습인가. 아니면—.

"시즈시즈?"

"아. 왜, 왜 불러? 스즈."

"아, 응. 별건 아닌데…… 괜찮아? 멍하게 있던데."

"응, 괜찮아. 미안. 집중할게."

표정을 살피는 스즈에게 시즈쿠는 평소대로 웃음을 돌려줬다.

"……."

대열의 후미에서 코우키가 미세하게 표정을 찌푸렸다. 짜증이 얼굴에 드러날 뻔했으나 무의식중에 꾸민 것 같은, 표현하기 어려운 표정이었다.

"으이구, 카오리 저거 또 저런다. 이제는 자동으로 주먹부터 나가네."

"어? ……아, 그러게. 전에는 우리를 말리는 쪽이었는데 말이야."

갑작스럽게 어깨를 잡으며 말을 건 류타로의 어처구니없는 표정을 보고 코우키는 한순간 반응하지 못하다가 곧 미소 지었다. 그리고 그리움에 젖어 눈을 살포시 감았다.

류타로는 눈동자에 깃든 희미한 걱정의 빛을 없애고 호탕하게 웃으면서 맞장구쳤다.

그때, 차츰 강해지는 찬바람을 경계해 기류를 읽고자 앞서 가던 티오가 입을 열었다.

"흐음. 음산한 바람이야. 조금 귀찮아지겠어."

앞쪽에 T자로 갈라진 길이 보였다. 척 보기에도 오른쪽에서 왼쪽으로 무시무시한 폭풍이 불어제치고 있었다. 보통 사람이라면 서 있지도 못할 풍속이었다.

갈림길 앞까지 다가가 하지메는 나침반을 확인했다.

"길은…… 오른쪽이군. 역풍 속을 전진해야겠어. —티오."

"맡겨만 다오."

이심전심으로 티오가 부름에 응했다. 단순한 폭풍이라면 유에가 장벽을 펼치는 것보다도 티오가 적임자였다. 누가 뭐래도 바람 마법으로 하늘을 나는 것이 일상인 일족이었다. 바람에 관한 재능과 기량에 한해서는 티오는 유에를 능가했다.

하지만 막상 티오가 마법을 발동하기 직전, 누군가가 제지했다.

"잠깐만, 티오 씨! 그거 내가 할게요!"

스즈였다. 자원해서 나섰는데 프리 다이빙으로 흑역사를 만들고 새끼 토끼 상대로 비명을 지르는 등(하지메의 행동 때문이지만) 아직 아무것도 하지 못해 초조함을 느꼈나 보다. 의욕은 강했고 눈빛도 강렬했다.

스즈의 손에는 이미 허리 홀스터에서 뽑힌 두 개의 새로운 아티팩트가 쥐여져있었다. 언뜻 보면 단순한 직사각형 쇠막대기로 보이는 그것은—.

—결계술 특화형 아티팩트, 쌍철선(雙鐵扇).

혈액과 마력을 이용해 스즈밖에 발동할 수 없는 전용 무기였다. 튼튼함과 주문 생략 기능은 물론이거니와 승화 마법으로 인해 모든 방어 계열 마법이 한 단계 진화된 수준으로 행사 가능해진다.

더군다나 오른쪽 철선은 기존의 결계 마법을 발동하고, 왼쪽 철선으로 다양한 효과를 부여해 복합 마법도 사용 가능하게 해준다.

자연 속 마력을 조금씩 흡수해 저장하는 기능과 소비 마력을 경감하는 기능도 있어서 전에 왕국에서 지급된 팔찌 형태 아티팩트와는 비교가 되지 않는 파격적 성능을 가졌다.

하지메는 스즈를 돌아보고 그 티 없이 올곧은 눈빛을 확인한 뒤 고개를 끄덕였다.

"실전에 앞서 현지에서 익숙해질 필요는 있지."

"흠, 주인님도 이리 말하니 스즈, 네게 맡기마."

훈련의 성과를 보이라며 티오가 미소 지었다. 스즈는 조금 긴장하면서도 웃음으로 되받았다.

좌륵 소리를 내고 두 철선이 개화(開花)했다.

"깨어나—『쌍철선』."

주문 생략을 위한 기동 키워드가 메아리치고 칙칙한 납색 부채에 주황빛이 뻗어 나갔다. 철선의 고정부가 찬란하게 빛나며 깃대, 부챗살로 퍼졌다.

"좋아, 그럼 시작한다! ─『성절 산(散)』!"

마법명만 외우고 철선이 천천히 춤췄다.

동시에 하지메 일행 전방에 연한 주황빛을 내는 반투명한 장벽이 출현했다. 완만하게 전방으로 곡선을 그리는 장벽은 중심부에서 바깥쪽으로 물결치듯 빛의 파문을 발생시켰다.

─빛 속성 최상급 복합 방어 마법, 성절 산.

『성절』에 접촉한 대상의 에너지를 분산시키는 성질을 추가한 마법이었다.

초급 마법처럼 간단하게 『성절』을 발동하는데도 강도는 충분했다. 아울러 추가 효과까지 있고 소비 마력은 중급 수준.

훈련의 성과는 확실하게 증명되었다.

장벽을 유지한 상태로 폭풍이 부는 통로에 들어가니 스즈에게는 전혀 영향이 없었다. 받아내는 것이 아니라 흘려보낸 바람은 미풍이 되어 옆구리를 스치고 지나갔다.

"오오. 제법이잖아, 스즈."

"……응. 확실히 나쁘지 않아."

양대 마법 전문가가 찬사를 보냈다. 아티팩트의 뛰어난 성능만이 아니라 스즈의 마법 기량도 두 천재에게 인정받는 수준에 도달한 모양이었다.

스즈에게서 후헷, 하고 괴상한 소리가 튀어나왔다.

엄청 기쁘지만 지금은 집중할 때라서 애써 기쁨을 참아야 한다…… 그런데 살짝 새어 버린, 그런 목소리였다.

그렇게 히죽히죽 웃는 스즈를 선두에 세우고 일행은 폭풍을 가르며 쾌적하게 길을 따라갔다.

그렇게 얼마 가지 않아 앞쪽에 희미한 빛이 보였다.

하지메가 눈을 찌푸려 전방을 주시했다.

"……저건가?"

시야가 트였다. 공간도 트였다.

하지메 일행 앞에 나타난 것은 이등변 삼각형 모양의 거대한 공간이었다. 높이는 가장 높은 곳이 200미터는 되지 싶었다. 천장도 눈이 아니라 얼음만으로 이루어진 것 같았다. 자연이 만들어낸 기이한 조형으로도 보였고 인공적으로 만든 것처럼도 보였다. 어느 쪽이 됐건 신전을 떠올리게 하는 신비로운 장소였다.

안쪽 빙벽에는 거대한 균열이 보였다. 균열 근처에는 희미하게 빛나는 크리스털 같은 고드름이 맺혀 마치 그 균열 안의 어둠으로 손짓하는 것 같았다.

하지메가 나침반을 확인하자 바늘은 똑바로 그 균열을 가리켰다. 나침반에서 전해지는 감각도 그것이 틀림없다고 말해줬다.

바로 그곳이 7대 미궁 중 하나이자 마지막 대미궁—【빙설동굴】의 입구라고…….

"아, 바람이 멎었어. 결계 없앨게."

『성절 산』이 녹듯이 사라졌다. 스즈의 말대로 신전 같은 그 공간에 들어간 순간 바람은 뚝 그쳤다.

무척 조용했다. 꼭 생물이 숨죽이고 있는 것처럼.

"도착했나 봐요. 그렇지만…… 하지메 씨!"

"그래. 알아. 뭔가 온다. 모두 준비해!"

시아가 토끼 귀를 쫑긋거리며 험악하게 눈살을 찌푸렸다. 동굴의 어둠 속에서 여러 기척을 포착했기 때문이었다. 하지메도 그것을 감지했는지 모두에게 경고했다.

유에, 카오리, 티오는 자연스럽지만 코우키 파티 사이에는 긴장이 퍼졌다.

그 직후—.

""""""키기기기기!""""""

몹시 귀에 거슬리는 소리를 내지르며 마물 여섯 마리가 맹렬하게 뛰쳐나왔다.

온몸이 흰 털로 뒤덮인 고릴라 같은 모습이었다. 하지만 크기는 3미터를 훌쩍 넘고 고릴라와 달리 완벽한 이족보행이었다. 그 마물을 지구인의 지식으로 이름 붙인다면—.

"빅풋?"

그렇다. 하지메의 말처럼 충격 영상 따위로 유명한 미지의 생물이 떠오르는 모습이었다.

그 빅풋들이 바닥의 얼음을 부술 기세로 달려왔다.

포획해서 돌아가면 일약 스타덤에 오르겠지.

"그래도 죽여야지."

그렇게 말하면서 하지메는 돈나를 뽑았다.

그러자 코우키가 먼저 선수 치려는 듯 앞으로 나섰다.

"가자, 시즈쿠! 류타로! 스즈!"

"좋았어! 이번에야말로 대미궁 공략이다! 어디 해보자고!"
"수비는 맡겨줘! 시즈시즈, 가자!"
"그래. 나도 시험해 보고 싶은 게 많아. 나구모, 여기는 우리가 맡을게."
하지메는 어깨를 으쓱이고 동료들과 함께 벽 쪽으로 물러났다.
하지메가 기술자의 눈으로 코우키 파티를 관찰했다. 스즈 때처럼 이 기회에 자신이 손본 아티팩트의 성능을 확인하려는 생각이었다.
"시즈쿠도 스즈도 무리는 하지 마!"
"파이팅이에요~."
조마조마하게 양손을 모아 기도하는 카오리와 파이팅 포즈를 잡는 시아의 성원을 등에 업고 시즈쿠와 스즈도 뛰쳐나갔다.
그 앞에서 코우키가 머리 위로 치켜든 성검을 내리쳤다.
"날아라—『천상섬 진(震)』!"
코우키의 십팔번— 찬란한 빛의 참격을 날리는『천상섬』. 이렇다 할 주문도 없으나 위력, 규모는 기존의 배로 늘었다.
성검이 본래 힘을 발휘하지 못했던 것은 사실이었나 보다. 바람을 넘어 공간마저도 절단하는 게 아닌가 싶은 위력은 용사라는 이름에 어울리는 위용을 보였다.
심지어 하지메의 외장 개량으로『충격 변환』을 통한 충격파까지 퍼뜨리고 있었다.
빅풋들은 침입자의 첫 공세가 예상보다 훨씬 거셌는지 척 보기에도 알 수 있게 낯빛이 변했다. 저돌적인 돌격에서 일변해 단숨에 산개했다.

그러나 그 행동은 조금 늦었다. 빛의 참격만은 가까스로 피했지만 충격파의 폭풍에 따라잡혀 날아가 버렸다.

"이 순간을 기다렸지! 간다—『파권(破拳)』!"

"우긱?!"

날아간 한 마리가 아직 공중에 있는 동안 그 정면으로 뛰어올라온 것은 류타로였다. 적이 날아올 경로를 예측하고 기다린 모양이었다.

공중에서 상체를 비틀어 전신의 탄력을 사용해 내지른 오른쪽 주먹이 정확하게 빅풋의 몸통 정중앙에 직격했다. 공기가 떨리고 빅풋의 구멍이란 구멍에서 피가 터져 나왔다.

빙글빙글 돌면서 날아가 벽에 격돌한 빅풋의 생사는 굳이 확인할 것까지도 없었다.

『파권』— 방어 불가능한 내부 파괴 기술. 류타로가 새로 습득한 이 기술은 그만큼 흉악한 위력을 가졌다.

원래 류타로의 건틀릿은 왕국에서 하사한 물건이고 충격파를 날리는 능력을 가졌으나 지금 일격은 겨우 그 정도가 아니었다.

공간 진동. 그것이 새롭게 부가된 건틀릿의 능력이었다. 타격하는 순간 주먹 앞 공간에 격진을 일으켜 대상의 내부를 분쇄한다. 빅풋이 살아남을 리 만무했다.

"좋았어! 우선 한 마리!"

일격 필살을 실현한 류타로가 착지하며 주먹을 불끈 쥐었다.
그런 류타로의 옆으로 한 줄기 그림자가 스쳐 지나갔다. 그렇게 생각한 다음 순간, 딸랑하고 방울처럼 맑은 소리가 울렸다. 소리에 이끌려 돌아보자 그곳에는 착지자세 그대로 경직한 다른 빅풋이…… 머리를 툭 떨어뜨리는 광경이 있었다.
굴러떨어진 머리 너머로 시즈쿠가 천천히 칼을 납도했다. 달려가며 펼친 발도술은 빅풋의 인지 능력에서 크게 벗어난 속도였던 것일까? 말 그대로 눈 깜짝할 사이에 벌어진 일이었다.
속공으로 동료 두 마리를 처치당한 빅풋들이 주눅 들었다. 두 마리가 착지점에서 경계하며 움직이지 않았다.
그럼 나머지 두 마리는—.
"스즈!"
카오리가 황급하게 경고했다. 그 직후, 스즈와 코우키 뒤쪽 바닥이 폭발했다. 얼음 바닥을 깨고 빅풋 두 마리가 기습한 것이었다. 아마 튕겨 날아간 뒤 착지와 거의 동시에 고유 마법으로 얼음 속에 숨어들었으리라.
후방 기습으로 위험하지 않을까, 싶었지만—.
"집어삼켜라—『성절 폭(爆)』!"
돌아보면서 철선이 춤췄다. 한들한들 춤추는 철선의 움직임에 맞춰 주황색 장벽이 현현했다. 우람한 팔과 흉악한 손톱이 드르륵 하고 둔한 소리를 내며 튕겼고, 그 찰나에 폭음이 울렸다. 단번에 터진 주황색 빛이 해일처럼 퍼져 나갔다.
""키악?!""

기습한 빅풋 두 마리는 역으로 기습당해 날아갔다. 흩날리는 핏방울 사이로 반짝이는 무수한 파편들이 보였다.

배리어 버스트―『성절 폭』의 효과를 단적으로 표현하면 바로 그것이었다. 정확하게는 지향성 폭발 반응 장갑이라고 해야 할까.

장벽에 담긴 마력이 그대로 파괴력으로 변하고 깨진 장벽 파편은 파열탄처럼 적을 찢어발기는 제법 흉악한 마법이었다.

게다가―.

"집어삼켜라―『성절 중(重)』!"

만신창이가 된 빅풋 한 마리에게 추가로 공격이 들어갔다.

호를 그리며 날아가는 빅풋의 낙하 예상 지점에서 마력이 소용돌이쳤다. 주황색 빛이 눈을 빨아들이듯 모이고 빅풋이 낙하한 순간 대상을 가두기 위한 결계가 되었다.

붙잡힌 빅풋은 안쪽에서 결계를 부수려고 일어났지만―.

"키익?!"

바로 무릎 꿇었다. 네발로 엎드려 악착같이 팔다리에 힘을 주어봐도 도저히 일어날 수 없었다. 완전히 엎어지지 않으려고 버티는 것도 벅찼다.

그도 그럴 것이다. 『성절 중』은 중력 마법으로 초중력 공간을 발생시키는 봉쇄형 결계니까.

무지막지한 압력과 거기에 거스르려는 힘이 빅풋에게 더 많은 유혈을 강요했다.

"코우키! 다른 한 마리!"

"알아! —『광인』!"

코우키가 성검에 빛의 칼날을 두르고 지금 막 낙하한 빅풋을 양단하고자 돌진했다. 그러나 그곳에 닥치는 2차 기습. 코우키의 시야 끝에 장대비처럼 빗발치는 얼음 기둥이 보였다.

겁먹었던 빅풋 두 마리의 소행이었다. 시즈쿠와 류타로가 다가오는 가운데 헐레벌떡 도망치면서 지면에 난 얼음 기둥을 총알처럼 코우키에게 날린 것이었다.

그러나 대응하지 못할 정도는 아니었다. 너무 광범위해서 회피는 어렵지만 요격이라면 문제없다고 생각한 코우키가 그곳에 멈춰 서려고 했다.

"계속 가!"

당찬 목소리가 울려 퍼졌다. 동시에 코우키와 얼음 기둥 사선 위로 그림자가 끼어들었다. 포니테일을 나부끼는 시즈쿠였다.

코우키를 방해하게 두진 않겠다. 등으로 그렇게 말하며 시즈쿠가 흑도의 능력을 끌어냈다.

"모여라—『인천(引天)』!"

마치 자석에 끌리는 사철처럼 얼음 기둥 탄막이 곡선을 그리고 표적을 한 점으로 바꿨다. 흑도에 중력 마법을 부가한 신기능— 흡인 능력이었다.

광범위한 탄막이 일점 집중 개틀링 건이 되었다. 도저히 막을 수 없을 맹공이었다. 그러나 그 앞에서 선 시즈쿠는 냉정했다.

'실전에서 시험해 두고 싶어. 사용하는 건 한순간이야!'

시즈쿠는 자신이 익힌 새로운 힘이자 조커를 뽑아 들었다. 어떤 능력이든 최소 한 단계 진화시킨다는 신대 마법— 승화 마법의 하나를…….

"도달하라—『금역(禁域) 해방』."

머릿속에서 스파크가 튀는 감각이 든다.

시간의 흐름이 느려지고 세계에서 색이 빠져 나간다. 지각 능력이 확대되고 감각이 예민해진다.

몸 구석구석까지 힘이 끓어오른다!

"훅."

부드러운 바람이 불었다. 1초, 2초. 살을 간지럽히는 미풍 뒤에 남은 것은 반짝이는 잔해— 잘게 나뉜 무수한 얼음 조각뿐이었다.

옆에서 보면 얼음 기둥 탄막을 앞에 둔 시즈쿠가 굳어 있던 것으로밖에 보이지 않을 것이다.

그러나 결과는 사라진 얼음 기둥 탄막과 바람에 휘날리는 어마어마한 양의 얼음 조각이 말해줬다.

벤 것이다. 찰나의 순간에 그것들을 모조리…….

그것은 한 번 범위에 들어가면 티끌로 변할 수밖에 없는 참격의 결과였다.

양단 따위는 가소롭다. 대체 몇 등분일까?『조섬』으로 칼날을 늘여 아마 1초 사이에 수십 번의 참격이 이루어지지는 않았을까. 가뜩이나 시즈쿠의 발도술은 궤적밖에 남지 않는 초속의 공격이다. 그것이 드디어 미풍과 결과만을 남기는 신속의 영역에 도달했다.

"읏…… 하아!"

시즈쿠가 참았던 숨을 뱉으며 크게 호흡했다. 그 순간 멈췄던 시간이 돌아온 것처럼 공중에 퍼진 얼음들이 중력을 따라 떨어졌다.

얼음 조각이 땅으로 우수수 쏟아지는 가운데 시즈쿠는 코우키를 돌아봤다. 장애물이 사라졌으니 코우키도 분명 적을 해치웠을 거라고 생각하며…….

하지만—.

"제길!"

코우키의 『광인』은 종이 한 장 차이로 빗나갔다. 딱히 빅풋이 급격히 강해지거나 하지는 않았다. 종이 한 장 차이는 코우키 본인이 만든 것이었다. 시즈쿠에게 보호받은 순간 끓어오른 감정이 미세하게 코우키의 동작을 둔하게 만들었다.

"미안! 놓쳤어! 우와, 이게 다 뭐야?!"

한편, 고드름 탄막을 펼친 두 마리를 추격하던 류타로의 분한 목소리도 들려왔다. 돌아보자 그곳에서는 얼음을 다루는 고유 마법이라도 썼는지 빅풋들이 예상치 못한 행동을 보이고 있었다.

"……어, 어쩐지 익숙해 보이네."

고릴라들이 흰 털을 날리며 유유히 미끄러지고 있었다. 슥슥 소리를 내면서 진로에 맞춰 정비된 땅을 아주 능숙하게…….

몸을 앞으로 기울이고 팔을 크게 휘두르며, 세 마리가 합류

한 후로는 아름답게 일렬로 서서 몸동작까지 일치했다. 그것은 그야말로 훈련받은 스피드 스케이팅 선수…….

코우키 파티가 얼떨결에 얼이 빠진 것도 어쩔 수 없는 일이었다. 떨어져 있던 하지메 파티도 「오오?!」라며 경악 반 감탄 반으로 소리 지르는 지경이었으니까. 하지메에 이르러서는 아티팩트로 촬영까지 시작했다.

그대로 우아한 고릴라 스케이터가 되어 접근하는 빅풋들을 경계하며 시즈쿠와 류타로가 코우키 옆으로 달려가 모였다. 코우키는 그제야 퍼뜩 정신을 되찾았다.

“정면으로 와준다면 오히려 고맙지! 날아라―『천상섬 진』!”

거대한 빛의 참격과 회오리 같은 충격파가 날았다. 웃기지도 않는 녀석들을 날려 버리겠다는 양.

하지만 빅풋들은 회피하는 시늉도 보이지 않았다. 그것을 보고 결판이 났다고 생각한 그때, 빅풋들은 믿기지 않는 행동을 취했다.

“뭐, 트리플 악셀?!”

스피드 스케이트에서 화려한 피겨 스케이터로 전향했다. 빅풋들은 희고 굵은 털을 바람에 나부끼면서 화려한 세 바퀴 반 회전 점프를 선보였다.

『천상섬 진』은 허무하게 그 아래로 지나가 버렸다.

바닥의 얼음이 부서져 반짝거리며 튀어 오르는 가운데, 도약과 동시에 대열을 횡렬로 바꾼 빅풋들이 나란히 춤추는 모습은 가히 예술적이고 아름다웠다.

코우키의 입이 떡 벌어졌다. 하지메 일행도 「아니?!」라며 감탄 섞인 환성(?)을 질렀다. 카메라맨 하지메는 대단히 흥분했다.

공격을 뛰어넘은 빅풋 세 마리는 코우키 파티 바로 앞에 화려하게 착지해 그대로 회전의 원심력을 실어 돌려차기를 날렸다.

"꺄?!"

"으악?!"

시즈쿠와 류타로가 당황하여 백 스텝. 가까스로 아름답기 그지없는 고릴라 스케이터들의 발차기를 피했다.

"이것들이 보자보자 하니까—『광인』!"

짜증이 난 코우키는 회피하면서 빛의 칼날로 응전했다. 빅풋들은 믿어지지 않지만 그 일격을 돌려차기 도중 화려하게 몸을 젖혀 피해 버렸다. 허리를 아름답게 뒤로 꺾고 우아하게 긴 팔을 뻗으며 두 발을 수평으로 맞춰 미끄러지는 모습은 흡사 이나바우어였다.

"이, 이게 누굴 놀려?!"

"잠깐! 진정해, 코우키!"

이번에야말로 대미궁을 공략하겠다고 벼르던 코우키는 이를 갈면서 발을 동동 굴렀다.

얼핏 보면 빅풋들의 동작은 사람을 놀리는 것처럼 보였다. 그들 딴에는 생존권을 건 처절한 사투가 틀림없겠지만 말이다.

길길이 날뛰는 코우키를 우롱하듯 빅풋들은 쓸데없이 고도로 화려한 스텝을 선보이며 미끄러졌다. 그리고 빙글빙글 돌면서 세 갈래로 나뉘어 서로 다른 방향에서 동시 공격을 감행했다.

그들은 다시 뛰었다. 일생일대의 무대에서 자신의 모든 것을 보여주려는 것처럼!

그들이 보여준 것은 전인미답의 대기술— 8회전 토루프!

심지어 양손을 크게 벌렸다. 흉악한 손톱이 그리는 궤적과 맞물려 마치 거대한 굴삭기가 세 방향에서 몰려오는 것 같았다. 이 얼마나 아름답고도 위험한 기술인가.

그래서 시즈쿠는 칼을 뽑았다.

"후우—『섬화(閃華)』."

뛰어난 동체 시력으로 포착한 고릴라의 우쭐한 얼굴에 한숨 쉬며 허공에 한 줄기 궤적을 그었다. 동시에 코우키와 류타로를 재촉해 수직으로 뛰어올랐다.

그 직후, 조금 전까지 그들이 있던 곳에 빅풋 세 마리가 착지했다. 주위 땅을 파내고 이번에도 화려하게 착지했다.

그리고…… 한 마리가 깔끔하게 갈라졌다. 두 동강으로…….

""키익?!""

남은 두 마리에게서 경악과 당혹감 섞인 소리가 흘러나왔다.

—흑도 섬화.

공간을 갈라 만물을 잘라 버리는 능력. 효과는 불과 몇 초밖에 이어지지 않지만 공간에 작용하는 능력이 없는 한 방어가 불가능한 절대 참격이었다.

"봐, 코우키, 류타로. 기괴한 움직임만 신경 쓰지 않으면 대응하지 못할 상대가 아니야. 얼른 정리하자. 스즈 쪽도, 이미 끝났어."

"그, 그래. 젠장, 왜 뜬금없이 이런 적이……."

코우키는 불쾌하게 욕을 뱉고 뛰어 나갔다. 류타로도 쓴웃음을 지으며 뒤를 따랐다.

빅풋는 이미 더 보여줄 재주가 없는 것 같았다. 그 후로는 딱히 새로운 동작도 보이지 않고 얼마 가지 않아 코우키 파티에게 정리됐다. 스즈도 이미 중력 결계로 붙잡은 빅풋을 압살한 뒤였다.

일단 전원 피해 없음. 완승이었다.

하지만 코우키만은 이상하게 개운치 않은 표정이었다. 여러모로 예상하지 못한 적에게 다른 아이들도 애매모호한 표정을 짓고 있었다.

하지메가 재밌는 것을 봤다는 식으로 웃으면서 말을 걸었다.

"전원, 제법 좋았어."

"웃지 마! 왜 대미궁에 저런 웃기지도 않은 마물이 있냐고!"

코우키가 물고 늘어졌지만 하지메는 손을 휘휘 저으며 받아넘겼다. 그리고—.

"어째 저 마물한테서 밀레디 느낌이 나던데, 어떻게 생각해?"

그렇게 유에와 시아에게 묻자 두 사람 모두 아! 소리를 내고 이해한다는 표정을 보였다.

그 진지하게 장난치는 느낌, 「어땠어? 응? 어땠어? 고릴라 얼굴인 예술적 스케이터를 감상하고 좀 웃었어? 동사할 뻔한 너희에게 보내는 밀레디의 소소한 선물이랍니다! 그렇다고 고마워할 것까지는 없어! 푸풉!」이라는 목소리가 들리는 것 같았다.

"……응. 분명이 밀레디한테 감수받은 마물이야."

"그렇겠죠. 그 쓸데없이 갈고닦은 짜증스러움을 보면 틀림없어요."

이 대미궁 창설자인 반드르 슈네가 내키지 않는 얼굴로 마물을 배치하는 모습이 눈에 선했다. 하지메 일행이 무심코 먼 곳을 바라보는 가운데 티오가 감탄스럽게 말했다.

"스즈, 짧은 기간에 잘 숙달했구나. 훌륭한 결계술이었어."

"네?! 그, 그런가요? 후헤헤."

"……응. 나쁘지 않았어."

티오에게 칭찬받고 지긋지긋한 라이센의 추억에서 돌아온 유에도 미소 짓자 스즈는 얼굴을 새빨갛게 물들였다.

카오리도 그런 스즈를 흐뭇하게 보며 칭찬했다.

"다들 대단했어! 수해 때와는 전혀 달라. 깜짝 놀랐어!"

"헤헤, 그렇지? 뭐, 나구모의 개량이 말도 안 되게 강한 탓이기도 하지만."

"그, 그래. 조금은 강해졌지."

인사치레가 아니란 것을 알기 때문에 류타로는 쑥스럽게 코를 비볐다. 코우키도 어금니에 뭔가가 낀 표정을 지으면서도 웃었다.

시아가 「그러고 보니!」라며 시선을 시즈쿠에게 돌렸다.

"시즈쿠 씨. 한순간이지만 승화 마법을 쓰셨죠? 저도 연습

중이니까 참고할게요."

"앗! 맞아, 시즈시즈! 도중부터 봤는데 그거 뭐야! 전혀 안 보였는데 칼로 벤 거지?"

두 사람의 말을 듣고 코우키의 눈가가 움찔 반응했지만 시즈쿠는 눈치채지 못하고 조금 쑥스럽게 고개를 끄덕였다.

"응, 맞아. 베는 순간만 승화 마법을 썼어. 마력 소비는 크지만, 실전에서 한번 써 보고 싶었으니까…… 성공해서 다행이야."

"시즈쿠, 멋있었어!"

안기는 카오리를 도닥이면서 시즈쿠가 그렇게 대답했다.

"나도 하마터면 놓칠 뻔했어. 간신히 보였지만…… 그건 단순히 신체 강화로 빨라진 게 아니야. 기교가 있어야 비로소 완성되는 기술이지. 좋은 구경 했어."

그리고 하지메까지 과장 없는 칭찬을 보냈다.

"어, 아, 그, 그래? 그렇다면, 그…… 잘, 됐네?"

시즈쿠는 왠지 눈길을 피하고 우물쭈물 흑도를 고쳐 잡았다.

하지메는 왜 의문형이냐며 작게 웃고는 시아를 돌아봤다.

"시아, 넌 신체 강화만 믿고 무식하게 밀어붙이는 경향이 있으니까 보고 배워."

"그러게요. 참고할게요. 너무 빨라서 보이지 않는 펀치 같은 걸 써 보고 싶어요!"

"너는 대체 얼마나 버그 토끼가 되려고 그러냐?"

"……응. 숲 속의 착한 토끼는 죽었어."

하지메는 그런 농담을 하면서 【빙설 동굴】 쪽으로 걸음을 옮겼다. 그 뒤를 따르며 다른 이들도 방금 전투의 총평을 나눴다.

그렇게 일행은 마침내 【빙설 동굴】 입구에 도착했다.

입구 바로 앞에서 걸음을 멈춘 하지메가 어깨 너머로 뒤를 돌아보고 씩 웃었다.

"그럼 각오는 됐겠지?"

하지메 파티는 물론이고 코우키 파티도 말없이, 하지만 힘차게 고개를 끄덕였다.

하지메도 고개를 한번 끄덕였다. 그리고—.

"그럼 마지막 대미궁을 공략하러 가 볼까?"

결의와 각오가 담긴 말이 【빙설 동굴】의 입구를 때렸다.

【빙설 동굴】 안은 대단히 희한하고 기분 나쁜 곳이었다.

증류수처럼 무섭도록 투명한 빙벽 통로가 이어졌는데 이 빙벽이 빛을 반사하는지 희미하게 일행의 모습을 비추고 있었다.

하지메 일행이 움직일 때마다 마치 숨어 있는 사람이 있는 것처럼 시야 한쪽에서 그림자가 지나갔다.

의욕에 비례해 경계심을 최고로 끌어올렸던 코우키와 스즈는 순간 흠칫하며 무기를 들어 버렸다. 그러나 곧 그것이 자신의 모습임을 알고 두 사람 모두 얼굴을 붉혔다.

하지메는 속으로 초보자가 만들려다가 실패한 거울 미로 같다고 생각하면서 기묘한 빙벽을 물끄러미 들여다봤다.

"딱히 문제는 없어 보이는데…… 모습이 비치는 게 은근히 짜증 나는걸."

"……그런 괴담이 있었지? 눈보라 치는 산속 오두막에서 대화하는데 어느새 사람 수가 늘어나 있었다는 이야기."

"시, 시즈쿠, 그런 소리 하지 마! 나 그런 이야기 못 듣는 거 알면서!"

"아, 미안. 그랬지. 엔도가 뒤에 서 있는 걸 깨닫자마자 지팡이로 두들겨 팼을 정도니까."

"그 이야기가 지금 왜 나와?! 아, 하지메, 아니야! 나 그렇게 폭력적인 사람 아니야! 조금 놀라서 나도 모르게 그랬을 뿐인걸! 그러니까 이상하게 생각하지 마! 뒷걸음질치지 마!"

필사적인 변명이었다. 하지만 하지메는 「너무해. 뒤에 서 있기만 했는데 죽을 뻔하다니, 엔도 너무 불쌍해……」라고 말하듯 뒤로 한걸음 물러났다.

"……응. 무서운 곳에서 카오리는 흉기로 변한다. 기억했어."

"유에?!"

"여러분~, 카오리 씨한테서 떨어지세요! 위험해요!"

"시아까지 너무해!"

"그러고 보니 치유사인 카오리가 쳤다고는 믿어지지 않을 만큼 날아갔었지……. 그건 나도 식겁했어."

"아름다운 포물선이었지……. 카오링, 무서운 아이!"

"류타로랑 스즈까지…… 우우, 티오~. 애들이 괴롭혀! 너무 누님 같아서 기분 나쁜 티오가 돼서 혼내줘!"

"카, 카오리, 도움을 바라며 조롱하다니…… 언제부터 그런 고단수가 되었느냐, 하아하아."

카오리가 울상으로 와락 안기자 티오는 살짝 헉헉대며 머리를 어루만졌다.

"카오리는 그만 괴롭히고 슬슬 출발하자."

"하지메가 제일 너무해!"

원망스럽게 노려보는 카오리를 무시하고 하지메는 선두에 서서 전진했다.

그때 시즈쿠를 힐끔 보자 시즈쿠도 하지메를 보고 있었는지 눈빛으로 이야기에 맞춰줘서 고맙다는 감사의 뜻을 전해 왔다.

코우키와 스즈가 너무 긴장한 것 같아서 카오리를 놀려 분위기를 환기하려고 한 것이었다. 노리고 한 일은 아니었지만 하지메까지 장단을 맞춰줘서 코우키와 스즈에게 과도하게 들어간 힘이 확연히 빠진 것 같았다.

시즈쿠는 친구의 숭고한 희생에 마음속으로 경례하면서 어깨를 살짝 으쓱이는 하지메를 보고 입가에 웃음을 띠었다.

"……시즈쿠."

"……! 코우키, 왜?"

"아니…… 아무것도 아니야. 네가 카오리를 놀리기도 하는구나 싶어서."

"후후, 긴장해서 괜한 소리를 해 버렸어. 나중에 사과해야지."

"그래? ……그렇지. 그게 좋겠어."

장난기를 보이는 시즈쿠에게 코우키는 어렴풋이 웃고 동의했다.

그 후, 발소리를 흡수하는 것 같은 미궁 통로를 정적과 함께 나아가던 때였다.

바람이 휭 불었다.

갑자기 불기 시작한 찬바람에 하지메는 눈을 찌푸렸다.

통로 안쪽에서 바람을 타고 휘날리는 눈이 보였다.

날려 온 그것을 왼쪽 의수로 잡았다. 바로 녹아 물이 됐지만 하지메는 자신의 직감에 따라 오른손 손가락으로 신중히 만져 봤다.

"윽, 티오— 아니, 타니구치. 아까 그 결계를 펼쳐. 지금 당장."

"아, 알았어!"

침착하지만 위험성이 전해지는 지시였다. 스즈는 움찔 떨면서도 신속하게 『성절 산』을 펼쳤다. 파도치는 주황색 결계가 나타남과 동시에 풍속이 더욱 강해졌다. 거기에 맞춰 통로 안쪽에서 천천히 눈보라가 밀려왔다.

"주의해. 평범한 눈이 아니야. 만지는 순간 동상에 걸릴걸?"

"아얏?!"

하지메가 충고하기 무섭게 류타로가 비명을 질렀다. 덩치가 큰 게 문제였나 보다. 그만 결계 범위에서 삐져 나가 안면에 얼룩 같은 붉은 반점이 생겼다.

말이 떨어지기 무섭게 안 좋은 예를 보여준 류타로에게 카오리가 쓴웃음을 지으며 치유의 빛을 쏘았다. 류타로의 얼굴이 환하게 빛났다.

코우키는 친구의 빛나는 얼굴과 무뚝뚝한 표정에 웃음을 참고 전방을 노려봤다.

“드라이아이스…… 같은 건가?”

“극저온이라는 점은 같겠지. 동상에 걸리는 속도가 비정상적으로 빠르지만.”

하지메가 손끝의 감각을 확인하면서 대답하자 시즈쿠가 주머니에서 방한용 돌멩이— 에어존을 꺼내며 말을 이었다.

“얼음으로 된 동굴, 불어 닥치는 냉기, 그리고 동상을 일으키는 눈……. 바깥 기온이 어떨지는 확인할 엄두도 안 나. 이 아티팩트가 없었다고 생각하면 오싹해.”

“식수도, 구하기 쉽지 않겠어.”

류타로의 치료를 끝낸 카오리가 물 구슬을 둥실 띄워 날렸다. 마법으로 만든 물 구슬은 에어존과 결계의 효과 범위 밖으로 나간 순간 순식간에 얼어 버렸다. 벽에 부딪칠 시간도 없이 그대로 얼음덩이가 되어 바닥으로 떨어졌다.

그것을 보는 한, 각자 지참한 소형 물통에 넣은 식수도 원래대로라면 동굴에 들어온 순간 얼음이 되어 쓸 수 없게 됐을 것이다.

“그렇긴 하구먼. 아무래도 이 공간에서는 불 속성 마법이 현저히 약해지는 것 같고, 일일이 상급 마법을 쓰면서까지 얼음을 녹여 식수를 확보하면 마력이 버티질 못해.”

“……응. 하지만 우리는 상관없어.”

유에가 어깨를 으쓱이고 가슴 위에 있는 펜던트와 반지를 흔들어 어필했다. 유에 말대로 에어존의 난방 공간과 보물고의 보관 능력 앞에서는 본래 이 장소에서 받을 혹독한 시련도 의미가 없었다.

"도움이 돼서 다행이야. ……저렇게 되고 싶진 않으니까."

말하는 동안에도 걷던 하지메가 길 앞쪽에서 무언가를 발견한 모양이었다.

다른 일행이 하지메의 눈길을 좇자 그곳에는 잠든 것처럼 눈을 감고 빙벽 안에 묻힌 남자가 있었다.

마치 피곤해 벽에 기대어 앉은 채로 자기도 모르는 사이에 얼어 버린 것처럼 평온한 모습이었다.

외상도 보이지 않으므로 마냥 엉뚱한 추측도 아닐 것이다.

그러나 그런 평온한 유해를 보고 시아가 미심쩍게 말을 꺼냈다.

"……하지메 씨. 벽에 기댄 상태면 몰라도 벽 속에 있는 건 이상하지 않아요?"

"그래. 마치 벽이 밀려나왔거나 시체를 빨아들인 것 같아."

대미궁이 포식이라도 한 것 같다는 말에 카오리가 덜덜 떨기 시작했다.

지구에 있을 때 귀신의 집에 들어갈 때마다 그랬던 것처럼 시즈쿠에게 찰싹 달라붙었다. 죽어도 떨어지지 않겠다는 비장한 결의가 눈동자에서 엿보였다.

『신의 사도』의 육체조차 수중에 넣은 돌격계 소녀면서 호러에 약한 점은【메르지네 해저 유적】공략 때부터 조금도 변하지 않았다.

하지메는 그런 카오리에게 피식 웃으며 안대를 조금 들어 유심히 남자의 유해를 관찰했다.

"마력 반응은…… 빙벽에도 시체에도 없어. 그래도 만약을 위해 죽여…… 아니지, 파괴할까."

마안석으로 확인해도 특별한 점은 보이지 않으므로 딱히 내버려 둬도 무해하겠지만 바꿔 말하면 그냥 둬야 할 이유도 없었다.

그래서 하지메는 돈나를 뽑아 유해를 향해 총구를 들었다.

예전과 조금 달라져 티오의 검은 비늘처럼 선명한 칠흑에 진홍색 라인이 들어간 디자인이 됐다. 승화 마법으로『연성』실력이 향상돼 더욱 튼튼하고『전기 두르기』와의 친화성이 높은 합금으로 재구성한 결과였다. 슈라크도 똑같이 가공했다.

그 증거로 돈나에 흘러든 전기는 이전보다도 확연히 강하고 선명한 스파크를 튀기고 있었다. 그 직후, 작렬음이 울리고 두 줄기 붉은 섬광이 빙벽을 관통했다.

빙벽 표면에서 유해까지는 2, 3미터밖에 되지 않았고, 마치 바늘로 스펀지를 찌르는 것처럼 들어간 총알은 유해의 이마와 심장을 인형처럼 박살 냈다. 관통 거리는 눈어림으로 헤아릴 수 없을 만큼 깊었다.

강화한 돈나, 그리고 같은 특수 합금으로 만든 총알로 그 정도 벽은 아무런 장애가 되지 않았다.

"……."

죽은 자를 능욕하는 듯한 행위에 코우키가 눈살을 찌푸렸지만 그래도 이 상황에서 따지려는 생각은 접은 것 같았다. 자제하고 막 열려던 입을 꾹 다물었다.

"……괜찮아 보이네. 이상하긴 하지만, 일단 머리에 새겨 넣어 두기만 해도 되겠지."

몇 초 동안 상황을 살폈으나 시체에도 빙벽에도 반응은 없었다.

안도의 분위기가 흐르고 일행은, 특히 카오리는 유해를 힐끔힐끔 보면서도 길을 서둘렀다.

그리하여 하지메 일행이 동굴 안쪽으로 사라지고 얼마 후.

바람이 통과하는 소리밖에 나지 않던 장소에 쩌적 하고 얼음이 갈라지는 소리와―.

"으어, 아, 끄어어……."

고통에 찬 신음이 은밀히 메아리쳤다…….

뒤에서 발생한 이상 사태에는 눈치채지 못하고 하지메 일행은 묵묵히 통로를 따라 걸었다. 도중에 결계에서 나가 버린 류타로가 동상에 걸려 카오리에게 혼나고 치료받길 몇 번이나 반복하면서 순조롭게 길을 답파했다.

보통은 탐색하면서 나아가야 할 미궁이지만 나침반 덕분에 헤맬 일도 없었다.

"너무 순조로워. 제법 오래 걸었는데 아무 일도 안 일어나잖아?"

여정이 지나치게 순조롭자 하지메는 도리어 경계심을 품고 중얼거렸다.

"……응. 대미궁인데 이상해. 게다가 아무 일도 안 일어나는 길에 왜 저런 시체가 있는지, 그것도 부자연스러워."

『빙벽 속 유해』를 가리켜 하는 말이었다. 여정 자체는 문제가 없었지만 그 유해의 수가 이해되지 않았다.

마물의 습격조차 없는 조용한 길이었다. 과연 열악한 환경만으로 이리도 많은 자가 목숨을 잃었을까?

"아. ……또 있어."

앞서 가는 하지메의 바로 뒤에서 동상 눈보라를 막던 스즈가 또 유해를 발견했다. 대량의 유해를 보고 기분이 좋지 못한 표정이었다.

"또 마인족이야?"

코우키가 중얼거린 대로 유해는 거무스름한 피부에 뾰족한 귀를 가진 마인족 남성이었다. 그들이 세 명 함께 모여 잠든 듯 눈을 감고 있었다.

"이걸로 열다섯 명째였나? 대부분 마인족이었어."

시즈쿠는 무겁게 한숨을 내쉬었다. 적대하는 이들이어도 딱하다는 감정은 자연스럽게 올라왔다.

대조적으로 눈곱만큼도 신경 쓰는 기색이 없는 하지메가 턱을 만지며 추측을 말했다.

“내 예상이지만, 프리드가 공략해서 국가적으로 도전했던 게 아닐까? 보험은 필요하니까.”

“일리가 있어. 마인족 쪽 어드밴티지는 마물을 대량으로 부릴 수 있다는 점이야. 그걸 한 사람에게 의존하는 건 간과하기 힘든 약점이지.”

그 추측을 뒷받침하듯 이곳에서 숨을 거둔 삼인조, 그리고 도중에 발견한 마인족 절반 이상은 왕도 침공 때 본 마인족 군복을 입었다.

모험가 같은 옷이나 구시대 군복 같은 것을 입은 자들은 아마 개인으로 도전한 사람이거나 먼 옛날의 군인일 것이다.

“흠. 그 남자의 공략 정보가 있으면 가능하리라 생각했겠지. 하지만 역시 그리 쉽지는 않았나 보구먼. 다른 길도 있었을 터이니 얼마나 많은 이가 도전했을는지…….”

“그래도 국가적 차원으로 도전했다면 프리드라는 사람 말고도 공략한 사람이 있을 가능성은 높지 않을까? 만약 그렇다면 마물 군단이 재편성되는 것도 시간문제일지 몰라…….”

카오리가 걱정스러운 표정을 보였다. 왕도에 남기고 온 친구들과 릴리아나를 생각하고 있으리라.

에리의 암약이 있었다고는 해도 마인족 군세는 대단했다. 만약 하지메가 없었다고 생각하면 절로 소름이 돋았다.

“괜찮아, 카오리. 적어도 바로 쳐들어오지는 않을 거야. 대결계는 완전히 복구했고 내통자도 다른 아이들이 색출 중이야. 무엇보다 마인족은 그 레이저 병기가 망가졌다는 사실을 몰라. 병력이 모여도 쉽게는 못 움직여."

"시즈쿠……. 응, 맞아. 그렇지."

시즈쿠의 객관적이고 정확한 예측으로 카오리는 제법 근심이 걷혔는지 미소 지었다. 그러나 아직 희미한 불안이 엿보였다. 그 감정은 시즈쿠도 이해하는 바였다.

'고향으로 돌아갈 가능성이 보인 건 기쁘지만, 돌아간 후 남을 릴리와 사람들을 생각하면 걱정되겠지…….'

하지메와 함께 지구로 귀환한다는 것은 왕국 사람들을 버린다는 뜻이기도 했다.

인간족과 마인족의 싸움, 더 나아가 그것을 유발한 신은 이 세계에서 끊임없이 이어진 문제지만 개인적인 감정은 그리 쉽게 바꿀 수 없었다.

물론 이해는 한다. 뭐든 다 마음대로 할 순 없다는 걸. 우리는 신이 아니라 인간이다. 할 수 있는 일에는 한계가 있고 인간은 언제나 선택을 강요받는다.

심지어 자신의 힘이 아니라 하지메라는 타인의 힘에 의지하는 현재 상황에서 더 많은 것을 바란다면 그것은 『선택』이 아니라 『생떼』였다.

그런 생각을 하던 때 코우키가 대화에 끼어들었다.

"……안심해, 카오리. 힘을 얻으면 내가 신을 쓰러뜨리겠어. 그리고 왕국 사람들도…… 아니, 인간도 마인도 모두 내가 지킬게. 여기 남아야 하겠지만, 모든 신대 마법을 얻으면 자력으로 돌아갈 수 있을 테니까 괜찮아. 나는, 아무도 버리지 않아."

"코우키……."

명실상부한 용사의 발언이었다.

그러나 어떻게 된 일일까? 그 말에서는 예전 같은 긍정적이고 쾌활하고 순수한 에너지가 느껴지지 않았다.

코우키가 카오리를 생각해서 하는 말이 아님을, 그의 시선이 향한 곳을 보면 알 수 있기 때문일까? 지키겠다고 말하면서 그 말은 오히려 창처럼 날카롭고 비난처럼 공격적이었다. 바로 그 시선 끝에 있는 하지메를 향한…….

카오리는 답답한 마음이 풀리기는커녕 오히려 새로운 불안이 올라오는 기분이었다. 무심코 도움을 청하듯 시즈쿠를 돌아봤다.

시즈쿠 또한 불안이 맺힌 눈으로 코우키를 보고 있었다.

코우키의 눈 안쪽에 얼핏 보이는 것. 그것은 지구에 있을 때 한 번도 본 적 없는— 악감정.

질투, 의심, 초조, 짜증, 답답함…….

다양한 감정이 뒤섞여 포화 상태에 이른 것 같은, 그리고 그것을 간신히 억누르고 있는 것 같은, 그런 불안함이 느껴지는 광채 없는 눈동자.

코우키의 그 시선을 깨달았는지 앞서 걷던 하지메가 고개만 돌려 뒤를 봤다. 코우키의 시선을 똑바로 보고 이어서 불안해하는 카오리를 봤다.

이미 익숙한 상황이었다. 그러나 카오리의 표정은 조금 보기 좋지 않았다.

하지메는 뺨을 긁적이고 어쩔 수 없다는 표정을 지었다.

그러고는 카오리에게서 코우키에게로 눈길을 되돌렸다.

"아마노가와, 왜? 하고 싶은 말이 있으면 해."

"으…… 아니. 딱히 없어."

뜻밖에도 무시당하지 않고 똑바로 말이 돌아왔다. 코우키는 한순간 몸에 힘이 들어가 움찔 떨었으나 곧 눈썹을 치켜들더니 무언가를 꾹 참는 표정으로 변했다. 무슨 표정 연습이라도 하는 것 같았다.

"그래? 그렇다면 됐어."

하지메는 코우키에게 큰 관심을 갖지 않고 바로 눈길을 돌렸다. 그리고 멈춰 선 스즈의 어깨를 밀어 계속 걸으면서 말을 이었다.

다만, 이번에는 카오리를 향해서였다.

"왕국 쪽은 모르는 사이도 아니니까 부탁한다면 돌아가기 전에 선물 정도는 줄 거야. 히페리온이든 대륙간 탄도 미사일이든 고속 궤도 전차든 관성과 중력을 무시한 전투기든."

"하지메……. 후후, 공주님에게 보내는 선물치고는 조금 과격하지 않아?"

왕국 인간들이 스스로를 지키기 위한 아티팩트를 주겠다는 하지메의 타협안을 듣고, 카오리는 눈을 동그랗게 뜬 후 기쁘게 표정을 풀었다.

이 세계에서 생긴 친구를 전쟁의 위협 속에 던져 놓고 떠나는 답답함은 분명 완전히 걷히지 않을 것이다.

그래도 조금이라도 그들의 힘이 되어 줄 수 있다는 말은 카오리의 마음을 가볍게 해줬다.

시즈쿠의 표정에도 희미한 웃음이 떠올랐다. 속마음을 드러내듯 대단히 시즈쿠다운, 진지하기 짝이 없는 농담을 건넸다.

"나구모, 이 세계의 파워 밸런스가 무너지면 어쩌려고 그래. 대결계처럼 몸을 지키기 위한 게 아니라면 오히려 릴리가 마음고생으로 쓰러질걸?"

"그거까지는 내 알 바 아니지. 공격은 최고의 방어잖아? 당하기 전에 해치워야지. 그 공주님은 보기보다 배짱이 있으니까 그 정도가 딱이야. 『신의 사도』조차 저격포로 격추하는 공주…… 음, 즉흥적으로 생각한 거지만, 거대한 라이플을 짊어진 공주란 것도 쿨하고 멋지군. 창작 의욕이 샘솟아."

릴리아나가 들으면 「저 왕녀예요! 왕녀라고요! 전사처럼 취급하지 말아주세요!」라며 울부짖을 말이었다.

농담을 받아주는 하지메를 유에와 시아, 티오 또한 어딘지 모르게 포근한 표정으로 바라봤다.

예전이라면 왕국 인간이 어찌 되건 무슨 상관이냐고 관심도 주지 않았을 것이다. 하지만 그러지 않는 지금의 하지메를 보자니 어쩐지 마음이 간지러웠다.

물론 지금도 하지메는 누구에게나, 그리고 무엇에게나 도움의 손길을 내밀지는 않는다.

선은 확실하게 긋는다. 그어야만 했다. 그러지 않으면 넓은 범위에 손이 닿을 만큼 강한 힘을 가진 하지메는 밑도 끝도 없이 싸움에 끼어들어야만 하니까.

그래서 세계를 위해 싸우지는 않는다. 얼굴도 모르는 사람들을 위해 힘을 쓰지도 않는다. 자신의 소중한 사람들을 잃을 가능성을 알기에 더더욱…….

그 부분에 찜찜함이나 죄책감은 느끼지 않고 선 긋기에 망설임도 없었다.

하지메의 마음속 저울에 올라가는 것은 한정되어 있다. 그리고 그 기울기도…….

릴리아나에게 주는 흉악한 선물은 하지메가 할 수 있는 아슬아슬한 배려였다.

하지메의 동료들도 그것은 알기에 선을 그은 범위 안에서 마음을 허락하는 하지메를 사랑스럽게 생각하고, 동시에 하지메에게 많은 것을 바라지는 않았다.

시아가 제국에 잡힌 가족을 도와 달라고 말하지 못한 것처럼, 카오리가 혼자 친구들에게서 떨어진 것처럼…….

"공주님에게 보낼 선물은 그렇다 치더라도, 너희도 어떻게 할지 확실히 정해 둬. 마인족 영지에서 떠난 뒤 이 세계에 남을지 우리와 함께 돌아갈지. 기다려주지는 않을 거야."

"……그래. 알아."

"응. 나는 에리와 이야기하고 정하겠지만."

"나는 코우키랑 같이 가련다."

하지메의 말에 세 사람은 각자의 답을 내놓으며 고개를 끄덕였다.

그러는 사이 일행은 큰 사거리에 도착했다. 모든 통로가 같은 크기에 높이도 폭도 10미터 정도였다. 사거리 중앙에는 눈발을 품은 회오리바람이 불었고 천장에서 내려오는 눈을 네 개의 통로로 보내고 있었다.

"타니구치. 풍향이 변해. 정면 통로가 정답이니까 순풍이 될 거야."

"오케이. 조정하면서 뒤로 돌아갈게."

하지메가 나침반으로 방향을 확인하고 스즈가 결계를 조정하는데 별안간 시아의 토끼 귀가 반응했다.

"하지메 씨…… 뭐가 와요. 그것도 많이요."

"마물이야? 드디어 나왔나 보군. 어디서 와?"

"……사방, 전부요."

"뭐? 뒤에서도 온다고?"

하지메는 전투태세를 취하면서도 의아한 표정으로 물었다.

당연히 그럴 수밖에. 여기로 올 때까지 마물은 한 마리도 없었다. 그런데도 불구하고 뒤쪽에서 기습을 받는다는 것은 하지메와 시아도 기척을 놓쳤거나 알아차리지 못했다는 뜻이었다.

그 사실을 깨달은 코우키와 아이들 사이에 긴장이 퍼졌다. 표정이 굳고 무기를 쥔 손에 힘이 들어갔다.

"나구모! 길을 알면 빨리 돌파하자!"

"아니, 아직 통로에서 나가지 마. 적의 수준을 모르는 상황에서 포위당하는 건 피하고 싶어. 카오리, 타니구치와 후방으로 가. 상황을 보고 분해 포격을 쏘도록 해. 직선상이라면 그만한 게 없으니까."

"응! 맡겨줘!"

"티오, 너도 결계를 담당해줘. 타니구치를 보조해. 눈을 흐트러뜨리는 정도면 돼."

"나만 믿어라."

하지메의 지시가 빠르게 떨어지고 유에와 시아도 사전에 짠 것처럼 최적의 대열을 짰다.

통로에서 협공당하기 전에 다소 억지로라도 돌파하고 싶은 코우키가 떨떠름한 표정을 지었지만 시즈쿠에게 재촉당해 받아들이고 배후로 경계의 눈빛을 보냈다.

동상 눈보라가 불어 닥치는 가운데 모든 방향에서 몰려오는 대군 앞에서 긴장은 커져만 갔다.

잠시 후 희미한 소리가 모두의 귀에 들어왔다.

신음소리였다. 고통에 찬 듯, 절망에 한탄하듯, 증오를 드러내는 듯한, 그런 이름 붙이기 어려운 공포를 불러일으키는 소리.

그것이 통로 안쪽의 어둠에서 울렸다. 그 어둠이 으스스함 때문인지 한층 깊은 어둠에 잠긴 것처럼 보였다. 꿀꺽. 누군가가 마른침을 삼키는 소리만이 이상하게 선명하게 들렸다.

"왔어."

어둠을 걷는 것처럼 힘찬 하지메의 목소리가 메아리친 다음 순간, 그것이 나타났다.

어둠에서 흐느적거리며 서서히 모습을 드러낸 것은 사람이었다.

검은 군복을 입었고 특징적인 긴 귀가 보였다. 마인족 군인이었다.

그러나 이상했다. 일단 피부가 갈색이 아니라 창백했다. 눈은 하얗게 탁해졌고 움직임은 꼭두각시처럼 어색했다. 무엇보다 온몸을 서리가 뒤덮었다.

어떻게 봐도 명백히 생명력이 느껴지지 않았다.

"이것들…… 설마 빙벽 속 시체인가?"

그렇다고 대답하듯 마인족들이 통로 안쪽에서 잇달아 밀려들었다.

"……응. 틀림없어. 마인족이 아닌 사람도 있어."

모험가 같은 인간족 말고도 아인족까지 있었다. 마인군이 새롭게 대미궁에 투입한 병력이 아닌 것은 확실했다. 더군다나—.

"살아 있지……는 않네요. 지금도 고동 소리가 안 들려요."

쫑긋쫑긋 움직이는 우수한 토끼 귀가 그들을 죽은 자라고 확신시켜줬다.

"어, 어쩐지…… 좀비 같네?"

전에 이런 영화 장면을 본 적이 있다며 시즈쿠는 굳은 표정으로 중얼거렸다.

확실히 신음하는 망자가 밀려오는 광경은 좀비 영화 그 자체였다. 단, 얼어붙은 좀비— 프로스트 좀비라는 점이 특이했지만…….

으스스한 광경에 후미를 맡은『호러가 약점인 신의 사도』카오리의 표정에서 싸악 소리가 나고 핏기가 가셨다.

그런 카오리와 옆에서 덜덜 떠는 스즈의 공포를 알아챘는지 프로스트 좀비들은 일제히 검붉은 눈을 두 사람에게로 들었다. 그리고—.

—아으아아으아아아아!

맹렬하게 돌진하며 절규를 퍼뜨렸다. 조금 전까지 느릿느릿하던 움직임은 뭐였냐고 생각될 만큼 스프린트 선수도 울고 갈 전력질주였다.

썩은 살점은 얼어서 보이지 않지만 이를 드러내고 달려오는 모습은 그야말로 공포 영화였다. 차마 봐주기 힘든 추악함은 본능적으로 어마어마한 공포를 인간에게 심어줬다.

그래서—.

"꺄, 꺄아아아아아아아!"

눈물을 머금은 카오리가 흉포화했다. 은색 마력이 분출하고 앞으로 내민 양손 끝에 집중된다. 그다음 순간, 통로를 가득 메우는 은색 섬광— 분해 포격이 발사됐다.

공기를 뒤흔들며 직진한 분해 포격은 당연하게도 앞을 가로막는 모든 것을 티끌로 바꾸었다. 대량의 프로스트 좀비 따위 어떤 장애도 되지 않았다.

섬광이 가늘어지고 사라진 후에는 이미 아무것도 없었다. 대단히 허무하게, 프로스트 좀비의 포위망은 무너졌다. 퇴로뿐이지만…….

류타로가 뺨을 실룩거리며 중얼거렸다.

"나, 왕도로 돌아가면 먼저 엔도한테 충고해야겠다. 앞으로 무슨 일이 있어도 절대 카오리 뒤에 서지 말라고."

"……그러게. 그리고 지구에 돌아가도 귀신의 집 같은 곳은 절대로 안 들어갈 거야."

놀라게 한 순간 죽을지도 모르는 귀신의 집…….

등에 서기만 해도 목숨이 오락가락…….

그런 귀신의 집이 있으면 싫을 만도 하다. 귀신 분장을 한 배우들이…….

"으에에에엥, 시즈쿠! 무서웠어~!"

아니, 네가 무섭지. 그곳에 있는 모든 사람이 그렇게 생각했다.

"뭐, 아무튼 잘했어, 카오리. 뒤쪽을 걱정할 필요가—."

없어졌다고 말하려던 하지메가 말을 멈췄다.

"왜, 왜 그래? 하지메?"

하지메의 시선이 카오리의 발밑으로 스르륵 내려갔다. 거기에 이끌려 카오리의 눈도 아래로 내려갔다.

—안녕하세요, 프로스트 좀비입니다. 아, 네. 카오리입니다.

실제로 그렇게 말하는지는 모르겠지만 초면의 상대에게 구김살 없이 웃으며 굳어 버린 카오리.

대조적으로 얼음 속을 미끄러지면서 움직인 프로스트 좀비는 그 직후 땅에서 팔을 불쑥 뻗었다. 무엇을 위해? 뻔하다. 카오리의 발을 덥석 잡기 위해!

"……아으."

카오리가 눈을 까뒤집었다. 지금 막 은색 공포를 흩뿌린 주제에 공포에 져서 정신줄을 놓고 말았다.

"카오리! 자면 안 돼! 잠들면 죽어!"

시즈쿠가 설산 단골 대사를 조금 다른 의미로 외치며 흑도를 뽑았다. 번개처럼 잘리는 프로스트 좀비의 팔. 시즈쿠는 곧장 물 흐르듯 아름다운 동작으로 카오리의 뺨을 찰싹 때렸다.

"헉?! 내가 왜—."

발목에 감촉이…… 어? 잘린 팔? 아으~.

이번에는 유에의 따귀 때리기. 짜악!

"유, 유에……."

"……후우. 바보 카오리, 그만 정신 똑바로 차려."

뺨에 손바닥 마크를 찍은 한심한 카오리를 내려다보며 유에는 땅이 꺼지게 한숨 쉬었다.

사거리 방은 이미 세 자리수가 넘는 프로스트 좀비로 흘러넘치고 있었다. 아울러 소탕했을 뒤쪽 통로에서도 새롭게 프로스트 좀비가 계속해서 모습을 드러냈다.

"야에가시, 카오리에게 붙어 있어. 둘이서 뒤를 지켜. 타니구치는 주위 벽과 바닥에도 결계를 치고. 다른 인원은 정면!"

하지메는 새로운 지시를 내리고 몰려오는 앞쪽 방 프로스트 좀비를 향해 돈나의 방아쇠를 당겼다.

그에 맞춰 유에와 티오의 풍인이 달리고, 시아의 드뤼켄이 포격음을 울리고, 코우키의 빛의 참격이 공중에 초승달 궤적을 그리고, 류타로의 충격파가 작렬했다.

조준할 필요가 없을 정도로 흘러넘치던 프로스트 좀비는 그 격렬한 파괴 앞에서 속수무책으로 박살나 버렸다.

"액체 질소라도 뒤집어쓴 것 같군. 어떻게 움직이는 거지?"

하지메가 바라보는 곳에서는 프로스트 좀비들이 말 그대로 분쇄당하는 광경이 펼쳐지고 있었다.

육체 안쪽까지 얼어붙었는지 희고 붉은 혈육이 자잘한 결정이 되어 후드득, 데굴데굴 바닥을 뒹굴었다.

"헌데 약하구먼. 고유 마법을 쓰는 낌새도 없고…… 물량 공세인가?"

티오의 추측은 정곡을 찌른 것이었다.

"야, 잠깐! 저것들 재생하잖아! 어떡해야 해!"

동요한 류타로의 고함이 메아리쳤다. 그 말대로 흩어진 육체 파편이 저절로 움직여 모이더니 순식간에 본래 모습으로 돌아가 버린 것이었다.

"으엑?! 저 징그러운 건 뭐야?! 나구모~! 뭔가 꿈틀대는 게 있어!"

이번에는 스즈의 떨리는 목소리가 크게 울렸다. 돌아보자 붉은 티끌 같은 것이 모여 고깃덩이 같은 것이 만들어지는 참이었다.

"분해당하고도 재생해? 대단한데."

"감탄할 때가 아니야! 카오링의 눈에서 빛이 사라졌어! 무서워!"

"카오리! 정신 차려! 봐, 나야! 항상 귀신에게서 널 지키는 시즈쿠라고!"

공포를 떨쳐 버릴 수 없는지, 카오리는 덜덜 떨면서 하이라이트가 사라진 눈으로 은빛 깃털을 난사했다. 스즈와 시즈쿠는 오히려 그런 카오리에게 겁먹은 눈치였다. 「후후후, 분해, 분해! 무서운 건 전부 다 분해~!」라고 반복해 중얼거리는 카오리는…… 확실히 무서웠다.

유에가 그런 카오리를 어이없게 보면서 입을 열었다.

"……하지메, 마석은?"

"없어. 희미하게 마력을 두른 건 알겠는데 마석은 안 보여."

"네~? 그러면 설마 메르지네 때와 똑같다는 말인가요?!"

시아의 뇌리에 바다에 숨은 고대의 마물— 악식이 스쳤다. 악식은 마석이 없는 마물이며 아무리 공격해도 무한하게 재생하는 불사신이나 다름없는 괴물이었다.

하지메 일행의 힘으로도 죽일 수 없어 타르를 대량으로 먹이고 바다째로 불태우는 무식한 방법을 쓸 수밖에 없었던 귀찮은 상대.

그런 괴물과 비슷한 종류라고 생각하자 시아도 표정이 끔찍하게 일그러졌다.

"바보 같은 소리. 그런 놈이 그렇게 많겠냐? 무슨 원리가 있을 거야."

하지메는 한 손으로 총을 쏘고 다른 한 손으로 나침반을 꺼냈다. 찾는 것은 마석이었다. 마안석으로 찾을 수 없게 은

폐되어 있을지도 모른다는 생각에서였다.

"……멀군. 밀레디 기사 골렘과 비슷한가?"

나침반은 분명히 마석의 존재를 가리켰다.

하지만 그것은 프로스트 좀비들의 몸속이 아니라 현재 위치에서 500미터 이상 떨어진 곳이었다. 【라이센 대미궁】에서 밀레디가 원격 조종 하던 기사 골렘을 연상하게 했다. 혀를 차는 하지메에게 유에가 고개를 갸웃거렸다.

"……하지메?"

"아무래도 이것들을 움직이는 마석은 이곳에서 떨어진 곳에 있는 것 같아. 혹은 그 마물의 고유 마법일지도 모르지. 원격 조종인지 사역인지는 모르겠지만."

"흠. 좌우간 그 마석을 어떻게든 하지 않으면 영원히 싸워야 한다, 이 말이군?"

"그렇다면 찾으러 가야죠!"

말과 함께 힘차게 기합을 넣었다. 몰려드는 프로스트 좀비를 드뤼켄 한 방으로 죄다 날려 버린 시아에게 하지메가 고개를 끄덕였다.

"내가 앞장설게. 모두 뒤처지지 말고 따라와!"

하지메는 시아가 뚫은 포위망의 구멍으로 뛰어든 뒤 보물고를 빛냈다.

허공에 출현한 것은 거대하고 투박한 직육면체 병기— 미사일 & 로켓 런처『오르칸』이었다.

의수로 잡아 옆구리에 끼고 한 손 사격 자세를 잡았다. 그 직후, 수백에 이르는 프로스트 좀비에게 불합리한 폭력이 휘몰아쳤다.

푸쉬이이, 하고 기운 빠지는 소리를 내며 오렌지색 꼬리를 끌고 날아가는 무수한 탄두. 포물선을 그리는 그것들은 진로 위에 말뚝을 박듯 순서대로 착탄해 엄청난 굉음을 내면서 프로스트 좀비를 폭쇄했다.

충격과 폭풍이 프로스트 좀비들을 가차 없이 날려 버렸다. 육편이 튀고 그것이 또 산탄이 되어 주변 프로스트 좀비들을 박살 냈다.

길이 뚫렸다. 일직선으로, 안쪽 통로로 이어지는 길이…….

"가자!"

하지메의 호령에 따라 단숨에 사거리 방을 내달렸다.

뒤따르는 하지메의 동료들이 곧바로 재생하기 시작한 프로스트 좀비에게 추가타를 먹였다.

불 속성이나 물 속성 마법은 쓰기 어렵지만, 그것만으로 공격 수단을 잃을 어설픈 이들이 아니었다.

폭격으로 산산조각 난 프로스트 좀비들은 재생되기 전에 다시 바람이나 전기로 분쇄당해 쓰레기처럼 벽으로 튕겨 나갔다.

그러나 지나간 뒤 재생한 대량의 프로스트 좀비가 후방에서 신음소리를 내며 쫓아오는 광경은, 비록 그다지 강하지는 않더라도 제법 공포를 유발했다.

특히 카오리와 스즈의 뻣뻣해진 표정은—.

"히익, 천장에서 튀어나왔어?! 카오링, 빨리 분해해줘어!"

"분해! 분해!! 앗, 뭐야! 팔만 던졌어?! 심지어 팔만 움직여!! 막 기어와!!"

"……바보 카오리, 시끄러워."

"아니, 카오리도 유에도 지금 싸울 때야?! 얼른 팔을 움직여! 격퇴하라고! 아, 스즈! 결계가 무너지려고 하잖아! 그만 징징거리고 눈보라 제대로 막아!"

"유에 씨! 카오리 씨랑 놀지 말고 지원해 주세요! 땅속에서 엄청 오고 있다구요! 언제까지 저한테 두더지 잡기 시키실 생각인가요?! 앗, 또— 그만 좀 나와요, 이 시체 쪼가리들! 으깨져 죽어! 예요오!"

여자 셋이 모이면 접시가 깨진다는데, 좀비 패닉 속에 다섯 명이나 모이니 그보다 더했다.

물론 물량과 재생력, 그리고 소름 끼치는 겉모습 말고는 특별히 문제 되지 않는 수준인 탓인지 심각함이 영 부족했다. 꺅꺅거리며 허둥대는 모습은 마치 귀신의 집에 들어온 여고생 집단 같았다.

"으음, 젊구먼, 젊어. 그냥 마물인데 저리도 떠들 수 있다니……."

시끌벅적한 그녀들을 힐끔 보면서 티오가 아련하게 중얼거렸다. 카오리에게서 의식을 돌린 유에가 어이없는 눈초리로 티오를 봤다.

"……티오, 할머니 같아."

"뭣이?! 너, 너무하구나. 뭐, 실제로 나는 손윗사람이니 훈훈하게 생각할 때도 있지만……. 유에, 너도 그런 적 있지 않느냐?"

"……없어. 난 영원한 열일곱 살."

"음? 내 기억에 유에는 스무 살 넘어서 유폐됐던 거로—."

유폐된 300년을 빼더라도 나이 속이지 않았어? 라고 은연중에 묻는 하지메에게 유에가 뭐라고 말하기 힘든 눈빛을 보냈다.

범람하는 프로스트 좀비들을 날벌레처럼 폭염으로 휩싸는 하지메였지만 위기감이 등을 타고 흐르자 한순간에 꺾였다.

"유에는 영원한 열일곱 살. 틀림없어."

"……응. 하지메와 동갑."

"꽉 잡혀 사는구먼."

이번에는 티오가 어이없다는 듯 말했다.

후방에서는 여성 멤버들이 시끌벅적하게 떠들고 전방에서는 하지메가 설설 기고 있었다…….

"있잖아, 코우키. 우리는……."

"류타로, 아무 말도 하지 마."

코우키와 류타로는 그만 맥이 빠져 서로를 보면서 한숨 쉬었다.

총성과 폭음과 충격음과 찢어지는 비명과 신음소리와 가끔 들리는 시아가 억지스럽게 붙이는 「에요오!」를 BGM으로 깔고 진격이란 이름의 도망을 이어가길 수 분.

하지메 일행은 드디어 거대한 공간으로 나왔다. 도쿄 돔만큼 넓은 투기장 같은 공간이었다. 신기하게 등을 떠밀던 눈보라가 마치 보이지 않는 벽이라도 있는 것처럼 통로 출구에서 역류해 방으로는 산들바람조차 불어오지 않았다.

스테이지가 변했음을 극명하게 보여줬다.

방 중앙 부근까지 걸어가 하지메가 입을 열었다.

"찾았다. 이곳까지 오면 나한테도 보여."

하지메는 나침반을 넣고 송곳니를 드러내 사납게 웃었다.

하지메의 마안석은 정면에 있는 빙벽을 바라보고 있었다. 아니, 정확히는 그 빙벽 안쪽에 있는 주먹 크기의 검붉은 물체— 마석을……. 숨겨진 금은보화처럼 진화한 돈나로도 도달할 수 없을 만큼 깊은 곳에 매몰되어 있었다.

하지만 방법은 있다며 하지메가 보물고를 발동했다. 소환된 것은 거대하고 긴 병기— 전자 가속식 대물 라이플『슈라겐』. 당연히 흉악함이 배가된 진화 버전이었다.

지금이라면 전에는 뚫지 못했던 밀레디 골렘의 아잔티움 장갑이라도 어렵지 않게 관통하리라 확신할 수 있는 하지메의 회심작. 그렇다면 단순한 얼음이 아니라도 금속도 아닌 벽을 뚫지 못할 이유는 없었다.

"뚫어주마."

진화한 안티 머티리얼 라이플이 맹렬한 스파크를 뿜으며 선명한 진홍빛을 흩뿌렸다.

옆구리에 끼고 한 손으로 슈라겐을 잡은 하지메는 흉악한 웃음을 지은 채 관통에 특화한 괴물을 해방하고자 방아쇠를—
당기려고 했으나, 그 순간—.

"……하지메!"

유에의 경고에 몸이 멈췄다. 기척에 끌려 고개를 위로 들어 보니 그곳에는 날개를 펼친 참수리가 강습해 오는 중이었다.

"쳇, 또 적인가."

새로운 적은 단순한 수리가 아니었다. 몸 전체가 투명한 얼음으로 이루어졌다. 이름 붙인다면 프로스트 이글이 적당할까? 그것이 얼음 천장에서 잇달아 태어나 호우처럼 낙하해 왔다.

하지메는 다른 누가 대응하는 것보다 빨리 슈라겐을 그대로 둔 채 슈라크를 속사로 갈겼다.

똑바로 천장을 향해 치솟은 섬광이 가장 가까이 있는 프로스트 이글의 가슴에 착탄한 순간, 붉은 파문과 충격파를 뿌리고 얼음 몸통을 박살 냈다.

이어서 아직 성에 차지 않는다는 양 관통해 그대로 후방에서 따라오던 프로스트 이글 두 마리까지 충격파로 분쇄해 버렸다.

승화된『충격 변환』으로 작렬탄에 수차례 충격파를 발생시킬 수 있게 됐다. 돈나 & 슈라크의 탄환이라면 최대 세 번까지 착탄할 때마다 어마어마한 충격파를 흩뿌릴 수 있다.

얼음 파편이 반짝이며 쏟아지는 가운데 한 손으로 훼방꾼을 제거한 하지메는 다시 슈라겐의 방아쇠를 당겼다.

쿵! 대기가 흔들리는 충격이 퍼지고 선명한 빛의 궤적이 뻗어 나갔다. 진홍색 창과 같은 그것은 정확히 표적인 마석을 향해 갔고—.

"칫, 저 자식, 피했어."

무심코 짜증이 얼굴로 드러났다. 한 방으로 정리할 생각이었다. 그러나 뇌속의 탄환은 발사되기 한순간 전에 표적이 움직여 빗나가고 말았다. 아니, 그것은 하지메 말대로 『피했다』는 의도가 느껴지는 움직임이었다.

"주인님, 아무래도 오아시스에 있었던 바츄람과 비슷한 모양이다. 저건 벽이 아니야. 마물이 의태한 것이지."

"그런 것 같군. 그렇다면…… 모두 주의해. 주위 얼음이 전부 적의 공격 수단이라고 생각해!"

그 경고가 옳았음은 곧 증명됐다.

"크롸아아아아!"

빙벽이 뱉어내듯 나타난 것은 이족보행 하는 늑대. 그것도 무리였다.

프로스트 이글과 마찬가지로 몸은 얼음이고 눈만 형형히 검붉은 빛을 뿜었다. 키는 2미터 정도. 날카로운 발톱과 이빨을 가졌고 짐승 같은 소리를 내는 모습은 프로스트 워울프라고 불러야 할 듯싶었다.

그러는 사이에도 천장에서는 대량의 프로스트 이글이 태어났고 뒤쪽 통로에서도 프로스트 좀비가 쫓아오고 있었다.

야구장 크기의 공간이 삽시간에 세 종류 마물로 버글거렸고 저마다 수백, 수천으로 불어났다.

프로스트 좀비와 같이 하지메가 분쇄한 프로스트 이글도 역시 재생했다.

이곳은 무한히 몰려오는 적과의 투쟁을 강요받는 투기장인 셈이었다.

더불어 쐐기를 박으려는 듯 이변이 발생했다.

쩌적, 쩌적! 얼음이 갈라지는 소리와 동시에 마석이 있었던 빙벽이 엄청난 속도로 솟아오른 것이었다. 게다가 주위 얼음을 끌어들이며 1초마다 덩치를 늘려 나갔다.

그리고 전투 개시를 알리는 공이라도 되는지—.

"크워어어어어어어어어어어어어어어어어!"

형성 도중인 아가리를 벌리고 포효했다. 물리적인 충격을 동반한 강렬하기 이를 데 없는 인사였다.

"—『절계』."

순간적으로 유에가 공간 마법으로 공간 차단형 방어 결계를 전개했다.

최상급 방어 마법인 『성절』마저 우습게 능가하는, 눈에 보이지 않는 철벽 결계가 그 직후 격진에 휩싸였다.

물결치듯 흔들리는 공간이 충격의 무서움을 말해줬다.

그 결계 바깥쪽에서 마석을 체내에 담은 마물이 완전히 모습을 드러냈다.

고드름 이빨이 줄줄이 박힌 입에서 냉기를 품은 뿌연 숨결이 새어 나왔다.

한 걸음을 내디딜 때마다 격진이 일 정도의 거구는 이미 증류수조차 넘어 다이아몬드 같은 투명함과 강도를 보여줬다.

20미터를 가볍게 뛰어넘어 작은 산을 방불하게 하는 놈의 등에는 등딱지처럼 두꺼운 장갑이 있었고 고슴도치처럼 빼곡한 얼음 기둥이 그곳을 덮고 있었다.

굳이 표현하자면 거대한 거북이겠지만, 하지메 일행의 지식으로는 세 쌍의 다리가 있어 마인족이 부리던 육족 거북 마물, 앱소드가 연상됐다.

어쩌면 이곳의 공략자인 프리드도 이 마물— 프로스트 터틀을 모델로 앱소드를 만들었는지도 모르겠다.

"아무래도 놈의 장갑을 뚫어 버리고 마석을 파괴하는 게 먼저일지, 마물 무리에 휩쓸리는 게 먼저일지 시험하려는 것 같은데."

내려다보는 프로스트 터틀의 위용을 앞에 두고도 하지메는 슈라겐으로 어깨를 톡톡 치며 야수 같은 안광을 돌려줬다.

프로스트 터틀이 내뿜는 냉기와 압박감, 그리고 주위 상황에 코우키 파티의 낯빛이 창백해진 와중, 하지메에게서 거대 폭포의 수압 같은 압박감이 방출됐다. 방금 공격에 대한 복수처럼 붉은 마력 파동이 물리적인 충격으로 변해 뻗어 나갔고, 그것만으로 주위 마물을 깨부쉈다.

프로스트 터틀이 당황한 것처럼 보인 것은 단순한 착각이었을까?

하지메가 한 발자국 앞으로 나갔다.

프로스트 터틀이 인간 따위에게 겁에 질렸다는 사실을 부정하듯 재차 포효했다. 그에 호응해 주위 마물이 일제히 극저온의 살의를 발산했다.

"조무래기는 맡아주지. 다녀와."

하지메가 탁류처럼 몰려드는 적을 돈나 & 슈라크를 이용한 건 카타 액션으로 쓸어버리며 목청을 높였다.

코우키 파티는 한순간 누구를 향한 말인지 알지 못하고 멍하게 서 있었다. 그러나 지금 이 순간에도 믿어지지 않을 정도의 정밀 사격으로 일격에 수십의 적을 격파하는 묘기를 보여주는 하지메의 눈이 자신들을 보고 있음을 깨달았다.

아무래도 코우키 파티에게 프로스트 터틀을 양보하겠다는 뜻 같았다.

하지메와 프로스트 터틀. 서로 막대한 압박감을 뿜으며 노려보는 모습에서 막상 괴물 간의 싸움이 시작된다고 생각하던 코우키 파티는 더욱 머리가 멍해졌다.

"뭐야? 그 얼빠진 얼굴은. 기껏 보스급 적이 나왔다고. 자기 힘을 증명할 이런 기회를 기다렸던 거 아냐?"

"윽, 그랬지. 네 말이 맞아!"

"아마노가와가 가장 화력이 강하니까 다른 세 사람이 보조하면서 큰 거 한 방 먹여서 마석을 파괴해. 그때까지 다른 마물은 우리가 맡을게. ―얼빠져 있으면 내가 바로 죽여 버릴 테니까 그런 줄 알아."

도발적으로 입꼬리를 끌어올린 하지메를 보고 코우키는 눈에 결의의 불을 지폈다.

"괜한 걱정 하지 마! 나도 성공해주겠어! 반드시 쓰러뜨린다! 류타로, 시즈쿠, 스즈! 가자!"

"좋아! 날려 버리자고!"

"엄호할게. 등에 있는 얼음 기둥 조심해. 분명히 뭔가 있을 테니까."

"방어는 나한테 맡겨! 전부 막을 테니까!"

괴물들의 기세에 놀라고 있을 상황이 아니라며 주눅 든 마음을 고쳐 잡듯 목에 힘을 주고 소리쳤다. 그와 동시에 그것을 응원하는 것처럼 은색 섬광이 허공을 갈랐다. 마물이 티끌로 변하고 땅이 파이면서 프로스트 터틀을 향한 직선 루트가 개통됐다.

"가! 다들 무리하진 말고!"

"카오리, 고마워!"

코우키 파티가 가로막는 자 없는 길을 달렸다.

그러자 프로스트 터틀의 검붉은 두 눈이 강렬하고 흉악한 빛을 뿜었다. 그리고 벌어진 현상은 마물들의 고속 재생.

그러나 그것은 코우키 파티를 다가오지 못하게 하려는 행동이 아닌 듯했다.

그 증거로 프로스트 터틀의 시선은 하지메에게 고정되어 있었다. 마치 위협적인 것은 코우키가 아니라 하지메라고 말하는 것처럼…….

"크, 네 상대는 나다! ―『천상섬 진』!"

코우키는 한눈파는 프로스트 터틀에게 한순간 형용하기 힘든 표정을 보인 후 자신을 보라며 주특기 공격을 날렸다.

곡선을 그리는 빛의 참격이 회오리 형태로 충격을 퍼뜨리며 진격해 불길하게 빛나던 프로스트 터틀의 눈에 직격했다. 참격이 한쪽 눈을 찢고 충격이 상처를 도려냈다.

"크와아아앙!"

한쪽 눈을 넘어 그대로 머리 일부가 분쇄된 프로스트 터틀은 코우키의 의도대로 하지메에게서 의식을 돌렸다. 분노가 깃든 외눈으로 코우키를 죽일 듯이 쏘아보고 아가리를 쩍 벌려 브레스를 토했다.

나선을 그리며 작은 얼음 조각이 들어간 회오리 같은 포격—빙아(氷牙) 브레스. 휘말리면 한순간에 얼어붙든지 얼음 조각에 난도당할 것이다.

그러나 그런 미래는 믿음직한 결계사가 용납하지 않았다.

"흐르는 물과 같이, 돌고 도는 바람과 같이—『성절 산』!"

물결치며 어떤 공격이든 방어해 무산시키는 최상급 복합 결계가 주문을 통해 더욱 견고해져 빙아 브레스를 막았다.

무시무시한 충격이 퍼졌다. 바람이 신음하고 공기마저 얼어붙을 것 같은 얼음 지옥이 강림한다. 그러나 파문을 펼치는 『성절 산』은 절대영도의 죽음을 안정적으로 흐트러뜨렸다.

대미궁의 보스급 상대와 맞서고 있다.

그 사실이 스즈의 입가에 대담한 호를 그렸다. 싸움이 된다는 확신과 자신감이 마음에 깃들고 기개가 그녀를 더욱 강하게 만드는 듯했다.

그런 스즈의 방어 속에서 시즈쿠는 냉정하게 상황을 분석했다.

“머리와 눈이 이미 재생되고 있어. 역시 마석이 있는 한 본체도 무한히 재생한다고 봐야 할 거야. 일격으로 끝내야 해.”

알지? 라며 시즈쿠가 눈길을 돌리자 코우키가 힘주어 고개를 끄덕였다.

“그래. 『카무이』를 쓰겠어. 최대 위력으로 쓰고 싶어. 30초만 벌어줘.”

“OK. 코우키한테는 손끝 하나도 못 댄다.”

전에는 1분 가까이 걸리던 코우키의 최강 기술. 그것을 절반의 시간으로 쓸 수 있다는 말을 듣고 류타로는 건틀릿을 서로 부딪치며 씩 웃었다.

“애들아, 브레스가 약해졌어!”

전투가 시작된 후 처음으로 반격의 순간이 왔다. 머리 위로 쳐든 성검이 찬란히 빛을 발한다.

“류타로, 시즈쿠, 녀석을 맡길게. 스즈는 내 곁에 있어 줘. 주문에 집중할게.”

“응! 엄청 큰 거, 기대하고 있을게!”

그 직후 브레스가 무산됐다. 여파에 말려든 눈이 연기처럼 날리고 일시적으로 코우키 파티를 감추는 베일이 됐다.

그 순간, 순백색 장막을 이용해 시즈쿠와 류타로가 단숨에 프로스트 터틀에게 육박했다.

땅을 기다시피 낮은 자세로, 눈안개에서 처음으로 튀어나온 건 시즈쿠였다. 표적의 위치를 몰라 제대로 공격하지 않던 프로스트 터틀은 시즈쿠의 엄청난 속도에 대응하지 못하고 접근을 용납하고 말았다.

포니테일을 휘날리며 질주하는 시즈쿠는 검집에서 흑도를 뽑았다.

"일단 하나. 절단하라―『섬화』!"

날카로운 주문과 함께 발도 일섬. 도신은 눈으로 좇을 수 없었고 어느새 철컹 하고 맑은 소리가 납도를 알렸다. 발도의 증거는 허공에 그려진 검은 궤적뿐.

그 궤적이 흐른 곳은 프로스트 터틀의 오른쪽 다리 하나. 그리고 그 다리가 존재하는 공간 자체였다.

거목처럼 굵은 다이아몬드 같은 다리가 공간째 대각선으로 어긋났다. 저항은 전혀 없었다. 이론상 공간을 양단하는 시즈쿠의 참격에 저항하는 물질 따위 존재하지 않으니까.

"―『섬화』! 『섬화』!!"

공격의 여운조차 남기지 않고 시즈쿠는 한 줄기 그림자가 되어 질주했다. 만물을 가르는 주문만을 그 자리에 남기고 그녀의 모습은 찰나에 프로스트 터틀의 후방으로 가 있었다.

그리고 흑도를 천천히 납도하자 챙, 하고 또 맑은 소리가 메아리쳤다.

"크롸아아?!"

동시에 오른쪽에 달린 나머지 두 다리도 사선으로 어긋나

떨어졌다. 거구가 이것을 견딜 재간은 없었다. 프로스트 터틀은 비명을 지르고 속수무책으로 기울었다. 쿠궁! 땅을 울리며 놈이 바닥에 쓰러졌다.

감히 날 공격했냐고 말하듯 프로스트 터틀의 검붉은 눈이 흉악한 빛을 띠었다. 자신을 땅에 쓰러뜨린 적을 멸하고자 길게 뻗은 목을 돌려 뒤쪽을— 시즈쿠를 노려봤다.

폭풍 같은 살기가 시즈쿠의 살에 소름을 돋게 했다.

"큭?!"

직감에 따라서 옆으로 몸을 던졌다. 그 순간, 시즈쿠가 조금 전까지 있던 곳 바닥에서 어마어마한 수의 얼음 기둥이 치솟았다. 평탄한 지면이 한순간에 죽음을 가져오는 얼음 꽃에 파묻혔다.

"가만히 있어!"

조금 늦게 눈안개에서 튀어나온 류타로가 프로스트 터틀의 턱 아래로 파고들었다. 귀를 찢는 기합성과 함께 지면을 함몰시키며 도약하고 혼신의 어퍼컷을 때려 박는다.

프로스트 터틀의 머리가 충격으로 튕겨 올라갔다. 턱이 부서지고 얼음 조각이 튀었다.

그러나—.

"큭, 너무 공격적이야!"

엄호한 보람도 없이 얼음 꽃은 개화를 멈추지 않았다. 기마용 랜스처럼 날카로운 얼음 기둥이 시즈쿠를 쫓으며 봉우리를 터뜨렸다.

얼음 꽃의 무시무시한 발생, 성장 속도에 시즈쿠는 도저히 안 되겠다 싶었는지 『공력』을 써서 공중으로 도망쳤다. 그 찰나, 신발 바닥에서 불과 몇 센티미터 떨어진 거리에 얼음 꽃의 날카로운 끝이 만발했다.

간발의 차로 회피에 성공했다며 식은땀을 닦을 여유도 없이 프로스트 터틀의 멈출 줄 모르는 공격성이 시즈쿠를 덮쳤다.

"시즈쿠!"

류타로의 초조한 목소리도 어째선지 멀게 느껴졌다. 시즈쿠의 정신은 지금 시야 안에 있는 사신의 낫에 모두 쏠려 있었다. 바로, 절묘한 타이밍에 강습한 세 마리 프로스트 이글에게…….

저마다 다른 방향에서 들어오는 동시 공격. 프로스트 터틀이 지휘한 완벽한 연계였다. 공중으로 이어진 퇴로는 설마 프로스트 터틀이 유도한 막다른 길이었을까?

"조서—."

순간적으로 『조섬』으로 죽음을 피하려고 했다. 다수의 참격을 날리는 이 능력이라면 어쩌면…… 그렇게 생각해서였다. 그러나—.

'안 돼, 늦었어!'

아마, 즉사만은 피할 수 있다. 피하고 말겠다. 하지만 적어도 두 마리의 공격은 정통으로 받는다. 중상은 피할 수 없다!

길게 늘어지는 의식이 시즈쿠에게 공포와 각오를 들이밀었다.

마치 물속에 있는 것 같은 감각이었다. 정면의 적에게 휘두른 칼은 짜증 날 만큼 느렸고 등 뒤와 머리 위에서 다가드는 발톱이 확실하게 느껴지는데—.

그 찰나, 세 줄기 붉은 섬광이 모든 프로스트 이글을 꿰뚫었다.

충격이 그들을 유린하고 몸을 폭발시켰다. 사방으로 튀는 얼음 조각에 붉은 파문이 난반사하는 모습은 마치 흩어지는 선혈 같았다.

"켈록켈록. 지금 그건—."

충격의 여파로 사레가 들린 시즈쿠는 기억에 있는 강렬한 공격 앞에 눈을 깜빡였다.

자세를 바로잡고 섬광의 발원지를 눈으로 거슬러 오르자 그곳에는 역시나 하지메가 있었다. 상당히 먼 곳에서 모습이 보이지 않을 정도로 적에게 둘러싸였으면서도, 크로스 비트와 메체라이를 이용해 어떤 적의 접근도 용납하지 않는 하지메가…….

잘 보니 등을 보인 하지메는 오른손에 돈나를 쥐었고 그 총구만 시즈쿠 쪽을 향해 있었다.

무엇을 했는지는 자명했다. 그러나 알고 있어도 시즈쿠는 놀랄 수밖에 없었다.

"저 거리에서, 보지도 않고 정밀 사격을……."

사선상에는 어마어마한 수의 마물이 있었다. 대충 봐도 하지메와 시즈쿠 사이에 스무 마리가 넘는 프로스트 이글이 있었다.

아무리 개조로 관통력도 파괴력도 올랐다지만 사선상의 프로스트 이글에 맞으면 시즈쿠가 있는 곳까지는 닿지 않는다. 가령 닿았다고 해도 탄도가 틀어질 것은 분명했다.

그렇다면 어떻게 시즈쿠 주위로 정밀 사격이 가능했는가.

답은 단순했다. **사이에 있는 마물에게 맞지 않으면 된다.**

요컨대 하지메는 어지럽게 날아다니는 스무 마리 이상의 프로스트 이글의 사이사이를 통과하는 총알을 쏜 것이었다.

프로스트 이글의 날개 아래, 다리 사이, 머리 아래…….

바늘구멍을 지나는 듯한 사격을, 뒤로 돌아서서 눈으로 확인도 하지 않은 채 다른 마물을 상대하면서 실행했고 완벽하게 성공시켰다.

묘기— 그런 표현으로는 한참 부족했다. 그야말로 인간의 영역을 뛰어넘은 『신기』였다.

"……정말, 믿음직해."

전장이라는 사실도 잊고 무심코 맹위를 떨치는 하지메에게 시선을 고정하고 말았다.

그런 시즈쿠의 정신이, 찢어지는 고함 소리에 이끌려 돌아왔다.

"기어오르지 마! —『중권』!"

상공으로 크게 뛰어오른 류타로였다.

시즈쿠에게 계속해서 공격을 가하려던 프로스트 터틀을 이번에야말로 멈추고자, 공중에서 몸을 돌리고 『공력』을 발판 삼아 운석처럼 낙하했다. 동시에 건틀릿의 새로운 능력도 발동, 부가된 중력 마법으로 무게를 몇십 배로 증가시켰다.

공중에서 똑바로 아래로 『돌진』하는 중력 가속도는 막대했다. 거기에 초중량 무기로 변한 강철 주먹이 더해지면 그것은 정말로 운석 충돌과 다름없었다.

직격하는 순간, 격진이 퍼졌다. 충격파가 공기를 휘저었다.

프로스트 터틀의 머리는 폭파라도 당한 것처럼 날아갔다. 그곳에는 기다란 목밖에 남지 않았다.

노림수대로 시즈쿠를 향한 공격이 중단되자 류타로는 반동으로 허공을 헤엄치면서도 싱긋 웃었다.

그러나 한 방 먹였다고 생각하기에는 너무 일렀다. 류타로는 놓치고 말았다. 시즈쿠가 절단한 **오른쪽 앞발에서** 출현한 새로운 머리를…….

거북이 모습을 했어도 상대는 얼음 그 자체. 상식으로는 헤아릴 수 없고 헤아려서도 안 될 존재였다.

"켁?! 아차—."

착지한 순간, 바로 코앞에서 검붉은 눈이 번득였다.

살의에 불타는 그것이 빛을 띠고 동시에 턱을 쩍 벌렸다. 그 안쪽에 집중되는 막대한 마력과 냉기를 느끼고 류타로는 순간적으로 팔을 교차시켰다. 몸이 심녹색 빛을 띠었다. 『금강』의 빛을 몸에 두른 것이었다.

'버틸 수 있을까? 아니, 버텨주겠어!'

자신을 질타하고 각오를 다졌다.

그 각오를 육체와 함께 깨부수고자 빙아 브레스가 뿜어지고— 직격하기 직전, 주황색으로 빛나는 육각형 장벽이 미끄러져 끼어들었다. 브레스의 막강한 위력을 받아 순식간에 금이 갔지만 곧이어 완벽히 똑같은 장벽이 끼어들어 이중, 삼중으로 겹쳤다.

"오, 오오? 스즈의 『천절』인가?"

류타로가 곤혹스러워하며 뒤를 돌아보자 주문을 이어가는 코우키 앞에 자리 잡은 작은 결계사가 후훗, 하며 우쭐한 표정을 보여줬다.

—빛 속성 최상급 복합 방어 마법, 성절 계(界).

장벽을 여러 장 전개하는 중급 방어 마법 『천절』의 성질을 『성절』에 도입한 복합 결계였다. 결계에 특수 효과를 부가하는 왼손의 철선을 만들 때 스즈가 유일하게 희망했던 기능이었다.

필요한 곳에 필요한 만큼 전개할 수 있기 때문에 마력 효율이 가장 좋은 『천절』은 스즈가 가장 애용하는 마법이었다. 그것을 모든 결계에 응용한다는 것은 대단히 유용했다.

그런 스즈가 우쭐한 표정에서 아차 하는 초조한 얼굴로 변했다.

안 좋은 예감이 들어 류타로가 정면을 확 돌아보자 그곳에는 뱀처럼 고개를 든 프로스트 터틀이—.

"아니, 두 개라고?!"

그렇다. 두 개였다. 방금 파괴한 원래 머리가 있었던 곳에서 두 번째 머리가 출현한 것이었다. 상식으로 헤아려서는 안 된다고 몸으로 경험한 직후에 아직도 생각이 부족했다는 사실을 들이밀었다.

앞발이 변화한 머리에서는 여전히 브레스가 끊이지 않았고 류타로는 장벽 뒤에서 발이 묶였다.

스즈가 『성절 계』 부유 장벽의 수를 더 늘려 류타로의 방어를 강화하려고 했다.

주문을 외느라 무방비한 코우키의 방어에 전력을 쏟고 있기에 마력 절약을 위해서 이 결계를 선택한 것인데…….

'이럴 거면 그냥 전방위 결계를 쓰는 게 나을 뻔했어!'

다 감당할 수 있을지 불안한 상황에 초조함이 커져 갔다.

그러나 그것은 불필요한 걱정이었다.

하지메가 그랬던 것처럼 다른 한 명의 최강이 전장을 장악했기 때문에…….

프로스트 터틀의 두 번째 머리가 아가리를 벌린 순간, 바로 옆에서 날아든 강대한 번개의 용이 악몽처럼 머리를 물어뜯었다. 뇌명이 마치 프로스트 터틀의 비명처럼 울려 퍼졌다.

"우왁, 가, 갑자기 뭐야……?"

프로스트 터틀의 머리를 눈 깜짝할 사이에 분쇄한 『뇌룡』은 호를 그리며 날아가 그대로 류타로의 등을 스치듯 지나 주인 곁으로 돌아갔다.

방전된 번개가 스쳐 움찔한 류타로는 창피한 마음을 숨기려고 괜히 투덜거렸다.

날아간 『뇌룡』을 눈으로 좇자, 류타로의 불평이 들리지는 않았겠지만 『뇌룡』의 주인— 유에가 힐끔 눈길을 보냈다.

유에는 가늘고 유연한 손가락을 지휘봉처럼 휘둘러 총 일곱 마리의 『뇌룡』을 조종하며 턱을 휙 들었다.

말은 하지 않았지만 눈치가 없는 류타로라도 대강 알 수 있었다.

유에가 혼내는 것이다. 『방심하지 마. 더 긴장해』라고…….

거칠게 머리를 벅벅 긁은 류타로의 얼굴에 자연스럽게 씁쓸한 미소가 떠올랐다.

"하 참, 진짜 기죽네."

브레스가 약해졌다. 이번에야말로 방심하지 않고 자세를 잡으면서 말 그대로 기합이 들어간 것처럼 몸을 패기로 무장했다.

브레스가 끊겼다. 동시에 장벽도 사라졌다. 류타로는 밟고 선 땅을 부서 깨뜨릴 기세로 돌진했다.

"진짜 부러워 죽겠네, 젠장!"

욕을 뱉으며 앞발에 자란 머리를 정면에서 『파권』으로 분쇄했다.

말과는 달리 악감정이 없는 호탕하고 올곧은 주먹이었다.

사실 욕과 약간 위력이 오른 공격의 이유가 유에가 신경 써줬기 때문이라고는 절대로 말할 수 없는 비밀이었다.

그리고 자신이 옛날 【오르크스 대미궁】에서 『창룡』의 푸른 화염에 비친 유에의 상상을 초월한 미모와 신성함에 마음을 빼앗긴 사람 중 한 명이었다는 것은 더더욱 말할 수 없었다.

한눈에 반한 직후에 하지메와 핑크색 공간을 만들어 바로 실연해 버렸으니, 설령 가장 친한 코우키에게도 어찌 말할 수 있겠는가.

"나도 참, 미련해."

하지메와의 눈꼴 시릴 정도로 달달한 관계를 계속 봐 왔던 터라 이제는 질투조차 나지 않을 정도로 마음이 정리됐지만, 이런 사소한 일로 기뻐하는 자신을 크게 비웃었다.

그래도 그녀의 『질타』가 『무시』나 『무관심』으로 변하는 것은 참지 못하겠다고 생각한 류타로는 더욱 박차를 가해 달렸다. 가라테를 기반으로 한 아름답고 힘찬 연타가 프로스트 터틀의 앞부분을 가격하고 놈의 정신을 자신에게 고정시켰다. 그 사이에 시즈쿠가 다시 다리들을 잘라 내어 거구를 기울어뜨렸다.

프로스트 터틀은 바로 재생하지만 두 사람은 이미 역할을 완수했다. 시간 벌기라는 역할을……. ―마침내 기다리던 순간이 왔다.

"시즈쿠! 류타로! 물러나!"

"……! 알았어!"

"왜 이렇게 늦었냐!"

둥, 하고 빛의 나선이 솟구쳤다. 머리 위로 쳐든 성검이 마치 항성(恒星)처럼 찬란히 빛나고 막대한 마력을 끌어모았다.

그 빛은 용사가 꺼낼 수 있는 최강의 카드. 바로―.

"간다, 괴물! ―『카무이』!!"

빛 속성 최상급 공격 마법, 『신의 위엄을 떨치는 일격』.

솟구친 거대한 빛줄기가 검이 되어 떨어진다.

"크워어어어엉!"

한순간에 등딱지가 파괴된 프로스트 터틀이 절규했다. 가까스로 양단되지는 않았으나 치사성 빛은 아직 사그라들 기미조차 없었다.

『카무이』의 본질은 포격이다. 내려친 성검은 칼끝으로 표적을 노림과 동시에 그 공격의 형태를 빛의 참격에서 포격으로 바꿨다. 섬멸의 백광이 아직도 프로스트 터틀을 멸하고자 파괴의 힘을 쏟아냈다.

"우오오오오오오오!"

성검을 앞으로 든 코우키에게서 우렁찬 기합이 터져 나왔다.

대기가 뒤틀리며 울었다. 사선상의 지면이 도려져 나가고 막대한 섬광이 공간을 순백색으로 물들였다. 그것은 마치 태양이 이 땅에 떨어진 것 같은 장절한 광경이었다.

"크와아아아아아아아앙!"

진동하는 공간의 틈새에서 초조감 같은 것이 느껴지는 프로스트 터틀의 절규가 울려 퍼졌다.

그 직후, 프로스트 터틀의 머리가 몸 안쪽으로 들어갔다. 그리고 포격을 받는 전면이 원추형으로 변했다.

이판사판으로 발버둥 치려는 것일까. 원추 방패는 확실히 『카무이』의 위력을 분산시켰다. 그러나 기껏해야 언 발에 오줌 누기였다.

안 그래도 파멸적인 힘을 가진 용사 최강의 일격이 희대의 연성사에 의해 더욱 큰 힘을 얻었다. 원추 방패에는 곧장 금이 가고 이내 깨져 소멸해 버렸다.

프로스트 터틀은 자신의 육체이자 거대한 질량을 가진 얼음 장갑으로 버티려고 했지만, 그것도 태양빛을 쬔 이카로스의 날개처럼 흰 연기를 내며 순식간에 증발해 갔다.

주위 얼음을 모조리 끌어모으는 재생력이 마지막 버팀목이었다.

『카무이』의 파괴가 이기느냐, 프로스트 터틀의 『재생』이 이기느냐…….

"이대로, 이대로 사라져어어! 나는, 힘이, 필요하다고오오오!"

끈질기게 버티는 프로스트 터틀에게 코우키는 악을 쓰며 소리쳤다.

지금 코우키가 쓸 수 있는 최대한의 공격이었다. 이것을 버틴다면 코우키가 전력을 쏟아도 아직 대미궁의 마물에게 미치지 못한다는 증거가 되고 만다.

그것만은 인정할 수 없었다. 결단코 인정할 수 없었다.

무슨 일이 있어도 **자신의 힘으로** 적을 타도한다.

하지메와 재회한 후 마음속에 조금씩 쌓이던 검고 질척질척한 불쾌한 무언가가 더 이상 올라오지 못하게 하기 위해서.

자신이 옳다고 여기는 것을 관철하기 위해서.

바라지 않는 현실을 부정할 수 있도록!

"……코우키."

곁에 있는 스즈가 코우키의 표정을 보고 살짝 겁먹은 표정을 보였다. 그러나 지금 코우키에게는 그 표정을 돌아볼 여유도, 목소리를 들을 여유도 없었다.

"으오오오오오오오오오!"

"크와아아아아아아아아앙!"

코우키와 프로스트 터틀의 마지막 절규가 격돌했다.

그 직후, 쩍 하고 갈라지는 소리가 유독 선명하게 들렸다.

그것이 신호가 된 것처럼 프로스트 터틀의 몸 전체에 순간적으로 거미줄 같은 균열이 퍼져 나갔다. 마치 생명의 조각이 벗겨지는 것처럼 자잘한 얼음 조각이 후드득 땅으로 떨어졌다.

그리고 마침내—.

"그어어?!"

비명조차 되지 못한 소리가 빛의 격류 속에 묻혔다.

순백색 섬광이 프로스트 터틀의 거구를 뚫고 뒤쪽 빙벽까지 깨부쉈다.

몸통 정중앙에 커다란 바람구멍이 뚫린 프로스트 터틀은 자기 무게에 버티지 못했는지 처음으로 『카무이』의 참격이 남긴 깊은 상처를 따라서 안쪽으로 접히듯 붕괴되어 갔다.

그에 맞춰 처절한 투쟁의 끝을 고하듯 『카무이』의 빛 또한 허공으로 녹아들어 사라졌다.

프로스트 터틀의 잔해가 우수수 흩어져 떨어졌다.

재생할 기미는…… 보이지 않았다.

"해, 해냈어……. 허억허억…… 내가, 해치웠어…… 내가……!"

코우키는 어깨를 격하게 들썩이며 멍하게 중얼거렸다. 긴장이 풀렸는지 휘청 기운 몸을 스즈가 허둥지둥 지탱했다.

"코우키, 괜찮—."

스즈가 방금 코우키에게 느낀 위태로운 분위기를 마음속으로 눌러 넣으면서 걱정스럽게 말을 건 그때…… 프로스트 터틀의 잔해가 폭발했다. 그렇게 착각이 들 기세로 프로스트 이글 한 마리가 잔해더미에서 튀어나왔다.

"윽, 어떻게 아직 움직여?!"

"코우키, 저거 봐!"

코우키가 피로가 묻어나는 두 눈을 크게 뜨고 경악하자 스즈가 급박한 목소리로 손가락을 들었다.

그 손이 가리킨 곳에 있는 것은 프로스트 이글의 발에 잡힌 검붉은 결정체였다.

"젠장! 못 파괴했어?!"

코우키가 격정으로 떨었다. 아무래도 프로스트 터틀은 코우키의 『카무이』에 이길 수 없다고 판단하자마자 아래쪽에 만들어 낸 프로스트 이글에게로 마석을 피난시킨 모양이었다.

몹시 끈질기고 몹시 영악했다. 대미궁의 마물답다고 할 수 있겠으나 코우키에게는 적을 칭찬할 생각 따위 눈곱만큼도 없었다. 이런 일은 있어서는 안 된다고까지 생각했다.

"안 놓친다! 천상— 큭?!"

"코우키!"

이번에야말로 끝장내겠다고 주특기인 참격을 날리려고 했으나, 성검을 잡은 손이 마력 고갈에서 오는 탈력감 때문에 떨려서 생각대로 움직이질 않았다.

코우키가 입은 성개(聖鎧)도 하지메가 개량하여『마소 흡수』효과가 부가됐으므로 십수 초만 있으면 탈력감을 떨쳐낼 정도까지 회복되겠지만 지금은 그럴 시간도 없었다.

마석을 가진 프로스트 이글은 마석을 흡수해 우둑우둑 소리를 내며 이미 형태를 바꾸기 시작했다. 그대로 어디 빙벽에라도 뛰어들면 다시 프로스트 터틀의 몸을 형성해 제2 라운드의 공이, 포효가 울릴 것이다.

"코우키, **괜찮아**! 그러니까 무리하지 마!"

스즈가 마력 고갈에도 불구하고 공격을 강행하려는 코우키를 어떻게든 말리려고 했지만 코우키는 들은 척도 안 하고 무언가에 씐 것처럼 혼잣말을 반복했다.

"내가 해치우겠어……. 내가 해야 해……. 나구모 같은 거보다 내가 더……. 옳은 건 나고…… 내가 바로……."

의지는 강해도 성검에 모이는 빛은 약했다.

코우키의 눈에 광기와도 닮은 빛이 서렸다. 이것이 한계라면 뛰어넘으면 그만이다. 그러기 위한 힘을 나는 이미 가지고 있으니까.

"한계 돌—."

"코우키!"

스즈가 비명처럼 소리 질러 코우키에게 매달렸다.

단순한 마력 고갈이라면 회복에 그리 오랜 시간이 걸리지 않겠지만『한계 돌파』를 쓴 후의 피로는 몸 깊숙한 곳에 남는다. 그렇게 되면 회복 마법으로도 고치기 어렵다. 물론 재생 마법이라면 쾌유할 수 있겠으나, 그것은 하지메 파티에게 큰 마력 소비를 강요하는 일이었다.

물론 지금 하지메 파티라면 그 정도는 큰 소비도 아닐지 모르지만…….

그러나, 설령 그렇다고 하더라도 **필요도 없는데** 받을 도움은 아니었다. 지금은 그렇게 무리할 필요가 있는 상황이 아니었다.

싸우는 사람이 코우키 한 명이 아니니까.

"새겨라—『조섬』!"

빙벽에 뛰어들려고 한 프로스트 이글의 옆으로 시즈쿠가 나타났다.

맑은 소리를 내며 발도한 흑도가 단 일격에 여러 줄기 검선을 그었다. 공격은 정확했고 마석을 흡수해 변형하기 시작한 프로스트 이글을 찢어 놓았다.

갈가리 찢긴 프로스트 이글에게서 마석이 튀어나왔다.

"깨뜨려라—『충파(衝破)』!"

시즈쿠는 마석이 겉으로 드러나자 지체하지 않고 발도 자세에서 몸을 돌렸다. 그리고 두 번째 검이라도 되는 양 역수로 든 칼집을 사용해 마석을 강타했다.

그 순간, 군청색 마력광이 파문을 넓히고 강렬한 충격파가 마석을 때렸다.

—흑도 충파.

흑도의 칼집에 부가된『충격 변환』능력이었다. 충격을 고스란히 전해 받은 마석은 쩌적 소리를 내며 커다란 균열을 일으켰고, 결국—.

"흡!"

마지막 쐐기처럼 꽂힌 시즈쿠의 돌려 차기에 완전히 파괴됐다.

검붉은 결정 파편이 반짝이면서 땅으로 떨어졌다.

동시에 이 넓은 공간을 가득 채우던 엄청난 수의 마물이 일제히 무너져 내렸다. 방 전체에서 마물들이 단순한 얼음덩이가 되어 우둑우둑 붕괴하는 소리가 요란스레 퍼졌다.

"……."

코우키가 그 광경을 멍하게 쳐다봤다. 어깨를 받치는 스즈가 불안하게 바라봤지만 역시 알아차리지 못했다. 그곳으로 호쾌하고 잔뜩 들뜬 목소리가 날아들었다.

"푸하하하! 코우키, 성공했어! 우리가 이겼다고!"

"어? 아, 류타로……."

"야, 얼굴이 뭐 그러냐? 이겼으니까 더 기뻐해! 야아, 그나저나 역시 네 『카무이』는 무지막지해! 전에도 무지막지했지만, 방금 그건 진짜 무지막지하던데."

류타로는 어휘력은 부족하나 진심이 느껴지게 호탕하게 웃었다.

환한 여름 하늘 같은 웃음을 지으며 등을 퍽퍽 치는 친구를 보자 심각한 얼굴이던 코우키도 겨우 표정을 풀었다.

"그래. 그렇지. 나, 아니, 우리가 이겼어. 대미궁의 괴물에게."

"그래! 지금까지 당하기만 했었는데 속이 다 시원하네."

"하하…… 그러게. 조금은 후련해졌어."

"그렇지? 이거, 나구모를 따라잡는 날도 머지않았겠어."

"……그럼 좋겠는데."

어깨를 빌려주던 스즈에게 고맙다는 말은 전하고 자력으로 일어선 코우키는 쓴웃음을 지었다. 류타로의 밝은 언동에 우울하던 마음이 조금 걷힌 기분이었다.

하지만 역시 자신의 최강 기술로 처치하지 못한 것이 마음에 걸리는 것 같았다.

"시즈쿠……."

코우키는 곁으로 다가온 시즈쿠에게 무심코 날 선 눈빛을 보낼 뻔하여 허둥지둥 표정을 고쳤다.

"……? 수고했어, 코우키."

시즈쿠는 코우키의 반응을 조금 이상하게 생각했지만 기껏 승리했는데 굳이 찬물을 끼얹을 필요는 없었다. 따로 묻지는 않고 수고했다며 미소를 보냈다. 코우키도 애써 미소 지어 대답했다.

"시즈쿠 너도 수고했어. 마지막 보조는 멋졌어."

"그래? 그보다는 네 『카무이』가…… 상상 이상의 파괴력이었어."

"그치! 그치! 정말 엄청났어!"

"아니, 뭐, 그 정도야……."

시즈쿠가 자신의 공적은 흘려 넘기고 심각하게 파인 바닥과 빙벽의 거대한 구멍을 보며 『카무이』를 칭찬하자 스즈가 거기에 편승해 어쩐지 필사적으로 칭찬을 보탰다.

역시 여자 두 명이 입을 모아 칭찬하니 쑥스러움을 느낀 코우키는 볼을 긁적인 뒤 눈길을 돌렸다.

그런 코우키 파티 뒤에서 목소리가 들렸다.

"야~, 여운에 잠기는 건 좋지만, 슬슬 출발하자~."

말을 건 사람은 얼음 더미 위에서 메체라이를 등에 진 하지메였다.

얼음 더미가 마물의 사체라면 적어도 천은 넘을 것이다. 그런데도 불구하고 하지메는 호흡조차 흐트러지지 않았다. 한없이 무덤덤한 표정이었다. 옆에 있는 다른 동료들도 아무 일 없었다는 것 같은 분위기였다.

하지메는 메체라이를 넣고 한곳을 손으로 가리켰다.

그쪽을 돌아보자 어느샌가 빙벽에 거대한 아치형 구멍이 나 있었다. 앞으로 갈 통로가 출현한 모양이었다.

코우키 파티는 서로 고개를 끄덕이고 하지메가 있는 곳으로 달려갔다.

"축하해. 꽤 귀찮은 타입이었는데…… 문제없이 대미궁 보스급과도 싸울 수 있게 됐나 보군."

하지메가 축복해준 것이 어지간히 의외였나 보다. 코우키 파티의 눈이 휘둥그레졌다. 무슨 희한한 것이라도 봤다는 눈빛이었다.

그런 시선에 울컥했는지 눈살을 찌푸리기 시작한 하지메에게 당황하며 시즈쿠가 대답했다.

"응, 간신히. 그리고…… 고마워, 나구모."
"엉? 뭐가?"
"도와줬잖아? 그 정밀 사격…… 솔직히 등줄기가 오싹했어."
"그래?"
"그렇다니까. 쭉 생각했었는데, 너 사실 천직을 두 개 가진 거 아니야? 비전투 계열이라는 게 안 믿겨. 장담하는데 제2 천직은『건너』일 거야."
"그럴 리가 있냐? ……죽을 각오로 덤비면 사람은 의외로 뭐든 할 수 있는 법이야."
처절한 과거라도 떠올렸는지 하지메의 눈이 상념에 잠겼다.
왠지 그런 하지메 옆에서 우쭐한 표정을 지은 유에와 그런 유에에게 감사의 말을 전하는 류타로를 보면서 시즈쿠는 동정 반 믿음직함 반이 섞인 작은 미소를 지었다.
"그러고 보니 나구모, 우리가 쓰러뜨려도 괜찮았던 거야?"
왠지 짜증이 난 것 같은 코우키가 조금 강한 어조로 입을 열어 화제를 전환하고자 하지메에게 질문했다.
"응? 그건 공략 인증을 받을 수 있느냐는 소리야?"
"그래."
"그 점은 아마 괜찮을 거야. 미궁의 콘셉트로 봐서."
"그게 무슨……."
고개를 갸웃하는 코우키 파티 앞에서 하지메는 확인하듯 티오를 돌아봤다.
티오가 자기 차례가 왔다며 고개를 끄덕였다.

"방금 전투에서 동사할지도 모를 추위와 무제한으로 재생하는 마물 무리, 그리고 요새 같은 대장급 마물은 분명히 성가셨지만, 단순히 강력한 마물과 싸울 뿐이라면 오르크스에서 경험할 수 있지. 시련 내용이 겹친다고는 생각하기 어려우니 아마 빙설 동굴의 진짜 시련은 이 앞부터 시작될 게야."

"나도 티오와 같은 생각이야. 지금까지는 하나의 거름망이었겠지. 이 대미궁에 도전할 최소한의 힘이 있는지 어떤지 분별하기 위한……. 단순히 쓰러뜨리는 건 별로 어렵지 않으니까 그렇게 중요한 시련은 아니라고 봐."

"일단 우리도 모두 최소 세 자릿수 이상 적을 해치웠어요."

"천 마리 가까운 마물을 압도했으니까 불합격은 아니지 않을까?"

"……응. 문제없어."

그 분석과 추측을 부정할 근거는 없었다. 물량전을 겪은 후라는 게 믿기지 않는 여유로운 태도가 알려주는 실력과 대미궁 탐색, 공략에 관한 현저한 경험의 차이가 그 추측을 뒷받침했다.

수긍하고 감탄하는 시즈쿠와 스즈, 류타로와는 별개로 코우키는 홀로 마음에서 어둡고 불쾌한 감정이 다시 치미는 것을 느꼈다.

프로스트 터틀이라는 보스급 마물을 타도하고도 하지메와의 『격차』만이 더욱 뚜렷해진 기분이었다. 그러나 코우키는 그것을 겉으로 드러내지 않고 마음 안쪽에 억지로 침전시켜 이해하는 표정을 보였다.

“아마노가와, 마력은 문제없겠어?”

“……그래. 회복약도 먹었으니까 괜찮아.”

감췄다. 자기 안에 그런 추한 감정이 있을 리 없다며 웃음으로 표정을 덮었다.

시즈쿠는 그런 코우키의 웃음에 어쩐지 불길함을 느끼고 말을 걸려고 했으나…… 결국 무슨 말을 꺼낼까 망설이는 사이 출발하게 됐다.

황폐해진 방을 뒤로하고 어두컴컴한 길을 나아갔다.

그것은 누군가의 어지러운 마음을 놓아두고 암울한 미래로 길을 서두르는 것 같았다.

제2장 ◆ 속삭이는 목소리

아래에 펼쳐진 대미궁 안의 대미궁.

그것이 프로스트 터틀의 방에서 이어진 길 앞에 펼쳐져 있는 광경이었다.

통로 끝은 대미궁 전체를 내려다볼 수 있도록 벽에 난 테라스였다. 하지메 일행은 그곳에서 웅장한 경치를 눈을 크게 뜨고 바라보았다.

무심결에 발을 멈추고 보게 되는 것도 당연했다. 그만큼 복잡하며 광대한 미궁이었다.

보이는 범위만 해도 안쪽으로 1킬로미터는 더 되었다. 심지어 그 앞쪽은 눈안개에 덮여 확실하게 보이지 않아 어디까지 이어지는지 알 수 없었다. 폭이 4킬로미터 가까이 되는 점을 보면 길이가 그만큼 길어도 이상하지 않았다.

대미궁 제2 시련에 어울리는 위용이었다.

"흠. 눈안개 안쪽이 보이지 않으니 지도를 만들어도 의미가 없겠구먼."

"어차피 이런 복잡한 미궁을 일일이 기록하려면 한세월은 걸릴걸."

"그렇긴 하지. 게다가 나침반이 있다면 지도가 다 무슨 소용이겠는가."

수많은 시련을 거저먹게 해주는 나침반의 위대함은 이루 말할 수 없었다.

쓴웃음 짓는 티오에게 하지메도 쓴웃음을 돌려주며 말을 이었다.

"그렇게 생각하면…… 프리드 녀석은 나침반 없이 평범하게 도전한 건가? 얼마나 헤맸을지……. 이러니저러니 해도 그 녀석 근성은 있군."

하지메는 이 대미궁의 공략자인 마인족 장군 프리드 바그어를 떠올리며 무심코 감탄하고 말았다. 그러자—.

"……하지메. 그런 거 칭찬하면 안 돼. 추남이 옳아."

"맞아요, 하지메 씨. 보나 마나 부하로 인해전술을 써서 탐색했겠죠. 정말로 징그러운 자식이에요."

"……그 녀석, 얼마나 너희한테 미움받은 거야? 오히려 대단한데."

자신들에게 싸움을 걸고 몇 번이나 살아서 도망친 프리드에게 상당히 앙심을 품었는지 흡혈 공주와 버그 토끼의 눈이 착 가라앉아 있었다. 옆에 있기만 해도 두 사람의 살기가 살을 타고 전해졌다.

이 두 사람에게 이토록 사랑(저주)받는 자도 참 드물었다.

하지메는 식겁해 물러선 코우키 파티를 재촉해서 테라스에 난 계단으로 갔다. 완만하게 나선을 그리는 얼음 계단 앞에는 미궁으로 들어가는 입구가 있었다. 문이 없는 아치형 입구였다.

계단을 내려가는 도중 귀찮은 일을 못 참는 류타로가 투덜투덜 불만을 늘어놓기 시작했다.

“길을 알아도 이렇게 무식하게 넓은 미궁은 그냥 걷는 것만으로 귀찮잖아. 어차피 여기저기 빙빙 돌아가게 해 놨겠지? 귀찮아 죽겠네.”

“달리 방법이 없잖아. 이것도 시련이야. 헤매지 않는 것만 해도 감지덕지야.”

“그건 그렇지만, 코우키…….”

“후후, 류타로는 옛날부터 미궁이나 퍼즐을 엄청 싫어했지? 도전해도 금방 『으아아아아, 못 해 먹겠다!』라면서 집어던지곤 했잖아.”

“그랬지. 그래서 나도 류타로 앞에서는 퍼즐을 안 풀게 됐어. 내 거까지 집어던지려고 한다니까.”

진심으로 귀찮은 듯 인상을 찌푸린 류타로에게 코우키는 못 말린다는 것처럼 웃었고, 시즈쿠는 우습다며 웃음을 흘렸다.

죽마고우 두 명이 웃자 류타로는 불퉁하게 입을 다물었다. 삐친 류타로를 보고 카오리와 스즈도 키득키득 웃었다.

계단을 내려와 미궁 입구를 앞에 두고 점점 더 기분이 나빠진 류타로는 괜히 화풀이하듯 미궁을 노려봤고…… 앗 소리를 냈다.

마치 좋은 방법이라도 떠오른 것처럼—.

“좋은 생각이 났어! 자, 봐. 미로 위가 텅텅 비었지? 그럼 거길 밟고 가면 되잖아! 헤헤, 나구모! 나침반이 나설 것까지도 없겠다!”

텅텅 빈 것은 류타로의 머리였다.

"사카가미, 너 정말……."

하지메가 어이없어했지만 류타로는 개의치 않고 「내가 좀 똑똑하지!」라고 말하듯 『공력』을 써서 뛰어올랐다.

류타로의 사전에 『돌다리도 두들겨 본다』라는 말 따위 없었다. 있는 것은 『쇠뿔도 단김에 빼라』, 『일단 부딪히고 근성으로 극복하라』였다.

"류타로?!"

"바, 바보야?! 돌아와!"

"류, 류타로!"

코우키와 시즈쿠, 그리고 스즈가 류타로의 생각 없는 행동에 놀라 허겁지겁 말리려고 했다.

대미궁이 그렇게 간단한 곳이 아니라는 것은 자명한 사실이었다.

코우키가 순간적으로 손을 뻗었으나 안타깝게도 근육 바보의 행동력은 대단히 신속했다. 손은 허무하게 허공을 붙잡았다.

다른 게 아니라 류타로는 방금 전 승리에 취해 조금 흥분한 상태 같았다. 안 그래도 짧은 생각에 박차가 걸렸다.

어떤 때라도 긍정적이고 활동적인 것이 류타로의 장점이긴 했으나 행동이 지나친 구석이 있어서 단점으로 작용하는 경우가 더 많았다. 그리고 그 단점은 대미궁에서 치명적이었다.

"과연 어떻게 될까……. 좋은 기회니까 검증해 보자고."

"나구모?!"

코우키는 팔짱을 끼고 류타로의 무모한 행동을 관찰하는

하지메를 비난의 눈초리로 노려봤다.

하지만 하지메는 코우키 파티를 보살펴주기 위해서 데리고 온 것이 아니었다.

카오리의 친구니까 어느 정도 배려는 한다. 그러나 자업자득을 넘어 남의 말도 듣지 않고 멍청한 짓을 벌이는 자를 굳이 타이를 생각은 없었다.

"스즈! 결계를 쳐!"

그것을 깨달은 코우키가 류타로를 못 가게 막으라고 스즈에게 소리쳤다. 스즈는 황급히 철선을 휘두르려고 했으나 그러기에도 이미 늦었다.

"야~, 너희 뭐 하냐? 어서 올라와—."

류타로는 어깨 너머로 돌아보며 대미궁의 경계선 위에 발을 디뎠다. 그 순간, 우웅! 하면서 공기가 휘는 소리가 울리고 실제로 공간이 크게 휘었고—.

"으악?!"

외마디 비명을 남기며 류타로의 모습이 사라졌다.

"류타로?!"

"아, 정말 저 바보가!"

"나구모, 어떡해! 류타로가 사라졌어!"

코우키 파티가 초조함을 드러냈다. 스즈가 울상이 되어 뒤에 선 하지메에게 도움을 청했다.

그러나 정작 하지메는 마안석이 가져오는 정보에 집중해 스즈의 부름을 듣는 척도 하지 않고 무시했다.

하지메의 마안석은 공간이 휜 순간 분명히 마력 작용을 포착했었다. 그 직후 시야 한쪽에서 마력 반응을 보고 그쪽으로 시선을 돌렸다.

그 앞에는 어느샌가 천장에서 튀어나온 육각기둥 얼음이 있었다.

그곳에 조금 전과 같은, 공간이 휘는 현상이 발생하고 육각기둥 속에서 류타로가 나타났다.

"저기군."

하지메의 시선을 좇아 눈길을 돌린 코우키 파티는 얼음 속에 표본처럼 갇힌 류타로를 보고 차마 말을 잇지 못했다.

"얼음 속에 갇힌 사람은 상식적으로 미녀여야지. 저런 근육 바보를 누가 좋아한다고."

"지금 그런 소리나 할 때야?!"

확실히 그런 소리를 할 상황은 아니었다.

"……! ……?!"

"앗, 류타로가 의식이 있나 봐!"

몸은 움직일 수 없어도 표정은 바꿀 수 있는 모양이었다. 류타로가 죽자 살자 뭔가를 호소하고 있었다. 입을 일자로 꾹 다물고 괴로워하는 것을 보면 아마 질식할 위기에 빠진 듯했다. 여유가 있다면 2분 남짓일까?

"류타로오! 건틀릿! 건틀릿 충격파를 써어어!"

코우키가 손짓 몸짓으로 뜻을 전하려고 했지만 거리가 멀고 류타로가 실시간으로 패닉에 빠진 상태라 전혀 전해지지 않았다.

갑작스러운 시야 암전 후 다시 보인 것인 『돌 속』도 아닌 『얼음 속』이었다. 냉정을 잃는 것도 당연했으나 남은 목숨은 더욱 단축될 것 같았다.

거기에 살기등등한 대미궁의 추가타가 들어왔다. 주위 천장에서 끝이 뾰족한 얼음 기둥이 무수하게 뻗어 나온 것이었다.

"위, 위험해……."

"이 패턴은, 분명히……."

"으아아, 당장 결계를!"

얼음 기둥의 표적이 누구인지는 일목요연했다.

코우키 파티의 낯빛이 창백해졌다. 스즈가 황급히 결계를 펼치려고 했지만 천장까지는 약 500미터 높이였다. 아무리 스즈라도 그 거리를 저격하다시피 전개하기는 어려웠다.

"음, 가만히 둬도 질식사할 거 같은데…… 왜 얼음 기둥으로 끝장내려는 거지?"

"……응~, 꼼수를 쓴 사람에 대한 응징? 이거 봐라, 무섭지~, 라는 겁주기?"

"냉정하게 분석하지 말고 좀 도와주지?!"

느긋하게 고개를 갸웃거리는 하지메와 유에에게 시즈쿠가 반쯤 울면서 애원했다.

보다 못한 카오리가 시즈쿠의 어깨를 상냥하게 다독이며 말했다.

"시즈쿠, 저 얼음 기둥은 아마 탈출했을 때 추격하기 위한 조치일 거야. 그러니까 이대로 공격당할 염려는 없지 않을까?"
"그건 그냥 추측—."
"그리고 괜찮아! 시즈쿠!"
"카오리?"
카오리가 이상하게 자신에 넘쳤다. 시즈쿠는 몇 초 후에 류타로가 꼬챙이가 되는 것은 아닐까 싶어 다급해 미치겠다는 표정으로 카오리와 류타로를 고속으로 번갈아봤다.
그런 시즈쿠에게 카오리는 양손 주먹을 가슴 앞에서 꽉 쥐는 귀여운 포즈를 하고 웃는 얼굴로 말했다.
"따끈따끈한 시체는 되살릴 수 있어! 나처럼!"
"그런 문제가 아니거든?!"
옛날 카오리라면 절대로 죽게 두지 않겠다고 분발했을 것이다.
카오리, 사랑을 하고 변해 버렸구나…….
옛날의 다정한 카오리는 이미 없어…….
……그런 표정을 짓는 시즈쿠.
참고로 혼백 마법과 재생 마법을 사용하면 사망 후 몇 분 안이라면 소생이 가능하다.
그러나 카오리를 살릴 때 꼬박 닷새가 걸린 것처럼 소생에는 상당히 오랜 시간이 필요하다. 지금은 어느 정도 숙련되어 조금 더 단기간에 끝낼 수 있겠지만 소비하는 마력은 막대했다.
며칠 동안 마정석에 저장된 마력까지 소비해서 류타로를 소생한다는 건 시간으로 보나 마력으로 보나 그저 낭비일 뿐이었다.

그래서 카오리의 언동에 이런저런 이유로 충격을 받은 시즈쿠와 다른 두 사람을 본체만체한 하지메는 카오리의 어깨를 잡아당기며 유에를 봤다.

그 눈짓만으로 유에도 카오리도 하지메의 의도를 깨닫고 고개를 살짝 끄덕였다.

유에가 드러내놓고 못 살겠다는 양 어깨를 으쓱인 뒤 류타로를 가둔 육각기둥을 향해 손을 뻗었다.

"—『계천』."

카오리의 눈앞에 열린 공간 전이용 게이트. 그것과 짝을 이루는 출구인 빛의 장막은 류타로를 감싼 육각기둥 앞에 펼쳐져 있었다.

"류타로의 나쁜 버릇은 슬슬 어떻게든 해야겠어."

눈썹을 팔자로 뜨고 은색 날개를 펼친 카오리는 대량의 은빛 깃털을 게이트 속으로 날렸다.

공간을 뛰어넘어 류타로의 주위로 흩어진 은빛 깃털은 그대로 육각기둥에 달라붙었다. 흉악한 분해 능력이 유감없이 위력을 발휘해 육각기둥은 눈 깜짝할 사이에 녹아 내렸다.

이대로 가면 사냥감을 놓친다고 판단했는지, 주위 천장에서 자란 무수한 얼음 기둥이 마침내 류타로를 향해 발사됐다.

"그렇겐 안 돼!"

카오리는 천장을 향해 든 손바닥을 휙 돌리고 마치 육각기둥을 장악하듯 쥐었다. 그러자 흩날리던 나머지 은빛 깃털이 육각기둥 주위에서 회오리치더니 고치처럼 감쌌다. 닿은 물체를 분해하는 은빛 깃털의 절대 방벽이었다.

한때 이것을 뚫기 위해 하지메는 전자 가속식 파일 벙커를 써야만 했다. 따라서 고작 얼음 기둥을 막지 못할 리 없었다.

은빛 깃털로 된 고치가 필연적으로 착탄한 얼음 기둥을 가루로 만드는 광경을 보며, 하지메는 괜한 수고를 하게 만든 류타로에게 벌을 주고자 카오리에게 제안했다.

"카오리. 얼음 기둥을 녹이는 김에 저 멍청이의 가랑이도 분해해 버려."

카오리만이 가능한 뉴 가랑이 스매셔였다.

"나구모! 너, 어떻게 그런 잔인한 소리를!"

카오리보다 먼저 코우키가 반응했다. 가랑이를 붙잡으면서 그러고도 같은 남자냐고 전율하는 표정이었다. 공방 일체의 은빛 깃털을 보고 안도의 숨을 쉬던 시즈쿠와 스즈도 깜짝 놀란 얼굴이었다.

이 세계에 새로운 여장남자가 태어날지도 모르는 판국이었다. 이대로 가면 여자 말투를 쓰는 류타로가 탄생한다.

카오리가 볼을 붉히고 소리쳤다.

"가, 가랑이라니…… 그, 그런 짓을 할 리가 없잖아?! 하지메는 변태야!"

가랑이 분해라는 소름 끼치는 소리를 듣고 왜 전율이 아니라 창피함을 느끼는가.

당황하는 포인트가 묘하게 이상한 카오리에게 유에가 냉랭한 시선으로 걸고넘어지며 매도했다.

“……가랑이를 분해하는 게 어디가 변태라는 건지……. 카오리, 가랑이에 너무 과민반응해. 엉큼한 생각은 혼자 다 하네.”

“아, 아니야, 유에! 분해하려면 은빛 깃털로 가랑이에 닿아야 한다고. 그건 간접적으로라도 류타로의 가랑이에 닿는다는 거랑 똑같잖아! 변태잖아!”

“……무슨 소리를 해도 가랑이에 과민반응해서 얼굴을 붉힌 건 변함없어. 이 왕변태.”

“유에는 날 변태로 만들고 싶을 뿐이지! 난 가랑이에 전혀 관심 없어!”

“……오. 하지메의 가랑이도?”

“……?! 그, 그건, 어…… 그게, 조, 조금은, 그…….”

“……응. 역시 가랑이에 이상할 만큼 관심을 보이는 변태. 이 그랜드 가랑이 마스터.”

“너무해! 아무리 그래도 그 별명은 너무해! 하지메! 나, 정말로 가랑이에 과도한 관심을 가진 사람 아니야! 정말이야! 믿어줘!”

“아~, 응. 알았어, 이 이야기를 시작한 내가 잘못했어. 그러니까 두 사람 다 가랑이 타령 좀 그만해. 카오리, 봐. 네 친구들이 엄청 어색한, 뭐라고 말하기 힘든 상태가 됐잖아.”

하지메가 어이없는 표정으로 하는 말을 들은 카오리가 코우키 파티를 보자, 하지메가 말한 그대로였다.

코우키는 「그 청순하던 카오리가……」라며 어딘지 모르게 현실도피 하듯 얼굴을 돌린 채 시선을 이리저리 굴리고 있었고,

스즈는 얼굴을 새빨갛게 물들이며 「카오링, 너무 엉큼해……」라고 중얼거렸다.

그리고 시즈쿠에 이르러서는 쓸쓸하지만 딸의 성장을 기뻐하는 듯한, 마치 어머니 같은 자애로운 표정으로 카오리를 보고 있었다.

카오리는 전율했다. 이대로 가면 친구들에게도 자신이 가랑이에 과도한 관심을 가진 변태로 낙인찍힐지도 모른다고…….

그래서 오해를 풀고자 서둘러 변명하려고 했지만—.

“다들 들어 봐! 나는 그런—.”

“끄아아아아아아아아악?! 아파아아아아아아아?!”

머리 위에서 비명이 쏟아졌다. 귀에 익은, 아니, 류타로의 비명이었다.

모든 사람이 깜짝 놀라 위쪽을 올려다보자 이미 발사된 얼음 기둥은 사라졌고 대신 은색으로 빛나는 깃털 고치만이 보였다.

그 모습을 통해 하지메 일행은 류타로가 왜 비명을 질렀는지 짐작했다. 확 소리가 들릴 정도로 카오리에게 시선이 집중됐다.

“어? 앗! 류, 류타로, 미안해애애~!”

카오리가 부리나케 깃털 고치를 풀었다.

아니나 다를까 흰자위를 드러내고 엉망이 된 류타로가 나왔다.

무슨 일이 있었는지는 말해서 무엇하랴. 육각기둥은 분해

된 지 옛날이었고 변명에 여념이 없던 카오리는 능력 해제를 깜빡하고 안에 든 류타로까지 살짝 분해해 버린 것이었다.

실이 끊어진 꼭두각시처럼 힘이 빠져 자유 낙하를 시작한 류타로를 스즈가 「으아, 위험해! —『광륜(光輪)』!」이라며 빛의 그물로 받아냈다.

그리고 그대로 일행이 있는 곳까지 류타로를 옮긴 순간, 「힉?!」하고 비명을 질렀다.

"어, 어떡해! 류타로가 변태해!"

위태해! 라고 하려다가 틀린 것일까, 아니면 그 말 그대로일까.

반사적으로 『광륜』을 풀어 던져 버린 점으로 생각할 때 후자의 가능성이 컸다.

"류타로…… 이런 몰골이 되다니."

코우키의 말대로 정말 심한 몰골이었다. 류타로는 의복이 엉망으로 찢어져 대체 누굴 위한 서비스냐고 묻고 싶어지는 세미누드 상태였다.

특히 심각한 곳은 가랑이였다. 그것 자체는 무사하지만 그 부분 옷이 만신창이였다. 방어력 0으로 고스란히 드러나 있었다.

근육 우락부락한 거한이 세미누드(중요한 부분은 누드) 상태…….

모든 사람이 자연스레 눈을 돌렸다. 아니, 아예 몸까지 돌렸다. 도저히 봐줄 수 없었다. 이중적인 의미로…….

"아마노가와, 너 이 녀석 친구잖아?"

하지메가 어떻게든 하라고 눈치를 줬다. 그러나 코우키는 눈알을 이리저리 굴리더니 어색하게 주위를 경계하기 시작했다. 「무방비한 류타로는 내가 지킨다! 그러니까 지금은 좀 바빠!」라고 말하는 듯한 태도로 도망친 것이다.

그런 류타로를 카오리가 끙끙 앓으면서 가능한 한 거리를 둔 채 손을 쭉 뻗어 치유하고 있었다. 눈은 있는 대로 힘을 줘서 감았고 얼굴도 목이 돌아가는 최대한으로 돌리고 있었다.

죽어도 보지 않겠다는 강한 결의(?)가 전해졌다.

"……카오리, 너무해. 자기가 저 꼴로 만들어 놓고."

"유에가 심술부리니까 집중 못한 거잖아!"

"……응. 책임 전가에도 정도가 있어. 자, 카오리! 제대로 책임져. 환자와 마주해! 자, 어서!"

"시, 싫어! 이상한 게 보였다고! 하지메 말고는 싫어!"

"……어디 가서 치유사라고 하지 마. 자, 봐. 제대로 보고 치유해! 그 눈으로 하지메 이외의 남자 걸 머릿속에 각인해!"

"싫어어어어! 하지 마아! 유에 이 바보! 밀지 마! 아앗?! 이건 중력 마법?! 하지 마, 억지로 눈 열려고 하지 마아!!"

유에는 카오리를 류타로 쪽으로 꾹꾹 밀면서 절묘하게 조절한 중력 마법으로 카오리의 눈꺼풀을 들어 올리려고 했다.

극소 범위를 한 치 오차도 없이, 절대 상처가 나지 않게, 하지만 확실한 효과를 가진 중력 마법…….

실로 천재의 이름에 어울리는 놀라운 기술이었다. 하등 쓸모없는 게 문제지만…….

"……유에 씨와 카오리 씨는 역시 사이가 좋네요."

"유에가 카오리를 놀리는 게 대부분이긴 하나…… 재미있게 놀긴 하는구먼."

"저것도 일단은 우정의 한 형태겠지. 티격태격하는 친구?"

하지메 파티는 카오리와 유에의 어린애 같은 대화에 살포시 웃음 지으며 말을 나눴다. 특히 하지메의 표정이 아주 흐뭇했다.

평소에는 어른스러운 분위기일 때가 많은 유에가 카오리만 상대하면 어린애처럼 군다. 지금도 카오리와 싸우면서 그 표정은 즐겁게 떠들고 노는 어린애 같았다.

어떻게 보면 자타공인 친한 친구인 시아보다 카오리가 더 친구 같다고 할 수 있을지도 몰랐다.

하지메는 평소 연상처럼 구는 유에도 사랑해 마지않지만, 이런 어린애 같은 유에도 평소와는 다른 매력 때문에 솔직히 사랑스러웠다. 유에라면 아무래도 좋다는 말이기도 하지만…….

한편, 그런 훈훈한 분위기 옆에서는 아직 흰자위를 드러내고 국부를 까발린 류타로가 바닥에 나부라져 있었다.

여자 친구에게는 있는 힘껏 거절당하고 한눈에 반한 상대에게는 벌칙 대상처럼 취급받는 이세계에서의 하루. 열입곱 살 기억에 새겨질 잊지 못할 흑역사가 되리라.

"……충분히 벌은 받았어."

"잔인해……."

"류타로…… 미안하다. 나는 무력했어."

시즈쿠도 스즈도 코우키도 동정하는 표정을 지었다. 있는 힘껏 그 모습을 외면하면서…….

그리고 5분 후.

어찌어찌 의식과 의복을 되찾은 후(의식이 돌아오기 전에 코우키가 새 옷을 입혔다) 무지하고 무모한 짓을 벌인 점을 사과한 류타로는 왠지 묘하게 안쓰럽다고 할지, 동정적이라고 할지, 아무튼 기묘한 분위기에 고개를 갸웃거렸다.

"이봐, 코우키. 무슨 일 있었어?"

"……! 아니, 아무 일도 없었어. 아무것도 신경 쓸 필요 없어, 류타로."

친구의 마음을 지켜줘야만 한다. 아름다운(?) 우정이 말을 거짓말로 덕지덕지 덮어씌웠다.

그래서 하지메가 말했다.

"너 조금 전까지 가랑이 다 드러내고 흰 눈 뒤집고 자빠져 있었어."

"……?!"

"나구모?! 너 왜 이상한 소리를 해?!"

코우키가 따지고 들었지만 그 모습이 오히려 류타로에게 진실을 알려줬다.

주위를 확 돌아보자 여성들이 어떻게든 눈을 마주치지 않으려고 했다. 그 순간, 류타로는 바닥에 두 손을 짚고 엎드렸다.

유에의 『뇌룡』 빰치는 먹구름이 류타로의 머리 위에서 보이는 듯했다. 평소 호탕함이 다 거짓말이었던 것처럼 엄청나게 암울한 분위기였다. 마치 중력 마법에 걸려 당장에라도 찌부러질 것 같은 사람 같았다.

하지메는 따지고 드는 코우키를 귀찮게 물리면서 말했다.

"따끔한 맛을 보지 않으면 같은 짓을 반복하니까. 사카가미 같은 타입은……."

"따끔한 수준을 넘었잖아. 하다못해 조금 돌려 말하면 어디 덧나?"

"얼렁뚱땅 넘기려는 너 대신 말해줬는데 왜 내가 그런 짓까지 해야 해?"

그런 말을 하는 사이에 상냥한 티오 누님의 혼백 마법이 류타로에게 쏟아졌다. 허공에서 쏟아지는 옅은 빛은 마치 그의 혼을 하늘로 인도하는 것 같았다.

그 옆에서 하지메는 코우키를 뿌리치고 유에에게 질문을 던졌다.

"유에, 만약을 위해서 묻겠는데, 네 힘으로 방금 그 강제 전이를 어떻게 할 순 없어?"

"……어려워. 내 마법 발동 속도보다 빨라. 게다가 범위가 얼마고, 얼마나 연속으로 일어나는지도 몰라. 일일이 대응하다 보면 그 마력 소비도 무시 못 해."

"하긴 그렇겠지. 그럼 달리 흔히 있을 법한 방법은……."

하지메는 천천히 슈라겐을 꺼냈다. 깜짝 놀라는 코우키 파티를 신경 쓰지도 않고 스파크를 뿜으며 차지하더니 정면의 미로 빙벽을 향해 방아쇠를 당겼다.

위에서 내려다볼 때 확인한 바로는 미로를 이룬 빙벽은 균일하게 높이 10미터, 두께 2미터 정도였다. 슈라겐과 오르칸으로 부수지 못할 수준은 아니었다.

그리고 생각대로 전자 가속식 대물 저격총의 붉은 섬광은 어렵잖게 빙벽에 구멍을 내고 미로 내부 빙벽까지 몇 장 더 박살 냈다.

그러나 예상대로 거대한 구멍은 눈 깜짝할 새도 없이 주위 얼음이 모여들어 막혀 버렸다. 프로스트 계열 마물보다도 훨씬 빠른 재생 속도였다.

"대책을 안 했을 리가 없지. 벽을 파괴하면서 일직선으로 골까지 가는 건 정석이니까."

"하지메. 그런 정석은 처음 듣는데? 지구에서 그런 짓 하면 주최자에게 신고당할걸?"

최근 지구의 상식을 어디에 놓고 온 듯한 카오리에게서 대단히 상식적인 지적이 들어왔다. 카오리의 상식은 아직 간신히 살아 있는 것 같았다.

미로가 미로인 이유를 가볍게 무시하는 점은 류타로와 다를 바 없는 하지메에게, 코우키 파티의 냉랭한 눈초리가 날아들었다.

미로가 무슨 반격을 해 오지 않을지 경계하면서 카오리가 논하는 상식과 코우키 파티의 시선을 싹 무시한 하지메는 슈라겐을 넣었다.

"억지로 뛰어넘으려고만 하지 않으면 페널티는 없는 건가? 그렇다면 아슬아슬하게 허를 찌를 수 있겠어."

나침반도 있으니까 평범하게 공략하면 되지 않느냐는 코우키 파티의 더 냉랭해진 시선을 이번에도 무시한 하지메는, 망설임 없이 아치형 입구로 들어갔다.

코우키와 아이들 사이에 긴장감이 퍼졌다. 괜찮다고 생각하면서도 방금 류타로의 일도 있으니 미로에 들어간 순간 무슨 일이 벌어지지는 않을까 싶어 몸에 힘이 들어갔다.

"나구모, 어때? 괜찮아 보여?"

시즈쿠의 질문을 한쪽 손으로 제지하며 하지메는 손에 든 나침반을 주시했다.

통로는 바로 좌우로 이어지는 길과 정면으로 이어진 길로 나뉜 역 T자로였다. 희미하게 빛나는 나침반에서 바늘이 빙글 돌더니 오른쪽 통로를 가리켰다.

"흠, 일단 마음 놓아도 되겠구먼. 이 미로에서만 나침반이 먹통이 될 가능성도 고려했었는데 말이야."

"나도 그 생각은 조금 했지만…… 이 나침반은 신대 마법의 상위 호환인 개념 마법의 산물이야. 해방자들도 세 개밖에 만들지 못했다고 했으니까 문제없을 거라 생각했어."

하지메에 이어 아치를 넘은 티오가 안심하며 말하자 하지메도 똑같이 안도하며 고개를 끄덕였다.

동시에 더 일찍 얻었다면 【라이센 대미궁】에서 그 고생은 하지 않았을 거라고 생각하자 저절로 씁쓸한 웃음이 떠올랐다.

그 생각은 함께 고생했던 시아와 유에도 똑같은 모양이었다.

"으으, 이게 있었으면 밀레디 씨는 아무것도 아니었을 텐데……."

"……응. 아마 일부러 하르치나에게 맡겼어. 가증스러운 밀레디."

유에의 추측은 아마 옳을 것이다.

나침반이 있으면 대미궁도 더 이상 미궁이 아니다. 그렇기에 해방자들은 그렇게 쉽게 공략할 수 없도록 대미궁 네 개 이상 공략이 전제되는 하르치나에 나침반을 둔 것이 틀림없었다.

그러나 그 사실을 알아도 【라이센 대미궁】에서 진저리날 정도로 농락당한 기억을 떠올리면 솔직하게 받아들이기 어려웠다. 시아의 입술은 자연스럽게 퉁명스레 오리 입이 됐고 유에도 불만스럽게 볼을 부풀렸다.

이것만은 그 대미궁을, 정확히는 밀레디의 밑도 끝도 없는 짜증스러움을 경험한 사람만이 아는 감각이리라.

"가끔 이야기가 나오는데, 라이센 대미궁에서 대체 무슨 일이 있었던 걸까?"

"추억을 함께 나눌 수 없다는 건 쓸쓸하나…… 세 사람의 마음에 생긴 상처가 크구나. 함부로 건드리지 않는 것이 좋을 게야."

유에와 시아의 어깨를 톡톡 다독이는 하지메를 보면서 카오리와 티오는 이 세 사람이 이토록 끔찍하게 생각하는 밀레디란 해방자는 얼마나 성격이 꼬인 사람일까 하는 생각이 들었다.

코우키 파티도 아치 입구를 넘어 미궁에 들어와 드디어 광대한 미궁 공략이 시작됐다.

나침반 덕분에 미로가 미로가 아니라고는 하나, 우회하면서 가로세로 수 킬로미터에 달하는 미로를 돌파하려면 상당히 많은 시간이 걸릴 듯했다.

다른 곳과 마찬가지로 이곳 또한 극저온이었다. 물이 곧바로 얼어붙을 정도는 아니라지만 에어존이 없으면 상당히 험한 여정이 됐을 것이다.

"제법, 압박감이 있네."

"응. 게다가 이 벽, 뭔가 이상해. 엄청 투명하고 깨끗한데 벽 반대편이 안 보여……."

시즈쿠가 빙벽을 올려다보고 중얼거리자 옆에 있던 스즈가 빙벽에서 조금 떨어지며 불안한 표정을 보였다.

그 말대로, 그리고 예상대로 기묘한 빙벽이었다.

투명도는 여전히 높고 기포 하나 없이 깨끗했다. 사람의 모습을 희미하게 반사하는 것도 변함없었다. 그런데도 불구하고 옆 통로가 보이지 않았다. 벽의 두께가 일률적으로 2미터인 점을 생각하면 말도 안 됐다. 미로를 만들려고 일부러 이렇게 했다는 단순한 이유만은 아닐 것이다.

카오리가 꺼림칙한 표정으로 우려를 입에 담았다.

"방금 좀비도 벽 안에서 기어 나왔지……?"

"흠, 같은 구조인지도 모르겠구먼. 대미궁에는 기척을 완전히 차단하는 마물도 있을 게야. 기습에 주의해야겠어."

"괜찮아요, 카오리 씨! 제 토끼 귀만 믿으시라구요! 그렇게 무서워하지 않으셔도 제 무적 토끼 귀 이어는 어떤 소리도 놓치지 않아요!"

"그, 그렇지! 고마워, 시아. 그래도 귀라고 두 번 말했어……."

아마 시아 딴에는 감지 능력의 필살기랍시고 말했겠지만, 마음은 고마워도 그 이름을 들으면 이상하게 안심이 되지 않는다……라고 생각한 카오리였다.

그러나 시아는 카오리가 걸고넘어진 부분은 무시하고 자랑스레 가슴을 내밀었다. 자신의 가슴을, 자신감에 넘치는 모습으로 탁 쳤다. 필연적으로 앞으로 내밀어 강조된 가슴이 그 충격에 출렁♪ 하고 생동감 있게 존재를 어필했다.

카오리만이 아니라 어딘지 모르게 불안한 눈치인 스즈와 아이들의 과도한 긴장을 풀어주려는 마음씨 고운 배려였지만, 시아는 자신의 노출 과다한 복장을 조금 더 고려했어야 했다.

긴장을 풀기는커녕 자기도 모르게 남자의 본능적 시선을 보낼 뻔한 코우키와 류타로에게 하지메의 살인 광선 같은 안광이 날아들었다.

두 사람은 합을 맞춘 것처럼 눈을 휙 돌렸지만 대단히 긴장한 상태였다.

"나 참. 시아, 좀 더 조심해서……."

주의하면서도 하지메의 눈길은 시아식 중력 마법에 빨려 들어갔다. 명화를 감상하듯 진지하기 그지없는 눈빛으로 아직도 출렁이는 그것을 뚫어지게 응시했다.

시아에 대한 마음을 스스로 깨닫고 인정하면서 시아의 그런 몸짓에 그만 반응해 버리곤 했다.

"……하지메? 어딜 그렇게 봐? 응?"

"어험! 으음, 다음은 왼쪽이군."

돌아보자 동공이 열린 카오리가 있었다. 분명 한냐도 스탠바이 중일 게 틀림없었다.

하지메는 들으란 식으로 헛기침하고 얼버무리며 나침반으로 눈길을 돌렸다.

소리 없이 웃는 유에와 가슴을 모아 자기도 봐 달라고 어필하는 티오……는 아무래도 상관없다고 치고, 장난칠 때냐며 강렬한 비난의 눈빛을 보내는 시즈쿠를 무시하면서 앞으로 갔다.

하지메의 그 반응에 시아의 볼에 홍조가 떠올랐다. 그러고는 양팔로 자기 몸을 끌어안고 몸을 배배 꼬았다.

"아, 아이참, 하지메 씨도……. 정말로 제 가슴을 좋아하신다니까요~. 그래도 『그건』 안 돼요! 지금은 대미궁에 집중해주세요. 그러지 않으면 저…… 그런 식으로 가슴을 주무르시면 또 탈진해 버릴 거예요오! 대미궁을 신경 쓸 여력이 없어져요오!"

"시아, 너 잠깐 입 닫고 있어."

갑작스러운 시아의 고백에 코우키 파티와, 눈의 하이라이트가 사라지고 한냐가 반쯤 나와 있는 카오리, 흥미진진해하는 티오가 전율과 부끄러움과 일부 질투 섞인 시선을 보냈다.

하지메는 은근히 볼을 실룩거렸지만 똑바로 앞만 본 채 아무 말도 하지 않았다. 묵비권을 행사하겠다는 의사 표시일까?

대신 유에가 평소 같은 냉랭한 눈으로 하지메를 질책했다.

"……하지메. 『그걸』 했어? 시아는 처음이었는데…… 하지메는 짐승이야."

"이성이 버티질 못했어. 나도 모르게 유에에게 하듯이 『그걸』……."

하지메와 유에의 대화에 코우키와 아이들이 「그래서 『그게』 뭐야?!」라는 눈빛으로 몸서리쳤다.

특이한 경험을 쌓았다고는 하나 이곳에 있는 것은 질풍노도의 시기인 사춘기 소년, 소녀들이었다. 그것도 지극히 성실한 청소년들이었다. 가까운 곳에 과격하고 어덜트한 세계가 펼쳐지고 있다고 하니 반응하지 않을 수 없었다. 심지어 그것이 잘 아는 동갑 소년의 일이라고 하니까 더더욱 그랬다.

"어, 어떡해, 시즈시즈! 훗날을 위해서 시아시아가 무슨 짓을 당했는지 들어야 할까?! 응?!"

"지, 진정해, 스즈! 혼란스러워서 카오리 말버릇이 옮았어!"

"……코우키. 용사라고 믿고 부탁할 게 있어! 나구모한테 물어줘! 『그것』이 뭔지?!"

"어떻게 물어! 용사가 그런 용기를 가진 사람이 아니잖아!"

모두 어쩔 줄 몰라 하며 『그것』이 무엇인지 자세하게 물어야 할지 망설이는데, 갑자기 하지메가 멈춰 섰다.

그 순간, 작렬음이 울렸다. 한줄기 섬광이 피융 스쳤다. 새빨개져서 입을 뻐끔거리는 스즈의 머리 위를…….

돌아보니 돈나의 총구가 뒤로 향해 있었다. 잔상조차 남지 않는 신속의 속사를 선사하신 모양이다.

"……히끅."

눈물을 글썽거리는 스즈가 바들바들 떨면서 자기 정수리에 양손을 얹었다.

키가 작은 덕분에(?) 머리털 몇 가닥이 날아간 것으로 그친 모양이다. 어디 사는 흡혈 공주처럼 두피 일부가 깎여 나가진 않았다.

아이들은 한순간 너무 시끄럽게 굴어 하지메가 화가 나서 발포한 것인가 했지만—.

"그억."

"""""……?!"""""

등 뒤에서 들린 신음소리에 정신이 번쩍 들었다.

황급히 뒤를 보자 그곳에는 빙벽에서 소리도 없이 반신을 내놓고 당장에라도 날카로운 발톱을 휘두르려던 마물이 있었다. 가슴에 바람구멍이 나 빙벽에서 굴러 나오듯 쓰러졌다.

"온다. 좌우 벽이야."

하지메가 딴 사람으로 변한 것처럼 냉철한 목소리로 경고하자 조금 전까지 느슨하게 풀려 있던 분위기가 일변하고 모두 전투태세에 돌입했다.

그 직후, 좌우 빙벽에서 얼음 조각이 출현했다. 날카로운 발톱과 외뿔을 가진 우락부락한 생김새. 일본인의 감성으로 표현한다면 그것은『오니』일 것이다.

""""""우워어어어어어!""""""

좌우에서 다섯 마리씩, 포효하며 달려드는 얼음 오니— 프로스트 오거. 자연스럽게 코우키 파티는 오른쪽을, 하지메 파티는 왼쪽을 담당하고자 등을 맡겼다.

"시즈쿠! 속공이야! —『광인』!"

"알았어! —『섬화』!"

위압할 요량이었는지 포효하려던 프로스트 오거를 무시하고 코우키와 시즈쿠는 『축지』로 돌진해 필살의 참격을 가했다. 프로스트 오거 두 마리가 사선으로 어긋나며 땅바닥으로 쓰러졌다.

거기에 한눈을 판 프로스트 오거 한 마리에게 류타로가 진각(震脚)을 방불케 하는 발 구름과 동시에 정권을 내질러 두꺼운 얼음 가슴을 일격에 박살 냈다.

남은 두 마리는 이미 스즈가 결계로 묶어 놓았다.

이번에는 마석만 다른 곳에 두고 무한히 재생하는 타입이 아닌지 프로스트 오거 세 마리에게서 검붉은 마석이 굴러 나왔다. 만에 하나를 위해 아이들은 지체 없이 마지막 일격을 먹였다.

"코우키, 류타로! 시작할게!"

"그래!"

"좋았어!"

스즈가 발을 묶은 프로스트 오거 두 마리를 배리어 버스트로 날려 버렸다.

공중에서 포물선을 그리며 날아간 두 마리는 이미 반쯤 죽어 가는 상태였고 코우키와 류타로가 숨통을 끊는 데는 아무런 어려움도 없었다.

상당히 깔끔한 싸움이었다고 할 수 있겠다. 경계심을 남기면서도 만족스러운 전투에 아이들은 서로 웃음을 지어 보였다.

그곳으로 귀여운 음성인데도 우렁찬 기합 같이 느껴지는 함성이 울렸다.

"우랴아아아아아아아!"

깜짝 놀라 돌아본 아이들이 본 것은 시아의 아름다운 다리, 상하 180도로 찢어 하늘을 찌를 것 같은 올려 차기였다.

그 아름답게 쭉 뻗은 다리가 가리키는 방향으로 시선을 올리자 그곳에는 프로스트 오거 다섯 마리가 세로 일렬로 하늘을 날고 있었다.

뭘 어떻게 하면 그렇게 되는지 모르겠지만 일단 시아가 그들을 차올렸다는 것은 이해했다. 모두 각각이 아니라 재주도 좋게 세로 일렬로…….

왜 그런 짓을 했는가. 그 이유는 곧 알게 됐다.

""""""크워아아아!""""""

공중에서 몸부림치는 프로스트 오거들이 차례대로 중력에 따라서 낙하했다.

거기에 맞춰서 시아는 들었던 다리를 빙글 돌리며 내렸다. 길고 유연한 다리 때문인지 그 단순한 동작에서도 아름다움을 느꼈다.

그러나 그 직후에 벌어진 일은 정반대로 무자비하기 이를 데 없는 연격이었다.

"하나~!"

"그억?!"

"두울~!"

"그엑?!"

"세엣~!"

"부헤엑?!"

시아의 기합과 프로스트 오거의 비명과 굉음이 메아리쳤다.

일격마다 1회전. 원심력을 잔뜩 실린 드뤼켄의 한 방은 차례대로 떨어지는 프로스트 오거를 완벽한 타이밍에 타격했다.

그리고 드뤼켄이 때린 프로스트 오거는 단순한 완력만으로 휘두른 공격에 내부 마석까지 산산조각 나서 날아가 버렸다. 잔해는 산탄, 혹은 포탄이 되어 빙벽을 파괴하고 세 마리째에서는 옆 통로까지 보이기 시작했다.

"네엣~!"

"히긱?!"

시아의 회전은 멈추지 않았다. 잠깐의 정지도 없이 일격을 휘두를 때마다 회전의 기세를 더하며 더 큰 원심력으로 파괴력을 높여 갔다.

그것은 마치 특수한 다루마오토시[#1] 같아서 프로스트 오거가 불쌍할 정도였다. 전투라기보다는 시아의 놀이 같았다.

#1 다루마오토시 세로로 쌓은 블록을 아래부터 망치 따위로 쳐서 빼내는 놀이.

"라스트, 다섯~!"

한층 강렬한 충격음이 울려 퍼졌다. 다섯 번에 걸쳐 증속한 드뤼켄의 마지막 일격은 가볍게 음속을 넘었나 보다. 팡 하고 공기가 파열하는 듯한 메마른 소리와 타격면 주위에 흰 공기 막이 생긴 것을 보면 확실했다.

그 강타를 맞은 다섯 번째 프로스트 오거는 타격 순간 산산이 박살 나 세 번째 통로 빙벽까지 구멍 낸 후 소실됐다.

"느려, 약해, 근성이 부족해! 예요!"

드뤼켄을 한 번 휘두르고 어깨에 올려 톡톡♪

숲에서 태어난 토끼는 한 꺼풀 벗겨 보면 대단히 엄격한 오거(오니)였다.

그것을 말도 없이 바라보던 코우키와 아이들은 생기가 빠진 사람처럼 새하얗게 변해 있었다. 눈이…… 아주 먼 곳을 보고 있었다.

"그렇지. 느리고 약하고 근성이 부족하지……. 이 정도 승리로 기뻐한 게 바보 같아. 하하……."

"……코우키. 비굴해지지 말자고. 저 사람은 뭐랄까, 깊이 생각하면 안 될 것 같으니까."

"……나, 토끼는 엄청 좋아하는데…… 지구로 돌아간 후에 다시 안을 수 있을까……."

"분명 괜찮을 거야, 시즈시즈. 저건 『형용하기 힘든 토끼 같은 무언가』야. 저런 토끼가 세상에 어디 있냐고."

귀향해도 사랑스러운 지구산 토끼들에게는 공포를 품지 말아주길 바란다.

약간 그을린 것 같은 느낌이 드는 아이들을 무시하고 하지메는 진지한 표정으로 시아에게 물었다.

"시아, 네 무적 토끼 귀 이어인지 뭔지로 사전에 감지했어?"

"저기요, 하지메 씨? 장난으로 대충 지은 이름인데 그렇게 진지한 얼굴로 진지하게 말씀하시면 제가 좀 부끄러운데요……."

시아는 우물쭈물하면서 조금 생각한 뒤 대답했다.

"감지는 했지만, 거의 나오기 직전이었어요. 다음부터는 조금 더 일찍 감지할 수 있겠지만요."

"그래……. 나도 직전이 되어서야 알았어. 마안석에 희미한 마력 흐름이 보였을 뿐이지. 티오의 예상대로 기척 차단 계열 능력이 있는 거 같군."

"그런가 보구먼. 출현하는 마물이 그것뿐이지는 않을 테지. 미궁에 있는 마물은 모두 기습에 특화했다고 생각하는 게 좋을 게야."

"……응. 그래도 별로 안 강해. 시아 말대로 약했어."

"재생 안 하네? 그렇다면 길이 얼마나 먼지가 문제일까……."

확실히 시아의 승리 대사도 썩 틀린 말은 아니었다. 프로스트 오거는 느리고 약하고 근성이 없어 위협적이라고 할 수준이 못 됐다.

그렇다면 문제는 하나. 기습을 감지하기 위한 집중력 지속뿐.

카오리는 생각에 빠졌다가 제정신을 차린 뒤 체력, 정신력에 조금이라도 피로를 느끼면 보고하라고 강하게 당부했다.

좀비를 보고 패닉에 빠지거나 유에와 티격태격하거나 친구에게도 놀림받는 등 언뜻 보면 개그 캐릭터 같은 모습에서 180도 바뀌어 의료 전문가인 치유사의 얼굴이 되어 있었다.

그 말에는 코우키 파티뿐 아니라 유에까지도 솔직하게 고개를 끄덕였다.

살짝 멋있는 카오리가 출현한 후.

정기적으로 기습해 오는 프로스트 오거에 대응하며 얼음창이 튀어나오는 함정이나 구멍 함정, 빙벽이 쓰러져 넘어오는 함정 등 미궁다운 다양한 함정을 피하면서 나아가길— 약 열두 시간.

카오리가 보조해주는 덕택에 여전히 체력적인 문제는 없었다. 그러나 긴장을 풀 수 없는 상황과 변화 없이 단조로운 배경은 상상 이상으로 코우키 파티의 정신력을 갉아먹었다.

가끔씩 카오리뿐 아니라 티오도 더해 정신력 회복용 마법을 걸어줬지만 그것도 슬슬 한계가 다가온 느낌이었다.

가장 지쳐 보이는 스즈가 정신을 돌리기 위해서인지 하지메에게 물었다.

"……나구모는 아무렇지도 않아 보이네? 정신력은 어떻게 하면 키울 수 있어?"

미궁에 들어와 초인적 힘을 보인 시아조차 집중력이 조금 떨어진 가운데, 하지메만은 평상시와 아무런 변함도 없는 집중력을 보였다.

"글쎄, 나도 몰라. 유에와 만날 때까지는 혼자 나락을 탐색했었으니까 아마 자연스럽게 키워졌겠지."

"아…… 그렇구나."

그 말만 하고 스즈는 입을 다물었다.

상상해 버렸기 때문이었다. 홀로 깊은 어둠 속에서 언제 괴물 같은 마물에게 잡아먹히지나 않을까 극도의 긴장을 유지하며 길을 걷는 공포를…….

설령 뇌가 비명을 질러도, 아무리 몸이 휴식을 원해도 집중하지 않으면 1초 뒤 죽음이 확정된 세계. 그곳에서 얻은 집중력은 키웠다기보다 키워졌다는 표현이 정확할 것이다.

지나가는 말에서 엿보이는 처절함에 어쩐지 분위기가 무거워졌다.

피곤한 기색을 보이던 류타로는 찌뿌둥한 표정을 풀려고 눈에 힘을 넣었고 코우키도 대항 의식에 불이 붙었는지 빠릿빠릿한 분위기를 냈다.

그런 분위기를 조금 풀어 보려는지 시즈쿠가 짐짓 가벼운 말투로 물었다.

"나구모, 거리는 어때? 꽤 오래 걸었는데…… 슬슬 도착할 때도 되지 않았어? 나 제법 지쳤어."

"야, 무슨 소리야? 보면 알잖아. 아직 눈안개 지역에도 안 들어왔어. 벌써 우는소리야?"

"딱히……. 우는소리는 아니야. 객관적으로 자기 분석을 해서 보고한 거지."

입을 삐죽이 내미는 시즈쿠를 보며 하지메는 살짝 웃었다.

그리고 다른 아이들뿐 아니라 시아나 카오리의 표정에도 약간 정신적 피로가 묻어나는 것을 보고 고개를 한 번 끄덕였다.

“안 그래도 슬슬 한 번 쉬어야겠다고 생각하던 참이야. 적당한 곳을 찾으면 잠깐 쉬자.”

“……! 응. 그렇게 하자. ……고마워, 나구모.”

시즈쿠의 입매가 살포시 올라갔다. 슬쩍 어깨를 으쓱이면서 돌아서고 그 『적당한 곳』을 나침반으로 찾기 시작한 하지메에게 시즈쿠의 부드러운 눈빛이 향했다.

그리고 그런 시즈쿠에게 빤~히, 라는 글자가 보일 것 같은 눈빛이 쏟아졌다. 유에, 시아, 카오리, 티오 네 사람이었다. 자기네끼리 뭐라고 수군댔지만 다행인지 불행인지 실제로 피곤해 집중력이 떨어진 시즈쿠는 눈치채지 못했다.

그로부터 잠시 후, 하지메 일행은 막다른 길에 도착했다. 통로가 부채꼴로 펼쳐져 있고 막다른 벽에는 거대한 쌍여닫이문이 있었다. 그 문이 달린 벽이 딱 하늘을 덮는 눈안개의 경계선이 되어 있었다.

나침반이 가리키는 『적당한 곳』은 이곳 같았다. 그리고 그 문이 바로 미로의 앞쪽으로 가기 위한 바른 루트인 것 같았다.

“참으로 훌륭한 문이로고.”

“……응, 아름다워.”

티오와 유에의 입에서 탄식 섞인 칭찬이 흘러나왔다.

그 말을 부정하는 사람은 없었다. 그녀들의 말대로 거대한 문은 얼음만으로 만들었다고는 믿기 어려울 정도로 장엄하고 아름다웠다. 복잡하게 얽힌 가시덩굴과 장미처럼 고운 꽃무늬가 정교하게 새겨져 있었다.

“이건…….”

문에 다가간 하지메가 문의 어떤 한 곳에 주목했다. 딱 사람 머리가 오는 위치에 가시덩굴이 얽힌 서클이 조각되었고 그 안쪽에 동그란 구멍이 세 개 뚫려 있었다.

하지메는 일단 문 앞에 서서 혼신의 힘을 담아 밀어 봤다. 하지만 예상대로 문은 꿈쩍도 하지 않았다.

“뭐, 이럴 줄 알았어. 정석적으로 생각하면 이 부자연스럽게 뚫린 구멍에 뭔가를 끼워 넣어야 문이 열리겠지…….”

“……응. 최단 루트로 온 폐해.”

“그러게.”

하지메는 씁쓸히 웃으면서 머리를 벅벅 긁었다.

“하지메 씨, 어쩌죠? 찾으러 갈까요?”

시아는 문을 열 열쇠를 찾으러 가겠냐고 물었지만 표정으로 보아 본인도 썩 내키지는 않는 모양이었다.

열쇠를 찾는 일 자체보다, 피곤한 지금 상태에서 가기 꺼려진다는 뜻이리라.

코우키 파티는 딱히 아무 말도 않았으나 표정이 심정을 잘 대변해줬다.

“……하지메. 이곳에 문제가 없어 보이면…….”

“그래. 일단 휴식을 하자.”

코우키 파티에게서 이완된 분위기가 물씬 흘러나왔다. 실제로도 긴장이 풀어져 그 자리에 풀썩 주저앉고 말았다.

"야, 벽 쪽에는 붙지 마. 기습당할지도 모르니까. 쉴 거면 이 방 중앙으로 모여."

어기적어기적 움직이는 코우키 파티에게서 눈을 돌리고 하지메는 문에서 조금 떨어진 곳에 보물고를 기동했다.

그 순간, 허공에 큼직한 천막이 출현했다.

주변 경계를 위함인지 천장에만 막이 있었고, 지지대 사이를 연결하는 투명 장벽이 상시 전개되어 비바람은 물론이거니와 냉기와 열기까지 차단해주는 유용한 물건이었다.

본래는 천장도 막이 없었지만 이번에는 극한 지대용으로 개조했다. 색채의 따뜻함은 의외로 중요하게 작용한다. 실제로 노을빛 같은 주황색 막이 따스한 분위기를 내어 마음을 크게 풀어줬다. 일단 천에도 금속 실을 써서 방어 능력도 빠뜨리지 않고 갖추었다.

열다섯 명 정도는 여유롭게 들어갈 천막이 갑자기 나타나자 코우키 파티는 눈을 깜빡거렸다.

"우와?! 이거 바닥 난방이야!"

"유, 융단이 왕궁 객실 수준으로 푹신해……."

스즈와 시즈쿠의 표정이 녹아 내렸다. 생각지도 못한 행운에 입꼬리가 실룩실룩 올라갔다.

"이, 이봐, 나구모. 저거 설마 코타츠[#2]야?!"

"크, 너무 쾌적해서 늘어질 거 같은데……."

#2 코타츠 탁자 아래에 전기 히터가 있고 사방이 이불로 덮인 일본식 난방 기구.

코우키와 류타로에게 복합적인 전율의 표정이 떠올랐다.

"타니구치, 융단 위에서 기어 다니지 말고 얼른 들어와. 습격에 대비해 신발은 벗지 말고."

"나, 나구모오! 난 이런 낙원에 흙을 묻힐 수 없어!"

"훗, 날 누구라고 생각해? 융단에도 코타츠에도 안감에 얇게 편 광석 파편을 붙여 뒀지. 광석에 부여한 마법은— 재생마법이야."

"그, 그렇다는 말은……."

"그래. 자정 기능이 있다는 거야. 일정 간격으로 깨끗한 본래 상태로 돌아가. 그뿐 아니라 닿기만 해도 피로 회복, 의복이나 몸까지 정화해주지."

"혁명이야! 지금 스즈 눈앞에서 가전, 가구계의 혁명이 일어나고 있어!"

"역시 나구모구만. 물건 제작에는 빈틈이 없어."

스즈의 흥분도가 수직 상승했다. 류타로의 말에는 코우키와 시즈쿠뿐 아니라 그다지 자세한 기능을 모르는 유에나 시아도 고개를 끄덕일 수밖에 없었다.

스즈의 반응에 기분이 좋아졌는지 하지메가 웬일로 우쭐한 표정이었다.

스즈가 푹신푹신한 융단의 감촉을 맘껏 즐기며 애벌레처럼 코타츠로 기어 왔다. 다른 아이들도 서둘러 코타츠로 들어왔다.

"아아…… 이젠 못 나가아."

느슨하고, 당장에라도 녹아내릴 것 같은 음성이 온열과 함께 감돌았다. 범인은 시즈쿠였다. 스즈 옆에서 코타츠에 다리를 넣자마자 곧장 테이블에 얼굴을 푹 묻고 황홀해했다.

평소 늠름한 분위기는 온데간데없었다. 어쩐지 진짜로 녹은 것처럼도 보였다. 늘어진 시즈쿠의 강림이었다.

다른 사람들도 크게 다르지 않은 상태였다.

오는 길에는 에어존으로 그리 춥지 않았을 텐데 쭉 빙벽으로 둘러싸인 상황은 역시 감각적으로 추위를 느끼게 하는 모양이었다.

추운 날에 코타츠라는 마성의 아이템 앞에서 모두 대미궁 안이라는 사실도 한순간 망각하고 프로스트 좀비 같이 「으어~」 하는 소리를 내며 늘어졌다.

그런 상황 속에서 양쪽에 유에와 시아를 낀 하지메가 크로스 비트 네 기를 꺼냈다.

코우키 파티가 화들짝 놀라며 벌떡 일어났지만, 천막 밖으로 날아간 크로스 비트가 이곳까지 오는 동안 있었던 갈림길로 뿔뿔이 흩어지는 것을 확인하고 곧 다시 코타츠의 노예가 됐다.

하지메가 경계용으로 배치했겠거니 하며 깊이 생각하지도 않고 코타츠에 엎드렸다. 한번 긴장을 뺀 탓인지 파도처럼 몰려오는 피로에 맥없이 무너진 모양이었다. 아이들의 뇌가 악덕 기업에 근무하는 회사원처럼 더 이상의 노동을 거부하는 것을 잘 알 수 있었다.

그런 아이들 옆에서 아담한 엉덩이를 하지메에게 찰싹 붙여

앉은 유에가 고개를 갸웃하고 하지메의 볼에 손을 댔다. 무척 부드러운 손길이었다.

"……괜찮아? 안 지쳤어?"

"말했지? 이 천막은 회복 기능이 있다고. 크로스 비트 몇 기를 조종하는 건 일도 아니야."

자애가 전해지는 유에의 손길에 하지메는 자신의 손을 포개고 상냥하게 미소 지었다.

두 사람 사이로 둥실둥실 하트 마크가 떠다녔다.

그런 그때, 휘리릭 소리를 내며 하지메의 목에 감기는 것이 있었으니…… 토끼 귀였다.

돌아보자 시아가 하지메의 어깨에 머리를 대고 몸을 기대고 있었다.

"시아, 왜 그래?"

"피로 회복을 하려고 하지메 씨에게 어리광피워요오~."

대단히 솔직하고 직설적이었다. 휴식에는 전력을 다해야 한다는 대의명분 아래 문질문질, 토끼토끼한 시아에게서는 자제심이라고는 눈곱만큼도 느껴지지 않았다.

그런 시아가 귀여웠는지 허리에 팔을 둘러 더 밀착하도록 당겨 몸을 지탱해주는 다정다감한 하지메. 그것을 보고 유에도 머리를 톡 기댔다.

필연적으로 배로 늘어난 하트 마크 환영.

그리고 워밍업을 시작한 한냐의 환영(?).

언제나 헉헉대며 하지메의 뒤로 기어 오는 잡룡.

스즈가 신물 나는 표정으로 조용히 중얼거렸다.
"……솔로한테는 불편한 공간이 될 거 같아."
격하게 동감하는 아이들이었다.

그로부터 잠시 후.
천막 안에는 무척 식욕을 자극하는 향기가 감돌고 있었다. 시아가 준비한 전골 요리의 냄새였다.
신선한 에리센산(産) 해산물을 쓴 해물 전골이었다. 이것도 다 보물고의 능력 덕분이었다.
"……하지메. 아~."
"냠…… 응, 맛있어."
"하지메 씨, 이것도요. 아~."
왜 굳이 떠먹여주는지 물으면 그곳에 하지메가 있기 때문이다! 라고 말할 것 같은 유에 & 시아.
하지메 양쪽에 찰싹 붙은 두 사람이 파워 업 한 핑크빛 공간을 만들어 내고 있었다. 그 맞은편에 있는 류타로는 재주도 좋게 수도승처럼 눈을 감고 요리를 떴고, 코우키는 바깥 세계의 정보를 완전히 차단한 것처럼 냄비를 빤히 응시했다.
시즈쿠와 스즈는 이미 숙련자처럼 아예 신경 쓰지 않고 함께 요리를 즐기고 있었다. 즐기고…… 있을 것이다. 맛있다며 싱글벙글 웃는 시즈쿠에게 왠지 스즈가 겁먹은 듯한, 혹은 위장이 쑤시는 듯한 표정을 한 기분이 들기도 하지만…….
하지메는 시아가 음식을 내밀자 조금 난감한 표정을 지으면서도 받아먹은 후 찬찬히 음미하고 감개에 잠긴 투로 말했다.

"시아의 요리 실력이 날이 갈수록 좋아지는걸. 결혼하면 사랑받겠어."

"아, 아이참, 하지메 씨도……. 완전 귀엽고 한시도 떨어지고 싶지 않은 사랑스런 내 아내라뇨, 과장도 심하셔~!"

과장은 네가 했지, 라는 말도 지금은 나오지 않았다. 지금 하지메는 시아에게 한없이 관대했다. 유에가 그런 두 사람에게 미소 지으며 얼굴을 슥 가져와서 물었다.

"……하지메, 나는?"

"응? 그거야 뻔하지. 세계에서 가장 사랑받을 거야."

"……응. 요리도 열심히 할게."

"후후후, 유에 씨, 우리 같이 하지메 씨가 좋아하는 요리를 공부해 봐요."

달달하다. 대화가 너무 달달하다. 바다내음이 코를 간지럽히는 해물 전골인데 마치 케이크라도 먹는 것 같다고, 아직 미숙한 수도승(예비) 류타로는 머리를 쥐어뜯었다.

거기서 마침내 보다 못한 돌격계 소녀가 돌격을 감행했다.

"저, 저기, 하지메? 나는 어때? 집안일도 요리도 제법 잘 하는데? 매일 맛있는 음식을 만들어서 맞아줄 수 있는데?"

카오리가 조금 조바심을 내면서도 기대에 찬 눈으로 유에와 하지메 사이로 비집고 들어왔다.

유에가 뭐 하는 짓이냐며 도로 밀어 냈지만 카오리도 지지 않고 버텼다.

“……뭐, 카오리는 원래 학교에서도 『사귀고 싶은 사람 랭킹』이나 『결혼하고 싶은 랭킹』에서 1위를 독점했었으니까 매력적인 아내가 되겠지.”

“아니, 그게 아니라. 일반적인 의견 말고 하지메가 어떻게 생각하는지 묻는 거야!”

하지메는 은근슬쩍 눈길을 피하면서 얼버무렸지만 카오리는 놓치지 않겠다고 언어의 랜스 돌격을 해 왔다.

그래서 유에가 응전에 나섰다.

“……카오리. 왜 자해를 하고 그래?”

“유, 유에?! 무슨 의미야?! 응?!”

짐짓 상냥함이 넘치지만 연민이 듬뿍 담긴 말이 비수처럼 카오리에게 꽂혔다. 눈물을 머금은 카오리에게 유에는 흣, 하고 웃었다. 당연히 몸싸움으로 발전했다.

밥 먹는 자리에서는 싸우지 말라고 하지메가 두 사람을 말리려고 했으나 그 전에 무언가가 코타츠 아래에서 기어 나왔다.

“주인님. 당연히 나도 좋은 반려가 되지 않겠는가? 알다시피 나는 『헌신적인 여자』니까. 매일 주인님을 만족시키리라 장담하지! 어떤가? 그러니 나에게도 멋진 말 한마디 정도 건네다오.”

“남의 다리 사이로 얼굴 내밀지 마, 잡룡.”

“응후우웃!”

잡룡이 몸부림쳤다. 하지메의 사타구니 위에서…….

“농담이 아니고 넌 자중하는 법을 배워. 진짜 버리고 가는 수가 있으니까.”

“우후후. 나를 데리고 간다는 전제로 말하는군? 너무 사랑받아 괴롭구나…….”

잡룡이 괜히 꿈틀대기 시작했다. 역시 이미 손쓰기에는 늦었다.

하지메는 한숨을 쉬면서 유에가 올라가서 간지럼을 태우는 카오리와 변태적으로 꿈틀대는 티오의 머리를 톡톡 도닥이며 달랬다.

그런 별거 없는 행동이 하지메가 두 사람을 어떻게 생각하는지를 보여줬다. 두 사람이 옆에 있는 것을 자연스럽게 받아들인다는 점은 타인이 봐도 느낄 수 있었다.

그 훈훈한 분위기 속에서 갑자기 칼날 같은 말이 울렸다.

“지금, 식사 중인 거 몰라?”

똑 부러진, 아니, 팽팽히 당겨진 실 같은 음성.

“시, 시즈쿠?”

움찔 떤 카오리가 코타츠 가장자리에서 쭈뼛쭈뼛 얼굴을 들었다.

시즈쿠가 웃고 있었다. 아주 환하게…….

몹시, 박력이 있었다.

카오리를 간지럽히던 유에까지 무심코 굳었고, 변태 짓 중인 티오가 제정신으로 돌아왔으며, 관계없는 코우키가 식기를 떨어뜨렸고, 류타로가 부흡, 하고 완자 파편을 뱉을 정도로.

“시, 시즈시즈? 왜 그렇게 기분이…… 아니, 아무것도 아니에요."

어쩐지 식사 중에 버릇이 없다고 혼내는 것치고는 너무 박력이 있는 느낌이 들어 스즈가 정말로 쿡쿡 쑤시는 배를 쓰다듬으면서 말을 걸었으나…….

돌아본 시즈쿠의 웃는 얼굴에 견디지 못하고 몸을 웅크리며 필사적으로 눈길을 돌렸다.

뭐가 어떻게 됐건 식사 중에 너무 예의 없이 군 것도 엄연한 사실이었다. 유에와 카오리는 서둘러 자리에 고쳐 앉고 티오는 코타츠 안에서 꿈지럭꿈지럭 나와 앉았다.

"……시, 시즈쿠. 무서운 아이."

"으, 응. 시즈쿠는 화를 잘 안 내는 대신 화났을 때 무서워."

유에가 기어드는 목소리로 중얼거리고 카오리가 소리 죽여 속삭였다.

그러자 시즈쿠의 웃는 얼굴이 두 사람에게 돌아갔다. 유에와 카오리는 필사적으로 눈길을 돌렸다.

설마 이대로 이상한 긴장 상태에서 식사가 재개되고 스즈의 위장에 지속적으로 대미지가 들어가는 게 아닌가 싶었으나—.

"응? ……도착했나?"

분위기를 전환하듯 하지메가 뭐라고 중얼거렸다. 하지메가 젓가락을 두고 허공을 돌아보자 이때가 기회다 싶어 일행은 젓가락을 다시 들었다.

"이봐, 나구모. 무슨 일이야?"

"으음, 잠깐만 있어 봐."

코우키가 어묵을 먹으면서 물었지만 하지메는 눈길도 주지 않고 제지할 뿐이었다.

왜 그러는가 하고 다른 사람들도 전골을 퍼며, 혹은 뜨거운 건더기를 입에 넣으며 주목하는 가운데, 몇 초쯤 지나자 하지메가 혼자 고개를 끄덕였다.

그리고 천천히 뒤를 돌아봤다. 보물고가 열리고 그 손에 광택 있는 회색 금속 플레이트— 게이트 키가 출현했다.

그것이 앞쪽 공간에 쑥 꽂혔다. 공간 자체에 꽂힌 게이트 키는 거리낌 없이 효과를 발휘해, 공간이 소용돌이처럼 뒤틀리고 크로스 비트에 장착한 것과 짝을 이룬 게이트 홀로 공간을 이었다.

타원형 게이트가 열리자 그 안쪽에는 육각기둥 모양인 얼음 제단 위에 안치된 보옥이 있었다. 노란색 오라를 내서 말 그대로『키 아이템』같은 모습이었다.

그리고 또 하나—.

"크롸아아아아아아아아!"

보옥 건너편에서 흉악한 낯을 들이대며 달려오는 프로스트 오거도 보였다.

거구였다. 지금까지 상대한 프로스트 오거의 세 배 가까이 큰 거구였다.

"""""부홉?!"""""

아이들이 일제히 입에 든 것을 뿜었다. 최상급 재료들이 허공에 흩뿌려진다. 맞은편에 앉은 유에가 장벽을 펼쳐 아슬아슬하게 자기 쪽 냄비와 접시 방어에 성공했다.

예의라고는 찾을 수 없는 현장이었다. 그러나 아이들을 마냥 탓할 수도 없었다.

한참 맛있게 밥을 먹는 중에 난데없이 지금까지 상대한 프로스트 오거와는 한 획을 긋는 마물이 포효하며 달려오는데 어떻게 당황하지 않겠는가.

"나, 나구, 켁, 케흑."

"더럽게……. 먹던 거 삼키고 말해."

사레든 코우키를 힐끔 돌아보고 인상을 찌푸린 하지메는, 게이트 너머에서 빠르게 접근하는 프로스트 오거는 딱히 신경 쓰지도 않고 노란 보옥만 덥석 집었다.

그리고 다시 보물고에서 보주와 같은 크기의 쇠공을 꺼내 보옥 대신 툭 올려놓았다.

닫혀 가는 게이트 너머에서 보옥의 가디언이었을 프로스트 오거가 「이건 아니지?!」라고…… 말하는지는 모르겠으나 경악하며 팔을 뻗었다.

하지메는 이미 프로스트 오거에게 눈길조차 주고 있지 않았다.

코우키 파티가 넋이 나간 사이 가차 없이 게이트는 닫혔다.

그 직후, 멀리서 콰아아앙 하는 폭음이 일고 공기의 진동이 전해졌다.

"음, 역시 평범한 열쇠는 아니군. 복제할까 생각했는데……

내부 마법진과 마력 흐름을 분석하려면 힘들겠어."

하지메는 못 써먹겠다는 얼굴로 보옥을 대충 옆에 뒀다. 그리고 아무 일도 없었다는 양 다시 젓가락을 들었다.

"와, 그게 열쇠인가요? 아, 어묵이 다 익었네요. 여기요, 하지메 씨."

"오, 땡큐, 시아."

그리고 자연스럽게 부부 같은 대화로 돌아갔다.

하지메의 행동에 식은땀을 삐질 흘리던 아이들이 꿈에서 깬 것처럼 일제히 입을 열었다.

"잠깐잠깐잠깐, 이상하잖아?!"

"저래도 되는 거냐?!"

"프로스트 오거가 불쌍해!"

"교활한 것도 정도가 있지!"

"……뭐야, 갑자기?"

대체 무엇이 문제인가. 왜 그렇게 흥분하는가. 쾌적한 공간에 맛있는 전골이 있다고 갑자기 파티 피플처럼 흥분해도 곤란한데…… 같은 얼굴을 한 하지메에게 아이들은 울컥해서 이마에 핏줄을 세웠다.

코우키가 어떻게든 냉정해지려고 심호흡하고 감정을 꾹 누르며 물었다.

"나구모. 방금 그건 뭐야?"

"뭐냐니…… 뭐가? 봤잖아?"

"봤지만! 그게 아니라! 네가 뭘 했냐고!"

“……너, 정말로 괜찮냐?”

봤지만 무엇을 했는지 모르겠다는 코우키의 대답에 하지메는 정신적 피로로 헛것이라도 보는 것인가 싶어 살짝 이상한 사람처럼 바라봤다.

하고 싶은 말이 전달되지 않는다. 더불어 대단히 탐탁잖은 반응. 코우키는 벌써 폭발 직전이었다. 당장에라도 밥상, 아니, 코타츠를 엎을 것 같았다.

음식에는 죄가 없다며 류타로가 코우키를 뒤에서 붙잡는 한편, 하지메는 카오리에게 코우키를 한번 진찰하는 게 좋지 않겠냐며 말을 걸었다.

정서 불안인 아군에게 오발을 맞는 것은 싫다는 하지메에게 카오리는 난감한 표정을 지을 수밖에 없었다.

그 대화를 듣고 시즈쿠가 두통을 참듯 관자놀이를 꾹꾹 누르면서 끼어들었다.

“그러니까, 이런 뜻이야? 나구모는 방금 크로스 비트를 경계용으로 배치한 게 아니라 문의 열쇠— 보옥을 찾으려고 보냈다. 그리고 크로스 비트가 무사히 보옥 앞에 도착했지만, 그곳에 침입하자 가디언이 움직였다.”

하지메에게 시선을 힐끔 보내자 하지메는 맞다며 고개를 끄덕였다.

시즈쿠는 두통이 더 심해졌다는 티를 역력히 내면서 정리에 들어갔다.

“그래서 보옥을 게이트로 회수하고 선물로 폭탄을 둬서 프로스트 오거를 폭살했다?"

"그래. 다 봤네. 다 봐 놓고 뭘 물어?"

"그러니까 그게 이상하다고! 보통 미궁의 비보라고 하면 가디언 같은 거랑 직접 싸우고 이겨서 손에 넣는 거잖아!"

류타로의 구속에서 벗어난 코우키가 대단히 상식적인 발언을 했다.

"아니, 편하게 모을 수 있으면 그게 제일이잖아. 세 개나 있는 열쇠를 모으러 동분서주하는 건 너도 싫지?"

"그건 그렇지만…… 미궁이 정당한 공략으로 인정해주지 않으면 어쩔 셈이야!"

하지메는 어묵을 입에 넣으며 코우키의 우려에 대답했다. 코우키가 이야기하면서 먹지 말라고 눈빛으로 주장했지만 그건 무시했다.

"그렇게 되지 않도록 크로스 비트로 제대로 미궁을 돌았어."

"무슨 소리야?"

"생각해 봐. 예를 들어 땅 속성 마법사가 골렘을 쓰거나 어둠 속성 마법으로 동물이나 마물을 조종해서 탐색, 보옥을 회수, 그리고 가디언과 싸운 경우와 뭐가 다르지?"

"그, 그건……."

확실히 다를 것은 전혀 없었다. 코우키는 순간 말문이 막혔지만 바로 다른 점을 지적했다.

"하지만 게이트로 회수하면 아무리 그래도 너무 위험하잖아?"

"그래. 그렇게 걱정할 만하지. 그래서 경계는 했어. 게이트로 회수하려다가 뭔가 반응이 있으면 중력 마법으로 보옥을 크로스 비트에 흡착시켜서 가져올 생각이었어."

"아, 내가 페어베르겐에서 잠들었을 때 당한 그거처럼……."

시즈쿠가 아련한 눈으로 중얼거렸다. 십자가에 매달린 원한은 잊지 않았다.

"그렇지만 문제없을 거라고 생각했어. 방금 유에가 게이트를 써서 사카가미를 구했을 때 방해받지 않았으니까. 우리가 직접 미로를 건너뛰지만 않으면 된다고 판단했지."

가디언은 확실히 죽였고 실제로 문제는 일어나지 않았다.

"……이래도 돼? 미궁 공략이란 게 이런 거야?"

규칙은 구멍을 찌르기 위해 존재한다! 라고 말하는 듯한 하지메에게 코우키는 욕이 목구멍까지 올라온 표정으로 중얼거렸다.

류타로가 그런 코우키의 어깨를 부드럽게 쳤다. 깨달음을 얻은 보살 같은 표정으로…….

"코우키…… 너무 고민하지 마. 머리 벗겨져."

류타로 보살에게서 스즈가 질겁한 표정으로 슬쩍 거리를 뒀다.

"시즈시즈, 왠지 류타로 얼굴이 이상해……."

"상식에서 해탈한 걸까? 뭐, 사실 나구모는 무장하고 걸어다니는 비상식 그 자체니까 그럴 만도 해."

"나는 상식을 소중히 하고 싶어……. 나구모에게 물들지 않도록 마음을 굳게 먹어야지. 아, 그렇구나. 그래서 카오링이

저렇게 망가졌구나…….”

“나?!”

생각지도 못한 곳에서 공격받은 카오리가 스즈를 봤다. 스즈가 카오리를 보는 눈은 무척 슬펐다. 이제 그 시절의 상식적인 카오링은 돌아오지 않아…… 라고 말하듯이…….

“가만히 듣고 있으니까 너무하네. 상관은 없지만…….”

시즈쿠와 스즈를 못마땅하게 바라보는 하지메는 그렇게 중얼거리고 말을 이었다.

“다른 보옥 두 개도 확인했어. 함정이나 가디언도 똑같아. 유일한 걱정거리는 내가 모든 보옥을 회수하면 나 말고도 공략이 인정되느냐야. 만약을 위해서 남은 두 개는 아마노가와 팀과 유에 팀으로 나눠어서 각자 회수하는 게 낫겠어.”

“……응. 알았어.”

“후, 그렇게 할게.”

유에와 코우키가 각자 고개를 끄덕였다. 그러나 코우키만은 뭔가 불만이 있지만 마지못해 말을 삼키는 것 같았다.

그러고 얼마 후, 천막을 치워 휑한 방에서 카오리의 걱정스러운 목소리가 울렸다.

“애들, 괜찮을까…….”

카오리가 등진 문에는 이미 두 개의 보옥이 꽂혀 잇었다.

하지메가 손쉽게 얻은 노란 보옥과 유에 팀이 정공법으로 가디언을 쓰러뜨리고 얻은 붉은 보옥이었다.

남은 보옥은 하나. 크로스 비트의 안내를 받아 떠난 코우키 팀의 몫뿐이었다.

이곳까지 와서 처음으로 따로 행동하기 때문인지, 카오리는 친한 친구들의 안전이 걱정되는 모양이었다. 아까부터 애가 타서 안절부절못하며 역시 자기도 따라갈까 몇 번이나 망설이고 있었다.

그럴 때마다 유에가 「……카오리 엄마, 과보호」라고 놀리는 투로 말하는 까닭에 말문이 막혀 참았다.

"하지메……."

"한심한 소리 내지 마. 지금 그 녀석들이라면 그 정도 적은…… 아, 이거 봐. 말하는 중에 끝났어."

크로스 비트에 내장된 『원투석』과 마안석을 통해 상황을 확인하던 하지메가 쓴웃음을 지으며 희소식을 알렸다.

"저, 정말?! 괜찮아? 다들 다친 데는 없고?"

"그래, 괜찮아. 조금 고전했을 뿐이지 눈에 띄는 부상은 없어. 사카가미가 약한 동상을 입었나 보지만, 이미 타니구치가 치료했어."

"다행이다~."

카오리가 진심으로 안도하며 가슴을 쓸어내렸다.

얼마 가지 않아 크로스 비트를 앞세워 코우키 팀이 돌아왔다. 하나같이 후련한 표정이었다.

그 모습을 보고 시아가 무슨 일인가 싶어 토끼 귀를 까딱 기울였다.

"왠지 기뻐 보이네요? 프로스트 터틀보다 약했을 텐데 그렇게 달성감이 있었던 걸까요?"

"아마 대미궁을 정직하게 공략해서 감동받았나 보구먼. 주인님의 방식이 너무 합리적이라 일반적인 모험과 다르다고 한탄하지 않더냐."

흐뭇하게 아이들을 보던 티오가 정확하게 추측했다. 시아뿐 아니라 하지메도 그 말을 듣고서야 이해했다. 하지메 또한 어린 소년. 정직한 모험은 아주 좋아했다. 지금까지 대미궁을 즐긴다는 생각 자체를 못 했던 터라 이제야 아까 아이들이 왜 『상식』 운운했는지 알았다.

잘 싸웠다고 칭찬하는 카오리와 노닥거리는 시즈쿠 옆에서 코우키가 녹색 보옥을 들고 문 앞으로 갔다.

"나구모, 여기에 꽂으면 되지?"

"그래. 아마도 그럴 거야."

코우키는 조금 긴장하여 침을 꿀꺽 삼키고 마지막 보옥을 홈에 끼웠다.

그 순간, 세 보옥에서 각각의 색으로 빛이 터져 나왔다.

노란 보옥이 햇빛이 되어 문을 비추고 가시덩굴은 녹색으로 물들며 붉은색이 꽃에 숨결을 불어넣었다. 대단히 아름답고 예술적인 장치였다.

보옥이 한층 강하게 빛났다. 그러자 장엄한 문이 쿠구구 소리를 내고 저절로 열렸다. 풍압 때문인지 위에 뜬 눈안개가 살짝 흩어졌다.

경계하며 문 안쪽 통로를 엿보던 스즈는 경악으로 눈이 동그래졌다.

"우와, 여긴 뭐야……. 완전히 거울 미로잖아."

"일단 얼음으로 되어 있겠지만…… 정말로 거울 같아."

그 말대로 그곳은 완전한 거울의 세계였다.

마주 보는 빙벽이 서로를 거울처럼 반사해 공간을 무한히 늘리고 있었다. 모습이 흐릿하게 비치는 정도가 아니었다. 벽에서 나오는 냉기가 없었다면 빙벽이라는 사실조차 몰랐을 것이다.

그 벽은 비유가 아니라 정말 말 그대로『얼음 거울』이었다.

"가자. 헤매지 마."

하지메의 호령에 일행은 신비한 얼음 거울 미로로 들어갔다.

안쪽은 첫인상 그대로 거울 미로를 형성하고 있었다. 빛이 향하면 어디까지고 난반사해 양쪽 벽에는 일행의 모습이 무한히 겹쳐졌다.

위쪽은 눈안개에 덮여 지금까지 왔던 길보다 훨씬 어두워 으스스한 느낌을 줬다.

또각또각 바닥을 때리는 일행의 발소리가 이상하게 울리며 귀에 들어왔다. 빛만이 아니라 소리까지 반사되는 것 같았다.

"……왠지 빨려 들어갈 것 같아."

하지메 곁에서 걷는 유에가 얼음 거울에 비치는 자기 모습을 보고 조용히 중얼거렸다.

여러 겹으로 겹쳐져 영원히 안쪽으로 이어지는 거울 속 세계는 마치 심연으로 들어가는 입구 같았다. 빛이 닿지 않는 안쪽 어둠을 바라보자니 뭔가 정체 모를 두려움에 휩싸여 그대로 빨려 들어갈 것만 같았다.

별 이유 없이 유에는 얼음 거울에 비친 자신에게 손을 뻗었다. 그러나 그 손은 자신의 허상과 맞닿기 전에 따뜻한 감촉에 감싸였다. 유에는 깜짝 놀라며 허상의 세계에서 현실로 의식을 되돌렸다.

"괜찮아. 내가 붙잡을 거야."

"……응."

온화하지만 강한 의지를 느끼게 하는 사랑에 넘치는 눈빛. 유에는 마음이 풍선처럼 둥실 떠오른 기분이 되어 달콤하게 녹아내린 듯한 미소를 돌려줬다.

긴장한 아이들 앞에 멈춰 서서 서로를 바라보고—.

"너희는 사사건건 애정 표현을 하지 않으면 어떻게 되니?"

시즈쿠가 대표로 눈을 샐쭉거리며 따졌다.

방금 천막에서 쉴 때도 그렇고 틈만 나면 눈꼴사납게 달라붙고 난리야, 짜증 나게…… 라는 의미가 담긴, 모두의 마음을 대표하는 멋진 눈초리였다.

하지만 능력치에 『애정』이라는 항목이 있다면 MAX는커녕 측정 불가, 오류의 우려가 있어 강제 셧다운이 될 게 틀림없는 두 사람에게 그런 말은 아무런 타격도 주지 못했다.

"미안. 유에가 사사건건 귀여워서."

"……응. 미안. 하지메가 사사건건 멋있어서."

시즈쿠에게서 기이이인 한숨이 나왔다. 카오리가 볼을 부풀리고 티오와 시아는 여느 때도 마찬가지인데…… 하며 애매하게 웃었다.

그러나 장소에 안 맞는 러브 코미디 덕분인지 기이한 미로 때문에 바싹 긴장하던 아이들의 마음은 조금 풀어진 모양이었다.

잠시 동안 마물의 습격도 함정도 없이 일행은 하지메의 나침반이 가리키는 대로 순조롭게 길을 나아갔다.

30분 정도 지났을까? 묵묵히 걷던 일행 사이에 변화가 발생했다. 문득 코우키가 멈춰 서서 주위를 두리번거리기 시작했다.

코우키의 이변을 깨닫고 하지메는 정지 호령을 내리고 의아한 표정으로 코우키를 봤다. 시즈쿠도 얼굴에 의문을 드러내며 물었다.

"코우키? 왜 그래?"

"어, 아니…… 지금 무슨 소리 안 들렸어? 사람 목소리가 속삭이는 듯한……."

"자, 잠깐, 코우키! 그러지 마아!"

아무래도 코우키는 속삭이는 목소리를 들은 것 같았다.

무서운 것이라면 질색하는 카오리는 당황하고 얼음 거울에 비치는 무수한 자신들을 돌아봤다. 시즈쿠가 농담으로 한 『어느샌가 사람이 늘어나 있는 이야기』가 현실이 된 것은 아닌가 하고 벌벌 떨면서 소름 돋은 양팔을 문지르며…….

“누구 들은 사람 있어? 시아는 어때?”

하지메가 주위를 둘러보며 확인했다.

“아뇨, 저는 아무것도 못 들었어요. 인기척도 여기 있는 사람 외에는 안 느껴져요.”

눈을 감고 집중했지만 토끼 귀는 아무 소리도 찾아내지 못했다. 다른 사람들도 딱히 무슨 소리를 듣지는 못했다고 고개를 저었다.

“……뭔가 분명히 들린 거 같았는데…….”

“너무 긴장한 거 아냐?”

“류타로…… 그럴지도, 몰라.”

자기 말고 아무도 듣지 못했다고 하자 코우키는 착각이었나 싶어 머쓱한 표정을 지었다. 류타로가 배려하는 말에도 자신없이 동의했다.

“……시아. 부탁할게.”

“네.”

일동이 코우키의 착각이라고 받아들이는 가운데, 하지메만은 경계하는 눈빛으로 색적에 관해서는 가장 믿을 수 있는 시아에게 당부했다.

시아도 내심 코우키의 착각이겠거니 생각하면서도 하지메의 진지한 태도를 보고 얌전히 표정으로 고개를 끄덕였다. 그러고는 토끼 귀를 바쁘게 쫑긋거리며 탐색에 더욱 주의를 기울였다.

그 후로 순조롭게 길을 진행하고 몇 번의 분기점을 망설임

없이 거쳐 갔을 무렵, 다시 코우키가 멈췄다.

이번에는 고함까지 치면서—.

"또, 또야! 역시 착각이 아니었어! 또 들렸다고!"

"코, 코우키?"

필사적으로 목소리의 근원지를 찾으려는 코우키에게 아이들은 난감한 눈빛을 보냈다.

친구들의 그 눈빛이 코우키를 더욱 혼란에 빠뜨렸다. 거칠게, 필사적으로 따졌다.

"이번에는 확실하게 들렸잖아! 『이대로 있어도 돼?』라고!"

"아, 아니, 코우키. 난 아무것도 못 들었는데."

"으, 응. 나도 못 들었어……."

"음…… 나도 못 들었어."

자기만 들었다는 상황에 코우키는 자기 안에서 불안이 고개를 드는 것을 느꼈다.

홀로 암흑 속에 남겨진 것처럼 몹시 불안한 동시에 마음을 함께해주지 않는 동료들에게 강한 짜증을 느꼈다.

그런 불안정한 감정을 쏟아내듯 코우키는 허공에 고함쳤다.

"거짓말이 아니야! 정말이라고! ……젠장, 누구야! 어디 있어! 숨어 있지 말고 나와 보시지!"

"코우키! 진정해!"

시즈쿠가 코우키를 달래는 한편에서 하지메가 시아에게 시선을 줬다.

"시아."

"아뇨. 저는 아무 소리도……."

전에도 시아가 듣지 못한 시점에서 예상했지만 역시 이번에도 토끼 귀는 아무 소리도 듣지 못했다.

"……하지메. 마력 반응은?"

"없어. 좀비나 오거 때도 그랬지만, 아무래도 이 미궁 빙벽은 마력 반응을 은폐하는 능력을 기본적으로 갖춘 거 같아. 마안석도 믿을 수 없겠어."

"흠. 코우키라면 대미궁 공략의 압박감 때문에 정신이 온전치 못할 가능성도 있지만…… 그렇다고 해도 너무 생뚱맞구나. 어떤 간섭을 받고 있다고 보는 것이 타당할 게야."

"그래도 시아의 토끼 귀에도 들리지 않고 하지메도 감지할 수 없으면 막을 방법이 없지 않아?"

그렇게 이야기 나누는 사이에도 코우키는 자신이 이상해진 것이 아니라고 증명하기 위해 보이지 않는 목소리의 주인을 찾아내려고 악을 썼다. 거기에 하지메가 말을 걸었다.

"아마노가와, 일단 진정해."

"큭, 나구모. 정말이야. 내가 분명히……."

"알아. 네 착각으로 치부할 생각은 없어."

"어?"

하지메가 자신을 얼마나 무시하는지 잘 아는 코우키였다. 그래서 자신의 불확실한 말을 믿는다는 하지메의 발언에 코우키는 그만 눈을 크게 떴다.

충격 때문인지, 혹은 믿어줬다는 안도감 때문인지 일단 진정한 코우키를 무시하고 하지메는 전원을 돌아보았다.

"어떤 간섭을 받고 있다고 생각해야 할 거야. 그 속삭이는 소리란 게 이 미로의 시련 중 하나라면 아마노가와뿐 아니라 여기 있는 사람 모두 간섭을 받을 가능성이 커. 어떤 의도가 있는지는 모르지만…… 지금은 막을 방법이 떠오르지 않으니까 모두 충분히 주의해."

확실히 착각으로 치부하기보다 『이상한 현상이 일어났다』는 것은 『대미궁의 간섭』이라고 생각해 대비하는 편이 안전하다.

그 충고는 코우키의 말을 믿어서 나온 판단이라기보다 대미궁에서는 그것이 합리적 판단이기 때문이었다.

난감해하던 아이들도 납득하고 힘주어 고개를 끄덕였다. 그리고 얼음 거울에 비친 자신들의 모습을 더 의심스럽게 생각하며 다시 걸음을 뗐다.

그리고 시간이 얼마 지나지 않았을 때—.

—안 믿었군.

"윽, 또……."

코우키의 귀로 또 끈적한 속삭임이 들어왔다.

속삭이는 소리, 그리고 그 말이 이상하게 마음을 울렁거리게 했다. 마치 매끈하게 다듬은 나무판자에 고양이가 발톱을 세워 마구 할퀴는 것 같은 감각. 몹시 불쾌하고 이유도 없이 거슬리는 느낌이었다.

그러나 코우키는 이번에는 혼란에 빠져 소란을 피우거나 하지 않았다. 평온하다고는 절대 말할 수 없으나, 간신히 냉정함을 유지할 여유 정도는 있었다.

『정체불명』은 무엇보다 사람의 마음을 불안하게 만드는 요소지만, 지금은 『대미궁의 간섭』이라는 막연한 해답이 나와 있었다.

코우키는 치미는 불안을 어떻게든 억제하며 조금이라도 정보를 얻으려고 속삭임에 집중했다. 그러자 하나 신경 쓰이는 점이 떠올랐다.

"……이 소리, 들은 적이 있어?"

그랬다. 확실하지는 않지만 그 음성이 귀에 익었다.

누구의 목소리지? 어디서 들었지? 고개를 갸웃거리고 기억을 뒤지는 코우키에게 아이들이 걱정스러운 눈길을 보냈다.

"코우키, 괜찮아?"

"시즈쿠…… 그래, 괜찮아. 그 소리가 또 들렸는데……."

"들렸는데?"

"기분 탓인지는 모르겠지만, 어디선가 들은 적이 있는 것 같아……."

코우키의 말을 듣고 시즈쿠는 턱 끝에 손을 대고 생각에 빠졌다.

"……하르치나에서는 의태 능력을 가진 마물도 있었지. 이것도 점점 대미궁의 간섭답다는 느낌이 들어. 우리가 아는 사람을 흉내 내는 걸지도 몰라. 코우키, 현혹되면 안 돼. 무슨 일이 있으면 바로 말해야 해."

"알아. 너야말로 조심해. 나구모의 말이 맞으면 조만간 너한테도 들릴지 모르니까."

"그래. 주의할게."

시즈쿠가 살짝 미소 짓자 코우키는 흐트러진 정신이 진정되는 것을 느꼈다. 표정에도 여유가 돌아왔다. 언제든 자기 곁에 있으면서 격려해주고 지탱해주는 친구 소녀의 말과 웃음에 자연스럽게 웃음이 떠올랐다.

그러나 그 직후.

—너도 이미 알잖아?

"……!"

다시 들린 목소리에 심장을 덥석 잡힌 감각에 빠졌다.

마치 마음속 깊은 곳에 있는 가장 섬세하고 가장 닿지 말았으면 하는 부드러운 부분을 짓밟힌 것 같은 엄청난 불쾌감에 소름이 돋았다. 눈까지 어질어질한 느낌이 들어 반사적으로 도움을 청하고자 옆에서 걷던 시즈쿠를 찾았다.

그러나 그곳에는 평소처럼 왜 그러냐고, 괜찮냐고 걱정하며 돌아봐주는 친구의 모습은 없었다.

대신 있는 것은 코우키와 똑같이 굳은 표정.

"시즈쿠, 설마……."

"……응. 나도 들렸어. 여자 목소리야. 어디서 들은 기억도 있고. 『또 외면하려는 거야?』라고 들렸어."

드디어 코우키 말고도 속삭임이 들리기 시작했다. 이로서 대미궁의 간섭이라는 가설은 거의 확정됐다.

하지메가 걸음을 멈추고 코우키와 시즈쿠를 봤다.

"아마노가와. 너는 어때? 뭐라고 들렸어?"

"……나는 남자 목소리로 『너도 이미 알잖아?』였어."

"흐음? 듣는 사람에 따라 음성도 내용도 바뀌는 건가……. 말의 의미는? 뭔가 짐작 가는 거 있어?"

하지메의 물음에 두 사람은 곧바로 없다고 대답하려다가, 무슨 이유에선지 말문이 막혔다. 어깨를 붙잡힌 기분이 들었다. 누군가가 정말로 없냐고 물은 것처럼…….

코우키와 시즈쿠는 고민스러운 표정으로 목구멍까지 올라온 말을 삼켰다. 그리고 서로의 얼굴을 보고 완벽하게 똑같은 감각이었으리라 짐작했다.

"시즈쿠? 괜찮아? 어디—."

"꺄!"

카오리가 걱정하며 시즈쿠에게 다가간 직후, 이번에는 스즈가 비명을 지르고 튀어 올랐다.

"스, 스즈도?"

"으, 응."

바로 옆에서 튀어 오른 스즈 때문에 카오리도 덩달아 움찔 놀라며 묻자 역시나 예상했던 대답이 돌아왔다.

스즈가 불안하게 주위를 두리번거리는데 연이어 류타로까지 「으어?!」 하고 소리를 질렀다.

하지메가 주위를 경계하면서 스즈와 류타로에게 물었다.

"본격적으로 간섭이 시작됐나……. 타니구치, 사카가미. 너희는 무슨 소리를 들었어?"

말의 내용으로 간섭의 의도를, 더 나아가서는 새로운 시련의 내용을 고찰하려는 것이었다. 하지메는 이럴 때 도움이 되는 티오에게 힐끔 시선을 줬다. 티오도 바로 의중을 이해하고 고개를 끄덕했다.

스즈가 엄청 쓴 음식을 입에 쑤셔 넣은 것 같은 표정으로 대답했다.

"그게…… 나는 코우키랑 비슷해. 『사실은 이미 알지?』라고 했어."

"어…… 나는 시즈쿠랑 비슷해. 『언제까지 아닌 척할 거냐?』였었나?"

웬일로 류타로까지 호탕함을 잃고 말로 표현하지 못할 답답함을 끌어안은 표정이었다.

그러나 역시 두 사람 모두 코우키나 시즈쿠와 마찬가지로 속삭임의 의미를 이해하지는 못한 것 같았다. 그저, 의미는 모르지만 무시할 수 없는 말에 마음속에 회색 안개가 퍼지는 것을 느끼는 분위기였다.

"……너무 추상적인데. 현혹하기에는 지나치게 간접적인 느낌이 들어……."

『무엇을 하라』, 『어디로 가라』처럼 직접 대상을 현혹하는 말이 아니란 사실에 하지메가 고개를 갸웃거렸다.

"스즈와 류타로는 들어라. 두 사람 모두 그 목소리를 들은 기억이 있더냐?"

"음~, 듣고 보니…… 어디서 들은 것 같기도 해요."

“아~, 그러게. 나도 그런 느낌이 들어.”

두 사람이 긍정하자 티오는 뭔가 깊이 생각에 빠졌다.

쥐 죽은 듯한 정적이 일행을 감쌌다. 기분 탓인지 공기가 무겁게 내려앉은 느낌이 들었다.

습기를 머금은 공기가 살에 달라붙는 듯한 분위기를 걷어내려고 유에가 짝 손뼉을 치며 말을 꺼냈다.

“……응. 일단 지금은 계속 가.”

“그래. 그게 낫겠어.”

멈춰서 생각에 빠져도 소용없다. 앞으로 가지 않으면 시련조차 받을 수 없다.

아이들은 힘차게 고개를 끄덕였다. 그것을 확인한 하지메는 유에에게 미소를 보이고 다시 걸어 나갔다.

—어디로 돌아갈 생각이지?

“……오호라.”

걸음을 뗀 직후 들린 속삭임에도 하지메는 눈썹을 움찔거렸을 뿐 걸음을 멈추지 않았다.

하지메가 그런 것처럼 유에나 시아에게도 목소리가 들리기 시작한 모양이었다. 그러나 정보 교환은 하면서도 이번에는 아무도 멈추지 않았다.

헤맬 일이 없는 미로를 그로부터 세 시간 정도 계속 걸었다. 나침반이 확실하게 골로 다가가고 있다는 사실을 알려줬다.

무사히 간다면 앞으로 몇 시간 안에 돌파할 수 있는 위치까지 와 있었다. 그러나 골에 다가가면 다가갈수록 비례해서 속삭임이 들리는 빈도는 늘어났다.

아니, 빈도만이 아니었다. 마음에 미치는 영향도 시시각각 늘어나는 느낌이었다. 의미를 알 수 없었던 말이 암흑에서 괴물이 모습을 드러내듯 조금씩 기억의 단편이 되어 부상했다.

비유하자면 흰 종이 위에 검은 잉크를 떨어뜨리는 광경을 보는 것 같은 기분이었다. 순백색 종이가 조금씩 검게 물들어 가는 그런 기분…….

잉크가 한 방울씩 떨어질 때마다 속삭이는 소리가 없어도 그 말이 귀에 되살아나고 위장 속에 돌이 쌓여 가는 착각이 들었다.

—또 반복돼.

가슴속에서 차가운 얼음 덩어리가 느껴졌다. 유에의 뇌리에 한때 믿었던 숙부와 가족 같았던 신하들의 모습이 되살아났다.

떨쳐냈을 텐데, 마음속에서 지웠을 텐데, 그런데 왜 이리도 마음이 어두워지는가.

『또』가 무엇인가…… 그것을 모를 유에가 아니었다.

—네가 원인이잖아?

후회가 응어리져 뱃속에 들어앉은 느낌이었다.

많은 가족을 앗아간 비극은 시아의 마음에 자리 잡아 악몽이 되어 몇 번이나 되풀이됐다. 소중한 사람들의 단말마 비명이 자꾸만 뇌리를 스쳤다.

—누구도 받아들이지 않아.

검은 비늘보다도 어두운 감정이 자기 안에서 소용돌이치는 것을 느꼈다.

한때 티오가 힘을 완벽하게 다루지 못할 정도로 젊었을 때, 일족이 받았던 박해.

불길이 용솟음치고 폭음이 대기를 흔들며 비명과 고함이 울려 퍼졌다. 동포의 시체를 발로 차던 자들이 자신들에게 보내는 공포와 경멸의 눈, 눈, 눈…….

―죽이고 싶을 만큼 질투나.

마음속에서 새파랗게 날이 선 칼을 본 느낌이었다.

육신을 바꿔서까지 힘을 얻어도 자신은 아직 닿지 못하는 곳에 유유히 서 있는 그녀에게 카오리는 자기도 모르는 사이 눈길을 보냈다.

뱃속에 있는 침봉 같은 감정. 후회의 칼날이 자신까지 상처 주어 피가 흐르는 느낌마저 들었다. 그것이 피바람이 되어 자신을 삼키고자 휘몰아쳤다.

"아, 알겠어. 이건 내 목소리군."

속삭임에 정신을 빼앗길 뻔한 일동이 갑자기 들린 하지메의 목소리에 퍼뜩 정신을 차렸다.

"……하지메?"

유에가 눈빛으로 묻자 속삭임에서 딱히 아무것도 느낀 기색이 없는 하지메가 대답했다.

"너희, 속삭이는 소리를 들은 적이 있다고 했지? 나도 그래. 가만 들어 보니까 이거 내 목소리야. 아버지를 따라서 게임 제작을 도왔을 때 보이스 테스트로 내 목소리를 여러 번들을 기회가 있었거든. 자기 목소리를 스스로 들으면 의외로 이상하게 느끼니까 눈치채기 어렵지만, 확실해. 이거, 그때 몇 번이나 들었던 내 목소리야."

하지메의 말을 듣고 모두 「아, 그러고 보니」라며 이제야 알겠다는 표정을 지었다.

평소 듣는 자신의 목소리와 녹음해서 객관적으로 들은 목소리는 의외로 달라 깨닫지 못한 것이었다.

카오리가 눈썹을 모으고 께름칙한 표정으로 중얼거렸다.

"하지만, 그렇다면 이 목소리가 하는 말은……."

"내용으로 이미 다들 눈치채지 않았느냐? 속삭임이 자기 마음의 소리란 것을. 그 내용에 짐작 가는 바가 있는지는 둘째 치더라도, 나만은 아닐 텐데? 외면하고 싶은 안 좋은 기억, 혹은 감정이 떠오르는 건……."

"그렇죠. 마음속에 마음대로 들어와 휘젓는 것 같아서 엄청 불쾌해요."

"……응. 대미궁, 역시 악독해."

티오의 추측이 맞을 것이다. 아무도 아니라고는 하지 않았다.

시아와 유에처럼 직접 동의하지는 않아도 그 일그러질 대로 일그러진 표정을 보면 다들 잘 이해한다는 사실을 알았다.

"이제는 마음속 소리가 정말로 자신의 생각인지, 아니면 대미궁의 세뇌, 최면의 한 종류인지는 주의가 필요할 게야."

요컨대 본심이 아니라도 속삭이는 소리에 감정이 계속 흔들리면 마치 그것이 자신의 본심이 아닐까 하는 착각에 빠질지도 모른다는 뜻이었다.

티오의 말이 나온 순간 아이들 사이에 다양한 감정이 퍼진 것이 보였다.

특히 코우키가 그랬다. 납덩이를 먹은 것 같은 무거운 분위기에서 지옥에 내려온 동아줄을 발견한 것 같은 분위기로, 이어서 무슨 생각을 하는지 모를 무표정으로 바뀌었다.

그리고 다음으로 큰 반응을 보인 사람은 의외로 시즈쿠였다.

마치 더 이상 속마음에 관한 이야기를 하고 싶지 않다는 듯 부자연스러울 정도의 밝은 분위기로 하지메 파티 쪽에 말을 걸었다.

"너희 쪽은 별로 영향을 안 받았나 봐? 무슨 대책이라도 있어?"

하지메와 유에, 시아와 티오, 그리고 카오리는 서로 얼굴을 마주 봤다.

"시즈쿠, 나는 엄청 영향 받았는데?"

"응?"

카오리의 생각지도 못한 대답에 시즈쿠는 눈을 동그랗게 떴다. 카오리는 싱긋 미소 지었다.

"질투심이 이렇게 막 부글부글 올라오는 느낌이야. 어디 사는 흡혈 공주라고는 말하지 않겠지만, 한 번이라도 좋으니까 속 시원하게 때려눕히고 싶다는 생각이 들어. 어디 사는 흡혈 공주라고는 말하지 않겠지만."

"……좋아, 카오리. 따라와. 받아줄게."

생글생글 웃으며 등 뒤로 한냐를 꺼내는 카오리에게 유에가 이마에 핏줄을 세우고 파이팅 포즈를 취했다.

"카, 카오리…… 그렇게 직설적으로……."

카오리가 자신의 어두운 감정을 너무 솔직하게 드러내자 시즈쿠뿐 아니라 코우키나 류타로까지 당황하며 어쩔 줄 몰랐다.

그래도 질척질척한 악감정일 텐데 카오리에게서는 음험하고 우울한 느낌이 전혀 나지 않았다. 대체 왜?

"정면승부가 아니면 의미가 없으니까."

마음속에서 질투로 벼른 예리한 칼을 보았다. 하지메를 지키지 못한 후회가 칼날이 되어 자신을 베었다.

그래서 뭐 어쨌단 말인가. 그런 소리는 되새기지 않아도 훨씬 예전부터 자각하고 있었다. 그 모든 것을 받아들이고 카오리는 이곳에 서 있었다.

마음은 아파도 그 고통으로 무릎을 꿇을 리도 없거니와 정신이 나갈 리 없었다.

아이들은 할 말을 잃었다. 시즈쿠 또한 입을 떡 벌리고 있었다. 그러나 몇 초 후 몹시 눈부신 것을 본 것처럼 눈을 가늘게 떴다.

"저도, 엄청 안 좋은 기분이라서 영향은 받았어요. 그래도 그런 걸 신경 쓸 때가 아니니까요."

시아도 대수롭지 않게 자기 심정을 밝혔다.

이유는 간단했다. 얼마나 후회해도 『과거』는 돌아오지 않는다. 결코 다시 고칠 수 없다. 그러니까 시아는 언제나 『미래』

를 보며 힘썼다.

소중한 사람을 많이 잃었지만 지금 시아 곁에는 절대로 잃고 싶지 않은 새로운 소중한 사람들이 많았다. 돌아볼 여유는 없었다.

"이런 말이나 듣고 흔들릴 만큼 녹록한 인생이 아니었어."

티오가 어깨를 으쓱했다.

자기 안에서 타오르는 검은 불꽃이 보이는 듯했다. 그러나 자신이 그 불에 휩싸이지는 않을 것이다. 수백 년이란 세월을 거쳐 겨우 만난 기적이 지금 티오에게 전부였다.

영향은 받아도 흔들림이 없는 세 사람의 모습을 아이들은 여전히 멍하게 바라보고 있었다.

한편, 하지메가 그녀들을 바라보는 눈은 더할 나위 없이 부드러웠다. 동료를 자랑스러워하는, 혹은 자랑하는 분위기까지 느껴졌다.

시즈쿠의 시선이 하지메를 향했다. 그저 무언의 질문이었다. 그렇지만 그것이 어딘지 모르게 대답을 찾아 매달리는 것처럼 보이는 것은 하지메의 착각일까.

"나는…… 뭐, 딱히 신경 안 쓸 뿐이야."

"신경 안 써? 그렇지만…… 나구모는……."

시즈쿠가 하고 싶은 말은 뻔했다.

하지메에게 들린 내용은 정보를 공유해 이미 알고 있었다.

—괴물을 받아줄 곳이 있을 리 없잖아?

—살인자가 평범하게 살 수 있을 거 같아?

그런 내용이 다수였다. 누구보다 고향으로 돌아가길 바라는 하지메에게 돌아갈 장소가 없다, 본래 삶으로 돌아갈 수 없다는 사실, 심지어 그것이 자신의 잠재적 우려라면 이보다 무서운 일은 없을 것이다.

신경 쓰이지 않을 리 없었다. 불안하지 않을 리 없었다.

그렇게 생각하는 것이 훤히 보이는 시즈쿠가 걱정스러운 눈빛을 보내자 하지메는 씁쓸하게 웃었다.

“귀가 따갑긴 해. 나는 이미 인간이라고 하기 힘들지. 일본인의 가치관에서 너무 멀리 떨어졌어. ……그래서 어쩌면 마음속으로는 고향으로 돌아가도 본래 삶에 적응하지 못하는 건 아닐까, 라고 생각하는지도 모르지.”

말하는 내용과는 달리 하지메의 말투는 가벼웠다. 연민을 부르는 애처로운 분위기는 전혀 없고 어디까지나 객관적인 자기 분석이라는 느낌이었다.

특별히 신경 쓰지 않는다는 말도 진심처럼 느껴졌다.

그런 하지메를 보고, 다른 이들의 이야기를 듣는 동안에도 고뇌가 심해져 어두운 표정이 더 흐려지던 코우키가 끝내 참을 수 없게 된 것처럼 말을 쥐어짰다.

“그럼, 그럼 왜 그렇게 아무렇지 않은 거야?! 돌아갈 수만 있으면 이 세계 사람들은 어떻게 되든 상관없다던 네가, 돌아가도 본래 삶을 되찾을 수 없다는 걸 알면서 어떻게 아무렇지 않냐고?!”

코우키가 목청을 높여 거칠게 힐문했다. 감정 제어가 대단히 힘든 상태 같았다. 눈은 그늘졌고 표정은 일그러졌으며 어깨가 바르르 떨리고 호흡까지 거칠었다.

아무래도 코우키가 들은 마음의 소리는 그의 정신을 상당히 심하게 흔들어 놓았나 보다.

하지메는 당장에 멱살이라도 잡을 것 같은 코우키를 한 손으로 저지하고 대답했다.

"아무렇지 않다기보다 지금 고민해도 의미가 없으니까 그러지. 실제로 돌아가 보지 않으면 몰라. 그렇다면 일단 지금은 방치해도 되잖아?"

"내 말은 어떻게 그렇게 쉽게 생각하느냔 거야! 절대로 무시할 수 없는 일이나 신경 쓰여서 머리에서 떨쳐지지 않는 일, 내가 어떻게 해도 마음대로 할 수 없는 일이 있잖아?!"

대체 어떤 소리를 들었는가.

하지메에게 따지는 동안에도 코우키의 눈 속에는 거뭇거뭇한 무언가가 퍼지는 것 같았다. 그것은 증오인가, 아니면 분노인가. 무엇이 됐건 어쩐지 위태로운, 격정을 품은 눈동자는 틀림없었다.

시즈쿠와 류타로, 스즈는 물론이고 카오리도 걱정과 불안이 뒤죽박죽된 눈빛으로 코우키를 보고 있었다. 조금씩 톱니바퀴가 어긋난 듯한 불안정함을 보이는 코우키에게 친구들은 불안을 감추지 못했다.

하지메는 카오리를 힐끔 곁눈질하고 마음속으로 씁쓸하게 웃은 뒤 표정을 진지하게 바꿨다.

"우선 『이렇게 됐으면』 하는 욕망이 생겨. 다음으로 그 욕망을 채우기 위해 『이렇게 한다』고 결심해."

"무슨……."

생뚱맞은 이야기에 당황하는 코우키와는 대조적으로 하지메는 강철처럼 흔들림 없는 눈빛으로 말했다.

"그 후에는 실천할 뿐이야. 고민할 부분은 『할 수 있느냐 없느냐』가 아니야. 『성공하기 위해서는 어떻게 해야 하는가』지. ……나는 이미 정했어. 고향으로 돌아가서 유에나 시아와 일상을 되찾기로. 멋진 것들을 함께 보고 가족에게도 소개할 거야. 그러기 위해 목숨을 걸어. 답이 나오지 않는 나 자신의 불안 같은 사소한 걱정 따위 할 여유는 없어."

"……그게 말처럼 되는 사람이 어딨냐고……."

"딱히 공감해 달라고는 안 해. 문제를 뒤로 미루는 건 사실이고 이 사고방식 자체도 정말로 사람답지 못한지도 모르지."

한 호흡 후―.

"아무튼 여기 멈춰 있을 이유는 못 돼."

마음에 붙잡혀 멈춰 있었다면 하지메는 진작 나락에서 죽었을 것이다.

자신의 마음을 돌아보지 않고 살아가는 방식이란 분명 평범하진 않으리라.

하지만 그렇기에 하지메는 살아남았고 기어 올라와 사랑하는 사람과 소중한 것들을 얻었다. 그리고 지금 이 순간에도 앞으로 계속 나아가고 있었다.

"……."

코우키는 반론할 말을 잃고 눈을 피했다.

무슨 말을 듣든, 무슨 짓을 당하든 절대로 흔들리지 않는 하지메의 정신적 뼈대를 본 것 같아서 견딜 수가 없었다.

자신은 이해할 수 없는, 하지만 왠지 몹시 눈부신 것을 본 기분이 들어서…….

처음에 질문했던 시즈쿠도 더는 할 말이 없는 것 같았다. 코우키와 마찬가지로 눈부신 것을 보는 눈으로, 하지만 시선은 돌리지 않은 채 물끄러미 하지메를 바라보았다.

평소의 당당한 분위기도 없이 마음이 다른 곳에 가 있는 그 모습을, 친구가 조용하고 부드러운 눈길로 바라보는 줄도 모르고…….

"아, 그러고 보니!"

뭐라고 말하기 힘든 분위기 속에서 시아가 손뼉을 치며 입을 뗐다.

의도해서 분위기를 바꾸려고 했는지 아니면 정말로 무슨 생각이 떠올랐는지는 모르지만, 평소와 같이 천진난만한 분위기는 회색 안개가 낀 분위기를 걷어줬다.

"하지메 씨가 영향을 안 받는 이유가 뻔뻔해서란 건 잘 알았는데요—."

"뻔뻔해서 미안하네."

볼을 실룩거린 하지메는 가볍게 무시당했다.

"유에 씨는 왜 괜찮아 보이죠? 내용으로 보면 유에 씨를 300

년이나 봉인한 사람들에 관한 이야기죠? 열 받지 않으세요?"

자연스럽게 무시당한 하지메가 눈을 흘겼으나 이야기를 끊기도 뭣해서 그냥 넘어가기로 했다. 물론 대미궁 공략 후 밤에 여러 의미로 울게 되겠지만…….

지목된 유에는 딱히 망설이지도 않고 답했다.

"……응. 하지만 옛날 일보다는 『또』 배신당할 거라는 이야기 같았어. 아마도, 하지메나 시아에게?"

태평하게 이야기하는 유에 옆에서 하지메와 시아는 서로를 봤다.

이 속삭임이 일행의 심층 심리를 표출했다면 유에는 마음 깊은 곳에서 하지메나 시아가 배신하지 않을까 두려워한다는 말이 된다.

분명히 유에는 진심으로 믿었던 가족과 가신들에게 배신당해 300년간 암흑 속에 갇혀 있었다. 그것은 트라우마가 되기에는 충분하고도 남을 사유며, 보통 같으면 두 번 다시 사람을 믿지 못하게 되어도 이상하지 않았다.

다행히 하지메와의 만남이 유에에게 다시 한 번 『믿음』을 줬지만 그것은 대단히 한정적이었다.

실제로 하지메나 시아와 같은 일부를 제외하고 대부분의 사람에게는 냉정한 태도가 기본이었다. 신뢰를 얻기도 대단히 어려웠다.

시아처럼 몸으로 부딪혀 호의를 전달하거나, 티오처럼 미움받기를 두려워하지 않고 다가오거나, 혹은 카오리처럼 정면으로 덤빌 정도의 기개가 필요했다.

그런 유에라서 『또 배신당할지도 모른다』라는 불안은 작으나마 가슴 깊은 곳에 남아 있는지도 몰랐다.

"……옛날 일은 떨쳐냈다고 생각했는데, 의외로 그렇지도 않나 봐."

뼈아픈 배신의 기억이 사라지지 않는 한 어쩔 수 없는 일이리라. 실제로 배신을 의심하는 것이 아니라 심층 심리에 박힌 생각이었다.

"……그래도 잘 생각해 보면 제법 맞는 거 같아."

"네? 무슨 말이에요?"

시아가 토끼 귀를 까닥 기울이며 묻자 유에는 무표정인 채로 대수롭지 않게 엄청난 고백을 했다.

"……사실 나락에서 막 나왔을 때는 하지메 외의 인류는 다 죽었으면 좋겠다고 생각했어."

"""""뭐?!"""""

우울한 마음도 날아가 버릴 정도의 충격 발언에 아이들이 경악과 전율에 찬 소리를 질렀다.

그리고 이어지는 추가타.

"아, 나도 그 생각 했었어. 유에만 있으면 되니까 토터스에 사는 전 인류를 멸망시키더라도 집으로 돌아가겠다고 했었지."

"잠시만요, 잠시만요! 저랑 만났을 때도 그런 생각 하셨어요?!"

하지메와 유에는 서로를 바라본 후—.

"처음 만났을 때 너, 정말 짜증 났었지."

“……응. 용케 안 죽였구나 싶어.”

시아에게 자애로운 눈빛을 보내며 입을 모아 말했다.

“시아, 운이 좋았어.”

“……시아, 운이 좋았어.”

“이 닮은꼴 커플 같으니, 예요오!”

날뛰는 토끼 귀. 정말로 목숨 건 구조 요청이었다며 새삼스럽게 전율했다.

세 사람의 대화에 카오리는 난감하게 웃고 유에의 심정을 대변했다.

“그러니까 시아도 하지메도 유에를 배신할 리 없으니까 신경 쓸 필요가 없다는 말이지?”

“특히 주인님은 그렇지. ……음, 잘 생각해 보면 주인님이 유에를 배신한다는 말보다 내일 세상이 멸망한다는 말이 훨씬 신빙성이 있어 보이는구먼.”

칼피스[#3] 원액에 설탕과 꿀과 시럽을 투입해 졸인 것처럼 달콤한 분위기인 두 사람을 보면 하지메가 유에를 배신하는 확률은 천재지변보다 낮을 것이다.

“……응. 그럴 리 없어. 그렇지만 만약 배신당해도 상관없어.”

유에가 카오리와 티오의 말에 동의해 고개를 끄덕였다. 그리고 말하는 도중 무슨 생각이 들었는지 장난스럽게 눈을 빛내며 가정을 덧붙였다.

“무슨 뜻이야?”

#3 칼피스 일본의 음료. 원액은 당도가 너무 높아 희석하지 않으면 마시기 힘들다.

하지메와 일행이 고개를 갸웃거렸다.

이곳에 있는 모든 사람을 향해 유에는 당당히 선언했다.

"……하지메 마음과 관계없이 **내가** 하지메를 안 놓아줄 거니까."

주위가 이상하게 고요해진 느낌이 들었다.

묘한 정적과 주목 속에서 유에는 그 핑크빛 입술을 붉은 혀로 날름 핥고 고혹적인 분위기를 물씬 냈다. 혀로 핥아 촉촉해진 입술이 유난히 눈에 띄어 그곳에 있는 모든 사람의 시선을 끌어모았다.

동시에 남녀 구분 없이 등줄기가 오싹해지고 하복부가 뜨거워지는 야릇하고 요염한 색기를 내기 시작했다. 그리고 뜨거운 숨결과 함께—.

"……후후, 흡혈 공주에게선 못 도망쳐."

그렇게 선언했다. 지나치게 요염한 분위기와 지나치게 뜨거운 눈빛에 사로잡힌 하지메가 이성의 끈을 놓는 건 어쩔 수 없을지도 모른다.

그러나 이곳은 대미궁이다.

"그렇겐 안 돼요!"

시아가 신속하게 넬슨 홀드로 인터셉트.

"시아, 나이스다!"

"하지메, 정신 차려! 거울 미로에서 그런 짓 하면…… 대참사라고!"

"카오리, 문제는 그게 아니야."

티오와 카오리도 유에에게 야수처럼 달려들려는 하지메를 제지하러 나섰다. 시즈쿠도 카오리에게 한마디 하고 대미궁 공략 중에, 그것도 거울 미로 안에서 갑작스러운 정사에 돌입하게 둘 수는 없다며 영양가 없는 공방에 참가했다.

"……후후."

"아, 정말! 유에 씨! 하지메 씨를 더 도발하지 마시라구요!"

당분간 시아의 고함이 메아리친 것은 굳이 설명하지 않아도 되리라.

제3장 ◆ 감정의 방향

교실 창가 자리에서 익숙한 초등학교 교정을 멍하게 바라봤다.

왠지 머리가 멍하고 몹시 피곤했다. 어쩌면 이대로 의자가 가라앉아 교실 바닥을 통과해 땅속으로 빠질 것 같다는 기분이 들 정도로 몸이 무거웠다.

"저요! 시즈쿠를 추천합니다!"

"어?!"

갑자기 지명당한 시즈쿠는 흠칫 몸을 떨었다. 그와 동시에 멍하게 가라앉은 머리가 지금이 방과 후 홈룸 시간이란 사실을 떠올렸다. 게다가 초등학교 마지막 학예회의 배역을 정하는 중이란 것도…….

"야에가시. 시라사키가 그렇게 말하는데 어떡할래? 해 볼래?"

담임인 여자 선생님이 부드러운 표정으로 물었다. 시즈쿠는 「아, 그러고 보니 이 선생님의 웃는 얼굴, 좋아했었지」라고 **떠올리며** 당황한 표정을 지었다.

"시즈쿠, 시즈쿠! 공주님이야! 한 번 해 봐!"

"카, 카오리?"

왠지 아주 열성적으로, 그것도 흥분해서 연극의 주역을 추천하는 친구를 보고 시즈쿠는 드디어 사태를 파악했다.

연극 내용은 흔한 것이었다. 공주님과 기사의 이야기다. 아름답고 연약한 공주님을 구하는 기사의 모험담이자 기사를 사랑하는 공주님의 연애 이야기이기도 하다.

왜 내가 그런 역할을…….

그렇게 생각했지만 시즈쿠는 해답을 떠올렸다. 깊이 생각할 것까지도 없었다. 카오리는 이미 잘 아는 사실이니까.

자신이 귀여운 것을 좋아한다는 사실도, 꽤 어린 소녀 감성이란 사실도…….

"그렇지만……."

"시즈쿠가 공주님을 하면 분명히 예쁠 거야! 초등학교 마지막 추억으로 해 보자. 응?"

학예회는 해마다 한 번씩 열리지만 시즈쿠는 그런 귀여운 역할은 해 본 적이 없었다.

당황스럽고 부끄러워, 그리고 거친 콧김까지 뿜는 친구에게 놀라 바로 대답이 나오지 않았다.

하지만 스스로도 알았다. 카오리의 말을 기쁘게 생각하는 자신이 있음을. 싫지만은 않다고 고양된 자신의 감정도…….

돌격계 소녀인 카오리는 그런 시즈쿠의 속내를 귀신처럼 알아채고 눈을 반짝 빛냈다. 그리고 빈틈을 발견했다며 연속으로 몰아쳤다.

"시즈쿠가 공주님을 하면 내가 기사 하고 싶어! 어때!"

"으…… 그, 그렇다면—."

해 볼까…… 라며, 볼이 뜨거워지는 것을 느끼면서 대답하려고 했으나…….

"에이, 반대지~!"

같은 반 아이의 항의에 찬물이라도 끼얹은 듯한 기분이 됐다. 열이 급속도로 식어 갔다.

"카오리가 공주님이고 시즈쿠가 기사지?"

"응? 기사는 남자가 하는 거 아니야?"

"야에가시라면 괜찮아! 너희 남자들보다 훨씬 멋있는걸!"

"그치! 검도도 잘하고! 여자 기사야!"

"나, 야에가시가 하는 기사 연기 보고 싶어~!"

순식간에 기사 역할은 시즈쿠가 어울린다는 분위기가 형성됐다. 카오리가 그 흐름을 끊고자 자리에서 일어나 양팔을 저으며 자기 주장을 어필했지만…….

역시 반 아이들의 인식은 쉽게 변하지 않았다. 카오리의 눈가가 차츰 축축해진 탓인지, 아니면 왁자지껄한 교실을 조용히 만들기 위함인지 담임 선생님이 짝짝 손뼉을 쳤다.

"얘들아, 야에가시를 무시하면 안 되지. ……야에가시는 어떻게 하고 싶니?"

다정한 미소 속에 약간의 엄격함이 보였다.

시즈쿠는 또 몸속이 납덩이를 채워 넣은 것처럼 무거워졌다. 피로의 파도가 자신을 먼바다로 쓸어 갈 것 같은 기분이었다.

안다. 이다음에 올 전개를 시즈쿠는 잘 알고 있었다. 아니, 기억하고 있었다.

"……기사를 하고 싶어요."

"시즈쿠?!"

정말로 그렇게 생각하는 것처럼 빙긋이 웃었다. 그러고 나서 장난스러운 표정으로 말했다.

"카오리가 어떻게 기사를 해. 칼을 쥐어주면 큰일 날걸? 내가 공주님을 해도 분명 『더는 못 봐주겠어요, 기사님!』이라면서 직접 싸울 거 같아."

교실에 웃음이 일었다.

그 와중에 담임 선생님만 난감한 표정을 짓는 것이 기억에 대단히 인상적이었다.

그리고 카오리가 보내는 눈초리도 무척 기억에 남았다. 볼을 있는 대로 부풀리고 왜 마음에도 없는 소리를 하냐며 분노인지 슬픔인지 모를 감정이 담긴 눈빛이 칼날처럼 꽂혔다.

아무래도 친구는 기사를 하고 싶다는 시즈쿠의 말이 어지간히 마음에 들지 않았나 보다. 그 후 꼬박 사흘간 말도 해주지 않을 정도로…….

그런데도 시즈쿠 곁에서는 절대로 떨어지지 않으려고 하니까 참 황당했었던 기억이 있었다.

—다른 사람을 우선하고, 마음을 양보하고. 정말 그러고 싶어?

정신이 들자 시즈쿠는 캄캄한 어둠 속에 있었다. 다리가 땅에 붙어 있는지도 모르겠다.

그저 머릿속에 울린 말이 가슴을 따끔 찔렀다.

구멍이 뚫린 것일까? 가슴속 통증에서 기억의 파편이 흘러 떨어졌다.

—야에가시, 그럼 부탁할게!

중학생 시즈쿠가 「그래. 나한테 맡겨」라며 웃는 얼굴로 고개를 끄덕였다.

—야에가시라면 괜찮지?

고등학생 시즈쿠가 「물론이지」라며 웃는 얼굴로 대답했다.

—시즈쿠는 못 하는 게 없더라~.

뭐든지는, 아니야……라고 마음속에서 씁쓸히 웃었다.

—시즈쿠, 너는…… 아무 데도 안 갈 거지?

남에게 매달리지 말라고 본심이 조금 입으로 새어 버렸다.

—그렇게 앞으로도 계속 부탁받고, 남의 버팀목이 되고, 누군가를 지키고…….

시즈쿠는 그만하라고 소리쳤다. 머릿속에 울리는 목소리를 멈추려고 목청을 높였다. 그렇지만 마치 어둠에 녹아 버린 것처럼 말은 소리가 되지 못했다.

—나(너)는 외톨이가 될 거야.

기억의 파편인가 속삭임인가, 이제는 잘 모르겠다. 그저 그렇지 않다고 소리가 되지 못하는 목소리로 소리쳤다.

문득 친구라고 생각하던 그녀의 목소리가 들린 것 같았다.

—내가 너희를 위해 고생한다면서 혼자 잘난 듯이 구는 태도, 정말 거슬렸어.

시즈쿠는 자신을 감싼 어둠의 정체를 불현듯 이해했다. 이것은 시즈쿠 본인의 불안이자 염려였다. 그것이 목을 천천히 죄듯 시즈쿠의 마음을 몰아넣었다.

이곳이 싫다…… 그렇게 생각해 시즈쿠는 발버둥 쳤다. 출구가 없을까 사방을 돌아봤다.

"윽…… 너는, 누구야?"

언제부터 그곳에 있었을까. 바로 옆에 사람이 있었다. 흐릿해서 명확하게 알아볼 수 없지만 하얀 실루엣이었다. 흰 포니테일과 검붉은 눈동자가 기괴할 정도로 인상적이라 눈동자 안쪽에 새겨지는 것 같았다.

그 하얀 인물이 웃었다. 초승달처럼 입을 찢고서…….

그리고 손가락을 들이대며 속삭였다.

—봐. 저 해가 비추는 곳에, 나는 없어.

심장을 부여잡힌 것처럼 오싹한 감각이 든 그 순간—.

"아, 정말! 그만 좀 하시라구요오오오오오!"

시즈쿠는 번쩍 눈을 떴다. 백일몽을 꾼 것처럼 흐리멍덩한 감각에 한순간 어리둥절하다가 곧 상황을 파악했다.

지금 있는 곳은 대미궁 심층에서 수백 미터 앞에 있는 작은 방 같은 공간이었다.

하지메가 야수로 변해 시아가 물리적으로 뜯어말린 후 세 시간쯤 더 전진하던 도중 발견한 장소였다.

그동안 지겹도록 들린 속삭임에 이상하리만치 정신이 마모된 아이들을 보고 한계가 왔다고 판단한 하지메는, 심층부에 도착하기 일보 직전에 잠깐 휴식을 취하기로 결정했다.

시즈쿠는 벽 쪽에서 무릎을 끌어안고 앉은 후 그 무릎에 머리를 올린 채 깜빡 잠이 들었던 모양이었다.

끈적한 땀이 흐르고 있었다. 몸이 뼛속까지 식은 것처럼 지독히도 추웠다. 그것은 절대로 외부 공기 때문만은 아닐 것이다.

시즈쿠는 끔찍한 감각을 떨치듯 머리를 흔들고 자기 눈을 뜨게 해준 고함이 난 곳을 봤다. 시아에게 암바를 걸린 하지메가 있었다.

“시아, 왜 그래? 팔이 부러질 것 같은데?”

“태연한 얼굴로 무슨 소리예요! 유에 씨도 이쯤에서 그만두지 않으면 제 하트 브레이크 샷(물리)이 작렬할 줄 알아요!”

“……응. 미안. 나를 원하지만 미궁 안이라서 꾹 참는 하지메가 귀여워서.”

“때와 장소를 가리라구요오!”

시아가 꽥꽥 소리치며 따졌다. 그동안에도 하지메에게 건 암바는 완벽하게 들어간 상태로 꿈쩍도 하지 않았다. 시아가 현저하게 성장한 증거였다. 대단히 기쁜 일이다.

물론 틈만 나면 유에를 자빠뜨리려는 하지메를 관절기로 막는 시아에게는 전혀 기쁘지 않은 사태겠지만…….

“시아, 진정해. 내가 정말로 할 리 없잖아?”

“그럼 왜 짐승 같은 눈으로 유에 씨에게 다가가요?”

“짐승 같은 눈은 네가 잘못 본 거고. 속삭이는 소리로 떨어진 정신력을 유에와 함께 치유하려는 것뿐—.”

“거짓말이네요! 하지메 씨의 그 눈은 거짓말을 하는 눈이에요!”

진실은 내 손 안에 있다고 외칠 기세로 탐정 시아가 하지메를 척 가리켰다.

애초에 속삭이는 소리는 신경 쓰지 않는다고 단언했으니 정신 회복이 필요할 리 없었다. 게다가 속삭이면 속삭일수록 왠지 유에는 더 요염해지고 하지메는 더 야수가 되어 가는 괴현상이 일어나며 두 사람 모두 오히려 기운이 넘치는 판국이었다.

하지메는 잠깐 생각하는 시늉을 보인 후 진지한 얼굴로 말했다.

"소비한 유에니움을 보급해야 해서."

"슬슬 진짜 진심으로 펀치 날립니다?"

시아가 하지메의 볼을 꾹 꼬집고 유에 저리 가라 할 눈으로 분노를 드러냈다. 옆에서 보면 티격태격하면서도 애정 행각을 벌이는 것처럼 보이기도 했다.

"가차 없군."

"애, 애인이니까요. 안 좋은 부분은 확실히 말할 거예요!"

발그레 볼을 붉히며 애인으로서 고쳐야 할 부분은 확실히 말하겠다는 시아를 보고 하지메는 무심코 미소 지었다.

"……응. 시아, 착해."

유에도 시아의 말에 만족스레 고개를 끄덕였다.

그리고 하지메와 함께 시아 앞에 얌전히 앉아 반성하는 자세를 보였다.

"아, 그, 그렇게까지 죄송해하진 않으셔도 되는데……."

조금 동요하는 시아.

하지메와 유에는 함께 흐뭇한 눈빛을 시아에게 보냈다.

"흠, 확실히 연인답구먼."

"아하하. 그러게~."

티오가 빙그레 웃으면서 중얼거리자 옆에 있던 카오리도 쓴 웃음 섞어 동의했다.

지금까지 하지메와 유에의 뒤를 쫓던 시아가 하지메에게 애인으로 인정받은 다음부터는 두 사람과 대등하다는 생각이 싹튼 것 같았다.

앞을 가는 두 사람에게 뒤에서 안기는 접근 방식이 아니라 옆에 나란히 서서, 때로는 앞으로 나가 두 사람의 손을 당기는 『더욱 친근한 방식』을 이따금씩 보게 됐다.

지금도 그랬다.

세 사람이 함께 있는 모습이 아주 자연스러워 보기만 해도 마음이 부드러워졌다.

그래도 그것은 모두에게 해당하지는 않았고—.

"……."

"시즈시즈? 왜 그래?"

"어? 아니, 아무것도 아니야. 그보다 스즈는 어때? 괜찮아?"

스즈가 부르는 소리에 흠칫 놀라며 돌아본 시즈쿠는 순간 굳어 있던 표정을 황급히 고쳤다.

"시즈시즈, 무리하면 안 돼. 나라도 괜찮으면 들어줄게."

애달픈 마음에 눈빛이 떨리는 스즈는 시즈쿠를 배려하듯 말을 덧붙였다.

스즈도 속삭이는 소리에 상당히 피로해져 있었다. 1초마다 바늘이 하나씩 꽂히는 것 같은 예리한 통증과 가슴 위에 바위를 얹은 것 같은 답답함을 느꼈다.

여유는 없었다. 그래도 그것 이상으로 지금은 시즈쿠가 걱정이었다.

하지메를 중심으로 유에와 시아, 그리고 카오리와 티오가 하나로 뭉쳐 웃는 광경을 가만히 바라보며 무언가를 억누르는 표정을 짓는 시즈쿠가 걱정이 되어 참을 수 없었다.

"스즈도 걱정이 많아 탈이야. 오히려 네가 힘들어 보이는데, 정말 괜찮아?"

이거다. 이것이 걱정의 원인이다.

평소부터 시즈쿠는 자신의 고민은 교묘하게 숨기고 뒤로 미룬 채 남 걱정만 했다.

스즈가 시즈쿠의 이상을 쉽게 눈치챈 시점에서 시즈쿠에게 마음의 여유가 없는 것은 명백했다. 그런데도 절대로 그것을 인정하려고 하지 않았다. 걱정하게 두지 않았다.

스즈는 도움을 바라고 카오리를 돌아봤다. 눈이 딱 맞았다. 카오리도 시즈쿠가 이상하다고 눈치채서 계속 곁눈질하던 모양이었다.

그러나 스즈의 시선을 알아차린 카오리는 조용히 고개를 가로저었다.

'왜? 카오링, 왜 시즈시즈에게 말을 안 걸어?'

한순간, 마음의 여유가 없기도 하여 스즈는 카오리에게 화가 났지만 카오리의 진지한 눈빛이 곤두선 감정을 바로 가라앉혔다.

'……그래. 카오링이 시즈시즈를 무시할 리 없어. 이유는 몰라도 아마 지금은 말로 어떻게 될 때가 아닌 거야…….'

스즈는 속으로 한숨 쉬고 카오리에게 작게 고개를 끄덕였다. 대신 시즈쿠에게는 난감하게 웃으며 더 밝은 목소리로 괜찮다고 대답했다.

한편, 가장 위태로운 느낌이 드는 사람은 코우키였다.

"야, 코우키."

"……뭐야, 류타로."

"아니, 별건 아니고, 이런 기분 나쁜 곳에서 얼른 탈출하고 싶다고."

미로를 진행하면 할수록 코우키의 말수가 적어졌다. 지금은 걱정하며 말을 거는 시즈쿠나 류타로, 스즈에게도 필요 최소한의 말밖에 돌려주지 않았다. 동시에 그 눈 안쪽에 보이는 어두운 감정도 시시각각 짙고 강해지는 느낌이 들었다.

그 감정이 향한 곳은 하지메였다.

본인은 감추려는 모양이지만 적의에 민감한 하지메가 코우키의 칼날 같은 시선을 눈치채지 못할 리 없었다.

그러나 하지메는 구태여 말을 걸지도, 그 시선에 항의하지도 않았다. 역효과밖에 나지 않으리란 것은 누가 봐도 뻔했으니까.

유에와 노닥거리는 모습을 보이고 시아에게 혼나는 보기 드문 태도도 스멀스멀 다가오는 불길한 분위기를 조금이라도 불식하기 위하여, 혹은 단순히 가만히 받아주는 것도 귀찮다는 이유도 있었다.

"다들 어떤가? 조금 나아졌는가?"

휴식을 시작한 지 한 시간여. 혼백 마법으로 정신력을 회복하고 안정화하던 티오가 일동을 빙 둘러봤다.

"응. 고마워. 머릿속이 깨끗하게 갠 기분이야."

"나도. 몸도 조금 가벼워진 거 같아."

속삭이는 소리에서는 아직까지 강력한 마법 작용은 확인되지 않았다. 그냥 단순한 목소리고 아이들을 괴롭히는 정신적 부담은 스스로 속에 담아둔 생각을 연상하기 때문이었다.

그래서 혼백 마법으로도 본인이 고민이나 걱정을 그만두지 않으면 그다지 효과가 없었다. 어디까지나 기분을 편하게 해주는 정도였다.

그래도 그런 위안도 고마운지 시즈쿠와 스즈, 그리고 류타로의 표정에 억지스러움이 빠진 웃음이 떠올랐다.

그저 혼백 마법이나 재생 마법을 받아도 이미 평범하게 웃지 못하는 사람이 있었으니―.

"네. 고마워요, 티오 씨. 편해졌어요."

코우키는 힘없이 미소 짓고 감사해했지만 그 미소도 가면을 쓴 것 같은 인상이었다.

티오는 당연히 코우키의 이상한 분위기를 알고 있었으나 힘내라고 말로 하기보다 가볍게 어깨를 치고 화제를 바꿨다.

"무얼, 감사할 것까지야 있나. 그보다 얼른 이 미로에서 나가야지. 주인님. 방금 한 시간도 안 남았다고 했었지?"

"그래. 넉넉하게 잡아도 한 시간이야. 나침반이 알려주는 감각으로는 이르면 30분 정도로 심층부에 도착해."

하지메는 나침반을 한 손으로 들었다. 그것이 출발 신호가 되어 다른 일행도 자리에서 일어났다.

조금 전의 장난스러운 분위기는 자취를 감추었다. 정말로 분위기를 환기하기 위한 농담이었으리라. 분명히, 아마도, 어쩌면…….

코우키는 말할 것도 없거니와 시즈쿠와 스즈, 류타로도 엉덩이를 떼기 싫은 눈치였다. 미로에 들어와 꼬박 하루가 지나려고 하고 있었다.

그동안 한숨도 자지 않고 전투를 반복했으며 끊임없이 속삭이는 소리의 간섭을 받아 왔다.

항시 회복을 받았지만 그 정도로는 정신적 피로가 쉽게 풀리지 않을 만큼 피로가 축적되는 것도 어쩔 수 없었다.

코우키 파티는 마치 그을리고 더러워지고 불까지 꺼진 오래된 램프처럼 우울한 분위기로 걸었다. 얼음 거울 미로가 줄줄이 늘어선 그들을 비추는 광경은 마치 그들을 구경거리 삼아 비웃는 것 같았다.

그동안에도 여전히, 그리고 질리지도 않고 대미궁은 일행의 귀에 추상적이지만 반드시 마음속 무언가를 건드리는 불쾌한 말을 속삭였다.

집중력이 저하해 산발적으로 덮쳐 오는 프로스트 오거나 괴롭히려는 것 같은 함정이 은근히 위험성을 높이고 있었다.

하지메 일행 쪽은 몰라도 코우키 파티에게는 견디기 힘든 강행군인 모양이었다.

"젠장."

지금도 프로스트 오거에게 기습받고 그걸 하지메에게 도움받아 해치운 코우키가 욕을 뱉으며 주먹으로 벽을 때렸다.

—또 이렇게 됐네.

—그러니까 빼앗기는 거야.

—힘만 있으면.

속삭이는 소리가 멎지 않았다. 소리가 없어도 머릿속에 남아 울렸다. 몇 번이고, 몇 번이고. 망치로 머릿속을 쿵쿵 때리는 것처럼…….

쌓여 가기만 하는 스트레스를 조금이라도 발산하려고 프로스트 오거에게 화풀이하듯 공격했지만, 섬세함이 사라지기 시작한 공격은 차츰 적들에게 대처당하고 그것으로 또 스트레스가 쌓이고…….

악순환이 이어지자 코우키를 보조하던 류타로까지 짜증을 드러내기 시작했다.

"야, 코우키! 무리하지 마! 좀 냉정해져!"

"난 냉정해."

매몰찬 목소리였다. 대답처럼 들렸으나 실상은 거의 반사적으로 받아친 말에 불과했다.

그래도 동료에게 주의받았다는 사실만은 코우키 안에 남았는지 더 짜증스런 태도로 류타로에게서 얼굴을 돌렸다.

그러던 그때, 고개를 돌려 벽에 비친 자신의 모습을 보고 코우키는 어떤 이질감을 느끼고 멈춰 섰다.

특별히 이상한 점이 있는 것은 아니었다. 거기에 비친 것은 익숙한 자신의 얼굴이었다. 무표정하게 자신을 마주 바라볼 뿐인 그것이, 왠지 마음에 걸렸다.

"……뭐야?"

코우키가 별생각 없이 중얼거렸다. 뚫어지게 허상의 세계 속 자신을 응시하며…….

"……?!"

등에 소름이 좍 퍼졌다. 표정이 굳었다.

그렇다. 얼음 거울에 비친 자신의 **무표정**을 본 것이다.

짜증으로 생긴 미간의 주름도 이를 악문 입매도 없었다. 지금 이 순간도 표정이 굳어졌는데 마주한 빙벽의 코우키는 미동도 하지 않았다. 그저 가만히 관찰하듯 새까만 눈을 코우키에게 고정하고 있을 뿐이었다.

큰 충격에 경직해 눈을 크게 뜬 코우키는 그 직후 목격했다.

다른 한 명의 자신이…… 입꼬리를 슥 찢어 웃는 순간을—.

"으아아아아악?!"

"코, 코우키?! 뭐야?!"

"코우키, 괜찮아?!"

갑자기 괴성을 지르고 빙벽에서 훌쩍 물러나는 코우키에게 시즈쿠와 류타로가 당황하여 말을 걸었다.

하지메 일행도 무슨 일인가 싶어 돌아보고 임전 태세에 들어갔다.

“저, 적이야!”

등을 타고 흐르는 식은땀을 느끼며 코우키가 소리쳤다. 긴장으로 호흡이 흐트러진 와중에도 몸에 밴 동작으로 성검을 들어 칼끝을 얼음 거울에 비친 자신에게 들이댔다.

벽 속 코우키도 똑같이 성검을 뻗고 있었다. 표정도 어깨를 들썩이는 것도 똑같았다.

방금 그 강렬한 이질감은 이미 느껴지지 않았다.

“코우키?”

시즈쿠는 당황하면서도 코우키 곁으로 다가왔다. 그리고 배려하듯 아직 거친 호흡을 유지한 채 검을 내리지 않는 코우키의 어깨에 손을 얹었다.

코우키가 한순간 움찔 떨었지만, 바로 그것이 잘 아는 소녀의 따뜻한 손임을 이해하고 몸의 긴장을 조금 풀었다.

호흡을 가다듬고 목소리를 쥐어짜서 자신이 본 것을 설명했다.

“……벽에, 벽에 비친 내가 웃었어. 나는 안 웃었는데……마치 다른 사람이 저기 있는 것처럼…….”

“잘못 본 게 아니지?”

시즈쿠는 코우키의 말에 바짝 긴장하더니 경계심에 넘치는 눈으로 얼음 거울에 비친 코우키와 자신을 주시했다. 그러나 정작 코우키는 반대로 시즈쿠의 얼굴을 확 돌아봤다.

그 표정에서는 짜증과 시커먼 감정이 뚜렷하게 보였다.

"……안 믿는 거야?"

"어? 아니, 딱히 의심하진 않았는데?"

아무래도 코우키는 시즈쿠의 한마디를 자신에 대한 의심으로 받아들인 것 같았다.

물론 시즈쿠에게 그럴 의도는 없었다. 어디까지나 확인 차원에서 한 말일 뿐. 시즈쿠의 눈에 강한 경계심이 깃든 것은 일목요연했고, 사실 시즈쿠는 아직도 벽에서 눈을 떼지 않고 있었다.

그러니 코우키의 말에 무심코 의아한 표정이 되는 것도 어쩔 수 없었다.

그러나 자신에게 눈길을 주지 않고 그런 표정을 보인 것이 또 코우키의 신경에 거슬렸던 것일까? 코우키답지 않은 빈정거림이 흘러나왔다.

"……나구모였으면, 바로 믿었을 거면서."

"코우키? 너 정말 무슨 소리 하는 거야? 의심하는 게 아니라니까?"

이번에는 시즈쿠도 빙벽에서 눈을 떼고 코우키를 돌아봤다. 트집에 가까운 말에 평소 온화한 시즈쿠도 한순간 울컥해 눈살을 찌푸렸다.

그러나 벌레라도 씹은 듯한 코우키의 표정을 보고 바로 걱정스러운 표정으로 변했다.

"……미안, 시즈쿠. 나—."

시즈쿠가 자신을 걱정하자 코우키는 조금 마음이 풀려 사과하려고 했다.

그러나 그 도중 시즈쿠를 보고 무심결에 입을 다물었다.

속삭임을 들은 것 같은 시즈쿠는 어깨를 조금 떨더니 마치 가슴 안쪽이 찢어지기라도 한 것처럼 가슴팍을 꽉 쥐었다.

그리고 아주 짧은 순간이긴 했지만 그 시선을 앞으로 들었다.

무엇을, 혹은 누구를 보았는가. 말을 하지 않아도 코우키에게는 그 행동만으로 충분했다. 시커먼 진흙 같은 감정이 밀려 올라오기에는…….

"당장은 움직일 기색이 없지만…… 가급적 주의해야겠어."

얼음 거울에 비친 자신들을 마안석까지 써서 주의 깊게 관찰하던 하지메가 이윽고 한숨을 쉬며 그렇게 호령했다.

조마조마하게 두 사람을 바라보던 카오리와 아이들도 아무 일도 없었다는 것처럼 구는 하지메의 말에 수긍하고 다시 걸음을 옮겼다.

그 후 얼음 거울에 비친 자신이 다른 행동을 취하는 괴현상이 일어나지 않은 채로 일행은 마침내 통로 끝에 있는 거대한 공간을 발견했다.

하지메가 나침반을 확인하자 이곳이 대미궁의 종착점이라고 알려줬다.

그것을 뒷받침하듯 넓은 원형 공간 안쪽에는 방금 본 아름다운 문에 버금가는 장엄한 문이 보였다.

아니, 크기가 두 배 이상은 되는 그것은 『대문』이라고 불러 마땅했다.

보옥을 꽂을 홈이나 장미 등 화려한 조각은 없지만 대신 더 기이하고 인상적이며 추상적인, 훌륭한 그림을 봤을 때처럼 가슴 울리는 문양이 새겨져 있었다.

구태여 비유하자면 첩첩이 쌓인 계층이었다. 위에는 태양, 아래에는 부글부글 끓는 연못, 그사이 계층에는 희로애락을 상징하는 듯한 사람과 동물, 그리고 자연이 조각되어 있었다.

'층층이 쌓인 희로애락, 하늘의 빛과 지옥의 불가마…… 인간의 마음을, 표현한 건가?'

지나온 문의 조각도 그렇고 반드르 슈네는 예술가 기질을 가진 인간이었는지도 모르겠다. 예술가는 작품에 의미를 부여하는 법이다. 그렇다면 이 조각도 이 앞에 기다리는 시련을 암시하지는 않을까……. 하지메는 그렇게 추측하면서 공간을 이리저리 둘러봤다.

"겨우 도착했군. 저 문이 골이야."

하지메의 도착 선언에 안도의 분위기가 흘렀다. 하지만 문제가 있었다.

"……음, 척 보기에도 수상쩍어."

"응. 엄청 안 좋은 예감이 들어. 특히 무슨 의미가 있었는지 잘 모를 저 눈안개라거나……."

"그러게요. 큰 공간이 나오면 정해진 패턴처럼 전투가 발생하니까요."

"반대로 전투를 위해 넓은 공간을 마련한 것일 게야."

그렇다. 아무 사건 없이 골에 도착할 리 없었다. 이 쓸데없이 넓은 공간이 무엇보다 큰 증거였다.

하지메도 전적으로 동의하는 바였다. 그래서 마안석이나 감지 능력을 총동원해 탐색해 보았지만—.

"……여전히 반응은 없군. 가보는 수밖에 없겠어."

역시 아무것도 감지할 수 없었다. 하지메는 고개를 한차례 젓고는 스스로 가장 먼저 걸어 나갔다. 일행도 그 뒤를 따랐다.

그리고 방 중앙까지 왔을 때, 예상대로 그것이 일어났다.

"엉? ……태양?"

갑자기 머리 위에서 빛이 쏟아졌다. 올려다본 하지메는 그것을 그렇게 칭했다. 일행도 올려다보자 그곳에 있는 것은 확실히『태양』과 흡사했다.

눈안개에 덮인 위쪽에서 점점 더 강해지는 한 점의 빛. 미궁 안인 점을 고려하면 진짜일 리는 없었다. 그러나 분명히 열이 느껴졌다.『태양』이라고 착각하고 위기감을 부쩍 키울 정도의 열이…….

"……하지메!"

험악한 눈초리로 유사 태양을 경계하던 하지메에게 유에의 경고 같은 외침이 들렸다.

헉하고 시선을 지상으로 돌리자 그곳에는 환상적인 세계가 펼쳐졌다.

주위에 있는 모든 것이 빛나고 있었다.

원인은 두 가지. 천장을 덮는 눈안개를 뚫고 하늘에서 비치는 햇빛과, 어느샌가 흩날리고 있던 공기 중의 미세한 얼음 결정이었다. 이른바 다이아몬드 더스트라는 현상이었다.

그러나 자연의 다이아몬드 더스트와 비교하면 확연히 이상했다. 다름 아닌 빛이 너무 강한 것이었다.

그것은 마치 지상에 은하수가 내려온 것 같았다. 얼음 결정은 일등성이 되기 위해 시시각각 빛이 강해졌고 더욱 환상적인 세계를 만들어 갔다. 게다가 얼음 결정은 맞닿은 것끼리 결합해 비대해져 얼음 파편이 됐고 빛 또한 더 강해졌다.

하지만 하지메는 그 아름다운 광경에 감탄하기보다 위기감을 느꼈다. 하지메의 눈에는 그 빛나는 얼음 파편이 마치 에너지를 모으는 포대처럼 보였다.

"다이아몬드 더스트라고 보기에는 조금 위험한 냄새가 나는걸. 모두 방어를 굳혀!"

등이 오싹해지는 위기감에 이끌려 하지메가 고함쳤다.

그것이 넋을 놓고 있던 아이들의 엉덩이에 발길질을 날렸다. 반사적으로 하나로 뭉치고 유에와 스즈가 『성절』을 펼친 그 순간— 순백색 섬광이 뻗었다.

"크, 무슨 레이저 병기 같군."

적절한 표현이었다.

허공을 가른 수십, 수백 줄기 섬광의 정체는 열선(熱線)이었다. 하늘에서 쏟아지는 유사 태양의 에너지를 담은 얼음 파편이 그것을 열선으로 방출한 것이었다.

그 위력은 어마어마했다. 유에와 스즈가 전개한 이중 『성절』에 상처를 낼 만큼…….

"이거, 나구모가 쓰던 레이저 병기랑 똑같잖아!"

시즈쿠가 한때 왕도에서 본 하지메의 태양광 집속 레이저 『히페리온』과 그 병기가 만들어 낸 참상을 함께 떠올리고 거의 비명 지르다시피 소리쳤다.

하지메는 그 빛을 물끄러미 관찰하더니 왠지 히죽 웃었다.

"그래. 보나 마나 오스카 작품이겠지? 먼 옛날 사람이면서 나보다 악질이야. 센스 하나는 죽이는군."

"감탄할 때야?!"

코우키에게 지당한 호통이 날아들었다. 그러나 악질인 점은 분명했다.

가늘게 집약된 열선은 얼음 조각에서 얼음 조각으로, 방의 빙벽에서 빙벽으로 반사되어 사선 예측을 지극히 곤란하게 했다.

종횡무진 공간을 유린하는 모습은 흡사 입체적인 거미집 같았다. 영역에 들어선 순간 거기서 끝. 도망칠 곳은 없어. 꿰뚫리거나 난도질 당하거나 둘 중 하나다.

지금 같은 상황에 한정해서는 분명히 대(對) 군용 대량 살상 무기인 히페리온보다 악랄하고 흉악하다고 할 만했다.

거기다가 아예 끝장을 낼 요량인지— 시간제한까지 있는 모양이었다.

위쪽을 뒤덮은 눈안개가 서서히 고도를 낮추기 시작했다. 이대로 가면 몇 초도 지나지 않아 【하르치나 수해】처럼 시야가 차단되고 만다.

본래 레이저란 대기 중에서는 힘이 감쇠한다. 안개나 연기 속에서는 더욱 심하다. 그래서 하지메는 순간 눈안개로 레이저 공격이 약해지지는 않을까 생각했지만—.

"그런 멍청한 짓을 할 리가 없지."

고개를 젓고 생각을 전환했다.

"안개에 휩싸여 시야가 차단되면 귀찮아. 단숨에 빠져나간다!"

하지메의 호령과 동시에 일제히 내달렸다. 그러는 동안에도 열선은 무자비하게 유에와 스즈의 이중『성절』을 때려 장벽의 빛을 빠르게 앗아갔다. 그러나—.

"두 사람은 장벽에 집중해! —『각영』!"

1초마다 1초 전의 상태로 되돌리는 카오리의 재생 마법이 두 사람의 장벽을 철벽으로 바꿨다.

아울러 열선의 궤도를『순광』으로 확대한 지각 능력으로 파악한 하지메가 예상 경로에 있는 얼음 조각을 퀵 드로로 격파해 열선 감옥에 구멍을 뚫었다.

출구인 문까지는 약 100미터 거리.

하지만 역시나 그대로 보내줄 만큼 대미궁은 호락호락하지 않았다.

상공에서 내려오는 눈안개로부터 수많은 얼음덩어리가 쏟아졌다. 자동차만 한 크기였다.

그것들이 쿵쿵 땅을 울리며 하지메 일행의 진로를 가로막듯 착탄했다. 무게가 상당한지 떨어진 충격으로 땅이 깨지고 크레이터가 생겨났다.

얼음덩어리는 반대쪽이 비쳐 보일 정도로 투명했다. 그러나 단순한 투석, 아니, 투빙이 아니란 것은 그 투명한 얼음 속에 있는 검붉은 결정만 보아도 분명했다.

"쳇, 이게 진짜인가?"

하지메가 혀를 찼다. 거기에 호응이라도 하는 양 얼음덩어리가 쩍쩍 갈라지며 단숨에 형태를 바꿨다.

5미터는 되는 거인의 형상. 골렘처럼 뭉뚝한 거구에 한 손에는 얼음 핼버드, 다른 한 손에는 타워 실드를 들었다.

수는 아홉 마리. 일행과 수가 같은 것은 우연일까? 거구와 무장 때문에 횡렬로 늘어서자 문까지 가는 길이 막혀 버렸다.

"쓸어버려."

눈안개는 바로 머리 위까지 내려왔다. 레이저 폭풍 속, 눈안개까지 내려앉은 상태에서는 전투를 오래 지속할 수 없는 노릇이었다.

말이 끝나기 무섭게 하지메가 신속하게 방아쇠를 당겼다. 돈나에서 선명한 섬광이 발사됐다.

하지만 심장부인 마석에 구멍을 내고자 질주한 진홍색 창은 프로스트 골렘이 퍼뜩 들어 올린 타워 실드에 막혀 마석 일보 직전에서 멈춰 버렸다.

"타워 실드도 그냥 얼음은 아닌 거 같군."

이 대미궁에 들어와 처음으로 일격에 해치울 수 없는 적이 나타났다.

깨지긴 했지만 강화한 레일건을 버틴 타워 실드에 감탄해야 할까, 아니면 아마 방어 전용으로 특화한 방패를 일격에 분쇄한 돈나에 전율해야 할까.

아무튼 내구력이 보통이 아닌 것은 확실했다.

하지메의 첫 공격에 연이어 방어에 전념하는 유에와 스즈 외의 인원도 공격에 가담했다.

"일격으로 안 되면 연발이에요!"

"나의 브레스가 얼음 따위에 막히려고."

포격 모드인 드뤼켄에서 작렬 슬러그 탄이 연사되고, 앞으로 내민 티오의 양손에서 작열하는 브레스가 발사됐다. 그와 동시에—.

"『섬화』를 쓸 수 있었으면 좋았겠지만— 『비섬』!"

"그거 너무 강해서 무서워, 시즈쿠."

"네 분해가 제일 무섭다, 야. 내가 몸소 깨달았지."

시즈쿠가 바람 참격을, 카오리가 분해 포격을, 류타로가 충격파를, 그리고 코우키가 빛의 참격을 날렸다.

아군에게…….

"윽?!"

완전한 기습에 하지메조차 덜컥 놀랐다. 결계 안에는 일행이 모두 모여 있었다. 한마디로 초근거리 공격이라는 말이다.

눈앞에는 이미 코우키가 날린 『천상섬』의 빛과 류타로가 날린 충격파가—.

"칫!"

혀를 한 번 차고 『금강』을 발동함과 동시에 돈나를 든 오른

손과 의수인 왼손을 교차해 가드했다.

엄청난 충격이 하지메를 덮쳤다. 『금강』과 크로스 가드로 별 상처는 없었지만, 강화해준 것이 후회될 정도로 강력한 두 사람의 공격에 버티지 못하고 결계 밖으로 날아가 버렸다.

『순광』 발동 상태여서 천만다행이었다. 방어하지 않았다면 날아가는 정도로는 끝나지 않았을 것이다. 더불어 날아가는 와중에 시아를 기습하는 『비섬』을 손목 움직임만으로 저격해 무산시키는 묘기도 불가능했을 것이다.

하지메의 길게 늘어진 감각이 한 박자 늦게 어떤 소리를 포착했다.

"안, 돼애애애애애!"

카오리의 비명이었다.

유에에게 날아간 분해 포격을 카오리가 팔을 억지로 틀어 돌리려고 했다.

예상 밖의 사태에 유에도 대응이 늦어 『성절』 부분 해제가 늦었다. 만물을 분해하는 능력이 결계 위에 커다란 구멍을 뚫어 버렸다.

그래도 그나마 구멍으로 그친 것은 유에의 기량 덕분이리라. 스즈의 『성절』은 일격에 날아가 스즈의 비명이 메아리쳤다.

하지메가 좌르륵 바닥을 깎으며 착지했다.

"어?"

처음으로 넋 나간 소리를 낸 사람은 코우키였다. 자신이 한 짓이 이해되지 않는다. 딱 그런 심정을 말해주는 어리둥절한 표정이었다. 그것은 류타로나 시즈쿠도 같았다. 스즈가 「자, 잠깐만! 다들 뭐 하는 거야?!」라고 소리치면서 『성절』을 다시 쳐도 반응조차 하지 않았다.

"……무슨 속셈이야?"

"……카오리, 배짱 좋네."

"시, 시즈쿠 씨? 저 때문에 기분 상한 일이라도 있나요?"

땅을 울리며 쓰러진 프로스트 골렘과 이미 머리 위 몇 미터까지 내려온 눈안개. 느긋하게 있을 여유는 없었지만 장난으로 넘어갈 수 없는 코우키 파티의 기행을 그냥 방치할 수도 없었다.

하지메는 열선을 피하면서 프로스트 골렘들에게 견제와 저지용 탄환과 수류탄을 뿌리며 대체 무슨 일이냐고 눈빛으로 진의를 물었다.

유에가 「……카오리, 너, 진짜 패 버린다」라고 말하고 싶은 듯 이마에 핏대를 세우고, 시아가 「저 시즈쿠 씨에게 미움받은 거 아니죠?」라며 충격받은 듯 놀란 표정을 보이는 가운데, 코우키 파티는 겨우 망연자실한 상황에서 빠져나왔다. 동시에 당황스러운 심정을 드러냈다.

"아, 아니야! 나는 그럴 생각 전혀 없었어! 나도 모르는 사이에…… 정말이야!"

"그, 그래, 맞아! 나구모를 공격할 생각은 없었어! 당연하잖아!"

"미안, 시아! 그렇지만 나도 영문을 모르겠어. 난 적을 공격하려고 했는데……."

아이들은 필사적으로 변명했다. 아무래도 거의 무의식중에 몸이 마음대로 움직여 표적을 바꾸고 만 모양이었다.

“유에, 뭔지는 모르겠지만 미안! 근데 솔직히 분해 포격은 평소에도 날리니까 지금 그건 넘어가고…….”

“……누구 마음대로 넘어가, 바보 카오리!”

유에와 카오리의 싸움이 발전하면 캣 파이트에서 분해 포격 VS 뇌룡이 되는 경우도 왕왕 있었다. 유에는 분해 포격을 받아도 멀쩡하게 재생하고 카오리도 튼튼하므로 뇌룡에게 덥석 물려도 조금 그을리는 정도였다.

카오리는 이마에 핏줄을 양산하는 유에를 무시하고 진지한 표정으로 보고했다.

“하지메. 아마 유도당했어. 공격하기 직전에 속삭임이 들린 거 같아.”

그 말을 듣고 이번에는 티오가 브레스로 프로스트 골렘들을 견제하며 순간적으로 세운 추측을 말했다.

“주인님, 귀찮은 공격이야. 아마 무의식 영역에 간섭한 게야. 그 속삭임은 일종의 각인 효과였던 것이지.”

“쳇, 그래서 공격 대상이 다 별개였나? 그렇다면 해제는…….”

“마법 효과만은 아닐 테니까 어려울 게야.”

즉, 그 속삭임은 일종의 암시란 말이었다. 이 순간을 위한……. 혹은 여기까지 오는 기나긴 미로도 정신을 지치게 해 암시를 걸기 쉽게 하는 장치였는지도 몰랐다.

이제부터 아이들은 공격 의지를 가진 순간 각인된 상대를 무의식적으로 공격하게 된다. 하지메와 유에, 시아와 티오에게 영향이 없는 이유는 이 중에 의식 유도가 가능한 상대가 없기 때문일까?

이것이 마법을 통한 암시뿐이라면 재생 마법만으로 해결된다. 하지만 이번 사태는 그렇게 간단하지 않았다. 심층 심리에 비(非) 마법적 작용이 병용되어 아이들은 반쯤 자신의 의지로 움직이고 있었다. 속삭임을 들은 후의 기억을 통째로 지우지 않는 한 바로 원래대로 돌아올 수는 없을 것이다.

그러는 사이에 마침내 눈안개가 지상으로 내려오고 말았다.

급속하게 시야가 차단되어 은회색 베일이 깔리고 하지메는 똑바로 앞을 응시했다.

공격을 봉인당한 것이나 다름없는 아이들, 파리 같이 귀찮은 열선 폭풍, 하지메의 총격과 티오의 브레스를 맞고도 급속 재생하는 타워 실드로 버티며 조금씩 압박해 오는 프로스트 골렘.

그 모든 것이—.

"성가셔 죽겠네……."

그래서—.

"그냥 전부 날아가 버려."

허공에서 꺼낸 오르칸이 아홉 줄기 화선을 그리고 저마다 다른 프로스트 골렘에게 살의를 날랐다. 그 직후 발생한 대폭발은 프로스트 골렘뿐 아니라 눈안개, 그리고 얼음 조각까지도 한꺼번에 날려 버렸다.

힘 조절을 하지 않고 날린 근거리 폭격에 스즈가 다시 펼친 『성절』이 곧바로 삐걱댔고 스즈는 또 숨을 들이키며 비명을 질렀다.

"좋아."

하지메는 걷히는 폭염 속에서 오르칸을 어깨에 지고 고개를 주억거렸다. 그러나 다음 순간, 무심코 입꼬리를 실룩거렸다.

땅을 쿵 울리며 얼음덩어리가 강림했다. 눈안개는 회오리가 되어 즉석에서 밀도를 높였고 부서진 바닥에서 얼음 조각이 저절로 떠올라 순식간에 원래 위치에 부활했다.

아마 눈안개도 얼음 조각도 파괴나 돌풍으로 해결할 수 있는 문제가 아닌 것 같았다.

"아, 하지메 씨! 한 마리 줄었어요!"

"……이제 알겠군. 아무래도 한 사람당 한 마리를 해치우지 않으면 영원히 부활하는가 본데."

시아의 지적대로 프로스트 골렘의 수가 여덟 마리로 줄어 있었다.

처음 일행과 같은 수였던 것을 생각하면 아마 그런 구조로 추측됐다.

"그렇다면 이번에야말로 내가!"

다시 『천상섬』이 발동했다. 그러나 코우키의 의지에 반하여 그 공격은 역시 하지메를 향했다.

하지메는 날아든 참격을 가볍게 몸을 젖혀 피했다. 코우키의 얼굴이 더욱 파랗게 질렸다.

그것을 보고 류타로와 시즈쿠도 위축되고 말았다. 아군의 오인 사격은 쾌활하고 호쾌한 류타로조차 움츠러들게 했다.

이를 악물고 결계를 유지하는 스즈가 짜증과 초조함에 참지 못하고 고함쳤다.

"그래서 결국 어떡해?!"

은회색 베일이 순식간에 시야를 가렸다. 조금 떨어진 곳에 있던 하지메는 베일 너머로 사라졌고 옆에 있던 일행도 결계를 그대로 통과한 눈안개로 인해 서로의 모습을 인식하기 어려워졌다.

그래서 하지메는 결단했다. 동료의 기척이 은회색 세계 속으로 사라지는 찰나에 소리쳤다.

"망설이지 마! 상관하지 말고 때려 부숴!"

의식 유도도 눈안개도 대미궁이 준비한 시련이다.

그렇다면 설령 한 치 앞이 보이지 않더라도 아군에게 공격이 유도될 가능성은 컸다. 아니, 오히려 그렇지 않으면 시련의 의미가 없으므로 십중팔구 시야가 가려진 상황에서 공격만은 정확하게 동료를 노리게 될 것이다.

그렇기에 하지메는 그렇게 말했다. 표적이 되는 사람은 하지메, 유에, 시아였다. 그럼 코우키 파티의 공격 정도는 문제 될 것이 없다는 판단에서였다.

"뭐, 우리 말고 다른 사람 쪽으로 유도되면…… 명복은 빌어줄게."

동료의 기운을 감지할 수 없게 되고 시야가 반짝이는 회색으로 물든 가운데, 하지메는 어깨를 으쓱이며 중얼거렸다.

대미궁에 도전하겠다고 스스로 결정해 놓고 업혀 가기만 할 수 있으랴. 이 정도 사태는 스스로 해결하라는 뜻이었다. 여기 올 때까지도 지나칠 정도로 도와줬었으니까.

그런 그때, 눈안개 베일을 가르며 열선 몇 줄기가 스치듯 날아들었다.

아니나 다를까, 눈안개 속에서도 위력은 약해지지 않았고 코앞까지 다가오지 않으면 보이지도 않아 위험성은 더 증대됐다.

하지만 하지메는 한발 뒤로 물러나 고개를 기울이고 몸을 살짝 트는 것만으로 모두 피해 버렸다.

결계 범위에서 나왔을 때부터 쭉 대수롭지 않게 해 온 일이었다. 『순광』 발동 상태인 하지메에게는 시야가 다소 가려진 정도로 피하지 못할 공격이 아니었다. 게다가 초고열을 가진 레이저는 『열원 감지』로 인식하기 용이해 아무런 문제도 되지 않았다.

"자, 그럼 어떻게 될까?"

프로스트 골렘이 시련 클리어 기준이라면 하지메는 이미 달성한 셈이었다.

설마 이대로 모든 사람의 승패가 결정될 때까지 열선과 놀아야 하나, 라고 생각하며 아니꼬운 얼굴로 주위를 돌아봤다.

그 직후, 하지메의 눈앞에서 눈안개가 회오리처럼 돌기 시작했다.

새로운 적이 등장하나 싶어 오르칸에서 돈나 & 슈라크를 든 아킴보 스타일로 전환했다. 그러나 그것은 괜한 걱정이었나 보다. 회오리는 수평으로 나선을 그리고 일직선으로 뻗는 터널이 되었다.

터널 안에는 열선도 오지 않았다. 그리고 그 앞에는 장엄하고 예술적인 문이 보였다.

하지메는 어깨를 으쓱인 뒤 터널 안으로 발을 들였다. 그리고 동시에 어깨 너머로 뒤를 힐끔 돌아보고 작게 중얼거렸다.

"……신경 쓰지 말라니까 그러네."

빛의 참격과 충격파가 전혀 날아오지 않는 것을 보고 피식 웃었다.

"그것도 저 녀석들의 선택이겠지……."

하지메는 눈을 떼고 유유히 터널 안으로 걸어갔다.

한편, 유에 일행 쪽이 어떻게 됐냐면…… 뿔뿔이 분단되어 있었다.

눈안개가 옆에 있는 사람조차 가려 버린 순간, 바닥이 분화라도 한 것처럼 융기한 까닭이었다. 날아가거나 스스로 뛰어 회피한 탓에 이제는 서로의 위치조차 알 수 없게 됐다.

"시즈쿠, 스즈! 류타로! 코우키!"

시야가 온통 은회색으로 뒤덮여 친구들의 안위를 걱정하는 카오리가 목청을 높였다.

"괜찮아! 자기 쪽에 집중해!"

기운은 느껴지지 않지만 위쪽에서 시즈쿠의 목소리가 떨어지듯 울렸다. 그 후로도 차례대로 스즈와 류타로, 코우키, 그리고 시아와 유에의 목소리도 들려 왔다.

친구들이 무사하다는 사실에 안도한 것도 한순간이었다. 오한에 휩싸인 카오리는 은색 날개를 퍼뜩 펼쳐 자신을 감쌌다. 그 직후, 사방에서 창처럼 날아든 열선을 은색 날개 방벽으로 완전히 막아 냈다.

그리고 동시에—.

"눈안개가……."

작은 돔을 형성하듯 눈안개가 회오리처럼 휘돌며 미세하게 걷혔다. 그 안쪽에서 스르륵 나온 것은 한 프로스트 골렘이었다. 카오리의 상대인가 보다.

지금의 카오리라면 큰 위협도 되지 않는 상대겠지만—.

"들려……."

공격하려고 한 순간, 역시 뇌 속에 속삭이는 소리가 들렸다. 앞으로 뻗은 팔은 어느샌가 엉뚱한 방향으로 돌아가 있었다.

모든 공격이 유도되리라고는 생각하기 어렵지만 그래도 분해 능력이 몇 번이나 유에를 덮친다고 생각하면 조금 좋지 않았다. 전황 때문만은 아니라 카오리의 정신 때문에…….

망설이는 카오리를 보고 기회라고 여겼는지 그 순간 프로스트 골렘이 움직였다.

놀랍게도 방어의 핵심인 타워 실드를 던진 것이다.

"앗!"

소리를 지르면서 회피한 카오리를 향해 강렬한 발 구르기와 함께 육박한 프로스트 골렘의 핼버드가 떨어졌다.

순간적으로 발사형 공격은 위험하다고 판단하고 대검을 소환해 정면에서 핼버드를 막아 냈다.

과연 대미궁의 마물이라고 해야 할까? 경이적인 힘으로 내려찍은 공격은 방어한 카오리의 발밑을 방사형으로 꺼뜨릴 정도였다.

그러나 달리 말하면 그것뿐이었다. 단순한 힘으로 『신의 사도』에게 이길 수 있을 리 만무했다.

"나한텐 잘 됐어!"

두 번째 대검을 소환. 은빛을 두르고 분해 능력을 부여. 그대로 몸통을 양단하고자 횡으로 검을 휘둘렀지만—.

"어어?!"

몸째로 한 바퀴 돌아 엉뚱한 방향으로 호를 그리며 은색 참격을 날렸다. 카오리 본인도 써 본 적 없는 『천상섬 천사 버전』 같은 일격을…….

"……카오리! 사양할 거 없어! 나도 안 할 거야!"

멀리서 유에 님의 목소리가 들려왔다. 유에가 사양하지 않는다는 것은 틀림없이 보복이다.

카오리의 입꼬리가 실룩거렸다. 「미, 미안~」이라고 사과함과 동시에 머리 위에서 살의를 감지했다. 순간적으로 뒤를 돈 상태로 첫 번째 대검을 들자 그곳에 핼버드가 격돌했다.

첫 번째 대검에 분해 능력을 부여해 그대로 휘두르자, 이번에는 유도당하지 않고 핼버드를 절단했다. 지체하지 않고 몸을 돌리는 탄력으로 두 번째 대검을 휘둘렀다. 이번에도 유도는 없었다.

하지만 절단한 것은 고속 재생한 타워 실드뿐이었다.

프로스트 골렘은 거구에 어울리지 않는 민첩한 백 스텝으로 거리를 벌렸다.

"언제 유도당할지 몰라서 성가셔……."

카오리는 끙끙 앓았다. 그 직후 조금 떨어진 곳에서 낙뢰의 굉음이 울렸다. 아무래도 유에가 『뇌룡』으로 꿀꺽한 모양이었다.

"유에는 끝났으려나? 그렇다면 방해할 일도…… 아."

전투가 끝났다면 다소 공격이 날아들어도 방해되지 않으리라 생각하던 카오리는 그곳에서 어떤 생각이 떠올랐다.

분해 포격이라면 일격으로 끝난다. 하지만 유도 당할 위험이 있다.

그럼 그 유도를 이용해 버리면 되지 않을까? 상대는 유에니까 괜찮겠지! 라는 생각을…….

바로 분해 포격을 쏘려고 대검을 들자 역시나 엉뚱한 방향으로 돌아갔다. 즉, 그 앞에 유에가 있다.

카오리는 팔을 유지한 채로 재빨리 이동해 각도를 재고…… 소리쳤다.

"유에~! 45도로 부탁해~!"

사양이라고는 눈곱만큼도 없는 특대 사이즈의 분해 포격!

대기가 떨리고 눈안개 베일에 구멍을 뚫은 은색 섬광이 목표를 먼지로 만들고자 뻗어 나갔다.

그것이— 눈안개 너머에서 다시 돌아왔다.

카오리가 상대하는 프로스트 골렘을 향해서…….

"……?!"

말을 하지 못하는 프로스트 골렘이 한순간 숨을 헉 들이켜는 기운을 느꼈다. 하지만 그것도 정말로 한순간뿐. 만물을 먼지로 되돌리는 최강의 포격은 프로스트 골렘에 직격해 조금의 저항도 용서하지 않고 소멸이라는 운명으로 인도했다.

여기저기서 전투의 소음이 울리는 중에 카오리는 방심하지 않고 프로스트 골렘이 있던 곳을 빤히 관찰했다.

눈안개가 회오리치며 터널이 만들어졌다. 새로운 프로스트 골렘이 내려올 낌새도 없었다. 아무래도 시련을 달성했다고 인정받은 모양이었다.

"후우, 다행이—."

다행이다~, 라고 말하려던 카오리는 흠칫하고 입을 다물었다.

공동 작업으로 취급받은 탓일까? 카오리의 터널은 함께 싸운 동료가 있는 곳을 경유해 문으로 이어져 있었다.

바로 강렬한, 정말이지 강렬하기 짝이 없는 눈으로 카오리를 보는 유에 님이 있는 곳에…….

유에 앞에는 분해 포격의 궤도를 꺾은 중력 마법 『화천』이 발동해 있었다.

각도 지시만으로 카오리의 의도를 짐작한 유에. 그리고 유에라면 맞춰줄 거라고 믿어 의심치 않은 카오리. 그야말로 환상의 콤비이고 깊은 신뢰가 이루어 낸 기술이었다.

신뢰가 이루어 낸 기술, 이긴 한데…….

유에가 『화천』을 없애며 이리 온 하고 손끝을 까딱거렸다. 아니, 분위기로 보아 「야, 빨리 튀어 와」에 가까울까?

"앗, 네. 지금 갈게요……."

카오리는 왠지 존댓말을 쓰면서 유에의 가차 없는 보복을 달게 받을 각오로 터널로 들어갔다.

"아, 정말 또!"

시즈쿠는 무의식중에 짜증을 표출했다. 하지만 스스로 그것을 인식할 여유도 없이 강풍과 함께 육박하는 핼버드를 필사적으로 회피했다.

엉뚱한 방향으로 참격이 날아가 허점이 드러난 직후에 치고 들어오는 터라 마음대로 회피하기 어려웠다. 쉭 소리를 내며 앞머리 몇 가닥을 자르고 지나치는 칼날에 식은땀이 확 솟았다.

뒤로 쓰러지는 힘을 이용해 뒤구르기로 일어선 시즈쿠는 꾹 참고 있던 숨을 크게 뱉었다. 그 호흡을 감지한 것처럼 이번에는 열선이 사방에서 잘게 썰어 버리려고 다가왔다.

"큭."

평범한 방법으로는 피하지 못한다. 찰나의 판단으로 배면 뛰기를 시도했다. 죽음의 낫이 등과 얼굴을 아슬아슬하게 스쳐 지나가고 피부로 느껴지는 고열에 심장이 쪼그라드는 느낌을 받았다.

간발의 차로 곡예하다시피 열선을 빠져나간 시즈쿠에게로

쉴 틈을 주지 않고 벽이 다가왔다.

그것은 주위를 종횡무진 내달리는 열선에 아랑곳하지 않고 돌진해 온 프로스트 골렘과 타워 실드였다. 시즈쿠의 키만 한 방패는 코앞에서 보면 벽이나 다름없었다.

착지와 거의 동시에 실드 배시. 이번에는 정말로 피할 도리가 없었다. 그리고 그 위력은 프로스트 골렘의 막대한 질량에 비례한다.

"윽?!"

반사적으로 뒤로 뛰어 충격을 완화했지만 당연히 완전히 없애지는 못했다. 고통에 찬 소리가 꽉 깨문 이 사이로 흘러나왔다.

그래도 뒤이은 공격이라도 막아야 한다는 생각에 날아가면서 억지로 흑도를 뽑았다.

"갈라라—『비섬』!"

하지만 눈에 보이지 않는 칼날은 시즈쿠의 의도와는 달리 오른쪽으로 크게 빗겨 나갔다.

이판사판이었다지만 시즈쿠의 표정에 아차 하는 당혹감이 떠올랐다.

아마 참격이 향한 곳에는 시아가 있다. 전투 시작 직후 시아가 「하지메 씨 말대로 신경 안 쓰셔도 돼요!」라고 큰 소리로 외치는 것을 들었지만 그건 그거고 이건 이거였다.

아군을 공격해 버린 자신을 부끄럽게 생각하면서 시즈쿠는 딱딱한 바닥의 감촉도 함께 맛봤다. 충격으로 숨이 턱 막혔으나 가까스로 몸을 일으켜 세웠다.

“역시 원거리 기술은 쓰면 안 되겠어…….”

기술을 쓴 후의 빈틈이 너무 컸다. 영 점 몇 초가 생사를 가르는 전투에서는 치명적이었다.

게다가 아군을 공격했다는 사실은 자신에게 정신적 피해로 돌아왔다.

피해를 끼쳤다는 것도 문제지만 무엇보다 그 공격이 가진 의미가 문제였다.

―사실은 질투나.

그 사실을 의식할 수밖에 없으니까.

“켈록, 시, 시끄러워!”

기침하자 피가 약간 섞여 나왔다. 내상을 입은 듯했다.

장기전은 위험하다고 생각하며 손으로 피를 닦은 시즈쿠의 귀에 몰아세우듯이 다시 속삭임이 들렸다.

―왜 나만.

“시끄럽다고 하잖아!”

무심코 짜증을 드러내 버럭 고함쳤다. 땅을 울리며 다가오는 프로스트 골렘에게서 백 스텝으로 거리를 벌리면서도 풍랑이 이는 마음을 걷잡을 수 없었다.

그리고 대미궁은 그런 틈을 놓치지 않았다. 정신이 흐트러진 찰나의 순간, 열선이 뻗어 시즈쿠의 어깨를 얕게 찢었다.

“윽?!”

통증으로 정신을 차린 시즈쿠의 시야 한쪽에 아래로부터

펴 올리듯 다가오는 열선이 보였다. 정면에서 한 점을 공격당하면 그나마 다행이지만, 선을 그리는 공격이었다. 이대로 가다가는 몸이 두 쪽 날 것이다.

어깨에 받은 일격으로 자세는 망가졌다. 회피할 틈도 없어 몸을 비트는 게 고작인 상황.

조금이라도 피격 면적을 줄이고자 몸을 옆으로 틀며 퍼뜩 흑도를 열선과 몸 사이로 들었다. 이중『성절』조차 깎는 열선 앞에서 제발 버텨 달라고 애도에게 기도했다.

과연 세계 최고 강도를 자랑하더라도 절삭력을 위해 얇게 만들어진 칠흑빛 도신은 주인을 지켜낼 것인가…….

"어?"

맥 빠지는 소리가 결과를 말해줬다. 사신의 낫은 또다시 사냥감을 놓쳤다.

흑도는 그 매끄러운 도신으로 열선을 버티는 게 아니라 아예 반사해 버리는 경이적인 방법으로 주인을 지켰다.

틈을 두지 않고 프로스트 골렘이 핼버드를 치켜들고 돌진해 왔다.

끓어오르는 감정을 억누르며 의식을 전환했다. 폐를 기합과 산소로 채우고 순풍을 받은 것처럼 앞으로 뛰쳐나갔다. 타워실드가 만드는 사각으로 뛰어들어 핼버드를 피하면서 스쳐 지나가며 최강의 참격을 먹였다.

"절단하라―『섬화』!"

교차되어 날아간 공간의 단층은 타워 실드와 그것을 든 팔을 통째로 절단했다.

지나친 곳에서 마음을 가다듬는 시즈쿠에게 다시 열선이 쇄도했다. 그러나 이미 시즈쿠에게 초조함은 없었다.

"모여라—『인천』!"

머리 위로 똑바로 든 흑도의 칼날에 궤도가 틀어진 열선이 모여들었다.

칠흑색 칼날은 이번에도 열선을 반사했다. 아니, 그것만이 아니었다. 여러 열선을 한 점으로 모아 마치 집광 레이저처럼 위력을 끌어올렸다.

그것이 마침 돌아보던 프로스트 골렘을 덮쳤다.

프로스트 골렘이라도 집약된 열선은 무시할 수 없었는지, 잃어버린 타워 실드 대신 핼버드를 들어 위험을 면하려고 했다.

여기다. 시즈쿠는 확신했다. 여기서 몰아치지 않으면 승기를 놓친다.

그렇기에— 승화 마법『금역 해방』, 발동.

신체 능력 및 지각 능력이 증대되고 머리가 맑게, 몸이 깃털처럼 가벼워진다.

예민해진 감각으로 흑도를 수평으로 고쳐 들었다. 그동안에도 열선의 반사각은 절대로 바뀌지 않았다. 그렇게 열선으로 프로스트 골렘을 묶어 놓고 흑도의 칼집을 똑바로 내밀었다. 그것은 마치 수평으로 든 활 같았다.

그 직후, 시즈쿠는 화살처럼『무박자』를 쓴『축지』로 단숨에 파고들었다. 승화해 전조도 없이 돌진한 시즈쿠는 가히『사라졌다』고 표현할 만했다.

“부서져라—『충파』!”

프로스트 골렘에게 반응할 여지도 주지 않고 순식간에 거리를 좁힌 시즈쿠가 『찌르기』를 내질렀다.

핼버드와 팔 사이를 빠져나가 뻗은 칼집은 정확하게 프로스트 골렘의 가슴을 찔렀고 그 순간 감청색 파문과 함께 충격을 퍼뜨렸다.

칼집이 검붉은 마석 바로 앞까지 파고들어 가슴 전체에 방사형 균열을 냈다. 충격으로 프로스트 골렘의 허리가 크게 뒤로 꺾였다.

만들어 낸 결정적 틈을 놓치지 않고 시즈쿠는 전력을 다해 몰아쳤다.

“날아라—『이천(離天)』! 무너뜨려라—『중섬(重閃)』!”

집약된 열선을 단숨에 튕겨 냄과 동시에 흑도가 일자 궤적을 남겼다. 그것이 지난 곳은 프로스트 골렘의 발아래.

그 직후, 칼집이 꽂힌 프로스트 골렘의 거구가 둥실 떠올랐다.

—흑도 중섬.

부가된 중력 마법으로 중력의 족쇄를 끊어 버려 불과 몇 초에 불과하더라도 무중력 상태를 만드는 능력이었다.

“……?!”

허공에 떠오른 프로스트 골렘이 갓난아이처럼 팔다리를 버둥거렸다. 그러나 공중에 붙잡을 것이 있을 리 없었다.

“으아아아아아!”

시즈쿠의 찢어질 듯한 기합이 울려 퍼졌다. 중력 절단의 순간을 이용해 칼집을 기점으로 프로스트 골렘의 거구를 들어 올렸다. 그리고 곧장 업어치기로 반대쪽 땅에 처박았다.

『중섬』의 중력 절단은 벤 좌표에서만 유효했다. 필연적으로 좌표를 벗어난 반대쪽에서는 본래 무게가 돌아와 자유 낙하한다.

그래서 그 충격은 어마어마했고 여전히 꽂힌 칼집을 더욱 깊이 박아 넣기에도 충분했다. 적어도 그 칼집을 마석에 도달하게 할 만큼은…….

"끝이야! ―『충파』!"

체크메이트 선언과 함께 군청색 파문이 퍼졌다. 근접 상태에서 퍼진 충격파는 오롯이 마석으로 전달됐다.

마석은 쨍그랑 소리를 내고 허무하게 깨졌다. 심장을 잃은 프로스트 골렘은 단말마 비명도 없이 그 형상이 무너져 갔다.

시즈쿠의 거친 숨소리가 작게 울렸다.

"허억허억…… 혼자서는, 아직 힘들구나."

시즈쿠는 칼집을 짚고 서서 자조했다.

대미궁의 마물을 혹독한 조건에서 해치웠다면 그렇게 비하할 정도도 아니건만…… 눈앞에 생긴 눈안개 터널 너머에 하지메, 유에, 시아, 티오, 카오리가 기다리는 것을 보자 마냥 기뻐할 수 없었다.

시즈쿠는 걱정스러운 표정으로 달려오는 카오리와 엉망이 된 자신을 비교하고 힘없이 웃으며 폐막을 선언하듯 납도했다.

철컹, 하고 맑은 소리가 났다. 그것은 마치 신불 앞에서 하는 합장처럼 시즈쿠 안에 낀 미세한 먹구름을 걷어주었다. 딱히 그래서는 아니지만 자연스럽게 시선이 손 쪽으로 떨어졌다.

"그렇지만…… 혼자는, 아니었지?"

궁지에서 벗어난 것은, 그리고 아슬아슬한 상황에서 마음을 받쳐준 것은 틀림없이 최근 이상하게 마음을 어수선하게 하는 그의 선물 덕분이었다.

별생각 없이, 정~말로 별생각 없이 시즈쿠는 흑도에 입을 맞췄다.

어디까지나 애도에 대한 감사의 뜻을 담아서…….

결코 흑도에서 누군가의 모습을 보거나 하지 않았다. 결코!

속으로 그런 변명 같은 억지를 부렸지만 역시 자기가 한 행동이 창피했는지 시즈쿠는 볼을 살짝 붉혔다.

그것을 얼버무리고자 볼을 짝 치고 빠른 걸음으로 터널로 들어갔다. 달려오는 친구에게 얼굴의 열기를 들키지 않기를 빌면서…….

그 후 카오리에게 부축받으며 무사히 문 앞에 도착한 시즈쿠는 곧 눈썹을 팔자로 뜨고 머리를 숙였다.

"시아, 미안. 괜찮았어?"

"어우, 신경 쓰지 말라고 했잖아요. 그보다 세 번 정도밖에 공격이 안 왔는데, 저를 배려하시다가 그렇게 다치셨다면 저는 오히려 그쪽에 화낼 거예요?"

폐를 끼쳤을 텐데 카오리와는 반대쪽 어깨를 부축하며 그렇게 화내는 시아가 미안한 한편으로 기뻤다.

시즈쿠는 살짝 눈물을 맺고 한 번 더 꺼질 듯한 목소리로 미안하다고 말했다. 시아의 토끼 귀가 나무라듯 시즈쿠의 머리를 톡톡 때렸다.

그대로 문이 있는 벽에 기대어 앉은 시즈쿠를 카오리가 치유의 빛으로 감쌌다. 창상(創傷)의 따끔함도, 온몸의 둔한 통증도 눈 깜짝할 사이에 편안한 따뜻함에 씻겨 사라졌다.

잠시 눈을 감고 카오리에게 몸을 맡겼던 시즈쿠는 몸에 힘을 주어 고쳐 앉았다.

"……고마워, 카오리. 이제 괜찮아."

시즈쿠가 미소 짓자 카오리는 가슴을 쓸어내렸다.

"다행이야……. 상처가 많아서 그때가 생각나 덜컥 겁먹었어."

카오리가 말하는 『그때』란 【오르크스 대미궁】에서 하지메와 재회했을 때였다. 동료를 위해 홀로 적진으로 달려 나간 시즈쿠는 심하게 다쳤었다.

카오리는 지금 시즈쿠의 모습을 보고 서로에게 몸을 기대어 죽음을 각오했을 때를 떠올리고 만 모양이었다.

"그때에 비하면 훨씬 나아졌지? 적어도 팔이 부러지지는 않았잖아. 이 정도면 경상이야, 경상♪"

어지간히 걱정했는지 눈가를 조금 적신 카오리에게 시즈쿠는 정말로 대수롭지 않은 말투로 대답했다. 중상이라는 말은 팔이라도 하나 부러진 다음에 하라고 웃으며 말하는 여고생은 세상에 그리 많지 않으리라. 웬만한 남자보다 남자다웠다.

"시즈쿠도 참……."

그런 시즈쿠에게 카오리는 난감한 얼굴이 되었다.

어떻게 보면 이것은 시즈쿠의 나쁜 버릇이었다. 옛날부터 검술이나 검도 연습으로 다쳐도 아프다고 하지 않고 눈물을 글썽거리면서도 꾹 참는 아이였다.

그것은 타인에게 걱정을 끼치지 않기 위한 시즈쿠의 상냥한 마음에서 나온 인내심이었다. 그렇기에 이 세계에 소환된 후로 그런 경향은 더욱 뚜렷해졌고 카오리는 그 점이 못내 걱정이었다.

누구라도 좋으니 더 약한 모습을 보이고 기댔으면 좋겠다…….

하지만 그렇게 바라고 신경 쓰면 쓸수록, 걱정하면 할수록 시즈쿠는 변함없이 웃음을 짓고 말았다.

빙긋이, 눈부실 정도로 환한 웃음을…….

자기는 괜찮다는 기운찬 말과 함께…….

그 이면에 고통과 본심, 그 외에 모든 것을 눌러 넣고서…….

시즈쿠는 자주 카오리를 보며 마음의 위안을 얻는다고 하지만, 그것으로는 한참 부족했다. 특히 지금 시즈쿠에게는 턱도 없이 부족했다. 카오리는 그것을 알았다. 그래서—.

"시즈쿠. 남한테 기댈 줄도 알아야 해. 알겠어?"

"응?"

"난 시즈쿠가 기댄다면 뭐든 기쁘게 받아줄 거야."

잊지 마. 그렇게 말한 뒤 끌어안으려고 자신에게 몸을 붙이는 카오리에게 시즈쿠는 난감해했다.

카오리는 시즈쿠를 안아주고 희미한 빛을 발했다. 혼백 마법으로 마음을 회복하려는 것이었다. 지금은 그렇게 곁에서 시즈쿠를 달래주겠다고 무언으로 주장하듯이.

시즈쿠는 여전히 난감해 보였지만 왠지 눈물이 날 것 같아 그것을 참으려는 듯 카오리를 마주 끌어안았다.

하지메는 그 모습을 조금 떨어진 곳에 서서 바라보았다. 하지메의 얼굴에는 감탄한 것 같은, 혹은 재미있어하는 표정이 떠올라 있었다.

눈치 빠른 시즈쿠가 그것을 깨닫고 볼을 살포시 붉히며 하지메를 위협했다.

"……뭘 그렇게 봐? 무슨 하고 싶은 말 있어?"

"아니, 딱히? 너희는 참 사이도 좋다 싶어서."

하지메는 그런 시즈쿠의 태도도 우스웠는지 웃음을 참느라 어깨가 파르르 떨렸다.

똑같이 카오리와 시즈쿠를 바라보던 티오, 시아, 유에도 흐뭇하게 웃으며 하지메를 따라 한마디씩 거들었다.

"흠. 아름다운 우정이로고."

"그러게요~. 마음이 엄청 따뜻해져요오."

"……애인이 따로 없네."

유에의 감상을 듣고 카오리가 얼굴을 홱 돌렸다. 유에의 얼굴이 대단히 즐거워하는 표정으로 변했다. 놀리거나 장난을 떠올렸을 때와 같은 그런 얼굴이었다.

당연히 카오리가 불같이 항의했다.

"유에! 또 그런 심술부리지!"

"……카오리, 안심해. 나는 편견이 없으니까. 여자끼리 사랑할 수도 있지. 영원히 행복하길 빌게."

"그, 러, 니, 까! 이상한 소리 하지 말래도!"

정색하고 대답하는 것은 유에 안에 잠든 사디스틱한 부분을 깨우는 것이지만 카오리는 아직 그런 점을 깨닫지 못했다.

불평하면서도 시즈쿠에게서 떨어지려고 하지 않는 모습을 보면 배경에 만발한 백합도 보일 법하지만 역시 본인은 깨닫지 못했다.

유에와 카오리의 대화는 곧장 평소 같은 말싸움으로 번졌다. 사이에 낀 시즈쿠가 난처하게 눈썹을 팔자로 뜨고 말렸지만 효과는 미미했다.

"잠깐, 나구모. 웃지만 말고 말려 봐."

"뭐 어때? 다른 애들이 올 때까지 할 일도 없는데. 그보다 『그만해! 나 때문에 싸우지 마!』 같은 말이라도 해주는 게 어때?"

"……내가 무슨 우유부단 여주인공이야?"

시즈쿠가 울컥해 노려보자 그것이 더 재밌었는지 하지메는 크크 웃었다.

하지메의 반응에 더욱 불쾌하게 눈썹을 모은 시즈쿠에게 하지메는 웃음을 거두고 한 차례 헛기침했다.

"야에가시, 너는 좀 더 대충 사는 법을 배워야 해."

"뭐?"

"매사에 너무 진지하다고. 가뜩이나 속삭임 때문에 정신에 무리가 왔잖아? 그럼 이럴 때는 같이 떠들면서 기분 전환도 하고. 여기에는 네가 돌봐야 할 인간은 없으니까."

"……."

하지메의 말에 시즈쿠는 눈을 크게 떴다. 자기 자신도 잘 모르겠지만 무언가가 심금에 와 닿은 기분이 들었다. 마치 속삭임과는 정반대의 말을 들은 것 같은…….

하지메는 입을 다물어 버린 시즈쿠에게 딱히 집착하지 않고 심술궂게 입꼬리를 씩 들었다.

"정 못 하겠으면 마음 안정에 정평이 난 시아 토끼 귀라도 빌려줘? 귀여운 거라면 사족을 못 쓰는 시즈쿠 아가씨?"

"우, 웃기고 있네! 됐어! 그리고 그렇게 히죽히죽 웃지 좀 마!"

시즈쿠의 뺨이 사과처럼 새빨갛게 익었다. 과연 그것은 놀림받아 화가 나서일까, 아니면 갑자기 친근하게 이름을 불린 탓일까.

그런 시즈쿠의 반응에 하지메는 쾌활하게 웃음을 터뜨렸다.

"……뭐야, 정말."

무슨 말을 해도 소용없다고 깨달았는지 시즈쿠는 삐친 것처럼 고개를 홱 돌렸다.

그런 귀여운 반응을 보인 시즈쿠에게 양쪽에서 시선이 쏟아졌다. 어느샌가 말싸움을 그만둔 유에와 카오리였다. 빤히, 구멍이 뚫어지게 빠아안히 시즈쿠를 보고 있었다.

"왜, 왜 그래?"

덜컥 놀라 시즈쿠가 묻자 카오리는 시즈쿠의 볼을 쿡쿡 찌르며 기쁘게 말했다.

"후후. 시즈쿠, 왠지 즐거워 보여."

그리고 유에는 본심을 꿰뚫어 보려는 것 같은 눈으로 지적했다.

"……응. 하지메가 놀리는데 기뻐해."

안 그래도 빨갛던 시즈쿠의 얼굴에 열이 확 올랐다.

"아니, 즐겁지도 않고 기뻐하지도 않았어! 둘 다 놀리지 먀!"

"먀?"

"……먀먀?"

당황해 발음이 샌 시즈쿠는, 이럴 때는 찰떡궁합인 두 사람에게 놀림받고 두 손으로 얼굴을 덮어 버렸다. 쥐구멍이라도 있으면 당장 숨고 싶은 모습이었다.

유에가 팔짱을 끼고 침음을 흘렸다.

"음…… 또 늘어나?"

주어는 구태여 말하지 않았다. 카오리도 딱히 묻지 않고 그저 다 안다는 양 「글쎄~♪」라고 즐겁게 말했다.

시즈쿠는 수치심 때문에 몸을 웅크리고 포니테일을 얼굴에 감았다. 『포니테일 가드』까지 발동한 시즈쿠를 바라보는 카오리의 표정은 마치 자애로운 어머니 같았다.

그런 그때, 평화로운 분위기를 날려 버리는 섬광이 일었다.

쿵 소리를 내면서 눈안개를 날리고 하늘을 찌른 것은 순백색 마력 격류였다.

눈에 익은 그것을 보고 시즈쿠가 놀란 것도 한순간이었다. 빛의 포격이 눈안개를 통째로 삼키며 똑바로 날아왔다. —하지메를 향해서.

"나구모! 『카무이』야!"

"진정해. 괜찮아."

하지메는 당황하는 시즈쿠의 말을 가볍게 흘려 넘기고 품속에서 게이트 키를 꺼내 눈앞 공간에 찌른 뒤 돌렸다. 그러자 옆에 설치해 둔 게이트 홀과 함께 전이 게이트가 열렸다.

지면을 도려내며 빛의 격류가 밀려왔으나 하지메의 노림수대로, 어떻게 보면 최강의 방어 수단인 게이트로 인해 『카무이』의 섬광은 하지메 바로 앞에서 소실되어 게이트 홀을 통해 엉뚱한 방향으로 날아갔다.

코우키와 류타로의 공격이 하지메에게 유도된다는 것은 알고 있었기에 방어보다 확실한 『게이트로 공격 전송하기』를 택했는데 역시 그 판단이 옳았나 보다.

지금까지 대화 중에 한 번도 공격이 오지 않았던 것은 아마 아이들이 오인 사격을 겁내고 근접 공격만 사용했기 때문일 것이다.

"코우키는……."

똑바로 치솟은 순백색 빛은 코우키가 『한계 돌파』를 사용했다는 증거였다.

비장의 수단을 하나 써 버릴 만한 위기인가 싶어 시즈쿠는 걱정스럽게 일어났다. 『카무이』의 사선을 거슬러 올라갔지만 눈안개가 금새 밀도를 높여 시야를 차단하고 말았다.

"아마노가와 그 녀석, 상당히 다급한가 보군."

하지메 말이 옳을 것이다. 주특기인 『천상섬』조차 봉인하고 싸우느라 궁지에 몰린 듯했다.

상황을 타개하기 위해 서두른 결과가 지금 그 『한계 돌파』와 『카무이』였다. 지금쯤 자신의 최강기가 예상하지 못한 방향으로 날아가 얼굴이 새파래졌을 것이다.

"뭐, 아무튼 한계 돌파를 썼다면 몇 분도 안 걸려서 통과하겠지. 문제는 나머지 두 명인데."

"어? 코, 코우키는 괜찮아?"

무심히 시선을 뗀 하지메에게 시즈쿠가 조금 불안해하며 물었다.

눈은 코우키가 있을 것으로 추정되는 방향을 힐끔거리며 당장에라도 도우러 달려갈 분위기였다.

솔직히 과보호라고 해도 과언이 아니었다. 하지메는 어이없는 얼굴로 돌아보고 말을 보탰다.

"아직 『한계 돌파』 파생기가 있잖아? 그렇다면 그걸 사용할 때까지는 여유가 있다는 뜻이야. 게다가 이 대미로의 통과 조건은 한 사람당 골렘 한 마리를 해치우는 거라고. 지금 도우러 가는 건 걔도 바라지 않을걸."

"그건, 그럴지도 모르지만……."

"야, 아까도 말했지만, 너는 애들을 너무 돌보려고 해. 그러니까 『엄마 같다』는 소리를 듣는 거라고."

"누구더러 엄마래! 그런 소리 하는 사람은 너뿐이야! 하여간 못 하는 말이 없어!"

시즈쿠는 일단 하지메의 말에 납득하면서도 이어진 말에 버럭버럭 화냈다.

하지메는 그것을 보란 듯이 무시하고 이번에는 주머니에서 나침반을 꺼냈다. 바라는 것은『타니구치 스즈의 위치』였다.

"……저긴가?"

"하지메. 류타로랑 스즈는……."

"있어 봐. 지금 확인 중이야. 공격형인 사카가미보다 방어형인 타니구치가 더 고전할 거라고 보는데……."

그렇게 말하며 하지메는 나침반이 알려주는 대로 크로스 비트를 날렸다. 손에는 다른 사람에게도 잘 보이도록 보옥 형태의 수정 디스플레이를 꺼내 들었다.

크로스 비트의『원투석』이 보내는 영상은 잠시 은회색으로 물들어 있었지만 이윽고 눈안개 베일 건너편에 희미한 두 빛을 비추었다.

내려다볼 수 있는 위치로 이동한 크로스 비트가 그 빛의 정체를 전해줬다.

그것은『성절』의 빛이었다.

하나는 스즈 본인에게, 주위의 열선에서 몸을 지키기 위해서였다.

그리고 다른 하나는 프로스트 골렘에게, 결계 안에 가두어 놓은 모양이었다.

하지만 그냥 가두기만 한 것은 아니었다. 안에 있는 프로스트 골렘의 몸 전체에서 물방울이 떨어지는 점과 거구가 조금 줄어든 점을 보면 그것은 분명했다.

—쌍철선, 성절 염(焰).

불 속성 마법을 복합하여 장벽 안을 초고열로 바꾸는 결계술이었다.

프로스트 골렘도 자신의 위기를 이해했는지 필사적으로 결계를 핼버드로 때리고 있었다. 계속해서 이어진 공격으로 『성절 염』에 금이 가며 붕괴할 뻔했지만 그때마다 스즈는 결계를 덮어쓰며 버텼다.

아마 『성절 폭』으로는 화력이 부족했겠지.

그래서 생각했다. 그리고 떠올렸다.

결계 내부라는 한정된 공간이라면【빙설 동굴】의 특성을 무시하고 프로스트 골렘의 약점인 불 속성을 충분히 살릴 수 있음을…….

한 방에 처치할 수 없다면 가둬서 말려 죽인다는 발상은 자신의 기술에 대한 이해력이 뛰어난 결계사다운 훌륭한 작전이었다. 그러나 거기에도 대가는 존재했다.

"윽…… 헉, 헉, 조금만 더…… 조금만 더 있으면……."

숨이 거칠고 이마에서 폭포 같은 땀이 흘렀으며 눈동자는 흐릿해져 갔다.

최고위 결계를 동시 사용, 유지하는 초고등 기술은 스즈의 사고력과 정신력을 격심하게 마모시키는 듯했다. 펼친 쌍철선이 덜덜 떨려 당장에라도 손에서 떨어질 것 같았다. 그것이 스즈의 힘이 한계에 달했음을 무엇보다 정확하게 알려줬다.

이제는 스즈의 마력과 집중력이 프로스트 골렘의 내구력을 상회하는가의 문제였다.

이 버티기 싸움에서 먼저 나가떨어지는 쪽이 패배한다.

"안 져. 허억허억, 절대로 안 져! 무슨 일이 있어도, 누가 뭐라고 해도! 난 반드시, 에리랑 한 번 더 이야기할 거야아!"

지금 이 순간에도 속삭이는 소리가 들리고 있을 것이다.

좌절할 것 같은 마음을 함성으로 고무했다. 흐릿해진 눈동자에 다시 한 번 강한 의지의 빛이 돌아왔다. 소매로 거칠게 땀을 훔치며 자신을 질타해 다시 기합을 넣었다.

"스즈……."

"자기가 할 일을 잘 생각하고 있구먼."

스즈의 기백에 카오리가 말을 잇지 못했고 티오는 감탄했다.

"보아하니 괜찮겠군."

"그래……."

강한 모습이었다. 시즈쿠가 조금 멍해질 정도로. 하지메에게 동의하려다가도 말문이 막힐 정도로…….

스즈가 품은 결의가 얼마나 강한지 아직도 제대로 이해하지 못했었다, 지금 자신은 스즈를 걱정할 주제가 못 된다는 생각에 시즈쿠는 어쩐지 창피해졌다.

적어도 스즈는 이미 돌봐주지 않으면 잘못될 정도로 약하지 않았다. 그녀 본인이 만드는 결계처럼 견고하며 강인했다.

이래서야 과보호라는 소리를 들어도 할 말이 없었다. 그렇게 생각해 시즈쿠는 자조 섞인 웃음을 지었다.

그러나 그런 심정도 한순간에 뒤집어졌다. 크로스 비트가 다음으로 비춘 곳에는 과보호를 해도 모자랄 속 터지는 광경이 펼쳐져 있었다.

"우오오오오오오오오오오오!"

"우워어어어어어어!"

바로 류타로였다. 왠지 프로스트 골렘과 마주 서서 주먹을 주고받는 근육남이 있었다.

"오오, 맨주먹 인파이트 대결! 피가 끓네요!"

감탄한 사람은 시아뿐이었다. 그 외에는 모두 차게 식은 의문으로 머릿속이 가득했다.

왜 한 발도 움직이지 않는가.

왜 프로스트 골렘까지 무기를 버리고 맨주먹인가.

왜 서로 노 가드인가.

왜 왼쪽 뺨을 맞으면 왼쪽 뺨을 패고 오른쪽 뺨을 맞으면 오른쪽 뺨을 때리는가? 그렇게 합의라도 보고 싸우는 것인가?

"아, 맞아. 바보였지."

"아, 아니라고는 못 하겠어."

"류타로……."

마치 강변에서 싸우는 불량아들이었다. 혹시 이 싸움이 끝나면 프로스트 골렘과 우정이라도 싹트는 것은 아닐까, 하고 하지메는 무심결에 눈살을 찌푸렸다.

친구의 무식하기 짝이 없는 모습에 시즈쿠는 표정이 굳었고, 카오리는 머리를 감쌌다.

"헌데 열선에는 용케 당하지 않는구먼."

티오가 고개를 갸웃거렸다. 그 말대로 한 발도 움직이지 않는데 류타로는 신기하게도 열선에 치명상을 받지 않았다.

군데군데 얇게 스치거나 몸 곳곳에 구멍이 뚫려 만신창이인 점에는 변함이 없으나, 머리나 심장 같은 급소만은 당하지 않았다.

아마도 희미하게 마력을 두른 것을 보아 『금강』으로 목숨을 부지하는 것이겠지만, 류타로 본인이 열선을 피하면서 어떻게 프로스트 골렘을 쓰러뜨리냐며 일찌감치 회피를 포기한 것은 틀림없었다.

몇 번이나 공격받건 자기가 쓰러지기 전에 해치우면 된다! 아마 그렇게 생각했겠지.

"프로스트 골렘도 이미 오래 버티진 못하겠군. 사카가미의 상태를 보면 이기기야 하겠지만…… 카오리, 그래도 친구니까 잘 치료해줘."

"고통만 남기는 회복 마법이 있었던가?"

눈에 웃음기가 없는 카오리는 참으로 무서웠다. 게다가 하는 말도 무서웠다.

감히 예상컨대 류타로는 만신창이인 몸을 치료받으면서 마음이 만신창이가 되어 가리라.

그로부터 몇 분 후—.

처음으로 코우키가 프로스트 골렘을 해치웠는지 『한계 돌파』의 부작용으로 인한 심한 권태감을 견디며 성검을 지팡이 삼아 눈안개 터널을 지나왔다.

이어서 스즈가 통과해 코우키와 마찬가지로 비틀거리며 걸어왔다. 당장에라도 쓰러질 것 같아 시즈쿠가 급히 어깨를 부축했다.

류타로는 마지막이었다. 그리고 최후를 맞으려고 하고 있었다.

아무리 봐도 위험한 양의 피바다에 가라앉은 채 만족스러운 얼굴로 기절해 있었다. 터널로 들어오지도 않은 상태라서 열선이 바로 옆을 스치고 지나갔다.

"어떡해, 류타로!"

카오리가 부리나케 달려갔다. 열선 한 줄기가 바닥에 상처를 내며 류타로의 목을 향해 똑바로 오고 있었다. 목이 댕강 날아갈 위기였다.

하지메는 한숨 쉬면서도 크로스 비트에 『금강』을 써서 열선을 막았다.

마안석을 통해 근접 거리에서 보인 류타로의 태평한 얼굴…… 가벼운 살의가 치밀었다.

"샷 건으로 한 방 먹이면 좀 나아지려나?"

"나구모?!"

살짝 진심으로 쏴 버릴까 하고 총구를 들이밀어 봤다.

이마에 핏줄을 세운 하지메를 보고 시즈쿠가 허둥대는 도중 마침 카오리가 끼어든 터라 하지메는 간신히 흉흉한 생각을 접었다.

카오리는 류타로의 다리를 잡고 질질 끌면서 터널을 달렸다. 동시 진행으로 치유 마법을 걸고 있나 보지만, 류타로의 뒤통수가 바닥에 쿵쿵 부딪치며 튀어 오르는데도 전혀 개의치 않는 것을 보면 카오리의 심정도 대강 알 만했다.

"……응? 하지메, 태양이 사라졌어."

"오? 그렇다면 이걸로 시련은 종료됐다고 보면 되나?"

유에가 소매를 잡아당기며 손으로 가리키는 곳을 보자 머리 위에 있던 빛이 사라져 있었다.

동시에 열선도 사라졌고 다이아몬드 더스트를 일으키던 얼음 조각도 녹듯이 사라져 갔다. 눈안개 또한 환풍기라도 돌린 것처럼 공중에서 증발했다.

그리고 약간의 시간을 두고 하지메의 말을 긍정하듯 문이 찬란히 빛나기 시작했다.

의외로 문은 열리지 않고 그 자체가 빛의 막으로 변했다.

"아무래도 이 빛의 막이 출구 같군."

"……게이트랑 닮았어. 전이형 출구?"

"그다지 좋은 예감은 안 드네요."

"시아, 언제 대미궁에서 좋은 예감이 든 적이 있느냐?"

"아하하, 그것도 그러네요. 정신 공격은 귀찮기 짝이 없으니까 이제 그만했으면 좋겠는데…… 분명 아직 더 남았겠죠. 에효."

시아의 토끼 귀가 우울함을 드러내듯 축 처졌다.

물리 공격이라면 빠르게 버그 캐릭터가 되어 가는 시아의 적수가 되지 못하지만 서서히 무의식 영역에 간섭하는 정신 공격은 목에 가시가 박힌 것처럼 귀찮았다. 은근히 신경을 긁기 때문이었다.

"코우키도 스즈도 이쪽으로 모여! 한 번에 치료할게!"

카오리가 류타로를 끌고 돌아왔을 때, 코우키와 스즈는 이미 문에 도착해 앉아 있었다. 극도의 피로감을 내보이며 카오리의 말에도 바로 반응하지 못할 정도였다.

말도 없이 기어서 오는 코우키의 모습은 제법 으스스했다. 스즈는 스즈대로 애초에 일어설 생각이 없는지 데굴데굴 굴러왔다.

"……나구모…… 내 공격 때문에…… 미안해."

코우키가 우울한 표정으로 사과했다. 피로 때문만이 아니더라도 시련을 달성한 기쁨은 손톱만큼도 느껴지지 않았다. 목소리에도 오싹할 정도로 생기가 없었고 단어를 단편적으로 흘리는 것 같은 말투였다.

"눈치 보지 말라고 했잖아. 그렇게 애먹을 바에야 처음부터 하지 그랬어?"

"……그랬지. 내 『카무이』가 날아왔을 텐데 너한테는 흙먼지도 안 묻었어. 무슨 짓을 해도, 너한테는 아무 위험도 못 되겠지. 그러니까, 나는……."

코우키의 시선이 하지메에게 고정됐다. 검고 빛이 없는 눈동자였다.

그런데도 뻣뻣한 웃음이 떠올라 있었다. 상처는커녕 피로감조차 보이지 않는 하지메와 자신을 비교해 자조하는 것이겠지만 단순히 그게 전부가 아닌 듯한, 뭔가 몹시 위태로운 느낌을 풍기는 웃음이었다.

"코우키, 괜찮아? 너 조금 이상해. 『한계 돌파』 부작용 때문에 그렇게 힘들어? 잠깐 누울래?"

"……."

시즈쿠는 뭔가 치명적인 것을 놓치고 있는 느낌이 들어 깊은 근심을 품은 목소리로 말을 걸었다. 누우려면 무릎을 베라는 듯 자기 무릎을 탁탁 쳤다.

하지만 정작 코우키는 그런 시즈쿠를 힐끗 보고는…… 왠지 두려워하는 눈길을 보냈다.

그것은 정말로 한순간에 불과했고, 코우키가 바로 눈을 돌렸기 때문에 착각이었는지도 몰랐다. 코우키가 시즈쿠를 두려워할 이유가 있을 리 없으니까.

"……아니. 됐어, 시즈쿠."

"그, 그래?"

하지만 고개를 저으며 눈을 감은 코우키에게서는 지금까지와는 다른 강한 거절의 의사가 느껴졌다.

책상다리를 하고 앉아 움직이지 않는 코우키는 마치 얼음덩어리가 된 것처럼 스스로 마음속부터 차갑게 얼려 가는 것 같았다.

시즈쿠는 말을 잃고 당황하여 눈을 굴렸다. 분명 회복에 집중하는 것뿐이다…… 시즈쿠는 그렇게 스스로 마음을 타이르고 물러났다.

그런 코우키에게 하지메는 힐끔 눈길을 돌렸다.

조금 전 코우키가 눈을 감기 직전에 보인 눈. 아마 하지메만 눈치챈 그것은 얼음처럼 차갑게 얼어붙은 증오…….

"귀찮은 콘셉트군."

하지메는 자기도 모르게 쓴웃음 지었다.

다른 동료들이 왜 그러냐며 물었지만 아무것도 아니라면서 고개만 저었다.

이것만은 코우키 본인이 어떻게든 결론을 내야만 하는 문제이고, 그 대상은 하지메였다. 다른 사람에게 전한들 해결될 문제가 아니었다.

그러고 얼마 후 카오리의 치료가 끝났다.

"여기서 잠깐 쉬기, 앞으로 가기, 어느 쪽이 좋아?"

"앞으로 가자."

의견을 모으려던 하지메에게 즉각 답한 사람은 코우키였다. 하지메 쪽으로 돌아서서 유난히 강한 어조로, 하지만 시선은 묘하게 돌린 채로…….

하지메는 어깨를 으쓱이고 다른 일행을 돌아봤다.

속삭임이 들리는 이곳에 더 있고 싶지 않은지 반대하는 사람은 아무도 없었다.

"그래? 그럼 가자."

하지메의 말과 함께 일행은 빛나는 문으로 뛰어들었다.

제4장 ◆ 진실한 마음

시야를 물들인 빛이 수그러든 가운데 하지메는 주위에서 기운이 사라진 것을 깨달았다.

"……분단됐나? 예상은 했었지만."

그러나 실제로 그렇게 되자 혀라도 차지 않으면 화가 안 풀렸다. 하지메는 미간에 주름을 잡고 주위를 돌아봤다.

"외길이군."

폭과 높이가 2미터인 얼음 거울로 된 통로였다. 퇴로는 없었다. 전이한 문은 빛을 잃어 이제는 단순한 얼음 거울만 남아 있었다.

어깨 너머로 돌아본 자신과 눈이 맞았다. 하지메는 머리를 흔들고 다시 앞을 보았다. 똑바로 뻗은, 어떻게 보나 한 사람이 지나갈 크기인 좁다란 길을 걸었다.

상하좌우에 몇 중으로 겹쳐 보이는 모습들이 자신의 행동을 따라 움직였다.

타박타박, 묘하게 발소리가 울렸다. 발소리를 없애는 보법은 진작 마스터한 하지메건만 그것이 별 의미가 없었다. 바닥을 밟을 때마다 마치 물방울이 물을 흔드는 것처럼 파문이 퍼지는 느낌마저 들었다.

그 파문은 단순한 소리의 파도가 아니었다. 신기한 감각이지만 하지메는 어쩐지 마음이 발하는 소리 같다고 생각했다.

한 걸음 디딜 때마다 자문자답하라고 말하는 것 같은, 그런 기분이 들었다.

마음이 울렁거리는 것 같기도, 반대로 조용해지는 것 같기도 한 기묘한 감각을 맛보며 10분쯤 걸었을까.

갈림길 없는 일직선 통로 앞에 거대한 얼음 기둥이 보였다.

큰 방 중앙에 하늘과 땅을 잇듯 우뚝 솟은 기둥이었다. 바닥도 천장도 끝부분이 넓어지는 부채꼴 모양이고 그것이 뿌리를 내리고 가지를 뻗은 것처럼도 보였다. 마치 얼음으로 된 거목 같다고 하지메는 속으로 중얼거렸다.

"다른 통로는…… 없어."

그렇게 혼잣말하며 얼음 나무로 걸어갔다.

그 나무도 얼음 거울로 이루어져 있었다. 직경이 넓어 원주형인데도 하지메의 모습이 왜곡되지 않고 비쳤다.

하지메가 다가가자 서서히 그 모습이 크고 선명하게 바뀌는 상황은 마치 거울 안쪽 세계에서 다른 한 명의 하지메가 다가오는 것 같았다.

닿을 수 있는 위치까지 다가간 하지메는 빤히 얼음 나무에 비친 자신의 모습을 바라봤다.

백발에 안대, 검은 코트를 입고 한 손은 의수. 어찌 이리도 완벽한 중2병 스타일인가.

하지메가 털썩 무릎 꿇었다.

"……망했어. 새삼스럽게 보니까 너무 심각해. 내 모습에 이런 충격을 받다니……."

사실은 평소에 거울을 잘 보지 않는 데다가(자고 일어난 후 머리는 하지메를 돕기 좋아하는 유에가 고쳐준다) 이 얼음 거울 미로에 들어온 후로는 항상 경계하느라 자기 모습에 크게 개의치 않았다.

그래서 이렇게 홀로 남아 조용한 공간에서 유심히 바라보자 새삼스럽게 자기 스타일을 객관적으로 의식하게 됐다. ……마음 깊은 곳에 봉인한 흑역사가 「나 불렀어?」라며 고개를 내밀어 은근히 정신적 대미지를 받았다.

여행 도중에 일일이 머리를 염색하려면 귀찮고 안대가 없으면 마안석은 푸르스름하게 발광하며 검은 코트는 유에가 직접 만들어준 옷이라서 불평을 토로할 수 없거니와 의수도 한쪽 팔이 없는 마당에 빼고 다닐 수 없고……. 하지메는 그렇게 마음속으로 주절주절 변명했다. 어떻게 보면 대미궁 공략 중에 가장 큰 타격을 받은 순간일지도 몰랐다.

바닥에 엎드리고 고개를 떨군, 아이들이 보면 틱이 빠지지나 않을까 싶은 진귀한 모습을 보인 하지메는 떨리는 목소리로 중얼거렸다.

"속삭임이 하는 말이 맞았어. 원래 세계에 내가 있을 곳은 없을지도 몰라."

일본 사회적 풍토상 「엄마, 저 사람……」, 「쉿, 보면 안 돼!」라는 소리를 듣기 십상이니까.

아마도, 아니, 틀림없이 속삭임은 그것을 말하고 싶었던 게 아닐 것이다. 핀트가 어긋나도 단단히 어긋났다.

그것을 증명하듯 갑자기 몇 시간 사이에 익숙해진 목소리가 들렸다.

『누가 그런 소리를 했다고?』

“……역시 나왔군.”

하지메는 눈을 살며시 찌푸리고 얼굴을 들었다.

그곳에는 **하지메를 내려다보는 하지메**가 있었다.

하지메가 엎드려 있는데도 불구하고 얼음 나무에 비친 하지메는 여전히 서 있었다.

『역시 당황하지 않는군. 예상대로야. **나**.』

“그야 그렇지. 이 대미궁의 콘셉트는 대충 짐작이 가. 거기다 아마노가와의 증언을 고려하면 언젠가 이런 사태가 벌어질 줄 알았지.”

거울 속 자신이 말을 거는데 하지메는 아무런 동요도 없었다.

그런 하지메를 보고 거울 속 하지메가 입을 이죽거리며 웃었다.

『물어나 보자, 콘셉트가 뭔지.』

“넌 나잖아? 그럼 안 물어도 알 거야.”

『아니, 난 분명히 너지만, 그렇다고 전부는 아니야. 그것도 예상했을 텐데?』

하지메는 그것도 그렇다며 고개를 끄덕였다.

거울 속 하지메. 하지메의 허상. 이것에 가까운 존재라면 이미 【하르치나 대미궁】에서 경험했다. 정확히는 다른 동료들이지만, 아마 대미궁이 본인들의 정보를 읽어 실물과 똑같은 가

짜를 만들어 낸 것이다.

『전부는 아니다』라는 허상의 말이 그것을 뒷받침했다. 즉, 하지메의 허상은 어디까지나 대미궁의 시련이었다. 그러니까 진짜를 모방했어도 **답을 맞출 필요**가 있었다.

하지메는 일어나면서 귀찮게 해답을 말했다.

"……이 대미궁의 콘셉트는 『자기 자신에게 이기는 것』. 자신의 부정적인 면, 눈을 돌리고 싶은 더러운 마음, 현실 도피, 모순된 감정…… 그런 것들에 이길 수 있느냐 없느냐."

하지메는 살짝 시선을 위로 들었다. 얼음 천장이 있을 뿐이지만 그 눈은 더 위쪽, 하늘 위 세계를 보는 듯했다.

"강한 힘이 있어도 마음이 약하면 의미가 없어. ……아마도 신에게 그 부분을 이용당하지 않기 위한 시련이겠지."

『역시 나야. 정확하게 맞췄어.』

거울 속 하지메가 과장스러운 몸짓으로 짝짝 박수쳤다. 그에 비해 하지메는 열 받는 낯짝이라고 생각하며 심한 짜증을 느꼈다. 그야말로 제 얼굴에 침 뱉기였다.

그러나 그 열 받는 낯짝은 박수가 멈춤과 동시에 표변했다. 눈이 검붉은 빛을 내고 머리가 검게 물들어 갔다. 검은 코트나 의수, 다른 장비는 반대로 하얗게 탈색하여 피부는 마인족처럼 갈색으로 변했다.

색 반전. 그런 표현이 어울리는 현상이 일어나자 하지메는 경계심에 한 발자국 뒤로 물러나…….

그 찰나— 두 발의 격발음이 울렸다.

뽑는 손이 보이지 않았고 살기조차 없다. 물이 높은 곳에서 낮은 곳으로 흐르듯 자연스럽게 하지메와 허상이 동시에 신속의 속사를 가한 것이었다.

하지메의 검은 돈나가 선명한 붉은 섬광을 뿜었다.

허상의 흰 돈나가 그 색에 반해 진흙처럼 시커먼 섬광을 뿜었다.

얼음 나무에서 검은 스파크를 두른 탄환이 현실 세계로 튀어 나왔다.

거울처럼 동일하게 발사된 총알은 필연적으로 공중에서 격돌해 서로를 튕겨 내며 지면에 박혔다.

그 보고도 믿어지지 않는 현상은 한 치의 오차도 없이 동일한 양측의 움직임, 그리고 성질 탓이었다.

『한 발 물러난다』는 『회피』의 동작을 보이면서 몸은 상대를 확실하게 죽이고자 무의식 수준으로 움직인다. 망설임 따위 눈곱만큼도 없는 너무나도 조용하고 확고한 살의.

『하하, 역시 알겠지? 어떤 타이밍에 어떤 생각으로 어떤 기술로 적을 죽일지.』

히죽거리며 신경 거슬리게 웃는 허상이 얼음 거울 세계에서 걸음을 내디뎠다. 파문이 퍼지며 얼음 나무에서 배어 나오듯 현실 세계에 나타났다.

그리고 흰 왼팔 의수로 흰 슈라크를 뽑고 돈나와 함께 들었다. 오른발을 빼고 자세를 가볍게 낮춰 가슴 앞에 돈나를, 그리고 의수 팔꿈치를 내밀며 슈라크를 배 앞에 두었다. 정면을

돈나와 의수에 장착된 샷 건으로 노리며 슈라크로 후방을 커버하는 독자적인 자세였다.

그것은 하지메식 건 카타를 그대로 모방한 자세였다.

하지메는 무언으로 같은 자세를 잡았다.

백발 하지메와 허상인 흑발 하지메가 현실 세계에서 대치했다.

공간이 소리 내며 진동한다. 고통으로 비명 지르듯이. 두 사람이 해방한 비인간적 살의와 거대 폭포의 수압 같은 압박감으로…….

역시 대미궁의 재현은 우수했다. 원리는 모르겠지만 허상이 가진 모든 것이 실물과 비교해 손색이 없었다. 압박감도, 아티팩트도…….

보통 사람이라면 확실하게 발광할 그 이공간에서 허상이 입을 찢고 웃었다.

『나구모 하지메. 너는 너에게 이길 수 있을까?』

그 찰나, 무시무시한 굉음이 울려 퍼졌다.

그것은 단순히 두 사람이 땅을 박차 돌진한 소리이자 순식간에 소환한 크로스 비트 두 기의 일제 포격에서 난 소리며, 총을 쏘는 척하면서 서로에게 돌려차기를 먹인 소리이기도 했다.

돌려차기로 전환한 이유는 총알을 회피한 뒤에 공격을 가하기 위해서였다. 하지메의 계획대로 『순광』으로 증대된 지각이 밀집 방진의 창처럼 몸 옆을 스쳐 지나가는 총알을 보았다. 그러나 그것은 상대도 마찬가지. 한 발도 명중하지 않았다.

서로 발차기의 충격으로 날아갈 뻔한 몸을 퍼뜩 신발 뒷굽에 연성한 스파이크를 사용해 강제로 멈췄다.

순식간에 다음 행동을 개시했다. 스파이크를 기점으로 반회전하여 돈나의 총구를 상대에게 든다.

철커덕, 하고 금속끼리 부딪치는 소리가 울렸다. 그곳을 보자 허상도 반대 방향으로 반회전해 돈나를 들었는지 총구가 정확하게 맞닿았다.

무슨 행동을 해도 거울 같이 똑같다. 그렇기에 그 입에서 나오는 말도—.

"죽어."

『죽어.』

완전히 똑같았다. 주저 없이 방아쇠를 당겨 파열음이 울렸다. 동시에 서로의 돈나가 어마어마한 힘에 튕겨 날아갔다. 그 사이에 역시 빗겨 나간 두 발의 총알이 함께 바닥에 떨어졌다.

그것을 의식하지도 않고 다음 순간에는 옆구리 아래로 든 두 슈라크가 불을 뿜었다.

근접 거리에서 쏜 붉은 섬광과 검은 섬광은 두 사람의 딱 중간 지점에서 정면충돌했고 거기서 생긴 충격파로 공간이 비명을 질렀다.

그 충격조차 이용해 진짜와 허상은 상단 돌려차기를 날렸다.

쿵! 인체와 인체가 부딪쳤다고는 생각하기 힘든 어처구니없는 충격음이 나는가 싶더니, 그 다리는 각도를 바꿔 깔끔한 중단 차기로 변화했다.

다시 금속이 서로 부딪치는 소리가 울렸다. 그 직후, 허상이

씩 웃었다. 마치 장난은 여기까지라고 선언하듯이……. 실제로 거울 같은 연무(演武)는 막을 내렸다.

하지메의 돈나가 허상의 머리를 조준했고 방아쇠가 당겨졌다. 그러나 그 직전, 허상은 슈라크를 든 왼손으로 돈나를 밀쳐 사선에서 벗어났다.

붉은 섬광이 허상의 관자놀이를 스치는 와중, 이번에는 허상의 흰 돈나가 하지메의 머리에 죽음을 토했다.

그것을 알고 있었던 것처럼 고개를 기울이는 동작만으로 회피했다. 흑색 섬광의 창에는 눈길도 주지 않고 슈라크로 허상의 다리를 노린다.

허상은 회전하며 슈라크를 쳐 내고 대신 다시 잡은 돈나로 하지메의 심장을 노렸다. 그러나 역시 발포 직전에 팔꿈치에 맞고 튕겨 검은 사선은 엉뚱한 방향으로 날아갔다.

근거리에서 마치 격투라도 하듯이 상대의 팔을 걷어 내고, 쳐 내고, 또 들어 올렸다.

서로의 사선에서 종이 한 장 차이로 벗어나거나 사선을 틀었다. 찰나의 순간을 포착해 정면에 선 적에게 죽음을 때려 박고자 한없이 속도를 올리지만, 흑색과 홍색 섬광은 상대를 붙잡지 못하고 허무하게 뒤쪽으로 지나가 버렸다.

크로스 비트로 사각에서 다방면 공격도 시도해 봤지만 역시 결과는『꽝』. 운이 좋아 봐야 상쇄였다.

초고속, 초고등 근접 총 격투라는 폭풍 속에 몸을 던진 와중에 문득 허상이 입을 열었다.

『강한데. 정말로 강해. 인간이 가질 수 있는 힘이 아니야. 안 그래? 나.』

“뭐라는 거야?”

총격인 척하며 들이민 돈나에서 『바람의 손톱』이 뻗어 서로의 볼을 얕게 할퀴었다. 공중으로 튀는 선혈 사이에서 허상이 비웃는 얼굴이 드러났다.

『괴물 같은 힘, 피로 더러워진 두 손, 살생을 주저하지 않는 마음…… 나(너)의 가족은 지금 너를 보고 어떻게 생각할까?』

“……하고 싶은 말이 뭐야?”

두 사람 동시에 건 스핀으로 공중 리로드.

하지메는 장전이 완료되는 짧은 시간에 『연성』으로 바닥을 무너뜨리려고 했다.

하지만 바닥에 붉은 스파크가 튐과 동시에 처음부터 알고 있었던 것처럼 검은 스파크가 튀어 『연성』을 저지했다.

『고향으로 돌아가고 싶다. 그게 나(너)의 근본적 소원인데…… 정말로 네가 그 고향에 있을 수 있을 거 같아?』

“……”

『그 세계는, 특히 일본이라는 나라는 살인에 관대하지 않아. 심지어 괴물을 누가 받아들여주지? 아버지인가? 어머니인가? 행방불명 됐던 아들이 겨우 돌아왔는데 살인을 밥 먹듯 하는 괴물로 전락해 있다. 정말로 충격일 거야. 「정말로 이게 우리 아들이라고?」라면서!』

그건 언어의 총알이었다. 마음을 꿰뚫으려고 하는 악마 같고 파괴적인 총알.

막을 방도가 없는 그것을 맞은 하지메는 말도 표정도 없었다.

그저 몸만은 멈추지 않고 움직이며 보물고에서 소환한 대량의 수류탄에『전기 두르기』의 스파크까지 합쳐 공중 점화했다.

바닥에 흩뿌린 자폭 공격을, 허상은 비웃었다.

하지메가 홍색 빛을 둘렀다. 허상이 칠흑색 빛을 둘렀다. 그것은 동시에 발동한『금강』의 빛.

직후, 공간 전체가 절규했다.

그렇게 착각할 정도의 폭음과 충격파였다. 폭염의 붉은빛이 눈부시게 공간을 비추고 폭심지에 크레이터가 만들어졌다.

그 폭염을 훅 뚫고 두 그림자가 서로 반대 반향으로 튀어나왔다. 동시에 땅을 미끄러지며 오르칸을 꺼내 즉석에서 열두 발을 전탄 발사했다.

양자 중간 지점에서 파괴와 굉음이 확산됐다. 상쇄된 미사일들이 만든 충격은 어마어마해 바닥은 말할 것도 없거니와 천장까지 피해를 입혀 거대한 균열을 만들었다.

총알과 달리 정밀한 사격과는 거리가 먼 물건이라서 절반은 표적을 향해 화선을 그렸다. 그것을 오싹할 만큼 정밀한 사격으로 한 발도 남김없이 격추한다.

한 호흡 후, 아무 일도 없었던 것처럼 태연한 목소리가 메아리쳤다.

『사실은 무섭잖아? 돌아갈 곳은 이미 옛날에 사라졌다는 게! 고향과 가족에게 거절당하는 게! 무섭잖아?!』

“쉬지도 않고 떠드는군.”

무대에 선 배우처럼 허상은 오르칸과 돈나를 든 채 양팔을 크게 벌려 떠벌렸다. 하지메의 숨겨진 본심을 폭로하는 것이 참을 수 없이 즐거운지 말에는 점점 감정이 실렸다. 비례해서 말의 예리함도 더해 가는 것 같았다.

하지메는 눈썹을 찌푸리고 보물고에서 소환한 원월륜을 날렸다.

『그러니까 넌 하타야마 아이코의 말을 무시하지 못한 거야. 귀환한 다음의 삶을 지적당해 마음이 흔들렸지. 하타야마 아이코를 은사라고 생각하는 건 마음 깊은 곳에서 풀리지 않던 우려에 사소하나마 하나의 대답을 줬기 때문이지. 안 그래?!』

“…….”

무언은 긍정의 증거인가.

허상의 조소는 더 짙어졌고 하지메와 똑같이 원월륜을 꺼냈다. 그것을 대수롭지 않게 던지자 하지메의 원월륜과 공중에서 충돌해 허무하게 상쇄됐다.

하지메는 수중에 있는 원월륜에 총알을 쏟아부어 고리 안쪽 게이트를 통해 공간 도약 사격이라는 묘기를 실행했다. 허상이 튕겨 낸 원월륜에서 쏟아진 총알이 소름 돋는 정밀도로 허상을 강습했다.

그러나 이번에도 역시나 허상은 태연했다. 똑같이 수중에 있는 원월륜에 총알을 쏴 공중으로 날린 다른 쪽 원월륜에서 공간 도약 사격에 맞수를 놓았다.

마치 무슨 짓을 해도 소용없다고 알려주듯이…….

허상은 그대로 여유로운 태도를 보이며 하지메에게 고통을 주려는 것처럼 계속 쏘아붙였다.

『하지만 「쓸쓸한 삶」을 살지 않게 되어도 네가 피투성이 괴물이란 사실에는 변함이 없어. 저쪽 세계도 가족도 너를 받아들일 리 없지!』

"……."

『처음 사람을 죽였을 때 너는 아무 느낌도 없다고 말했어. 하지만 그게 거짓말이란 걸 내가 알아! 죄책감은 없어도 너는 분명히 느꼈지! 공포를! 자각하지 못해도 너는 『부모님이 아는 나구모 하지메』에서 벗어났다는 걸 마음속 깊은 곳에서 두려워했어!』

하지메가 미간을 모으고 미세하게 반응이 늦어졌다. 그 순간, 원월륜에서 나온 검은 섬광이 하지메의 오른쪽 어깨를 얕게 도려냈다.

작은 상처였다. 큰 문제가 아니었다. 하지만 전투가 개시된 후 처음으로 **하지메만 입은 상처**였다.

그것을 보고 허상은 몰아치듯 말의 방아쇠를 당겼다. 보이지 않고 마음에 박히는 총알로 하지메의 마음을 벌집으로 만들려는 요량으로…….

『유에가 있어서 천만다행이지? 『유에만 있으면』— 그렇게 말하면 다른 모든 것에 거절당해도 매달릴 곳이 있으니까.』

어깻죽지의 상처에는 관심도 주지 않고 하지메는 냉철한 눈초리를 허상에게서 떼지 않았다.

표정이 없고 반론도 없어 감정을 잃은 것처럼 식어 가는 눈동자는 과연 하지메의 분노 때문일까. 아니면 강철의 의지를 무너뜨리지 않기 위함일까.

조용하고 차가운, 밤공기 같은 분위기를 풍기는 하지메를 보고 허상은 후자라고 판단한 모양이었다.

하지메의 다른 하나의 근간인『가장 사랑하는 이』마저 무너뜨리고자 언어의 총알을 장전하고 파고들었다. 다시 근접 거리에서 격렬한 공방이 펼쳐졌다.

『유에를 사랑해? 진심으로? 한 점 망설임 없이? 아니야, 그게 아니지.』

악의와 모욕으로 가득 채운 말. 그것이 눈에 보이지 않는 총알이 되어 가차 없이 발사됐다.

『─단순한 의존이야.』

새빨간 선혈이 튀었다. 검은 섬광이 하지메의 목을 찢었다.

가까스로 치명상은 면했다. 그러나 몇 밀리미터만 더 깊었어도 피 분수가 주변을 적셨을 것이다. 그래도 표정이 변하지 않는 하지메는 이미 마음이 다른 곳에 가 있는 것인가…….

하지메의 행동이 굼떴다. 평소의 기민함이 없었다. 허상을 상대로 약간 뒤떨어지기 시작했다.

허상은 웃었다. 진심으로 웃었다. 실망한 것처럼…….

『거절당했을 때 자기 마음을 지키기 위한 존재. 네가 애정이라고 착각한 감정의 대부분은 단순한 안심감. 그래, 유에는 너에게 그냥 보험에 불과해.』

하지메가 겨눈 돈나가 가볍게 위로 튕겨 올라갔다.

텅 빈 가슴에 허상이 흰 슈라크를 찔렀다.

고향으로 돌아가겠다는 바람.

유에에 대한 애정.

하지메의 근간을 이룬 마음을 무자비하게 찌른 허상은 마지막 일격을 가하려고 했다.

자신에게도 이길 수 없다면 지금 이곳에서 악의의 바다에 가라앉아 버리라고—.

방아쇠가, 당겨졌다.

하지메의 새끼손가락에 걸린 방아쇠가.

『—큭?!』

붉은 섬광이 운석처럼 떨어졌다. 슈라크를 가진 허상의 의수가 꿰뚫려 떨어져 나갔다. 하지메는 팔이 튕겨 올라간 순간 돈나를 거꾸로 들고 손목 각도와 새끼손가락으로 조준, 발포한 것이었다.

그런 사실은 알 리 만무한 허상은 숨 쉬는 것도 잊고 눈만 크게 뜰 뿐이었다. 당연히 사태를 파악할 여유는 주어지지 않았다.

방금 돈나와 함께 팔이 맥없이 튕겨 나간 이유는 뭐였는가 싶을 정도로 순식간에 태세를 정비한 하지메가 미끄러지듯 간격을 좁혔다.

그 직후 발생한 지진에 버금가는 발 구르기는 그야말로 진각이 따로 없었다. 그 힘을 받아 내지른 의수의 엘보 어택은 말 그대로 살인적 파괴력을 보유했다. 더불어—.

『커헉?!』

작렬 슬러그 탄을 이용한 유사 촌경까지 합쳐지면 그 누구라도 버틸 재간이 없었다.

예상대로 허상은 피를 토하며 대포처럼 튕겨 날아갔다.

흡사 팔극권의 이문정주 같은 공격에서 자세를 푼 하지메는 다시 고쳐 든 돈나로 어깨를 툭툭 치며 이제야 마침내 감정을 드러냈다.

한쪽 눈을 찌푸리고 이마에 뚜렷한 핏대를 세운 모습은 거의 야쿠자였다.

"시련의 성질상 어쩔 수 없겠지만…… 싸움 중에 말이 너무 많아. 입을 놀릴 여유가 있으면 죽일 방법이나 하나 더 생각해. 나답지 않게 말이야."

화가 난 이유는 아무래도 자신을 모방한 주제에 싸우는 법이 한심해서였나 보다.

얼음 나무에 등을 부딪친 허상이 당황스러운 감정을 그대로 드러내며 일어났다.

다리에 제대로 힘이 들어가지 않는 듯했다. 반사적으로 『금강』을 써서 피해를 다소 경감했나 보지만, 의수는 일부 파손되고 복부도 무사하다고는 도저히 말하기 힘든 상황이었다.

『……내 말은, 네 마음의 소리. 지레짐작으로 떠드는 헛소리가 아니란 건 너도 알 거다. 왜 태연하지? 마음이 얼어붙지 않았나?』

"그래, 뭐, 귀가 따갑긴 했지. 내 마음 깊은 곳에 있는 마음을 들춰낸다는 건 마치 흑역사를 기록한 노트를 낭독하는 것 같은 고통이었어."

가볍게 웃으며 그런 소리를 하는 하지메에게 허상은 더욱 당황했다.

『그럼 왜 그렇게 웃을 수 있지?』

"당연하잖아. 굳이 너한테 안 들어도 잘 아니까."

잠깐의 정적. 하지메는 자기 안에 있는 무언가를 확인하듯 말을 멈추고 조용히 입을 뗐다.

"네 말대로 나는 진심으로 돌아가길 바라면서 그와 같은 수준으로 두려워하고 있어. 선생님의 말이 내 마음을 편하게 해주기도 했지만 그 공포를 줄여줄 정도가 아니었던 것도 사실이야. 그리고 바라는 결과를 이루지 못해도 유에가 있다…… 그렇게 생각하는 것도 맞아."

『그렇다면 왜 동요하지 않지? 인간은 자신의 추하고 더러운 부분을 직시할 수 없는 동물이다. 숨김없이 폭로되면 그것만으로 눈을 감고 귀를 막고 웅크려서 움직이지 못하지. 그래도 억지로 직면시키면 망가져 버리는 그런 동물이다.』

하지메는 허상의 말을 듣고 큭큭 웃었다.

"어디서 많이 듣던 이야기군. 나라면서 왜 이렇게 진지해? 응?"

『…….』

얼버무리는 분위기 없이 대미궁의 시련으로서의 의지가 강하게 표출된 허상이 올곧은 눈빛으로 하지메를 응시했다. 하지메는 어깨를 으쓱이고 답했다.

"만약 그게 인간의 정의라면, 그래, 나는 이미 인간이 아니겠지. 정말로 나락에서 태어난 괴물일지도 몰라."

『괴물이라……. 하지만—.』

대답을 곱씹은 허상은 무슨 말을 하려고 했다. 그러나 하지메의 눈동자를 보고 말을 삼켰다.

무서울 만큼 강하게 빛나고 있었다. 그런데 마치 잔잔한 수면처럼 고요했다.

하지메는 그 눈동자 같은 음성으로 말을 이었다.

"거절당할지도 몰라. 고향에 내가 있을 곳이 없을지 몰라. 하지만, 그래도— 나는 앞으로 가겠어."

『자기 마음을 못 본 척하고 가겠다고?』

"자기 마음을 못 본 척하고 올 수 있을 만큼 쉬운 길이었냐?"

힘들게 짜낸 반론은 쉽게도 일축당했다. 허상도 하지메의 기억을 알기에 입을 다물 수밖에 없었다.

"언제나 그랬어. 고민을 해결할 때까지 못 움직이겠다는 태평한 소리를 할 기회가 나에게 있었나? 고민이 있든 공포를 느끼든, 언제나 결의를 무기로 밀어붙여 왔잖아?"

그 말이 맞았다. 나구모 하지메란 그런 존재였다.

자신의 고민이나 부정적인 부분과 정면으로 마주해 성찰하는 성실함은 나락에 버리고 왔다.

대신 얻은 것은 자기 마음을 버려서라도 모든 것을 뛰어넘겠다는 차갑게 벼른 강철의 의지였다.

그것은 단순한 뻔뻔함일지도 몰랐다. 칭찬받을 만한 일은 아니다. 그러나 그렇기에 하지메는 강했다. 강하니까 일직선으로 모든 장애물을 뛰어넘어 여기까지 왔다.

그 사실이, 걸어 온 발자취의 무게가, 눈에 보이지 않는 압박이 되어 허상을 덮었다. 허상은 숨을 삼키고 무심결에 한 걸음 물러났다. 하지메는 웃으며 말을 덧붙였다.

"애초에 나라는 괴물을 만든 대미궁이 이제 와서 나를 말로 헤아리겠다고? 어이가 없어서 웃음밖에 안 나와."

이제 쓸데없는 대화는 그만 끝내자며 하지메는 살의를 담아 무언의 말을 전했다.

허상은 기가 눌렸다는 사실에 쓴웃음 짓고 사소한 복수를 했다.

『그런 괴물이 앞으로 멀쩡한 삶을 영위할 거 같지는 않은데?』

"그런 괴물을 좋아해주는 별종이, 제법 있더라고."

그러니까 문제없다. 미래에 인생의 난관에 봉착했을 때 다시 하지메의 마음이 시험에 들어도 분명 그 별종들이 손을 내밀어줄 테니까.

"아, 맞아. 하나 정정해."

별종의 필두를 마음에 그리며 하지메는 칼날 같은 눈빛으로 허상을 쏘아봤다.

“대부분이 아니야. 기껏해야 0.1퍼센트지.”
『뭐라고?』
“유에를 보험이라고 생각하는 마음은 0.1퍼센트. 나머지 99.9퍼센트는, 애정이다.”
이 또한 자기 마음을 속이는 뻔뻔함일까? 하지만 하지메는 스스로 그 감정을 믿었다. 죄책감을 느껴 유에에게서 눈을 돌릴 만한 짓은 하지 않았다.
오히려 고향에서 거절당하면 무서우니까 유에에게 안심시켜 달라는 한심한 소리를 당당하게 할 자신이 있었다.
그것은 자신이라는 존재가 완벽하지 않다는 사실을 잘 알기에 부족한 부분, 추한 부분을 사랑하는 파트너에게 맡긴다는, 어떻게 보면 절대적인 신뢰가 있기에 가능한 행위. 유에에게라면 그런 어리광도 부릴 수 있다는 팔불출 같은 자랑이라고도 할 수 있겠다.
말과 함께 그런 달콤한 감정을 뒤집어쓴 허상은—.
『……적어도 1퍼센트라고 해라.』
한숨을 한 번 푹 쉬었다. 하지메는 본인이기도 한 허상에게 어이없는 얼굴을 하게 만들었다. 아마 대미궁의 시련으로서 무심코 반응하고 만 것이지 싶었다.
하지메는 허상의 말을 무시하고 단숨에 파고들었다. 둘의 돈나 & 슈라크가 다시 근접 거리에서 종횡무진으로 내달렸다.
여전히 거울처럼 백중세를 이루는 공방. 그러나 그 균형은 서서히 무너지기 시작했다. 하지메가 쏜 붉은 섬광이, 혹은 발차기가, 크로스 비트가, 원월륜이, 의수에 내장된 무기가 허상을 확실하게 명중했다.

조금 전 반격이 우연이 아니라고 증명하는 것처럼!

『윽, 역시 웃도는가? 말도 안 돼. 내가 약해지지도 않았는데.』

"응? 약해져?"

『이건 자신을 극복하는 시련이다. 자신이 품은 부정적 감정을 뛰어넘을 때마다 부정적 허상인 나는 약해지지. 반대로 눈을 돌리면 돌릴수록 강해진다.』

"하, 그런 룰이었냐?"

마침내 하지메의 돈나가 허상의 슈라크를 날려 버렸다. 흰 슈라크는 바닥에 떨어져 핑글핑글 회전하며 멀리 미끄러졌다. 하지메의 슈라크가 그 틈을 찔러 허상의 옆구리를 도려냈다. 그것을 참지 못하고 허상이 허우적대면서 후퇴했다.

『그렇지만 넌 극복하지 않았어. 그냥 문제를 뒤로 미루고 뻔뻔하게 철면피를 깔았을 뿐. 그 증거로 나는 약해지지 않았어. 적어도 전투력은 비등할 거다! 그런데 왜, 나를 웃돌지? 나는 너인데!』

부정적 마음을 극복하지 않은 자가 전투력으로 허상을 웃도는 현실이 믿어지지 않나 보다. 하지메는 대미궁의 콘셉트를 근간부터 무너뜨리고 있었다. 허상은 이제야 처음으로 심한 동요를 보였다.

그런 허상에게 하지메는 별거 아니라는 투로 해답을 알려 줬다.

“정확하게 말하면 나와 대치할 때의 나겠지.”

『무슨, 큭, 말이냐!』

이번에는 허상의 돈나도 오른손과 함께 분쇄당하고 말았다.

허상은 능숙한 동작으로 의수의 샷 건을 쐈지만 하지메는 어렵지 않게 피하고 역으로 지나치며 팔꿈치 관절에 총알을 박아 파괴했다.

아까부터 그랬다. 동작은 같고 속도도 같고 사고방식도 같을 텐데 강화나 약체화에 관계없이 하지메가 근소하게 앞서고 있었다.

거리를 두고 다시 대치한 진짜와 허상. 그러나 이미 똑같다고는 말할 수 없었다.

허상은 이미 만신창이였으니까.

“모르겠어? 너라는 허상은 나한테서 읽어 들인 정보로 만들어졌어. 그건 아마 미로에 들어오고 이 방의 얼음 거목 앞에 올 때까지였겠지. 요컨대 너는 수십 분 전의 나에 불과하다는 거다. 그럼 지금 이 싸움에서 수십 분 전의 나보다 강해지면 돼. 그게 다야.”

『그게 말이 돼? 그런 짓은…….』

불가능하다고 생각했다. 그러나 그런 불합리함이 현실이었다.

“고맙다. 덕분에 내 동작을 차분히 확인했어. 의외로 스스로 눈치채지 못하는 버릇이나 군더더기가 있군.”

『전투 중에 수정했다고?! 말도 안 돼!』

원리는 안다. 하지만 그게 정말로 가능한가?

허상의 표정이 전율로 뒤덮였다. 그야말로 괴물을 본 것 같은 표정이었다.

대조적으로 하지메는 어이없는 얼굴을 보였다.

"내가 나를 부정하지 마. 싸움 중에 활로를 찾는다. 근육 하나라도, 마력 한 방울이라도, 0.1초의 시간이라도 앞서고 반 수 앞만 간파해도 이기고 살아남아. 쭉 그렇게 싸움에서 이겨 왔지. 안 그래?"

잠시 전율로 얼어붙어 있던 허상은 문득 어깨에서 힘을 뺐다.

그리고 쓴웃음을 지으며 크로스 비트를 주위로 모아 맨손 격투 자세를 잡았다.

『……나 참. 설마 정말로 이 시련을 무시하고 실력만으로 뛰어넘는 녀석이 있을 줄이야. 마음이 흔들렸다면 나에게도 승산이 있었을 텐데.』

"헛소리하네. 처음부터 너한테 승산 따위 없었어. 허상은 어차피 허상이지. 그 열 받는 낯짝이랑 같이 박살 내주마."

『자학하고 있네.』

그 말을 신호로 라스트 라운드의 종이 울렸다.

결판은 한순간.

파고듦과 동시에 굉음이 울리고 한쪽만 날아갔다.

벽에 부딪쳐 힘없이 땅에 떨어진 것은 하반신을 잃은 허상이었다.

쓰러진 채로 아지랑이처럼 아른거리며 사라져 갔다. 이미 말은 없었지만, 그 표정은 만족스러웠다.

깊이 숨을 뱉고 자세를 푼 하지메는—.

일단 사라져 가는 허상의 머리에 총알 세 발을 더 먹였다.

총알이 박힐 때마다 튀어 오른 허상은 무슨 말을 하기 전에 희미한 빛이 되어 사라졌다. 「분위기 파악 좀 해, 이 괴물」이라는 원망 어린 말이 들린 것 같은데, 과연 착각이었을까.

하지메는 돈나 & 슈라크를 홀스터에 넣으며 크게 숨을 뱉었다.

정적이 돌아온 공간에서 하지메는 별생각 없이 얼음 나무 쪽으로 걸어갔다.

"……."

변해 버린 자신을 봤다. 손을 뻗으면 딱딱해진 손바닥이 비쳤다.

가로막는 적을 모조리 죽여 온 손바닥이…….

하지메는 잠시 거울 속 얼굴과 손바닥을 바라보고 천천히 주먹을 쥐었다.

"어떤 미래든— 물고 늘어져주겠어."

고민도 후회도 나중에 하고 싶은 만큼 하면 되니까.

하지메는 웃음 지었다. 평소의 대담한 웃음을…….

빙벽 일부가 녹아서 그런 하지메를 이끌 듯 새로운 길을 열었다.

돌아선 하지메는 뒤를 돌아보지 않고 새로운 길로 발을 내디뎠다.

시야를 메운 빛이 사그라졌다.

시즈쿠는 눈을 몇 번 깜빡이고 주위를 재빨리 돌아봤다.

"……카오리?"

빛의 문을 넘었을 때, 분명히 닿을 만큼 가까이 있어 주던 친구의 모습이 어디에도 없었다.

아니, 카오리뿐 아니라 그 누구도 없었다. 어둑어둑한 얼음 거울 통로에 덩그러니 홀로 서 있었다.

—나(너)는 외톨이가 돼.

"윽."

등에 벌레가 기어 다니는 것 같은 오싹한 느낌이 들었다. 시즈쿠는 황급히 주위를 두리번거렸지만 돌아오는 것은 한심한 표정을 지은 얼음 거울 속 자신뿐이었다.

몹시, 불안했다.

어느새 자신은 이리도 약해졌는가 싶어 경악스러울 지경이었다.

"……나구모."

무의식적으로 매달리듯 흘러나온 이름. 시즈쿠는 다시, 하지만 이번에는 다른 의미로 경악했다. 허둥지둥 지금 그건 실수였다고 자기 마음에 되뇌며 고개를 저었다.

이곳에는 자신을 지켜줄 사람은 어디에도 없었다. 아니, 야에가시 시즈쿠는 지키는 사람이지 보호받는 사람이 아니었다. 쭉 그랬다. 앞으로도 그럴 것이다.

"그러니까, 나는 괜찮아."

그렇게 중얼거리고 다시 눈을 꾹 감은 시즈쿠는 양손으로 뺨을 쳤다. 조금 지나치지 않나 생각될 정도로 짝 소리가 시원스레 울려 퍼졌다.

볼이 살짝 붉어진 채로 시즈쿠는 걸음을 뗐다.

똑바로 앞을 보며 평소의 당당한 분위기로 등을 꼿꼿이 펴고 걸었다.

괜찮다. 나는 괜찮다.

몇 번이나 마음에 들려주고 흑도를 강하게 쥐면서…….

"저건……."

이윽고 어둑한 통로 끝에서 희미한 빛을 발견했다. 그곳으로 다가가자 그것이 넓은 공간의 중앙에 솟은 얼음 나무가 발하는 빛임을 알았다. 그리고 얼음 나무 아래 사람의 형상이 보였다. 분명 동료 중 한 사람이라고 생각해 시즈쿠는 안도와 희색을 띠며 재빨리 달려갔다.

그러나—.

『어서와, 나.』

"어, 어째서……."

온몸을 덮치는 한기에 시즈쿠는 걸음을 멈췄다.

동료가 아니었다. 그러나 모르는 상대도 아니었다.

그리고 있을 리 없는 존재였다.

"왜 네가 있어? 너는 내—."

『꿈, 이라고?』

초승달처럼 찢어진 입을 보고 시즈쿠는 찬물을 뒤집어쓴

느낌을 받았다.

그랬다. 눈앞에 있는 것은 꿈속에서 본 흰 그림자—『하얀 시즈쿠』였다.

백발 포니테일에 백자 같은 피부. 흑도는 백도로 변했고 복장도 모두 순백색. 다만, 눈동자만 검붉게 형형한 빛을 내고 있었다.

시즈쿠는 막연하게 생각했다. 마치 악몽이 현실로 나온 것 같다고…….

이해할 수 없고 무시무시한 현실에 시즈쿠는 자기도 모르는 사이 한 걸음 물러났다.

거기에 맞춰 하얀 시즈쿠— 대미궁이 만들어 낸 허상이 한 걸음 앞으로 나왔다. 스릉…… 맑은 소리를 내며 우아하게, 대담하게 순백색 칼을 뽑아 들었다.

『정신 똑바로 차려, 나. 안 그러면— 바로 끝날 테니까.』

톡, 하고 이상하리만치 가벼운 발소리가 난 후 허상이 사라졌다. 『무박자』로 쓴 『축지』였다.

"—읏!"

덜컥 놀랐지만 시즈쿠는 거침없이 본능과 경험에 몸을 맡겼다. 머리로 생각하기보다 앞서 흑도를 든 왼손을 우측으로 돌렸다. 그러자 찰나의 순간 금속이 맞붙는 격돌음이 울렸다.

"그래…… 너는 시련. 내가 뛰어넘어야 할 시련이구나."

『느려.』

깨닫는 것도, 움직임도…….

그렇게 말하듯 힘 싸움에 정신이 팔린 시즈쿠의 사각에서 흰 칼집이 옆으로 파고들었다.

시즈쿠는 그것을 알고 있었다. 일부러 힘 싸움을 유도하고 칼날로 만든 사각을 칼집으로 강타하는 기술. 틀림없이 야에가시류 검술 중 하나―『무명(無明) 치기』.

시즈쿠는 상대가 칼을 밀어붙이는 힘까지도 이용해 힘껏 뒤로 점프하여 피하려고 했다. 그러나―.

『―『충파』.』

"크악!"

느리다고 했지? 라고 말하듯 입매를 비트는 허상의 일격은 시즈쿠를 놓치지 않았다. 흰 칼집 자체는 피했지만 미리 알고 있었던 것처럼 발생한 충격이 시즈쿠의 옆구리를 강하게 때렸다.

시즈쿠는 충격으로 숨이 막힌 채 핀볼처럼 튕겨 날아갔다. 딱딱한 바닥에 등이 격돌해 뭇에 올라온 물고기처럼 튀며 굴렀다.

『그럼, 인사는 여기까지. 이제 꿈에서 깨.』

비웃음을 머금은 목소리가 울렸다.

어금니를 꽉 물고 떨리는 몸을 일으킨 시즈쿠를 향해 허상은 냉담하게 선언했다.

『여기는 현실이야. 나(너)의 현실. 저항해 봐. 날카로운 칼날로 너(나)를 베어 봐. 그러지 못하겠다면― 여기서 죽어!』

다시 『무박자』의 『축지』. 완급을 자유자재로 조절하며 예비동작도 없는 이동 기술과 『땅이 줄어든 것 같은 속도』가 합쳐져 평범한 인간은 눈으로 좇기도 어려운 초고속 전투를 실현했다.

시즈쿠도 복부의 통증을 정신력으로 밀어내고 똑같이 초고속 세계로 돌입했다.

공중에서 순간 불꽃이 튀었다.

두 명의 시즈쿠가 등을 맞대며 출현해 다시 기본자세로. 그리고 곧바로 위치가 바뀐다.

"흡."

『핫!』

서로에게 짧고 강한 기합을 실은 검격을 가했다. 상대를 베고자 칠흑과 순백의 칼날에 모든 살의를 담아서…….

나타났다가 사라지고, 또 나타났다가 사라진다. 그때마다 공중에 불꽃이 튀고 차가운 얼음 거울 공간에 그것이 난반사해 순간순간 환상 세계를 만들어 냈다.

단순한 직선적인 『축지』만으로는 승부가 나지 않는다. 『축지』 중에 『축지』를 거듭하여 초고속을 유지한 채 방향 전환, 더 빠른 가속을 실현하는 『중축지(重縮地)』까지 사용했다.

이제는 금속이 충돌하는 소리와 불꽃만이 두 사람의 응수를 증명할 뿐이었다.

허상의 사선 베기를 시즈쿠가 간발의 차로 피했다.

하지만 지나쳤을 흰 칼은 어느샌가 왼손의 흰 칼집과 바뀌어 있었고 신속하게 횡 베기로 전환됐다.

—야에가시류 검술 산람(山嵐).

을 피했다.

그러고는 장난치는 건가 싶어서 화가 날 정도로 화려한 백 텀블링을 사용해 거리를 벌렸다.

시즈쿠는 틈을 주지 않고 추격했다. 자기와 같은 모습을 한 이 존재가 참을 수 없이 신경에 거슬려 이런 시련은 1초라도 빨리 끝내고 싶었다.

『또 그렇게 눈을 돌리려고?』

“으, 무슨—.”

단 한마디에 흔들렸다. 냉철한 살의가…….

허상은 그 틈을 놓치지 않았다. 파고드는 힘이 약해진 시즈쿠에게 미끄러지듯 접근하더니 한 손으로 시즈쿠의 팔을 잡고 합기도의 요령으로 거뜬히 들어 던졌다.

상하가 반전해 시야가 돌아가는 가운데 시즈쿠는 본능적으로 흑도와 칼집을 교차시켜 머리를 감쌌다. 예감대로 그 중심점에 날카로운 발차기가 꽂혔다.

—야에가시류 체술 경뢰(鏡雷).

합기도로 상대를 던져 공중이라는 감옥에 몰아넣고 움직일 수 없는 동안 공격하는 기술이었다.

머리에 꽂히는 충격에 순간 눈앞이 캄캄해졌다.

가까스로 낙법만은 취해서 바닥을 구른 시즈쿠는 머리의 고통과 흔들리는 시야 이상으로, 자신이 허상의 말에 마음이 흔들리고 따끔 아팠다는 것에 당황했다.

『꼴사나워.』

그건 틀림없이 모욕이었다. 마치 허상이 가진 백도의 날처럼 예리했다.

시즈쿠는 반발하려고 했지만 왠지 말문이 막혀 버렸다. 그리고 말을 찾으려는 시간은 주어지지 않았다.

다시 달인끼리 만들어 내는 초고속에 폭풍 같은 검격의 세계가 펼쳐졌다. 흑색과 백색의 한 줄기 섬광이 된 두 사람의 검격 앞에서는 바람조차 베이는 사실을 깨닫지 못한다.

단순한 검격으로는 이미 이 세계에 견줄 자가 없을 검사들의 사투는 치열하기 그지없었고 신기(神技)를 바겐세일처럼 대방출했다.

실력은 막상막하.

상황은 백중지세.

언뜻 보면 그렇게 보였다. 하지만 시간이 지남에 따라 비정한 현실이 얼굴을 내밀었다.

근접 거리에서 찌르는 듯한 허상의 눈동자를 볼 때마다 시즈쿠의 뇌리에는 왠지 과거의 풍경이 되살아났다. 그 백일몽과 비슷한 감각이었다.

슬라이드 쇼처럼 떠오르는 풍경은 모두 시즈쿠가 마음속 깊이 밀어 둔 『응어리』 같은 것. 그것이 엄중하게 뚜껑을 닫은 마음속 상자에서 흘러나와 마치 날카로운 말뚝이 심장에 박히는 듯한 통증이 퍼졌다.

그때마다 조금씩, 하지만 확실하게 시즈쿠의 몸에도 통증이 퍼졌다. 현실의 칼날이 시즈쿠를 좀먹는다. 작고 무수한 창상으로 질금질금.

백중세는 착실히 무너지고 있었다.

"하아아아압!"

여유가 없어지고 있었다. 얼어붙을 듯 차가운 초조함이 퍼져 갔다. 그것을 떨쳐 버리려고 함성을 지르며 신속한 연속 발도술을 감행했다. 그러나 역시—.

『어머, 검이 흐트러졌네?』

순간적으로 공중에 몇 줄기 검은 선이 생겼지만 허상은 그것을 쉽게도 피했다. 단 하나도 닿지 못했다.

그것도 모자라 순간의 흐트러짐을 지적하며 카운터를 먹이는 여유까지 보여줬다. 허상의 상체가 희미하게 흔들림과 동시에, 뱀처럼 뻗는『찌르기』에 시즈쿠는 미간을 꿰뚫릴 뻔했다.

"윽?!"

돌진과 상반되는 상체의 전후 운동, 그로 인한 원근감의 혼란. 거기에 보란 듯이 걸려든 시즈쿠는 머리를 흔들고 필사적으로 피해 보려고 했으나 완전히 피하지 못하고 관자놀이가 얕게 찢기고 말았다.

그러나 그 정도로 끝났다……고 안도할 여유는 단 1초도 없었다.

—야에가시류 검술 안개 뚫기.

그것이 바로 삼단『찌르기』기술이란 것을 알기에…….

사신의 낫은 아직 지나가지 않았다. 급하게 피하느라 자세가 약간 무너져 2단, 3단째『찌르기』의 회피는 절망적이었다.

그래서—.

“—『충파』!”

심장이 얼어붙는 감각을 맛보며 섬광 같은 2단째 『찌르기』가 자기 몸에 박히기 전에 시즈쿠는 칼집으로 바닥을 때려 충격파를 뿌렸다.

부서진 바닥의 얼음 파편이 즉석에서 산탄이 되어 허상을 덮쳤다.

허상은 다리 축을 기점으로 돌진의 여세를 이용해 회전했다. 그렇게 마치 춤추듯 시즈쿠의 옆을 지나쳤다. 흰 포니테일이 우아하게 공중에 휘날렸다.

그에 맞춰 시즈쿠도 스텝을 밟아 허상의 사정권에서 확실하게 벗어났다.

허상은 신경 쓰는 기색도 없이 백도를 넣고 비웃었다.

『그 애가 준 선물이 있어서 다행이지? 그게 없었으면 벌써 일곱 번은 죽었을걸?』

“헉, 헉…….”

노골적인 조롱이지만 시즈쿠는 반응하지 않았다. 어깨를 들썩이며 아무 대답도 없었다.

그러나 그 표정은 몹시 일그러졌다.

얕게 베인 상처 때문인가. 자신의 검이 통하지 않기 때문인가.

아니면 허상의 말(칼)에 마음을 베였기 때문인가.

그런 시즈쿠를 보고 허상은 본래 시즈쿠에게서는 생각할 수 없는 악의에 찬 냉소를 떠올렸다. 시즈쿠의 마음이 가진 부정적 측면을 폭로하고 눈앞에 들이대기 위해 독에 듬뿍 적신 말을 던졌다.

『어때, 아파? 괴로워? 무서워? 울고 싶어? 안 숨겨도 돼. 나는 너니까 다 알아. 그래, 전부 알고 있어.』

전투가 시작된 지 15분.

겨우 그 시간 안에 시즈쿠는 이미 피땀으로 축축이 젖어 있었다. 관자놀이의 상처에서 흐른 피가 뺨을 타고 작은 턱으로 흘러 바닥을 적셨다.

대조적으로 시즈쿠의 허상은 여전히 깨끗했다. 순백색 모습은 마치 티 없이 순수한 처녀 같았다.

시즈쿠에 관해서는 뭐든 안다고 하는 순백의 시즈쿠(허상)는 그것을 말로써 증명했다.

마치 시즈쿠 본인이 마음속으로 말하듯이…….

『사실은 검술 같은 건 하기 싫었어. 사실은 도복이나 전통의상보다 프릴이 달린 귀여운 옷을 입고 싶었어. 죽도 같은 거 필요 없었어. 귀여운 인형이나 빛나는 액세서리를 가지고 싶었어!』

"……조용히 해."

아버지가 시즈쿠에게 죽도를 들려준 것은 네 살 때였다. 야에가시류라는 고전 검술을 계승한 야에가시 가문의 당주인 아버지는 그저 장난삼아 들려줬을 뿐이었겠지.

하지만 놀랍게도 불과 네 살 나이에 시즈쿠는 재능의 싹을 보이고 말았다.

—시즈쿠! 대단하구나! 넌 재능이 있어!

그때까지, 그리고 그 후로도 언제나 무뚝뚝하던 아버지가 그렇게 놀라며 기쁘게 웃은 순간은 없었다. 시즈쿠는 머리를 거칠게 쓰다듬으면서 웃는 아버지의 얼굴을 지금도 똑똑히 기억했다.

그래서 죽도를 쥐었다. 검술과 검도를 생활의 일부로 삼았다. 할아버지와 아버지, 도장 사람이 모두 대단하다며 자기 일처럼 기뻐해줬으니까. 어린 마음에도 기대받는다는 사실을 알았으니까. 그래서 노력했다. 그래서 불평, 불만 한마디 하지 않았다.

그래도 사실은—.

『코우키가 우리 집에 입문했을 때 왕자님이 온 줄 알았어. 「시즈쿠도 내가 지켜줄게」였었나? 그 말을 듣고 멋있는 남자아이가 나오는 그림책 같은 이야기를 상상했지. 그 애라면 나를 여자애로 만들어줄 거야. 지켜줄 거야. 기대게 해줄 거야. 그렇게 믿었어. 그치만, 알지?』

"조용히 해."

아득 어금니를 악물고 눈꼬리를 치켜든 시즈쿠가 신속하게 돌진해 발도했다.

공간 절단의 일도(一刀) 『섬화』가 자신의 허상을 양단하고자 공간 자체에 궤적을 그렸지만—.

역시나 쉽게, 아주 당연한 것처럼 똑같은 궤도를 그린 흰 궤적에 완전히 상쇄되고 말았다.

포기하지 않고 어둠을 가르듯 내려 베기, 사선 베기, 올려 베기, 횡 베기로 모든 기술을 동원해 칼을 휘둘렀으나 허상은 그것을 모조리 받아넘기고, 피하고, 막고, 순간의 틈을 찔러 반대로 상처를 늘려 갔다.

그리고 그 상처에서 피와 함께 무언가가 뚝뚝 떨어졌다.

『코우키가 가져온 건 나에 대한 질투심뿐이었어. 초등학생 때부터 정의감 넘치고 다정하고 뭐든 할 줄 알던 코우키는 여자애들의 인기를 한 몸에 받았어. 머리는 짧지, 옷은 밋밋하지, 검밖에 몰라 다른 여자애들의 이야기에도 따라가지 못하는 내가 어떻게 그런 코우키 옆에 있을까. 여자애들은 그것을 못 참았던 거겠지.』

격렬한 공방을 펼치면서도 시즈쿠의 머릿속에는 초등학교 시절의 쓰라린 기억이 되살아났다.

그 무렵에는 검도 연습을 위해 머리는 단정하고 짧게 잘랐고 옷도 밋밋한 것이 많았으며 귀엽다기보다 미인 계통의 용모이기도 해서 어린 여자애다운 면모가 거의 없었다.

그런 시즈쿠가 초등학생 시절부터 인기 있었던 코우키와 함께 있으면 여자애들이 가만히 있을 리 없었고 어린아이 특유의 잔혹함이 시즈쿠를 괴롭혔다.

기억의 쓰라림이 허점을 만들고 또 상처가 하나 늘어났다. 그 상처의 통증이 또 하나 쓰라린 고통스러운 기억을 상기시켰다.

『그래, 맞아. 그 말은 지금도 확실히 기억나. 코우키를 좋아하던 여자애 한 명이 했던 말.』

그만하라고 생각했지만 허상은, 자신의 마음은 말뚝을 박는 것처럼 잔혹한 말을 던졌다.

—너, 여자였어?

『충격이었지?』

"닥치라고!"

잊기 힘든 말이었다. 외모나 검술에 관한 점을 빼면 마음은 소녀처럼 여리던 시즈쿠에게는 무엇보다 괴롭고 큰 충격을 안겨준 말이었다.

마음이 아프고 괴로웠다. 여자아이들과 친하게 지내고 싶었지만 마음이 통하지 않았다.

처음으로 누군가에게 보호받고 싶다고 명확하게 생각했다.

그런 생각이 들 정도로 시즈쿠는 힘들어했다.

그래서 지켜주겠다고 말한 남자아이에게, 코우키에게 도움을 요청한 적도 있었다.

그러나 그럴 때면 코우키가 하는 말은 정해져 있었다. 「분명 나쁜 뜻은 없었다」, 「다들 착하지 않느냐」, 「이야기하면 알아준다」 같은 말들이었다. 성선설을 믿는 코우키에게 또래 여자아이들의 복잡한 감정을 이해하고 해결할 능력은 없었다.

결국 정의감을 발휘해 여자아이들에게 이야기하러 갔다가 뒷손가락질이 심해진 것은 더 말할 것도 없었다. 그것도 코우키에게 들키지 않도록 더 교묘해져서…….

거기서 코우키에게 상담해도 코우키는 이미 해결된 문제라고 생각했다. 돌아오는 것은 난처한 웃음뿐이라 언제부터인가 시즈쿠는 코우키에게 기대지 않게 됐다.

그런 생활이 얼마 동안 이어졌다. 만약 4학년 때 카오리와 같은 반이 되지 않았다고 생각하면 오싹했다. 카오리가 곁에 있어 주지 않았다면 마음이 병들어 모든 것을 포기했을지도 모른다.

『검술도 사실 배우기 싫었는데 가족의 기대를 배신하기 무서워서 그만두지 못하고, 코우키 때문에 괴로운데 악의가 전혀 없는 친구를 내치지도 못하고……. 사실 넌 우유부단하고 이도 저도 아닌 성격이야.』

"누가 그런— 윽?!"

아차 싶었을 때는 늦었다. 허상의 백도가 중력을 끊어 버렸다.

한순간 부유와 정체가 시즈쿠를 덮치고 역수로 든 칼집이 옆에서 치고 들어왔다. 『충파』라는 덤까지 붙여서…….

흰 마력 파문이 퍼지고, 무방비한 옆구리를 드러낸 시즈쿠는 정신을 잃을 것 같은 충격과 고통에 휩싸이며 멀찍이 튕겨 날아갔다.

바닥에 수차례 튕기고 한참을 더 미끄러지고 나서야 겨우 멈췄다.

"켁, 쿨럭."

기침한 입에서 피가 튀었다. 갈비뼈에 격통이 퍼졌다. 분명히 두세 개는 나갔다. 내장도 조금 다친 것 같았다.

참을 수 없는 눈물이 번지는 가운데, 시즈쿠는 끊어질 것 같은 의식의 끈을 억지로 붙잡았다.

바로 일어나지 못하는 시즈쿠 앞으로 또각또각 발소리가 다가왔다.

그것이 마치 죽음을 알리는 카운트다운 같아서 시즈쿠는 초조함을 드러내며 어떻게든 일어나려고 몸부림쳤다.

그렇게 괴로워하는 시즈쿠를 향해 허상은 달콤하게 속삭였다. 부드러운 음성으로 입가를 초승달처럼 찢으며, 마치 악마처럼…….

『이제 안 일어나도 돼. 여기서 포기하면 살려는 줄게. 네가 애쓰지 않아도 분명 누가 어떻게든 해줄 거야. 그러니까 잠들도록 해.』

"무슨, 소리를……."

『그냥 선택이야. 포기하고 잠들지. 포기하지 않고 고통스럽게 죽을지.』

시즈쿠는 허상에게 이길 수 없다는 선언이었다. 포기하지 않으면 무자비하게 죽을 것이라는…….

그것을 증명하듯 소름 끼치는 웃음을 지은 허상은 백도를 들이댔다. 그 칼날에는 지금까지 시즈쿠를 벤 증거가 끈적하게 묻어 있었다. 흰 눈에 떨어진 피보다 선명하고 진득한 붉은 생명이…….

칼끝에서 자신의 피가 뚝뚝 떨어지는 모습은 방울방울 목숨이 흘러 떨어지는 것 같았다. 웅크린 시즈쿠의 표정이 새파랗게 질렸다.

그러나 그 직후 자신의 허상을 확 노려본 뒤 상처가 피를 뿜는 것도 개의치 않고 사지에 힘을 넣었다.

“크, 으아아아아!”

『……그래. 그렇지. 너라면 일어나겠지.』

허상은 고개를 한 번 끄덕이고 눈을 가늘게 뜨며 백도를 내리쳤다. 시즈쿠는 고함치고 무릎 꿇은 상태에서 흑도를 들어 그것을 막았다. 그리고—.

“날아라—『이천』!”

적을 떨어뜨리기 위한 능력으로 허상을 뒤로 날려 가까스로 거리를 벌었다.

허상이 공중에서 고양이처럼 빙글 돌아 깔끔하게 착지했다. 그것을 응시하면서 시즈쿠는 천천히 일어섰다.

“시끄럽게 조잘대지 마. 아까부터 무슨 소리를 하는지 모르겠어. 그런 심리전에는 안 넘어가.”

『심리전? 자기 감정을 인정할 생각이 없나 보구나. 이 나이가 될 때까지 그렇게 고집을 피우고, 실력으로 남의 입을 막고, 항상 다른 사람을 배려하고…… 자기가 정말로 누군가에게 기대고 싶다는 바람도 스스로 눈치채지 못하게 되다니…….』

“시끄럽다는 말 안 들려?!”

시즈쿠는 평소의 냉정함은 전혀 느껴지지 않는 돌진을 감행했다. 전술 따위 없이 그저 상대의 입을 막고 싶다는 마음만 앞세운, 필사적이고 보기 흉한 궤적을 허공에 그렸다.

대미궁이 만들어 낸 허상은 도전자의 마음을 비추는 거울이다. 들추어낸 자신의 감정에서 눈을 돌리면 한없이 힘이 강해진다. 반대로 인정하고 받아들이면 약화되지만…… 지금 시즈쿠의 상황은 전자였다.

당연히 허상의 힘은 시시각각 강해지고 있었다. 지금 허상에게 마음이 흐트러진 시즈쿠의 검은 이미 어린아이의 장난이나 다를 바 없었다.

시즈쿠의 혼신을 담은 기술을 가볍게 받아넘기고 반대로 예리한 기술로 받아쳤다.

옆구리 부상과 내상, 빠져나간 피 때문에 행동이 둔해진 시즈쿠는 더 많은 상처를 입었고 그로 인한 초조함에 또 행동이 둔해졌다.

빠져나올 수 없는 악순환이었다.

『이 세계에 왔을 때도 그랬어. 사실은 불안만 가득했지. 이슈타르에게 마인 토벌을 부탁받았을 때는 진심으로 무서웠어. 처음 마물을 죽인 날 밤은 아무에게도 들키지 않게 울었어. 살을 벤 감촉이 지워지지 않고 손에 묻은 피가 떨어지지 않는 기분이 들어서 몇 번이나 숨어서 닦았었지.』

"하압!"

시즈쿠는 허상의 말을 기합과 참격으로 없애려고 했다. 그러나 그 행위 자체가 시즈쿠의 거절을 나타냈고 인정하지 않는 마음에 힘의 차이는 더욱 벌어져만 갔다.

허무하게 튕겨 나가고 대신 언어의 칼이 날아들었다.

『나구모가 나락에 떨어졌을 때, 착란을 일으킨 카오리를 달래느라 온 힘을 썼기에 망정이지, 안 그랬으면 공포에 이기지 못한 건 너였어. 명확한 죽음을 인지한 그날부터 쭉 너는 죽음의 공포에, 죽이는 공포에…… 계속 떨고 있어.』

"아윽?!"

허상의 『뇌화』가 작렬하고 전격이 터져 시즈쿠는 한순간 경직해야만 했다.

그 틈을 찔러 백색 섬광이 시즈쿠의 목을 스쳤다. 픽 소리를 내며 선혈이 튀었다.

아슬아슬하게 경동맥에는 닿지 않았다. 그러나 회피한 것은 우연이었다. 경직 때문에 다리가 풀렸기 때문이었다. 그것이 가까스로 사신의 낫에서 시즈쿠를 구했다.

목에 손을 댄 시즈쿠의 손가락 사이로 피가 줄줄 흘러 내렸다. 목에 난 상처다. 경동맥이 잘리지 않았어도 출혈은 제법 심했다.

명확한 죽음의 이미지가 떠오르고 압도적 공포와 절망이 시즈쿠의 마음을 짓누르기 시작했다. 힘겹게 억누르던 감정이 새어나와 흑도를 쥔 손이 덜덜 떨렸다.

그런 시즈쿠에게 허상은 얼음보다 차갑고 무감정하게 느껴지는 목소리로 계속 추가타를 날렸다.

아니, 그것은 시즈쿠가 가장 건드리지 않길 바라는 마음. 지금 시즈쿠에게는 금기.

다시 말하자면, 결정타였다.

『너, 그때 기뻤지?』

"뭐?"

맥락 없는 질문에 시즈쿠는 목을 붙잡고 어리둥절한 표정을 보였다.

『나구모가 구해주러 왔을 때 말이야. 다 알면서 그래. 내(네) 인생에서 가장 극적인 그 순간을 어떻게 잊겠어.』

"무슨 소리를……."

『절체절명의 위기…… 아니, 그때 너는 분명히 포기했어. 모든 걸 포기하고 불합리한 죽음을 받아들이려고 했어. 이 세상에 자신을 구해줄 사람이 있을 거라고 생각하지 않았으니까. 그래서 그 붉은 빛과 넓은 등, 적을 적으로 생각하지도 않는 압도적인 힘에 너는 마음을 빼앗겼지.』

"아, 아니……."

절대로 인정하고 싶지 않은, 인정할 수 없는 치명적인 말이 나올 것 같아 시즈쿠는 반사적으로 부인하려고 했다.

그러나 제대로 나오지도 않는 부정의 말로 허상을, 자신의 마음을 막을 수 있을 리가 없었다.

『카오리가 죽었을 때도 그래. 네가 모르는 거 같으니까 알려줄게. 그때 이 세계에 와서 처음으로 너는「매달렸어」. 나구모에게 매달렸지. 그런 너에게 그 애는「믿고 기다리라」고 했어. 그리고 정말로 이루어줬어. 네가 믿는 대로 친구들과 네 마음을 구해줬어. 그때부터 너는 어떻게든 외면하려고 했지만…… 이제 더는 속일 수 없어.』

"그만해, 그런 게 아니야. 난……."

전의 따위 이미 상실한지 오래였다. 칼날 같은 당당한 분위기도 없었다. 거기 있는 것은 그저 듣기 싫다며 고개를 흔드는 어린애 같은 시즈쿠였다.

이미 속일 수도 허세를 부릴 수도 없었다. 마음을 덮은 방벽은 달걀 껍데기처럼 부서졌다. 겉으로 드러난 마음이, 가장 부드러운 부분이 가차 없이 들추어졌다.

『나(너)는———— 나구모를 좋아해.』

"아……."

시즈쿠는 말문이 막혔다. 고개는 여전히 좌우로 흔들고 있었다. 찢어진 목에서 피가 흐르건 말건 신경 쓸 여유도 없었다.

그것은 절대로 인정할 수 없는 감정이니까.

용납받지 못할 마음이니까.

있어서는 안 될 배신의 증거니까.

부정할 말을 꺼낼 여력도 없을 만큼 절박해진 시즈쿠에게 허상은 살며시 치명적인 말을 보냈다. 마치 추모의 꽃을 바치듯…….

『하필 친구가 사랑하는 사람을 좋아하게 됐구나. —배신자.』

"……."

시즈쿠가 무릎 꿇었다. 마음과 함께. 눈동자에서는 의지의 빛이 사라져 갔다.

그만큼 자기 마음에 꽂히는 말은…… 강렬했다.

마음이란 제어하기 어려운 것. 자신의 마음을 자유롭게 다룰 수 있는 인간이 있다면 오히려 비정상이라고 해도 과언이 아니다. 그것은 사람을 좋아하게 되는 마음에도 해당하며 논리로 따져 설명할 수 있는 일이 아니다.

그래서 시즈쿠가 설령 카오리와 같은 사람을 좋아하게 됐다 할지라도 단순히 그런 마음을 품었다는 이유만으로 배신이라고 하는 것은 지나친 처사일 것이다.

그러나 허상은― 시즈쿠의 악감정은 마음 깊은 곳에서 자신의 마음을『배신』이라고 단정했다.

그것은 시즈쿠의 태생적인 성실함과 가장 괴로울 때 곁에 있어 준 누구보다 소중한 친구를 향한 끝없는 감사와 호의가 원인일지도 모른다.

카오리를 소중하게 생각하는 마음이 너무 강해 단지 하지메에게 호감을 품었다는 것만으로도 자신을 용서할 수 없는 것이리라. 심지어 시즈쿠는 때때로 참지 못하고 다양한 얼굴을 하지메에게 보이고 말았다.

진심으로 웃는 얼굴도, 힘없이 매달리는 얼굴도, 멍하게 넋 놓은 얼굴도, 토라진 얼굴도, 안심해 잠든 얼굴까지…….

카오리가 모르는 곳에서 그랬다는 사실도 죄책감에 박차를 가하는 이유였다.

『심지어 너는 시아를 공격했지? 왜 그랬어? 왜 유에도 카오리도 아니고 시아였어?』

"나, 는……."

『답은 간단해. 시아가 부러웠으니까. 유에에게는 처음부터

이기지 못한다는 걸 알아. 공격해 봤자 비참해지기만 할 뿐이지. 카오리에게는 질투심조차 내비치고 싶지 않고. 그러니까 그 애에게 새롭게 연인으로 인정받은, 가장 **미워하기 쉬운** 그녀를 공격 대상으로 삼았어. ……정말로 저열하지?』

"……."

이미 눈을 돌릴 수도 없었다. 눈앞의 적(자신)이 허락해주지 않았다.

언어의 화살이 꽂힐 때마다 반론의 말도 함께 꿰뚫려 부서지고 팔다리에서 힘이 빠져 나갔다.

반대로 허상 쪽은 흘러넘치는 힘으로 충만했다.

허상이 『무박자』로 파고들었다. 시즈쿠는 반응하지 못했다. 설령 싸울 의지가 남아 있었어도 분명 반응하지 못했을 속도였다. 그 속도를 살려 차올린 다리가 시즈쿠에게 직격했다.

"아윽?!"

시즈쿠가 비명을 지르고 공중에 호를 그렸다.

그곳으로 자비 없는 무수한 검격이 빗발쳤다. 시즈쿠는 무의식적으로 흑도를 방패 삼아 막았지만 그런 것으로 완전히 막을 수 있는 공격이 아니었고—.

"아아아아아악?!"

온몸을 난도질당했다.

절규하는 시즈쿠에게 그것으로도 모자라다는 양 흰 칼집이 날아들었다.

마치 덤프트럭에 치인 것 같은 충격으로 날아간 시즈쿠는 빙벽에 등부터 격돌했다. 그 충격에 빙벽이 방사형으로 깨졌다.

폐에 있는 공기가 모두 강제로 배출되며 전신이 으스러질 것 같은 감각과 이제는 어디가 아픈지도 모를 정도로 새겨진 상처에 몸이 한계를 알렸다.

시즈쿠는 그대로 주르륵 미끄러져 빙벽에 등을 기댄 채 주저앉았다. 빙벽에는 질척하게 피가 묻었고 바닥에도 피 웅덩이가 고였다. 팔다리를 벌리고 힘없이 처진 모습은 이미 목숨이 끊긴 사람처럼 보였다.

시즈쿠는 흐릿해진 눈으로 유유히 걸어오는 또 다른 자신을 봤다. 몸은 움직이지 않았다. 거듭되는 정신적 부담이 몸을 움직이겠다는 의지까지 꺾어 버렸다.

『마음대로 되는 게 하나 없는 바보 같은 인생도 여기서 끝이야. 이런 결말을 맞게 된 원인은 네 마음을 너무 죽였기 때문이야. 너는 왜 이렇게 미련할까?』

시즈쿠는 대답하지 않았다. 이미 대답할 기력도 없었다. 그저 허상을 올려다보는 눈동자 속에 두려움이 번졌다.

『마지막으로 남길 말 있어? 빙벽에라도 새겨줄게. 이곳은 다른 공간과도 이어져 있으니까 운이 좋으면 자기 시련을 돌파한 사람이 와서 유언을 발견할지도 몰라.』

"……."

시즈쿠는 역시 대답하지 않았다. 대신 볼을 타고 눈물방울이 떨어졌다. 그저 조용히, 빛의 방울이 주르르 흘러 무릎 위로 얼룩을 남겼다.

시즈쿠 본인도 왜 눈물이 나는지 확실히 알지 못했다.

자신의 죽음을 깨달은 공포 때문일까.

미래를 잃는 절망 때문일까.

한마디도 반박하지 못하고 패배한 억울함 때문일까.

소중한 사람들과 만나지 못하는 슬픔 때문일까.

아니면, 전부인가.

허상은 그것을 말없이 내려다보고 칼집에서 뽑은 백도를 뒤로 쭉 뺐다. 몸을 옆으로 비틀고 흰 칼집을 든 손을 마치 조준하듯 앞으로 내밀었다. 그 앞에 있는 것은, 시즈쿠의 머리였다.

백도의 예리함은 흑도와 동일하다. 그렇다면 두개골 정도는 두부처럼 뚫고 고통조차 느끼기 전에 목숨을 앗아갈 것이다. 그것은 최소한의 자비일까?

서서히 차오르는 살기.

마지막 일격은 눈앞에…….

자신을 겨냥한 칼끝을 보고 시즈쿠 안에서 뭔가가 끓어올랐다.

입을 빠끔거리며 필사적으로 체면도 자존심도 없이 그 감정을 토로하려고 했다.

"……아, 직…… 죽, 기…… 싫어."

『…….』

그 말은 다른 누군가를 위한 것이 아니었다. 그저 순수하게 살고자 하는 말이었다.

아직 죽기 싫다. 만나고 싶다.

친구와, 동료와, 가족과.

그리고 이세계에서 좋아하게 된 사람과.

다시 한 번.

그래도 이제 혼자서는 일어설 수 없으니까.

몸도 마음도 지쳐 버렸으니까.

그러니까—.

"살려, 줘……. 누가, 제발…… 살려줘……."

어린아이처럼 울며 도움을 바랐다.

언제나 다른 사람이 의지하고 매달렸다. 그리고 시즈쿠는 그런 이들을 항상 돕는 역할이었다. 언제나, 설령 괴로워도 괜찮다, 맡겨 달라고 웃으며 대답했다.

울면서 더는 안 된다, 일어설 수 없다, 누군가에게 도와 달라는 약한 소리를 한 적은 없었다.

사실은 『공주님처럼 보호받는 여자』를 꿈꿨지만 남들이 바라고 필요로 하는 대로 자신을 바꿔 가는 사이, 시즈쿠의 역할은 오히려 기사가 되어 있었다.

그 초등학교 마지막 연극 때처럼…….

사실은 친구가 왜 그렇게 화냈는지, 누구를 위해 화냈는지 알고 있었다.

알고 있었지만 역시 자신을 바꿀 수 없어서 바뀌지 못한 채 어느샌가 불만도 없이 그런 자신을 허용하게 됐다.

그래도…… 사실은…… 지금도…….

『아쉽지만, 너무 늦었어. 그 말을 하기에는 말이야.』

마지막 순간이 되어서야 흘러나온 본심은 무자비한 또 한 명의 자신에게 냉담하게 짓밟혔다.

어마어마한 살기가 방출됐다.

시즈쿠는 눈을 꽉 감았다.

그 이마를 향해 목숨을 꿰뚫는 흰 칼날이 똑바로 뻗어—.

…….

…….

…….

『……어떻게 이럴 수 있어?』

아무리 기다려도 자신의 죽음이 찾아오지 않았다.

눈을 감은 순간 왠지 문득 등이 가벼워진 기분이 들었지만 그보다도 지금은 허상의 아연실색한 목소리가 신경 쓰여 시즈쿠는 쭈뼛쭈뼛 눈을 떴다.

그곳에 있는 것은…….

"아, 어?"

"나 참, 타이밍 한번 기가 막히네. 설마 대미궁이 의도한 건 아니겠지?"

살에 닿을락 말락 하는 아슬아슬한 위치에 멈춘 흰 칼날과 그것을 막은 금속 팔이 있었다. 끼릭끼릭 소리를 내는 익숙한 금속 의수가 뒤쪽에서 뻗어 나와 백도를 붙잡아서 시즈쿠를 해하려던 칼날을 간발의 차로 막고 있었다.

동시에 거친 말이 들려 시즈쿠는 눈을 번쩍 뜨고 뒤를 돌아봤다.

그가 있었다.

"나, 나구모?"

사랑하는 사람이 있었다. 죽음의 순간 보는 꿈처럼. 농담처럼. 당연한 것처럼…….

그것이 자기가 꿈꾼 망상이 아니란 것은 어느샌가 시즈쿠가 기대고 있던 빙벽이 사라진 뒤 통로가 생겼고, 그곳에서 나온 하지메가 주저앉은 시즈쿠를 뒤에서 끌어안듯 지탱하고 있는 것을 보면 자명했다.

그래도 역시 믿어지지 않았다. 시즈쿠는 아직도 멍하게 코가 닿을 거리에 있는 하지메의 옆얼굴을 바라볼 수밖에 없었다.

"……쳇, 이게 다 무슨 꼴이야?"

하지메는 그런 시즈쿠를 불쾌하게 보더니 이어서 허상에게 사나운 짐승 같은 안광을 쏘았다.

허상이 흠칫한 뒤 몸을 빼려고 했지만 그 전에 백도를 잡은 의수에 붉은 스파크가 일었다. 그 직후, 의수가 키이이이잉 하는 고음을 내며 흐릿하게 보일 정도로 초고속 진동을 시작했다.

『윽, 어딜!』

허상이 허둥대면서 백도를 빼려고 혼신의 힘을 다해 당겼으나 위기에서 벗어나기에는 조금 결단이 늦었다.

의수의 『진동 파쇄』를 정통으로 맞은 백도에서 챙, 하고 불길한 소리가 났다. 동시에 전체에 금이 간 직후, 마치 악력으로 으깬 것처럼 중간부가 깨지고 말았다.

하지메는 의수를 똑바로 허상에게 뻗었다. 철컹 소리가 난 후 손바닥 일부분이 옆으로 밀리고 칙칙한 총구가 얼굴을 내밀었다.

"일단 저기 처박혀 있어."

『크!』

허상의 표정이 있는 대로 일그러졌다. 그 직후 굉음과 함께 손바닥에서 터진 작렬 슬러그 탄이 붉은 파문을 퍼뜨리며 허상을 요란하게 날렸다.

이어서 하지메는 보물고에서 크로스 비트를 소환해 허상에게 날려 공격했다. 죽일 생각이 아니라 어디까지나 시간벌기였다.

크로스 비트 일곱 기가 총알을 쏘면서 정교한 연계를 이뤄 허상을 떨어뜨려 놓았다.

시즈쿠는 그 연속된 작렬음을 어딘가 멀게 느끼며 자신의 등을 받쳐주는 하지메의 얼굴을 물끄러미 바라봤다.

아직 꿈인지 생시인지 모호했다. 피를 잃어 머리가 둔해진 것 이상으로 이런 기적이 자기에게 일어날 리가 없다고 마음 속 어딘가에서 현실을 부정했다.

그래도 한편으로는 꿈이라면 깨고 싶지 않다는 생각도 들었다.

깨기가 너무 무서웠다.

그런 시즈쿠를 한 손으로 받치는 하지메가 보물고에서 시험관 모양 용기를 꺼냈다. 뚜껑을 입으로 열고 멍한 시즈쿠의 입에 푹 쑤셔 넣었다.

"읍?!"

"뱉지 마. 죽을 각오로 삼켜."

갑자기 입속으로 이물질이 들어와 눈을 크게 뜨며 반사적으로 뱉으려고 했다.

하지만 하지메가 그렇게는 안 된다며 몸을 안은 팔에 힘을 넣어 저항을 막고 억지로 삼키게 했다.

뱉어도 될 물건이 아니었다. 얼마 남지 않은『신수』니까 말이다. 하지메는 목까지 집어넣는 한이 있더라도 먹이겠다는 의지를 담아 시즈쿠를 노려봤다.

시즈쿠의 저항이 약해졌다. 정확히는 경직했다. 하지메에게 꽉 안겨 온기가 전해지고, 코앞에서 얼굴을 바라본다……. 석화해도 이상할 게 없었다.

얌전히 시험관을 물고 코앞에 있는 하지메의 얼굴을 응시하는 모습은 마치 젖병으로 우유를 마시는 아기 같았다.

그런 자신의 상황을 깨달을 여유도 없이, 시즈쿠는 하지메의 눈동자를 넋이 나간 것처럼 마주 봤다. 한순간도 돌리지 못하고, 돌리고 싶지 않은 것처럼…….

이윽고 꿀꺽꿀꺽 목을 울리며 신수를 전부 마신 시즈쿠의 몸에서 지금까지 입은 만신창이의 상처가 깨끗하게 치유됐다. 피가 부족한 점은 변함없으므로 여전히 힘은 없었지만 그래도 이것이 분명한 현실임을, 자신이 간발의 차로 살았다는 사실을 이해할 정도로는 회복했다.

"……정말로, 나구모야?"

"그게 아니면 누구로 보이는데?"

"그, 그렇지만 어떻게…… 왜 여기에……. 나는……."

"진정해. 난 내 시련을 끝내고 나타난 통로를 걷다 보니 여기로 나온 것뿐이야."

"그, 그럼 정말로 나구모가, 나를……."

시즈쿠의 눈에서 한 번 멈췄던 눈물이 다시 뚝뚝 떨어지기 시작했다.

조금 전과는 달리 그것은 안도감이 형태가 되어 나타난 것.

그것을 본 하지메의 눈이 휘둥그레졌다. 시즈쿠가 우는 모습은 처음 봤다. 너무 놀란 나머지 시즈쿠가 살며시 손을 뻗어도 바로 반응하지 못했다.

시즈쿠의 손이 하지메의 볼에 닿을 뻔했다. 존재를 확인하려는 것처럼, 이제는 하지메밖에 보이지 않는 것처럼 절실한 감정이 담긴 눈빛과 함께…….

하지만 그 손은 닿기 직전 움찔 떨며 멈추고 말았다. 시즈쿠는 괴롭게 인상을 쓰고 손을 거두었다.

그리고 이렇게 안겨 있을 수 없다는 양, 약하게 하지메의 가슴을 밀어 거리를 두려고 했다. 흘러넘친 눈물을 소매로 벅벅 닦고 얼굴도 돌려 버렸다.

어떻게 봐도 상태가 이상했다. 하지메는 허상 때문에 상당히 풀이 죽었다고 생각하고 피식 웃었다. 그리고 허상이 어느 샌가 원래대로 돌아와 백도로 크로스 비트와 싸우는 광경을 힐끗 보면서 말했다.

"야, 상처는 이미 다 나았잖아. 리벤지 매치야. 얼른 해치우고 와."

"아. 그, 그렇지만 나…… 저거한테 못 이겨서, 그래서……."

시즈쿠는 변명 같은 말을 하며 매달리는 눈빛으로 하지메를 봤다.

이런 시즈쿠 또한 본 적이 없었다. 하지메는 「풀이 죽은 걸 넘어 마음이 꺾였잖아!」라면서 고개를 천장으로 들었다.

코우키 파티 네 명 중에서 가장 정신적으로 강하다고 생각하던 터라 솔직히 의외였다.

허상이 크로스 비트의 틈을 찔러 서서히 거리를 좁히고 있었다. 하지메가 쓰러뜨리면 의미가 없으므로 크로스 비트는 행동 패턴이 반쯤 정해져 있었는데 그것을 파악한 모양이었다.

다가오는 허상을 보고 시즈쿠는 척 보기에도 겁먹은 모습이었다. 몸을 움츠리고 당장에라도 무릎을 끌어안을 것 같은 약한 모습에 하지메는 눈살을 찌푸렸다.

그녀답지 않다. 전혀 그녀답지 않은 모습이다.

하지만 어쩌면 이것이 진짜 그녀의…….

하지메는 머리를 벅벅 긁더니 더없이 진지한 얼굴로 시즈쿠를 바라봤다.

"나, 나구모? 저기, 저 녀석이……."

"야에가시. 안심해."

"어?"

시즈쿠는 다가오는 적에게 불안을 느꼈지만, 하지메가 진지한 얼굴로 똑바로 바라보며 그렇게 말하자 자기도 모르게 얼굴에 피가 몰렸다.

그도 그럴 게 방금 자기 마음이 알려줬으니까. 이젠 알아버렸으니까.

안 된다는 것을 알면서도 심장이 뛰었다.

그런 시즈쿠의 이상한 태도는 가볍게 무시하고 하지메는 보물고에서 어떤 물건을 꺼냈다.

그것은—.

"자, 받아. 너를 위한 신뢰와 믿음의 아이템, 『가면 핑크 마크2』야."

"……나구모?"

여기서 왜 그게 나오는가. 약해진 마음도, 자각한 연심도 잊고 무심결에 눈을 찌푸렸다. 갑자기 튀어나와 본체 앞에 있는 화려한 가면을 보고 허상조차 무심코 놀라서 멈춰 있었다.

하지메는 그런 반응 따위 신경 쓰지 않는다. 유난히 장식이 화려한 핑크색 풀 페이스 마스크를 시즈쿠에게 꾹꾹 들이밀었다. 당장에라도 엄지를 척 들 것처럼 아주 환하게 웃으면서…….

"나구모! 장난칠 때가 아니잖아! 저 녀석이 온다고!"

"너무하네. 아무도 장난 안 쳤어. 잘 들어. 승화 마법으로 진화한 건 네 가면 핑크도 예외는 아니야. 놀라지 마시라. 쓰기만 하면 지각 능력이 무려 세 배가 되지. 이거라면 녀석에게도 이길 수 있을 거야."

"또, 또 쓸데없이 고성능으로……."

"듣고 나니까 갖고 싶지? 아무렴, 좋고말고. 야에가시라면 이 가면 핑크의 주인이 될 자격이 있다고 내가 인정—."

"필요 없어! 그런 거 안 써도 이겨! 그거 쓸 바에야 죽기 살기로 싸우고 말지! 두 번 다시 변태 취급 받을 생각 없어!"

진지한 얼굴로 자기 제품의 우수성을 역설하는 하지메에게 시즈쿠는 어이없는 얼굴로 격하게 반론했다. 격통을 참듯 관자놀이까지 꾹 눌렀다.

그 행동도 말투도 평소의 시즈쿠였다.

하지메는 계속해서 눈을 못마땅하게 뜬 시즈쿠에게 씩 웃고는 별 고민도 않고 가면 핑크 마크2를 보물고에 넣었다. 그리고 어리둥절해하는 시즈쿠에게 말했다.

"그래. 너는 이길 수 있어. 이런 게 없어도 말이지."

"으, 나, 나는……."

단순한 유도에 걸려 버렸다며 시즈쿠는 떨떠름한 표정을 짓고 말을 잇지 못했다. 그것을 무시하고 하지메는 말을 계속했다.

"야에가시, 잊지 마. 저건 분명 너의 또 다른 일면이지만, 전부는 아니야. 부정적 감정으로 구성됐을 뿐인 일부에 불과해. 중요한 건 지금 내 앞에 있는 『야에가시 시즈쿠』가 가지고 있을 거야. 그렇지?"

"내가, 가진 것……."

그 말을 듣고 따뜻한 풍경이 마음에 떠올랐다.
그것은 한 번 성장할 때마다 진심으로 기쁘게 미소 지어준 가족들.
곤란한 사람을 도왔을 때.
도와준 사람들이 진심을 담아 전한 감사의 말.
친구들과 함께 지낸 즐거웠던 시간.
카오리라는 친구와 만났을 때.
그밖에도 버릴 수 없고 잊기 힘든, 다정함과 따스함으로 가득 찬 많은 것들…….
꼭 나쁜 일만 있지는 않았다. 괴롭기만 하지는 않았다.
그때 지었던 웃음은 절대로 거짓으로 점철되지 않았었다.
왜 지금까지 생각조차 못 했을까.
대답은 명백했다. 대미로에 들어섰을 때부터 쭉 들린 속삭임으로 조금씩 생각을 유도당했기 때문이었다.
먹구름에 구멍이 뚫린 기분이었다. 깊은 숲 속에 햇빛이 내리쬐듯 먹구름이 걷힌 기분이었다.
시즈쿠의 눈동자에 의지의 빛이 돌아왔다. 조용히 들어온 빛은 그대로 시즈쿠의 사지에 힘을 불어넣었다.
"그렇게 녀석의 말에 풀이 죽는다는 건 자기 자신과 제대로 마주하고 있다는 증거이기도 해. 나쁜 놈은 철면피를 깔 뿐이지……. 그렇지만 넌 너무 진지해. 더 편하게 살라고, 편하게. 일단 살아만 있으면 나중에 바꿀 기회는 얼마든지 있으니까."
"나구모……."

참고로 하지메는 나는 나쁜 놈이다, 라면서 어깨를 으쓱이고 크로스 비트를 회수했다. 시간은 충분히 벌었다는 뜻이었다.

자신을 바라보는 시즈쿠의 시선을 느낀 하지메는 일어나 빙벽에 등을 기대고 팔짱을 꼈다. 그리고 똑바로 시즈쿠를 마주 보며 한마디를 더했다.

하지메 본인이 의도하지는 않았지만 분명히 그것은 시즈쿠가 가장 원하던 말이었다.

"지켜봐줄게."

"아……."

"이길 때까지 도전해 봐. 내가 있는 한 절대로 죽지는 않아. 내가 그렇게 두지 않을 거니까. 걱정하지 마."

"……그렇게, 설레게 하지 마."

마지막 말은 시즈쿠 본인의 귀에도 닿지 않는 입속말이었다.

당연히 하지메에게도 들리지 않았다. 그러나 과연 들렸다면 어떤 표정이 되었을까. 시즈쿠는 상상한 뒤 분명히 귀찮아하는 표정이 되었으리라 생각하고 피식 웃었다.

아이코 선생님과 릴리아나도 자신과 같은 심정이었을 거라고 생각하자 이런 성격 나쁜 남자에게 반하다니, 제정신이 아닌 것 같다며 기분이 묘해졌다.

시즈쿠는 조금 전까지 우울하던 마음이 거짓말이었던 것 같이 깃털처럼 가벼운 몸에 반동을 주어 일어났다.

그리고 하지메에게 받은 흑도를 한 번 꽉 끌어안은 후, 평소의 당당한 표정으로 허상(자신)과 마주했다.

조용히 서 있는 허상을 바라보면서 시즈쿠는 하지메에게 등을 보이고 물었다. 조용하고, 기대는 듯한 목소리로…….

"……지켜봐줄 거지? 나를."

"그래."

"위험해지면, 지켜줄 거지?"

"그래."

"또 꺾여도, 일으켜 세워줄 거지?"

"해줘야지 어쩌겠어."

시즈쿠에게 옅은 웃음이 떠올랐다. 눈 녹은 물 같은 맑은 웃음이었다.

사라진 패기가 살아났다. 햇빛처럼 부드럽고 강한 시즈쿠의 패기가…….

한 번의 심호흡.

시즈쿠는 가슴에 가득한 말로 표현하지 못할 마음을 음성에 실어 말했다.

"다녀올게."

"그래. 다녀와."

흐르는 피는 보충하지 않았다. 사실은 당장 빈혈로 쓰러질 것 같았다. 그래도 걸음걸이는 이 방에 들어왔을 때보다 훨씬 힘차고 안정적이었다.

자신의 허상과 대치했다. 허상은 백도를 납도한 채로 조용히 기다리고 있었다.

『적을 앞에 두고 노닥거리고, 팔자 좋네? 표정도 많이 좋아졌어.』

"그래? 나구모 덕분이야. 그리고 노닥거리진 않았어. 그럴 수 있으면 좋겠지만."

『어머, 역시 친구를 배신하려고? 그리고 연적을…….』

"영양가 없는 대화는 그만하자. 이런 자문자답에는 의미가 없어. 나는 살아서 다시 친구들과 만날 거야. 모든 건 그때 정해."

『…….』

시즈쿠가 흔들리지 않자 허상은 입을 다물었다. 그리고 자신의 힘이 조금씩 약해지는 것을 깨달았다. 그것은 다시 말해 시즈쿠가 자신의 마음을 깨닫고 받아들이기 시작했다는 뜻이었다.

"싸울지도 모르고 심하게 충격받을지도 몰라. 경멸할 수도 있겠지. 그래도—."

실제로는 어떨지 의문이었다. 왜냐면 친구는 쭉 전해 왔었다.

더 자기 마음에 솔직해지길 바란다고. 솔직한 시즈쿠를 가장 좋아한다고…….

지금이 되어서야 그런 생각이 들었다. 지켜준다고 생각했는데, 사실은 자신이 쭉 보호받고 있었다.

그때 카오리가 추천한 배역은 분명히 적절한 선택이었다.

친구의 상냥한 미소를 떠올리고 마음이 가벼워졌다. 마치 등을 밀어주는 것처럼…….

그래서—.

"포기 안 해. 나에게 최선의 결과를 내고 말겠어. 몇 번이라도 도전할 거야. 절대로 포기 안 해."

친구도, 친구의 마음도, 그리고 자기 자신의 마음도. 그러기 위해서라면—.

『결국 싸우는 여자가 되는 거구나?』

"맞아."

시즈쿠는 고개를 끄덕인 뒤 하지만, 이라고 덧붙이며 난감하게 웃었다.

"분명 나는 많은 것을 참으며 살아왔지만, 그 결과로 얻게 된 것도 많아. 이제는 모두 버릴 수 없을 만큼 소중해."

싸우지 않으면, 보호받기만 하는 공주님이라면 분명히 얻을 수 없었을 것들이었다.

동경심은 있었다. 그래도 이제는 괜찮다. 절대로 현혹되지 않는다.

왜냐하면—.

"싸우는 여자라도 나보다 훨씬 강한 사람이 지켜준다고 하잖아."

허상은 어이없는 표정으로 고개를 절레절레 저었다.

『어디까지나 「카오리에게 소중한 사람이니까」라는 간접적인 이유겠지. 보나 마나 뻔해.』

"그래도 상관없어. 지금은."

시즈쿠는 살며시 자세를 낮추고 다리를 가볍게 벌렸다. 몸을 옆으로 틀고 발도술 자세를 취했다.

"내게 여력은 없어. 일격이야. 이 일격에 모든 걸 담겠어. 막을 수 있다면 막아 봐."

시즈쿠에게서 흘러나오는 한없이 맑고 예리한 기운.

출혈과 정신적 부담으로 이미 피로가 극에 달한 몸으로는 분명히 일격에 모든 것을 걸 수밖에 없을 것이다. 그야말로 건곤일척이다.

『……후후. 기백이 멋진걸. 어떻게 이런 귀신같은 타이밍에 나타났나 몰라. 필요할 때 필요한 곳에 있어 주는 사람…… 그런 건 이야기 속에나 나오는 줄 알았는데.』

허상은 생사의 갈림길에서 시즈쿠를 불사조처럼 되살린 남자에게 한순간 쓴웃음을 지었다. 분명히 그 혼잣말도 시즈쿠가 품었던 마음의 한 조각이리라.

허상이 시즈쿠와 똑같이 자세를 낮추고 발도술 자세를 잡았다.

급속히 팽창하는 압박감, 아니, 검기.

서로에게 발하는 그것은 의지만으로 상대를 베겠다는 양 시시각각 예리함을 더했다. 냉기와는 다른 예리하고 맑은 기운이 차차 공간을 채워 갔다.

시즈쿠의 마음은 깊은 숲 속의 옹달샘처럼 고요했다.

등 뒤에 선 큰 존재가 느껴지니까. 똑바로 자신을 바라봐주는 것을 아니까. 위험한 상황이 오면 지켜주리라 믿으니까.

달려 나간 것은 동시였다.

"—흡."

『하앗!』

포니테일을 유성의 꼬리처럼 끌며 시즈쿠와 허상이 지나쳤다.

검격의 소리는 없고 불똥도 튀지 않았다.

그저 조용히 스쳐 지나가 서로에게 등을 보인 채로 자세를 고친다.

한 호흡 후.

사라락 소리를 내며 시즈쿠의 포니테일이 풀렸다. 묶었던 머리끈이 잘려 하늘하늘 땅으로 떨어졌다.

그것은 허상의 칼날이 닿았다는 증거인가. 아니면…….

긴장이 정적이 되어 공간을 채우는 중, 납도한 것은— 시즈쿠였다.

칼과 칼집이 맞물리는 맑은 소리가 났다.

그 순간, 허상이 스르륵 어긋났다. 둘로 나뉜 몸이 천천히 흔들리더니 공중으로 녹아들 듯 사라졌다. 그 옆얼굴은 어딘지 모르게 흡족하고 부드럽게 보였다.

"—윽."

그 직후, 시즈쿠의 몸이 휘청 기울면서 쓰러지려고 했다. 극도의 피로와 긴장에서 해방되어 단숨에 기운이 빠지자 서 있을 수 없었다.

그러나 시즈쿠가 딱딱한 바닥에 부딪치는 일은 없었다.

"훌륭했어. 여전히 검 실력은 나도 반해 버릴 정도야."

"나구모…… 후후, 그대로 반해도 되는데?"

"뭐라는 거야."

"어머, 아쉬워라."

하지메는 받아든 시즈쿠를 살며시 바닥에 내려줬다.

농담을 주고받는 사이, 시즈쿠가 지나온 길과 하지메가 나온 길과는 다른 제3의 길이 빙벽을 녹이며 출현했다.

"야에가시, 걷기 힘들어?"

"응, 아마도……. 조금 쉬어야겠어. 빈혈은 금방 회복되지 않으니까 재생 마법이라도 써주지 않으면 어차피 제대로 못 움직이겠지만……."

시즈쿠는 잠시 생각하는 시늉을 보인 후 싱긋 웃고 하지메에게 양손을 내밀었다.

"그러니까 나구모, 잘 부탁해."

"뭐?"

"안고 가줘."

"……야에가시, 너 왠지 좀 변한 거 같은데? 이걸 솔직해졌다고 해야 하나, 뻔뻔해졌다고 해야 하나……."

상상도 못 한 안아달라는 요구에 하지메는 조금 당혹스러운 눈빛을 돌려줬다.

시즈쿠는 키득키득 웃으며 스트레이트로 풀린 흑발을 시원스럽게 흔들었다.

"조금만 더 솔직해지자고 생각했을 뿐이야. 그보다 어서 다른 일행과 합류하자. 아 참. 나구모, 재생 마법을 부여한 아티팩트를 만들어주면 안 될까? 흑도에도 비슷한 기능은 있지만 효과가 미미해서."

하지메는 시즈쿠의 변화에 고개를 갸웃거리고, 다른 일행과 합류할 때까지 아무 일도 없으리라는 보장은 없으므로 조금이라도 회복하는 편이 좋겠다는 요청에 응하기로 했다.

하지메가 보물고에서 재료를 꺼내는 동안 시즈쿠는 새로운 요구를 추가했다.

"기왕 하는 김에 머리에 하는 액세서리로 만들어줄래? 머리끈이 잘려 버렸거든. 귀여운 게 좋겠어. 유에나 시아에게 선물한 그 눈 결정처럼."

"……바라는 것도 많군. 정말로 많은 걸 벗어 던졌나 보지?"

하지메는 불평하면서도 공략 기념으로 만들어주자고 생각해 바로『연성』을 시작했다.

붉은 스파크가 튀는 가운데 과일이 주렁주렁 열린 것 같은, 혹은 잎에 맺힌 아침 이슬 같은 문양이 들어간 헤어클립이 만들어져 갔다. 마력과 친화성이 높은 진주 같은 광석을 사용해서 옅은 빛을 발하는 것처럼 보였다.

"예쁘다……."

"자, 이거면 됐지? 장비하면 바로 출발할 거야."

하지메는 불과 수십 초 만에 재생 기능을 갖춘 헤어클립을 완성해 성의 없이 던졌다. 그것을 받아든 시즈쿠는 절로 눈길을 빼앗겼다.

계속 바라보고 싶은 마음을 간신히 참고 헤어클립으로 머리를 모아 포니테일로 묶었다.

"……어때?"

시즈쿠가 볼을 물들이고 하지메를 올려다보며 물었다. 하지메는 역시 뭔가 이상하다고 생각해 당혹감이 더 커졌다.

"……재생 마법 자체에는 크게 못 미치지만, 문제없이 육체 재생 기능도 작용할 거야."

"그런 말이 아닌데."

물론 하지메도 시즈쿠가 어떤 의미로 물었는지는 알았다. 다만, 왠지 이 대화가 하지메에게 기시감을 줬다.

이건 마치, 그래, 아이코가 【시난】에서 보인 그 분위기와 비슷한 느낌이라고……. 동시에 본능이 「피해라! 화제를 돌려라!」라고 호소하는 기분이 들었다.

시치미 떼는 하지메에게 한숨 쉬면서도 시즈쿠는 어쩔 수 없다며 어깨를 으쓱이고는 양손을 내밀었다. 다시 안아 달라는 무언의 요구였다. 이것만은 포기할 수 없나 보다.

일단 시즈쿠가 제대로 움직일 수 없다는 사실은 분명하므로 하지메는 별수 없이 보물고에서 중력석을 꺼내려고 했으나—.

"저번처럼 매달아서 옮길 생각은 하지 마. 그랬다간 대미궁을 나가서 널 중증 환자라고 퍼뜨리고 다닐 테니까."

시즈쿠가 선수 쳤다. 무슨 병으로 퍼뜨릴 생각인지는 시즈쿠가 하지메에게 보내는 시선을 보면 일목요연했다. 머리, 안대, 의수 순서로 시선이 움직였다.

"……."

하지메는 말없이 중력석을 도로 넣었다.

한순간 토끼 모양으로 만든 조금 귀여운 중력석에 태워주면 받아들이지 않을까, 라는 생각도 했지만 시즈쿠가 강렬하게 노려보는 터라 포기했다.

이 경우 정답은 하나밖에 없을 듯했다.

평소와 다른 시즈쿠의 어리광 같은 요구에 안 좋은 예감이 가슴속을 맴돌았다. 그러나 계속 이러고 있을 수는 없었다.

어떻게 보면 대미궁보다 심각한 정신 공격을 한다며 입맛을 쩝 다신 하지메는 시즈쿠에게 치명상을 받지 않도록 정면에서 등을 돌려 앉았다.

엄청나게 내키지 않는 태도로—.

"후, 안아 드는 쪽이 좋았는데…… 어쩔 수 없지."

뭐가 어쩔 수 없어, 라는 속내를 마음속 깊숙한 곳으로 밀어 넣고 등에 실리는 무게와 부드러운 감촉을 가능한 한 무시하며 일어나려고 했다.

그러자 시즈쿠가 목에 팔을 꽉 둘렀다. 몸도 최대한 밀착시켰다.

하지메는 일어난 후 말없이 새롭게 출현한 통로로 들어가 묵묵히 걸었다.

이 앞에 있을 동료를 찾아서. 가능하면 무슨 까닭인지 갑자기 분위기가 변한 등 뒤의 사람을 대신 받아줄…… 그래, 카오리가 있으면 좋겠다고 생각하면서…….

그런 생각을 하는데 속삭이는 소리가 들렸다. 대미궁의 속삭임은 아니었다.

벌꿀을 듬뿍 뿌려 녹아 내릴 듯 달콤한 목소리. 하지메의 귀에 희미하게 닿는 숨결에는 열이 실렸다.

시즈쿠의 목소리였다. 하지메의 어깨에 머리를 대고 시즈쿠가 귓가에 속삭였다.

“나구모.”

“응? 왜?”

“나랑 다른 내가 하던 이야기, 들었어?”

“아니. 떨어져 있었고 너희 목소리도 작아서 못 들었어.”

“그래…….”

시즈쿠의 질문에 하지메는 고개를 저었다.

시즈쿠는 조용히 중얼거리고 잠시 생각하는 모습을 보이더니 천천히 한쪽 손을 앞으로 내밀었다. 하지메의 눈앞에 시즈쿠의 손바닥이 보였다.

“이 손, 굳은살투성이지? 전에도 그랬지만, 토터스에 오고 나서 더 딱딱해졌어.”

하지메는 질문의 의도를 몰라 의아한 표정을 보였다.

“역시 여자 손 같지 않다고 생각해?”

작은 새가 지저귀는 것 같은 목소리였다. 부끄러워하는 기색은 전혀 없지만 대답을 듣자니 조금 무서운지 작은, 하지만 힘껏 꺼낸 말임을 알 수 있는 목소리였다.

하지메는 눈앞에 펼쳐진 시즈쿠의 손바닥을 바라봤다.

분명히 손바닥 살은 두껍고 딱딱해 보였다. 몇 년이나 수련을 쌓아 온 증거였다.

"부드럽고 상처 하나 없는 손을 『여자 같은 손』이라고 한다면, 확실히 그건 아니지."

"……."

"하지만 좋은 손이라고 생각해."

"……정말?"

"그래. 젓가락보다 무거운 건 못 들어요, 라고 하는 인간의 손보다는 훨씬 예쁜 손이지."

"……."

그 말에 시즈쿠는 손바닥을 보여주는 게 갑자기 부끄러워졌는지, 주먹을 꽉 쥐어 숨겨버렸다. 그리고 목을 안은 팔에 힘이 들어갔다.

"나구모, 구해주러 와서 고마워."

"딱히 구해주러 가지는 않았어. 우연이었지."

"후후, 또 다른 내가 그러더라. 마치 이야기 속 주인공 같다고. 오르크스에서도, 왕궁에서도 그랬어. 타이밍을 보고 나온 거 아니야?"

"이상한 소리 하지 마. 매번 아슬아슬…… 아니, 카오리는 이미 늦은 상태였지. 아무튼 내 심장에 너무 안 좋아. 난 더 여유로운 게 좋다고."

압도적이고 항상 어떤 일에도 대응하는 것처럼 보여도, 사실은 언젠가 시즈쿠가 말한 것처럼 하지메에게 여유는 전혀 없었다. 언제나 자칫 잘못하면 돌이킬 수 없는 외줄 타기였다.

매번 아슬아슬하게 등장하는 것이 이야기 속 영웅이라면

하지메는 있는 힘을 다해 거절할 것이다.

진심으로 지긋지긋한 표정을 짓고 대답하는 하지메에게 시즈쿠는 웃음을 흘렸다.

"나는 좋아해. 여주인공이 위기에 빠졌을 때 어디선가 나타나 구해주는 영웅. ……난 사실 꽤 소녀 감성이야."

"그건 알아. 카오리가 지겹게 얘기했었으니까."

【호르아드】에서 헤어진 후 신나게 시즈쿠에 관해 떠드는 카오리의 모습이 눈에 선했다. 개인 정보의 개념을 조금만 더 고려해주길 바라지만 카오리가 시즈쿠 이야기를 떠들고 다니는 것은 어제오늘 시작된 일이 아니었다.

시즈쿠는 못 말리겠다며 낯간지럽게 말을 이었다.

"아무튼 그래서 난 검술보다 소꿉놀이를 하고 싶었고 멋진 남자가 지켜주는 공주님이 되고 싶었어. 하르치나 대미궁에서 꿈속 세계로 끌려갔을 때도 나를 안아 든 기사와 사랑에 빠지는 이야기가 나왔을 정도야."

누가 기사였는지는 차마 부끄러워서 말할 수 없었다. 시즈쿠는 자기가 꺼낸 말에 창피해졌는지 볼을 발그레 붉히고 얼버무렸다.

"내가 생각해도 유치해서 애들한테는 도저히 말하지 못했지만."

"유치하긴 하네."

"좀 돌려 말해."

시즈쿠는 어색하게 웃으며 솔직하고 서슴없는 감상을 내놓은 하지메의 머리를 쿡 찔렀다.

"그래서 무슨 말이 하고 싶은 거냐면, 난 그런 사람이니까 위험할 때 몇 번이나 달려와 주고 몇 번이나 구해준 나구모가 엄청 고맙다는 말이야. 지켜봐주겠다는 말도 죽게 두지 않겠다는 말도, 정말로 엄청 기뻤어."

"……호들갑은. 네가 죽으면—."

"카오리가 슬퍼한다고? 나도 알아."

시즈쿠는 하지메의 말을 가로챘다. 그 목소리에 비하하는 느낌은 없었고 오히려 후련한 분위기까지 있었다.

분명히 그 말이 옳았다. 시즈쿠의 죽음이 카오리에게 미칠 영향은 헤아릴 수 없다. 카오리가 한 번 죽었을 때 시즈쿠가 그랬던 것처럼 카오리도 마음이 무너질 가능성은 낮지 않았다.

하지메는 그런 상황을 절대로 용납하지 않는다. 그런 비극적 미래를 피하기 위해서라면 하지메는 망설이지 않고 전력을 다할 것이다.

다섯 병밖에 남지 않은 귀중한 『신수』를 주저 없이 사용한 것이 그 증거였다.

그러나 모든 이유가 카오리를 위해서냐면…….

지금 하지메에게는 그렇다고 할 수 없었다.

지금까지 여행에서 얻은 모든 것.

앞으로 하지메가 바라는 미래.

여행이 끝나 가면서 미래로 가는 길이 보이기 시작했다. 철면피를 깔았다고는 하나 자신의 심층 심리도 명확하게 이해했다.

괴물이란 것은 틀림없다.

괴물이란 것에 후회도 없다.

얼굴도 모르는 사람에게 손을 내밀 수는 없다. 할 생각도 없다.

그래도 적인가 아닌가, 합리적인가 아닌가, 필요한가 필요 없는가, 유용한가 쓸모없는가, 세계를 이분법으로 나누고 득이 없으면 버린다…… 그런 삶으로는 부족한 것도 사실이었다.

그래서 하지메는 자각했는지 못 했는지는 몰라도 아이들의 동행을 허락하고 릴리아나에게 줄 선물을 생각했으며, 그리고 시즈쿠에게도 말한 것이다. 버리지 않겠다고…….

하지메는 자기 심경의 변화를 깨닫고 뭐라고 형언하기 힘든 표정이 됐다. 그러나 자각한 이상 조금은 심정을 말로 표현하는 것도 나쁘지 않다고 생각했다. 여기서 입을 다물거나 말을 흐리면…… 오히려 츤데레 같아서 자기혐오에 빠질 것 같았다. 남자가, 그것도 자기가 츤데레라니, 대체 누가 보고 좋아한단 말인가.

그래서 하지메는 시즈쿠의 말을 정정하기로 했다.

"……카오리를 위해서 하는 건 맞지만, 그게 다는 아니야. 80퍼센트 정도지."

시즈쿠는 어리둥절했다. 한순간 무슨 소리를 들었는지 이해하지 못했지만 눈치 빠른 시즈쿠가 아니던가. 곧바로 이해하고 약간의 기대에 심장이 뛰고 가슴속이 뜨거워졌다.

시즈쿠를 죽게 두지 않았던 이유의 80퍼센트가 카오리를 위해서라면—.

"나머지 20퍼센트는?"

"너처럼 착한 사람을 적극적으로 버리진 않아."

"……."

참 비뚤어진 말투였다. 그러나 이해한다. 제대로 전해졌다.

하지메 안에 분명히 시즈쿠가 있다. 아무래도 상관없는 인간이 아니라 위기에 빠지면 손을 내밀어줄 정도의 가치를 가지고 하지메의 마음속 천칭에 올라가 있었다.

우으~, 하며 몸부림치는 이상한 소리를 낸 시즈쿠는 하지메의 목에 얼굴을 파묻었다. 볼을 넘어 귀까지 새빨개졌다.

간지럽다고 투덜대는 하지메가 왠지 아주 밉살스러웠다.

그래서 시즈쿠는 소소한 복수를 해주기로 했다.

"나구모, 나 어서 카오리랑 만나고 싶어. 카오리뿐 아니라 유에랑, 시아, 티오도 만나고 싶어. 그래서—."

잠깐 뜸을 들이고 약간의 용기를 더해, 그래도 부끄러운지 무심한 척, 아무렇지 않은 척 선언했다.

"—나구모를, 좋아하게 됐다고 말할래. 어떻게 될지 모르지만, 조금만 솔직해져서 부딪쳐 볼래."

"그래? 그렇다면 어서 합류……………… 어이, 야에가시, 지금 너—."

놀란 나머지 무심코 멈춰서 버린 하지메에게 추궁할 기회를 주지 않고 시즈쿠는 녹아 내릴 듯한 목소리로 중얼거렸다.

"나구모, 조금, 지쳤어. 제대로…… 지켜…… 줘야 해?"

하지메의 귓가에 새근새근 귀여운 숨소리가 들려 왔다. 아무래도 하지메에게 몸을 맡기고 잠든 모양이었다.

폭탄 발언만 투척하고 그 후에는 나 몰라라 하는 방법은 모 돌격계 소녀와 아주 똑같았다. 친구는 닮는다는 게 이런 것일까.

"……."

하지메는 입매를 꾹 다물었다. 미간에도 주름이 잡혔다.

무슨 말을 하려고 입을 열었지만 어깨 뒤에 있는 시즈쿠의 옆얼굴을 보고 도로 입을 닫았다.

시즈쿠는 실눈을 뜨고 그런 하지메를 훔쳐보고 있었다.

눈치챘을까, 못 챘을까.

왠지 마음이 들뜨고 이유도 없이 어리광부리고 싶다. 이 무덤덤한 얼굴을 당황스럽게 바꾸고 싶다.

그래서 그가 가장 사랑하는 사람이 하는 것처럼 물기로 했다. 덥석, 하고…….

"으어?! 야에가시, 뭐 하는 짓이야! ……야에가시?"

보지 않고 듣지 않고 말하지 않는다. 왜냐면 야에가시 시즈쿠는 자고 있으니까. 그냥 잠꼬대를 한 거뿐이니까!

그렇게 마음속으로 주장하며 꿋꿋이 자는 척했다.

잠시 후, 못 말린다는 식으로 작은 한숨이 흘러나왔다.

눈을 감아서 바라던 얼굴은 보이지 않았다. 그러나 무척 선명하게 상상할 수 있었다. 하지메가 난감해하고 어이없어하는 얼굴이…….

올라가는 입꼬리를 참을 수 없었다. 입가가 자꾸 실룩거렸다.

그래도 시즈쿠는 애써 자는 척하며 맑게 갠 마음속으로 혼잣말했다.

'카오리, 기다려. 지금부터 네가 원하던 날 보여주러 갈게.'

하지메의 목에 두른 팔에 또 조금 힘이 들어갔다.

번외편 ◆ 여자들의 심야 토크

총총히 박힌 별들이 당장에라도 쏟아질 것 같았다.

밤하늘이 빛났다. 공기는 놀라울 만큼 맑아 마음까지 씻어 주는 듯했다. 작은 벌레의 울음소리와 수풀이 스치는 소리만이 귀를 부드럽게 어루만졌다.

그런 아름다운 밤에—.

시체가 둘—.

"……시즈시즈, 살아 있어?"

"…………살아 있어."

살아 있나 보다.

짜부라진 개구리처럼 꼴사나운 산송장 두 명의 정체는 시즈쿠와 스즈였다.

두 사람은 하늘을 보도록 돌아눕고 기왕 누운 김에 대 자로 뻗어 크게 숨을 토했다.

밤공기가 폐를 채우고 뜨거워진 몸을 부드럽게 식혔다. 별바다 아래 두 사람은 서로 짠 것처럼 후유, 하고 긴장이 풀린 숨을 뱉었다.

"드디어 내일이구나~."

"그러게. 어떻게든 적응해서 다행이야."

시즈쿠와 스즈가 대 자로 드러누워 말을 나눴다.

두 사람이 나누는 대화는 하지메에게 마개조당한 아티팩트

연습에 관해서였다.

능력이 늘고 출력도 수준이 달라진 그것을 다음 목적지인 【슈네 설원】에 돌입하기 전에 이렇게 정박 중인 폴니르 갑판 위에서 연습하던 중이었다.

현재 위치는 이미 설원 코앞이었다. 내일은 설원에 들어간다. 그러면 논스톱으로 마지막 대미궁 【빙설 동굴】에 돌입할 것이다.

그래서 돌입 전날 밤에 시즈쿠와 스즈는 어느 정도 만족스러운 결과를 내려고 마음먹었다.

마력이 텅텅 비어 심한 권태감에 휩싸였고 땀으로 온몸이 축축해 기분도 나빴지만, 그래도 두 사람의 표정은 흡족해 보였다.

그런 그곳으로 바쁘게 다가오는 발소리가 들렸다.

"시즈쿠, 스즈, 수고했어!"

은쟁반에 옥이 구르는 듯한 목소리와 함께 온 사람은 카오리였다. 외모는 『신의 사도』 노인트인데 흰색 잠옷 차림인 것이 아직도 영 익숙하지 않았다.

카오리 뒤에는 똑같이 노출이 적은 잠옷을 입은 유에, 시아, 티오도 있었다. 티오만 유카타 같은 옷을 입어 노출은 적은데 옷섶 사이로 가슴이나 맨다리가 언뜻언뜻 보여 스즈는 속으로 「이 사람, 쓸데없이 야하네」라고 중얼거렸다.

"자. 땀은 꼭 닦아."

"고마워, 카오리."

"카오링, 고마워!"

기쁘게 보송보송한 수건을 받아든 시즈쿠와 스즈는 몸을 일으켜 땀을 닦았다.

그런 두 사람을 보면서 티오가 걱정스럽게 말했다.

"곧 하루가 지나는데 너무 열을 올린 것 아닌가?"

"맞아요~. 아무튼 야식이라도 드세요! 움직인 만큼 먹어서 보충하지 않으면 강해질 수 없으니까요!"

시아가 든 쟁반에는 수프와 부드러운 빵이 담겨 있었다. 진한 채소 냄새가 코를 간지럽힌 탓인지, 배에서 바로 꼬르륵 소리가 났다.

"아하하, 스즈 씨, 그렇게 배고프세요?"

시아는 흐뭇하게 웃었지만 스즈는 눈을 못마땅하게 떴다.

"왜 아무런 의심도 없이 내 배에서 소리가 났다고 생각했는지 따지고 싶지만, 시아시아, 나 아니야."

그럼 누가? 모두의 시선이 필연적으로 한 사람에게 집중됐다.

"……보, 보지 마……."

시즈쿠였다. 배가 많이 고팠나 보다. 벌써 포니테일을 얼굴에 감아 수치심 방어— 포니테일 가드를 발동했다.

무척 뜨뜻미지근하고 부드러운 분위기가 감돌았다.

"그러고 보니 코우키와 류타로는?"

수치심에 떠는 친구를 구하고자 화제를 돌리는 카오리에게 시즈쿠가 감사하며 포니테일 가드를 풀고 대답했다.

"먼저 쉬러 갔어. 류타로는 평소대로 쉬지도 않고 달리다가 뻗었고, 코우키는 성검 출력이 상상 이상이라서 먼저 마력이 고갈돼서 뻗었어.”

“괘, 괜찮은 거야?”

“괜찮아. 이러니저러니 해도 두 사람 모두 제대로 힘을 다룰 수 있게 됐어. 이제는 내일 도착하기 전까지 최종 조정과 연계만 확인하면 돼.”

“그래? 다행이다. 그러면 어쩌지? 일단 두 사람 것도 챙겨 왔는데.”

시아가 큰 쟁반에 담아 가져 온 야식은 남자 두 명의 먹성을 고려해 6, 7인분은 되었다.

“기왕 만들었으니까 다 같이 먹을까요? 밤하늘 아래에서 여자끼리 야식. 제법 재밌지 않을까요?”

토끼 귀를 쫑긋쫑긋하며 시아가 밝게 말했다.

“……응. 하지메도 오늘은 회복에 전념한다고 쉬러 갔으니까 괜찮다고 봐.”

그리고 유에까지 동의하자 반대하는 사람은 아무도 없었다.

그렇게 야심한 밤의 친목회가 열렸다.

수프를 마신 순간 피로한 몸에 활력이 돌아온 듯 시즈쿠와 스즈의 표정이 확 풀어졌다. 요리한 카오리도 기쁘게 미소 지었다.

“난 평소처럼 시아가 만든 줄 알았는데…… 맛을 보니까 카오리가 만든 거네? 고마워, 카오리.”

“에헤헤, 역시 시즈쿠는 아는구나.”

"당연하지."

쑥스럽게 웃는 카오리에게 시즈쿠가 상냥하게 웃으면서 돌아봤다.

"시즈쿠 씨랑 카오리 씨는 정말 사이가 좋으시네요~."

시아가 감탄하며 토끼 귀를 흔들자 카오리는 시즈쿠에게 안기다시피 찰싹 붙어 자랑하듯 우쭐해했다. 유에를 힐끔힐끔 보면서…….

"……웬 잘난 척? 밥맛사키 바보리."

"그게 누구야?!"

친구를 자랑하는 카오리가 짜증 났는지 유에는 흥, 하고 콧방귀를 뀌며 옆에 있는 시아를 끌어당겼다.

"……시즈쿠에겐 이 매력적인 토끼 귀가 없어."

누가 봐도 「내 친구가 이겼다!」라고 말하듯 우쭐한 얼굴이었다.

"시, 시즈쿠한테는 이 포니테일이 있어!"

"……흣. 이 폭신폭신함에는 못 이겨."

"가슴이라면 시즈쿠도 폭신폭신해!"

"카오리, 너 무슨 소리야?!"

시즈쿠가 버럭 야단쳤다. 서로의 친구가 얼마나 멋진가를 두고 왁자지껄한 자랑 대회가 열리려는 그 순간—.

"좋지, 친구. 멋지지, 친구. 나한테도 있었는데~. 아, 착각이었으니까 『옛』 친구조차 아니구나…… 하하."

모든 이의 시선이 스즈에게로 확 돌아갔다. 그리고 썩은 동태눈이 된 분위기 메이커를 발견한 뒤 표정이 굳었다.

카오리가 은근슬쩍 시즈쿠에게서 떨어지고 유에도 조심조심 시아를 놓아줬다.

"스, 스즈야. 철선은 좀 쓸 만하더냐? 익숙해졌느냐?"

너무 무거운 자학에 차마 장난으로 받아치기도, 변태 짓을 할 수도 없던 티오가 화제를 돌렸다. 일동이 굿 잡이라며 몰래 엄지를 척 들었다.

"응. 괜찮아요, 티오 씨. 부채는 처음 써 봤는데 조금 우아한 기분이 돼!"

암흑면이 쑥 들어가고 평소의 분위기 메이커 스즈가 돌아왔다.

스즈에게서 의외로 깊은 내면의 어둠이 다시 나오지 않도록 조심하며 시즈쿠가 끼어들었다.

"맞아. 우아하고 예쁘더라. 스즈의 마력으로 빛나는 부채가 동작에 맞춰서 허공에 주황색 빛을 뿌리는 게 정말로 『무용』 같았어."

"시, 시즈시즈, 뜬금없이 칭찬하지 마~. 부끄럽잖아. 나구모가 준 아티팩트가 대단한 거야. 빛이 나거나 빛을 뿌리는 건 그냥 옵션이라고 했어."

여전히 물건 제작에는 쓸데없는 부분에 아낌없이 공을 들이는 남자였다.

쑥스러워하는 스즈에게 시즈쿠는 쓴웃음 짓고 말했다.

"후후, 미안. 코우키 앞에서는 말하기가 어려워서 그랬어."

그 말을 듣고 카오리가 고개를 갸웃거렸다.

"……? 왜 코우키 앞에서는 말하기 어려워?"

시즈쿠는 순간 아차 하는 표정이 됐다. 스즈와 얼굴을 마주 보고 뭐라고 말하기 어려운 표정으로 변했다. 그래서 점점 더 궁금해진 카오리가 추궁하자—.

"그게…… 코우키는 나구모 이야기가 나오면 고민이 많아지잖아? 그렇다고 힘을 빌리지 않을 수도 없는 노릇이고……."

"아하하, 그래서 나구모가 만든 아티팩트를 칭찬하면 조금 뚱해지더라고~."

그런 사정이 있었나 보다. 싸우는 힘이 강해지는 것은 기쁘다. 하지만 그것을 하지메가 줬다고 생각하면 자신의 올바름을 증명하고 싶은 코우키는 몹시 심경이 복잡했다.

그 이야기를 들은 카오리는 애매모호한 웃음을 지었고, 유에는 어이없는 얼굴, 티오는 「애는 애구나」라고 말하는 듯한 얼굴이 됐다.

애매하게 웃는 시즈쿠에게 시아가 고개를 갸웃거렸다.

"시즈쿠 씨는 그 사람을 좋아하나요?"

"어?"

시즈쿠가 생각지도 못한 곳에서 돌이 날아든 것처럼 놀랐다.

"전부터 의아했거든요. 시즈쿠 씨는 항상 코우키 씨에게 관대하고 신경도 많이 쓰잖아요."

"아, 그 생각은 나도 했었지. 승화 마법을 얻었을 때도 코우키만 복잡해 보였어. 그리고 시즈쿠, 너는 그런 코우키를 누구보다 걱정하지 않았느냐."

"……응. 친구의 성과를 솔직하게 기뻐하지 못하는 남자를 너무 편들어. 못난 남자한테 끌리는 타입?"

시즈쿠는 마지막에 나온 유에의 질문만 단호히 부정하고 난처한 얼굴로 어깨를 으쓱였다.

"가족이니까. 모른 척할 수는 없어."

카오리를 제외한 사람의 머리 위에 물음표가 떠올랐다. 『가족』이라는 말에 혹시 단순한 친구가 아니라 친척이었나 생각하고…….

"시즈쿠가 하는 말은 야에가시류 문하생이라는 뜻이야. 시즈쿠네 집에서는 정식 문하생은 『가족』으로 취급해."

야에가시류— 지역에서 오래 전부터 뿌리 내린 검술 도장이었다. 일반인이 다니는 검도 학원과는 구별되며 경비 회사나 경찰 관계자의 무술 지도도 하기 때문에 업계에서 유명한 유파였다.

문하생이 되는 사람은 한정되어 있으나, 한 번 입문하면 야에가시 가문은 그들을 『가족』이라고 부른다.

—가족은 절대로 가족을 버리지 않는다. 버리지 않으니까 가족이다.

야에가시류 사범인 시즈쿠의 할아버지, 슈조는 야에가시류의 여러 가르침 중에서 그것을 가장 중요시했다.

실제로 문하생이 어떤 사고를 당하든 야에가시 가문은 단 한 번도 그들을 내버리지 않았다. 그래서 야에가시에 속한 사람들은 연대가 강하며 시즈쿠도 그런 할아버지와 아버지, 어머니, 문하생들을 보고 자란 까닭에 그 가르침이 몸에 배어 있었다.

참고로 코우키의 경우 어머니가 옛날 슈조에게 신세를 진 적이 있어 그 인연으로 입문을 허가받았다는 사정이 있었다.

"그래서 귀찮은 애지만 가만히 둘 수 없는 거야. 뭐라고 해야 할까…… 굳이 비유하자면 『손이 많이 가는 동생』 같은 느낌일까?"

동급생 여자아이에게 동생 취급받는 남자의 심정을 생각하면 그건 그거대로 조금 불쌍했다.

남매처럼 자란 친구가 서로에게 연애 감정을 가지지 못한다는 이야기는 제법 흔하니까 그러려니 하다가도…… 코우키가 시즈쿠를 보는 눈을 떠올리면 뭐라고 말하기 어려웠다.

시아가 토끼 귀를 쫑긋거리고 호기심으로 눈을 살짝 빛내며 물었다.

"남자로 느낀 적은 없어요?"

이쯤 되자 본격적인 여자의 수다라는 느낌이었다. 그 질문에 시즈쿠는 거북하게 몸을 꼬았다. 그 대신 스즈가, 버릇없지만 수프의 채소를 우물거리면서 입을 열었다.

"소문은 무성했어. 시즈시즈도 카오링도 코우키랑 같이 있는 일이 많았고 코우키는 명백하게 두 사람을 특별히 대했으니까."

"그건 그래. 그 덕분에 코우키에게는 못 이긴다고 생각한 남자들이 고백하지 않게 됐으니까 조금은 도움이 되기도 했지만……."

그럼 역시 남자로 본 적 있는가! 시아뿐 아니라 유에와 티오까지 호기심 어린 눈으로 바라봤다. 그녀들은 모두 하지메를 좋아해서 남자 이야기를 해도 하지메가 아니면 관심이 없었다. 그 반동인지 남의 연애 사정이 몹시 자극적으로 느껴졌다.

시즈쿠는 쓴웃음이 더 짙어졌고 고개를 살며시 저었다.

"나는 사실 코우키가 거북하던 때가 있었어."

"""""뭐?!"""""

스즈도 포함해 일동이 일제히 소리쳤다. 그런 내색을 전혀 하지 않았기에 놀라기도 했지만 그 이상으로 시즈쿠가 다른 사람도 아닌 소꿉친구를 거북하게 여겼다는 사실이 믿어지지 않았다. 더 자세히 말해 보라는 무언의 압력이 시즈쿠에게 쏟아졌다.

그 와중에 카오리만은 조금 걱정스러운 눈빛을 시즈쿠에게 보내고 있었다.

"코우키는 옛날부터 여자애들한테 인기가 있었어."

떠올린다. 아픔을 동반한 기억을. 식어 가는 여자아이들의 눈빛을…….

음험하고 어리기에 정도를 모르는 잔혹함은 무자비하게 시즈쿠를 몰아세웠다.

"그 무렵 나는 별로 여자답지 않았거든. 그래서 그런지 코우키랑 같이 있으면 제법 질투를 샀어."

말은 가볍게, 표정도 아무렇지 않게, 하지만 가슴속은 고통으로 가득했다. 시즈쿠는 마음 깊은 곳에 있는 우리 속에 가둬 둔 그 고통이 흘러나오지 않도록 마음을 꾹 누르고 말을 이었다.

"더군다나 당시에는 내가 사교성이 좋은 편이 아니었어. 그래서 잘 대처하지 못했고……."

"하지만 가족이나 다름없는 코우키를 멀리할 수도 없어서 딜레마에 빠진 게로군?"

시즈쿠가 흐린 말의 뒷부분을 티오가 보충했다. 시즈쿠는 어깨를 으쓱 들었다.

"그게 뭐예요, 코우키 씨는 아무것도 안 했어요? 친구가 곤란해하는데."

물론 했다. 시즈쿠에게 질투하는 아이들에게 시즈쿠와 친하게 지내 달라고 부탁했다. 당연히 사태는 악화했다. 시즈쿠는 그 사실은 밝히지 않고 대신 최고로 다정한 눈으로 카오리를 봤다.

"도와준 사람은, 카오리였어."

"시즈쿠……."

지금도 선명하게 기억한다.

예전부터, 같은 반이 되어 카오리가 시즈쿠를 알기 전부터 시즈쿠는 카오리를 알고 있었다.

희미한 질투와 함께…….

빛이 나는 여자애라고 생각했다. 남자로 보인다는 말까지 듣는 자신과는 사는 세계가 다른, 진짜 여자아이라고 생각했다. 말 그대로 공주님 같았다.

아무런 관계가 없다는 것을 알면서도 시즈쿠는 카오리를 똑바로 볼 수 없었다. 올곧은 마음도 보낼 수 없었다. 카오리가 근처에 있기만 해도, 누가 카오리를 칭찬만 해도 마음속에서 질척한 것이 끓어오르는 느낌이 들었다. 그런 자신이 싫어서 같은 반이 되어도 피해 다녔다.

그런데 카오리는 그런 시즈쿠의 소소한 방어선은 아무렇지도 않게 뛰어넘어 버렸다.

"예쁘다……."

그것이 카오리가 시즈쿠에게 처음으로 한 말이었다.

시즈쿠의 책상 옆에 쪼그려 앉아 자그만 손가락을 책상에 걸치고 시즈쿠의 얼굴을 아래에서 엿봤다.

처음에는 비아냥거리는 줄 알았다. 이런 공주님 같은 아이도 다른 애들처럼 나를 놀리는 건가, 하고 시즈쿠는 절망에 가까운 마음을 품었다. 그것이 오해였다는 것은 그 후 카오리의 돌격 소녀 정신을 통해 절실히 깨달았지만…….

"그날부터 매일 그랬지. 살짝 인간 불신에 빠졌던 나는 혼자 오기를 부리면서 카오리를 무시했는데…… 날이면 날마다 『시즈쿠, 시즈쿠! 시즈쿠라고 불러도 돼?』라면서 강아지가 꼬리를 흔들며 달라붙는 것처럼 호의를 보여서, 내가 항복했지."

"그, 그치만 정말로 시즈쿠처럼 예쁜 사람은 처음 봤는걸."

당시 일을 떠올린 카오리는 빨개진 볼을 손으로 가리고 부끄러워 몸을 떨었다.

그런 카오리를 보고 시즈쿠는 키득키득 웃었지만 이내 다정한 눈길로 카오리의 머리를 쓰다듬었다.

"그때는 말하지 않았지만…… 기뻤어. 몰래 뒤에서 울 정도로 기뻤어. 다른 여자애들이 카오리에게 나를 어떻게 대해야 하는지 말할 때도 카오리는 진지하게 『왜? 왜 그런 짓을 해야 해?』라고 대답하질 않나……."

정직하게, 방해나 대가도 자기 알 바 아니라는 것처럼 카오리는 시즈쿠의 곁으로 왔다.

지금 생각해 보면 카오리는 느꼈는지도 모른다. 시즈쿠의 고통을……. 그래서 절대로 떨어지지 않으려고 했겠지. 마음을 치유해주려고 했겠지.

"돌격 소녀 파워를 받았어. 그 다음부터야, 내가 변한 건."

한탄해 봤자 아무것도 변하지 않는다. 카오리처럼 맞설 줄 아는 사람이 되고 싶다.

그렇게 생각한 시즈쿠는 자신을 바꾸어 나가기 시작했다. 악의를 악의로 받아치지 않고, 마냥 견디지도 않았다. 자신감을 키우고 당당히 가슴을 펴서 태도로, 행동으로 인정하도록 했다.

"맞아, 내가 머리를 기르기 시작한 것도 카오리의 돌격 때문이야."

"때문이라고 하면 듣기 안 좋잖아!"

으르렁대는 카오리를 달래면서 무슨 소리냐고 고개를 갸웃거리는 일동에게 시즈쿠는 설명했다.

"카오리가 시즈쿠는 긴 머리가 어울려! 라고 했었거든. 나는 할아버지에게 검술을 배우면 머리는 짧아야 한다고 들었으니까 그건 안 된다고 했는데……."

아니나 다를까, 카오리는 그런 게 어딨냐며 분개하더니 야에가시류 사범에게 돌격했다.

그리고 당황해서 말리려는 시즈쿠를 뿌리친 뒤 「이리 오너라!」를 외치며 도전자처럼 돌격했고, 고위 경찰에게도 『선생님』이라고 불리며 존경받는 슈조에게 「시즈쿠 할아버지는 잘못됐어요!」라고 손가락을 들이댄 것이었다.

그리고 시즈쿠가 얼마나 미인이며 긴 머리가 어울리는가를 많은 문하생이 보는 앞에서 역설했다.

결과적으로 무뚝뚝한 얼굴이 기본인 슈조가 너털웃음을 치거나 문하생도 아닌데 카오리가 야에가시 가문의 『가족』으로 인정받은 이야기는 지금도 문하생 사이에서 전설처럼 전해져 내려왔다.

카오리는 양손으로 얼굴을 가렸다.

"차, 창피하네. 젊은 날의 과오란 건."

"……안심해. 지금도 다를 게 하나 없어. 과오사키 바보리니까."

유에의 불쌍하다는 듯한 표정과 말에 작렬하는 카오리의 고속 펀치. 티오 배리어로 방어! 터지는 신음!

"뭐, 그런 일이 있어서 마음에 여유도 생겼고…… 코우키도 한 걸음 물러나서 객관적으로 볼 수 있게 됐어."

코우키는 여전히 정의 실현을 위해 동분서주. 곤경에 빠진 사람을 발견하면 달려가 소동의 중심으로 뛰어들었다. 신기하게도 소동까지 코우키에게 모여드는 것 같았다.

사람의 선성을 의심하지 않았고 코우키 본인이 티끌만 한 악의도 갖지 않고 세상을 위해, 사람을 위해 뛰어다녔다.

똑바로 앞을 보고 올곧은 빛으로 사람을 구한다. 그래서 그 빛의 뒤에 생기는 그림자를 눈치채지 못했다.

아, 정말이지 손이 많이 간다. 그래서—.

"코우키를 그런 대상으로 의식하거나 하진 않았어. 좋든 나쁘든 너무 잘 아니까. 정말로 가족과 같을 정도로."

그런 관계로 발전하기에는 이미 너무 가까워졌다. 연애 이야기에 눈을 빛내던 일동은 대강 이해한 표정을 보였다. 그러나 기왕 생긴 기회를 이대로 끝낼 생각은 없었다.

"그럼 시즈쿠 씨의 이상형은 어떤 사람인가요!"

"시, 시아. 너, 서슴없이 물어보는구나……."

주위에는 하지메 지상주의자와 변태밖에 없는데 어쩌겠는가. 최근 들어 사랑을 이루어 여유가 생긴 토끼는 타인의 연애 이야기에 굶주렸다! ……라는 속내가 통통 튀는 토끼 귀와 반짝반짝 빛나는 눈동자로 뚜렷하게 전해졌다.

어떻게 대답해야 할까? 아니, 애초에 대답을 해야 할까? 고민하는 시즈쿠 대신 카오리가 말해 버렸다.

"그러고 보니 시즈쿠, 검도 잡지 인터뷰에서 이상형을 물었을 때 『지켜주는 사람』이라고 했었는데—."

카오리의 입이 꾸욱 꼬집혔다. 『시즈쿠가 있지! 시즈쿠가 있지!』가 입버릇에 시즈쿠에 관해 말하지 못하면 입에 가시가 돋는 카오리의 입은 조건에 따라서는 헬륨 가스보다 가벼웠다.

뭔가를 눈치채고 히죽거리던 걸즈의 시선에, 시즈쿠는 헛기침을 한 번 하고 빙그레 웃으며 말했다.

"맞아. 나를 지켜준 카오리 같은 사람이 타입이야."

"흐에?"

빤히 바라보며 조금 어른스러운 분위기로 후후, 하고 웃는 시즈쿠. 그것을 보고 카오리의 얼굴이 다시 빨갛게 익었다.

"어, 어라? 제가 잘못 본 건가요? 카오리 씨와 시즈쿠 씨 뒤에 무슨 꽃이 핀 것 같았는데……."

백합이 틀림없다.

"……백합사키 바보리 씨, 영원히 행복하세요."

"유에! 그런 거 아니야! 그보다 바보리는 왜 안 바뀌어?!"

창피함 때문인지 카오리는 괜히 과잉 반응을 보이며 유에에게 달려들었다.

하지만 그 분위기도 바로 얼어붙었다.

"카오링과 시즈시즈 백합설이 제법 유명하긴 했어. ……그러고 보니 오르크스 대미궁에서 위기에 빠졌을 때도 카오링은 시즈시즈한테 달려갔지? 굳이 나한테서 떨어져서…… 시즈시즈라면 마지막 순간을 함께할 수 있지만, 나는 안 된다는 걸까, 하하."

"스즈?!"

스즈가 예고도 없이 암흑면에 빠졌다. 수해 대미궁에서 본 꿈이 후유증으로 남았는지도 모르겠다.

뾰로통한 스즈를 배려할 요량인지 시아는 스즈에게로 화제를 전환했다.

"스, 스즈 씨는 어때요? 어떤 사람이 취향이에요?"

나이스 화제 전환! 카오리 & 시즈쿠가 살짝 엄지를 들었다.

"……취향. 로리콤이 아닌 사람? 카오링와 시즈시즈랑 달리 나 같은 땅꼬마를 좋아해줄 사람은 없으니까! 고백도 동네에 사는 위험한 변태 오빠에게 받은 게 다야! 하하."

"스즈 씨, 죄송해요! 폭탄을 쑤셔 버렸어요! 누가 제일 잘 듣는 혼백 마법 좀 걸어줘요!"

이제는 신대 마법에 기대야 할 정도로 스즈의 다크 사이드는 깊었다. 평소에는 열심히 버티지만 한 번 넘어지면 추락하는 것도 빠른 모양이었다.

그런 스즈에게 혼백 마법보다 강렬한 일격이 들어왔다.

"……나보고 땅꼬마라고?"

미끄러지듯 다가온 사람은 진지한 얼굴의 유에 님이었다. 스즈와 유에는 체형이 닮았다. 스즈가 자기를 땅꼬마라고 한다면 그건 유에에게 하는 말이라고도 생각할 수 있었다.

차갑게 식은 눈과 흘러나오는 압박감에 스즈는 순식간에 암흑면에서 탈출했다.

"아, 아니에요오! 언니는 엄청 멋져요오!"

"유에, 진정해! 스즈 말투가 시아화했어!"

유에 님이 미끄러지듯 원래 위치로 돌아갔다. 눈물을 머금고 부들부들 떠는 스즈도 위로할 겸, 시즈쿠는 사실 궁금했지만 무시해 오던 것을 물었다.

"그러고 보니 왜 유에를 『언니』라고 불러?"

시즈쿠는 평소 자주 듣는 입장으로서 개인적으로도 관심이 있었다.

"응? 으음, 오르크스 대미궁에서 구해줬을 때 엄청 멋졌으니까……."

유에 님의 콧구멍이 넓어졌다. 조금 쑥스러웠나 보다.

"아, 그랬지. 유에는 몰라도 그때 하지메는 멋졌었지."

"그러게……."

카오리의 황홀한 말을 받아 그때 함께 하지메의 등을 바라봤던 시즈쿠도 작은 목소리로 동의했다.

떠올랐다. 선명하게. 카오리가 처음 말을 걸었을 때 기억과 같을 정도로…….

치사하다고 생각했다. 힘이 아니라, 그런 모습을 보여주는 것이…….

"시즈쿠."

퍼뜩 정신을 차리자 왠지 사람들이 모두 시즈쿠를 보고 있었다.

"왜, 왜? 무슨 일 있어?"

다시 불쑥 다가오는 유에 님. 기본 사양인 냉담한 눈빛이 시즈쿠에게 꽂혔다.

"……알려줘. 시즈쿠가 본 하지메는, 어떤 사람이야?"

"어? 나구모? 어…… 왜 나한테? 나구모에 관한 거라면 카오리가 제일—."

"……카오리는 안 돼. 자기와 하지메밖에 모르는 추억으로 금방 우쭐거려서 짜증 나."

"유에도 나락에서 생활할 때 이야기하잖아! 우쭐한 얼굴로!"

"네, 네~. 알겠으니까 두 분 다 진정하세요~."

시아에게 목덜미를 잡혀 몸싸움을 저지당한 두 사람을 무시하고 티오가 뒷이야기를 재촉하며 물었다. 그 순간, 유에와 카오리도 고개를 휙 돌렸다.

시즈쿠는 움찔 놀라면서도 잠깐 생각하는 모습을 보였다.

그러고는 잠시 후 조용히 말을 툭 흘렸다.

"……그 애의 첫인상은 『뭐 저런 이상한 사람이 다 있지』였었나?"

""""""이상한 사람?""""""

예상하지 못한 답변에 일동의 말이 정확하게 겹쳤다. 카오리까지 눈을 휘둥그렇게 뜨고 있었다.

"덧붙이자면 『카오리, 너 정말 이런 사람으로 괜찮아?!』라고도 생각했어."

"시즈쿠, 그런 생각을 했어?!"

경악해 소리친 카오리에게 시즈쿠는 어색하게 웃고 어깨를 으쓱했다.

"그야 어쩔 수 없잖아? 입학식에서, 그것도 단상에 올라간 코우키 때문에 여자애들의 비명에 유리가 깨지지나 않을까 싶은 상황에서 혼자 곯아떨어져 자던 사람인데."

"윽, 그, 그건……."

지금도 묘하게 이상한 기분과 함께 떠올랐다.

카오리가 하지메와 만났을 때부터 그 입학식까지 약 2년간 시즈쿠는 귀에 딱지가 앉을 만큼 하지메에 관한 이야기를 들어야 했다. 자연스럽게 미화되는 것도 당연하다면 당연했다.

그런데 겨우 만난 그는 공기가 파열한 것 같은 소음 속에서도 일어날 줄 몰랐다. 그런데 입학식이 끝난 순간 민감하게 그것을 알아챈 것처럼 느릿느릿 일어나는 것이 아닌가.

"그 후에도 얘는 뭐 하는 앤가 싶었어."

매일 아침 삶에 찌든 회사원 같은 얼굴로 아슬아슬한 시간에 등교.

그리고 곧바로 꿈나라로 떠난다.

점심은 언제나 10초 안에 뚝딱 먹는 곤약 젤리.

그러는가 싶더니 방과 후에 인간성을 되찾고 엘리트 귀가부의 실력을 발휘한다.

순식간에 잠들고 순식간에 각성하는 기인 열전 같은 특기를 가지고 혼자만의 세계에 사는 듯한 사람. 그렇지만 대화해보면 밝은 성격에 이야기도 잘 들어줬다.

"종잡기 어려웠어. 지금까지 그런 애는 본 적이 없으니까."

카오리와 스즈가 「아~」 하며 이해한다는 반응을 보였다. 전혀 부정할 수가 없었다.

시즈쿠는 「그렇지?」라고 웃으면서 말을 이었다.

"무엇보다 이상한 건 카오리에게 전혀 관심을 안 보인다는 거였어."

입학 당시부터 남자들에게 뜨거운 주목을 받던 카오리가 틈만 있으면 적극적으로 말을 거는데 하지메는 대개 어색하게 웃으며 난처한 표정을 지었다.

"이 인간은 우리 귀여운 카오리한테 대체 뭐가 불만이야! 라는 생각이 들어서 때때로 화가 나서 노려봤어. 또 그런 거에는 민감하더라. 그럴 때마다 움찔거리며 두리번거렸어. 조금 재밌었지."

장난스럽게 웃는 시즈쿠의 눈빛은 어딘지 모르게 아련했다. 아직 2년도 지나지 않았는데 마치 먼 과거처럼 느껴지는 추억에 잠겨 이야기를 풀어 놓았다. 그 말투는 즐겁고 가벼웠다.

카오리가 점심을 함께 먹자고 하자 집중되는 시선에 식은땀을 흘리는 하지메.

항상 잠만 자면서 성적은 평균점을 따서 교사들이 탐탁지 않게 바라보자 쓴웃음을 짓는 하지메.

카오리와 성인 게임 코너에 돌격한 다음 날, 그 이야기를 듣고 우스울 정도로 낯빛이 바뀐 하지메.

방과 후를 호시탐탐 노리는 카오리를 눈치채고 시즈쿠조차 놀랄 몸놀림으로 도망친 하지메.

코우키의 설교에 얼굴이 굳으면서도 마지막까지 듣는 하지메.

추억이 스텝이라도 밟는 것처럼 흘러나왔다.

이야기하는 시즈쿠를 일동이 어떤 표정으로 보는 줄도 모르고…….

시즈쿠는 더 우습게 웃으면서, 그러나 표정과는 달리 어두운 이야기를 꺼냈다.

“언제부터였더라…… 그랬던 나구모의 학교생활이 조금씩 변하기 시작했어. 카오리가 좋아한다는 이유도 있고, 카오리를 포함해서 주목도가 높았던 우리 네 명이 근처에 있었으니까…… 시기하는 사람이 늘었어.”

내가 그랬던 것처럼, 이라고 나지막이 중얼거렸다.

하지메를 둘러싼 공기는 조금씩 얼어붙어 갔다. 음험함이 날로 강해지고 악의와 조소가 노골적으로 변해 갔다.

그 기억을 떠올리고 카오리의 표정이 어두워졌다. 그 속마음을 깨닫고 시즈쿠는 고개를 설레설레 저었다.

“어떻게든 해야겠다고 생각했어. 나는『그걸』알고 있었으니까. 그래도 말이야, 나는 걔가 힘들다는 걸 알고도 카오리를 말리지 못했어. 난 카오리의 마음도 알고 있었으니까.”

지금까지 아무리 고백받아도, 그 코우키가 특별하게 취급해도 마음을 돌린 적 없는 카오리의 첫사랑이었다. 2년이나 마음속에 묵히고 겨우 재회했는데, 정작 상대와의 거리는 줄어들 기미가 없었고…….

첫사랑이라고 스스로 깨닫지도 못하니까 당시 카오리에게는 그저 좋아하는 사람의 시선이, 의식이 조금이라도 자신을 향하도록 우직하게 부딪힐 수밖에 없었다.

주위를 볼 여유도 없는 친구를 다그치지 못했지만 하지메를 놔둘 수도 없었던 시즈쿠는 들릴락 말락 한 목소리로 미안하다고 사과하는 수밖에 없었고…….

그런데 시즈쿠가 그렇게 초조함과 죄책감에 빠져 있었는데!

"나구모는 전혀 신경도 안 쓰는 거야! 입으로는「난감하네~」라고 했지만 하나도 난감해 보이지 않았어! 그러면서 하품을 하더라니까!"

정말로 얘는 뭔가 싶었다.

강해, 너무 강해! 보기랑 달리 강철 심장을 가졌어! 라고 생각했다.

그 후부터였을 것이다. 시즈쿠가 하지메를 보는 시각이 달라진 것은―.

하지메를 그냥 이상한 사람으로 보지 않게 된 것은―.

이번에는 다른 의미로 본 적 없는 타입인 그에게 강한 흥미가 생긴 것은―.

"평소 태도가 그렇다 보니까 처음에는 그냥 감정이 메마른 인간이라고도 생각했어. 남에게 전혀 관심이 없으니까 괜찮은 게 아닐까 했지."

그건 크게 틀리지는 않았다. 하지메라는 인간은 확실히 기본적으로 남에게 무관심했다.

그래도 그것은 하지메가 비인간적이고 냉혹한 인간이라는 뜻은 아니었다.

쭉 보아 왔고 카오리를 통해 알게 되면서 시즈쿠는 그 점을 알 수 있었다.

하지메는 그저 따로 몰두할 것이 있을 뿐이었다.

그것을 정말로 좋아해서 언제나 전력을 다하며 살아갔다. 그래서 그는 달게 받는 것이다. 좋아하는 것에 전력을 다하는 대가를…….

『각오』라고 하면 호들갑스럽지만 하지메에게는 있었다.

『그래도 나는 이렇게 하겠다』라는 강한 의지가…….

그 의지가 곤란한 표정을 하면서도, 쓴웃음을 지으면서도 역경을 받아치고 있었다.

"알겠더라. 말로는 잘 표현하지 못하겠지만, 이해는 할 수 있었어. 아, 이거구나. 이 강한 모습에 카오리가 끌린 거구나, 하고."

달콤한 과자를 입안 가득 넣은 표정을 짓는 시즈쿠의 머릿속에 작디작은 추억이 떠올랐다.

—카오리도 모르고, 다른 누구도 모르는 소소한 추억.

어느 날 방과 후였다.

검도부 연습이 끝나고 잊은 물건이 있어서 교실로 돌아간 시즈쿠는 아주 보기 드문 하지메를 발견했다. 교실에서 잠든 하지메였다. 인간성을 되찾지 못할 정도로 그날은 피곤했던 모양이었다.

그런 하지메를 놔둘 수도 없어서 시즈쿠는 말을 걸었다. 힘

주어 몸을 흔들면서…….

하지메가 「응아」라는 해괴한 소리를 내며 일어나자 시즈쿠는 자기도 모르게 웃음을 풉 터뜨렸다.

"으응? 야에가시?"

"그래, 나야. 세상모르고 자던데, 이대로 학교에서 자고 가려고?"

시즈쿠가 웃으면서 말하자 하지메는 어리둥절한 뒤 창밖을 보고 또 「어버」라는 괴상한 소리를 냈다. 물론 시즈쿠는 더 크게 웃었다.

"얼마 안 있으면 선생님이 문 잠그러 오실 거야. 같이 나가자."

"아, 응. 그래야지. 깨워줘서 고마워, 야에가시."

다른 사람이 아무도 없기 때문인지 평소 같은 경계심도 없었고, 지금도 선명하게 떠오를 정도로 하지메의 분위기는 부드럽고 평온했다.

시즈쿠는 속으로 어떻게 이런 온화한 사람이 그런 강철 심장을 가졌을까, 라며 고개를 갸웃거리고 하지메와 함께 나란히 복도를 걸었다.

다른 사람은 아무도 없었다. 노을 진 석양이 아름다운 음영을 만드는 조용한 복도였다.

왠지 목이 콱 막힌 느낌에 빠져 무슨 이야기를 해야 할지 망설이던 시즈쿠는 옆을 걷는 하지메를 곁눈질했지만…… 정작 하지메는 평소처럼 하품이나 하고 있었다.

본인은 부끄러웠지만, 고등학교에 들어오고 카오리와 함께 양대 여신이라고 불리는 시즈쿠였다. 후배는 고사하고 일부 선배에게도 어째선지 『언니』라고 불리며 사랑받았다.

당연히 제법 많은 수의 남학생이 시즈쿠에게 감히 다가오지 못했고, 대부분 남자는 말만 걸어도 얼굴을 붉히고 긴장하거나 의식하게 되는 것이 보통이었다.

시즈쿠는 딱히 그런 반응을 바란 것은 아니었지만 그때는 아무렇지 않은 하지메에게 괜히 화가 났다.

"그러고 보니 오늘도 미안해. 카오리는 몰라도, 코우키한테 싫은 소리 들었지? 걔도 악의가 있어서 그러는 건 아닌데……."

그런 속마음도 있어서 침묵을 견디다 못한 시즈쿠는 아무튼 무슨 화제라도 꺼내야겠다는 생각에 결국 평소 같은 말로 이야기를 텄다.

하지메도 평소처럼 신경 쓰지 말라느니 괜찮다느니 무난한 말을 되돌려줄 거라고 생각했는데, 거기서 예상이 틀어졌다.

"……음, 이상한 느낌이야."

"어?"

생각하지 못한 대답에 시즈쿠는 당황하고 말았다.

그런 시즈쿠에게 개의치 않고 하지메는 게슴츠레하게 어디를 보는지 모를 눈을 비비고 말을 계속했다.

"야에가시, 언니라는 말 자주 듣지?"

"그, 그래. 의미는 모르겠지만."

"응, 그건 뭐, 소울 시스터 같은 의미겠지만…… 일단 그건 넘어가고, 친구 대신 항상 나한테 머리를 숙이는 건 그런 누나 같은 마음 때문이야?"

"……아마도, 그렇지 않을까?"

적어도 코우키에 대한 심정을 들킨 것 같아 시즈쿠는 살짝 흠칫했다.

하지메는 알겠다며 고개를 끄덕이고 계속해서 말했다.

"누나 같이 행동한다면 친구를 위해 매일 머리를 숙이는 것도 평범한가? 조금 이상한 느낌이 들어서. 그게 아무렇지도 않은지 조금 궁금했거든."

"그건, 뭐, 딱히……."

확실히 별로 평범하지는 않을지도 몰랐다. 그저 코우키는 가족이나 마찬가지고 카오리는 세상에서 가장 소중한 친구였다. 그래서 시즈쿠 본인은 딱히 이상하게 생각하지 않았지만 타인에게는 거의 뒷바라지를 하는 것처럼 보일지도 모른다고, 시즈쿠는 말을 머뭇거리며 생각했다.

"아, 미안. 이상한 소리 했지? 그래서, 어, 내가 무슨 말을 하려고 했었더라……."

자기도 무슨 말을 하고 싶은지 갈피를 잡지 못하고 잠시 어~, 음~, 하며 끙끙대던 하지메는 현관 앞 신발장에 도착해서야 적당한 말을 찾았다.

"아, 맞아. 나한테 그렇게 신경 쓰지 않아도 된다고 하고 싶었어."

"뭐?"

"친구들을 신경 쓰느라 피곤할 텐데 나한테까지 그럴 필요는 없어."

이때 시즈쿠는 왠지 뭐라고 대답해야 할지 알 수 없었다.

신발을 들고 굳어 버린 시즈쿠에게 하지메는 평소의 난감한 웃음을 짓고 말했다.

"내가 이런저런 말을 듣는 건 그걸 무시하기 때문이기도 하니까. 그러니까 사실 자업자득이야. 야에가시가 그걸 신경 쓰면 오히려 죄책감이 들어서……."

"그건 딱히……."

왠지 하지메의 말이 머리에 맴돌아 멍하게 있자 하지메는 마치 시즈쿠의 말로 표현하지 못할 감정을 두고 떠나듯 갑자기 「그럼 야에가시, 내일 봐!」라고 말하며 달려가 버렸다.

갑작스러운 일이라서 시즈쿠는 무심결에 앗 소리를 낸 뒤 서둘러 불러 세우려고 했지만, 교문 근처에 있는 코우키를 발견하고 곧 하지메가 의도적으로 자리를 떠난 것이라 이해했다.

단순히 함께 돌아가기가 싫었는지, 아니면 시즈쿠를 배려한 것인지…….

어느 쪽이 됐건 시즈쿠는 어째선지 뚱해졌다.

그리고 동시에 이해했다. 이렇게 카오리가 뚱한 표정이 되어가는 것임을…….

처음으로 하지메와 단둘이 나눈 대화.

그것은 까닭도 없이 잊히지 않고, 그리고 왠지 숨겨 두고 있는 시즈쿠의 추억이었다.

"시즈쿠?"

시즈쿠는 퍼뜩 정신이 돌아왔다. 겨우 깨달았다. 모두 뭐라고 해야 할지 모를 표정으로 자신을 바라보는 것을……. 아무래도 추억에 잠긴 사이 대화가 끊긴 모양이었다.

뭔가 치명적인 모습을 보여준 것 같아 시즈쿠는 황급히 상황을 수습했다.

헛기침을 하고, 자세를 바로 하고, 마음을 상자에 단단히 봉했다. 자신은 이러해야 한다고 정한 단단한 상자에…….

"아무튼 나구모에 대한 내 인상은 『엄청나게 강한 사람』이야."

소환된 후에도 흔해빠진 천직을 얻고 스테이터스도 특출하지 않으며 남몰래 히야마 패거리에게 행패도 당했는데 절대로 나쁜 생각을 품지 않았다.

시즈쿠는 안다.

하지메가 무기라고 부를 수도 없는 유일한 무기 『연성』의 시행착오를 반복하던 모습을……. 아무리 놀림받아도 평소처럼 난감하게 웃으며 절대로 멈춰 서지 않았다는 것을…….

시즈쿠는 이해했다.

히야마 패거리가 하지메를 그렇게 집요하게 못살게 굴었던 이유는 마음속으로 이해했기 때문이었다. 자신들은 하지메에게 절대로 이길 수 없다고. 약하지만 강한 하지메와 강하지만 약한 자신들을 비교하며 그들은 그 사실을 인정하지 못했다. 이기지 못한다는 현실을…….

시즈쿠는 잘 알고 있었다.

하지메의 강한 의지를. 왜냐하면 자신이 약했으니까. 사실은 이세계에 소환되는 이상 사태에 마음속으로 떨고 있는데 평소와 변함없는, 변하지 않겠다는 강한 마음을 가진 하지메에게 쭉 힘을 얻고 있었으니까.

아, 역시 그는 강하다.

누구보다 약하고 무능하다는 말은 가당치도 않다.

봐라, 전혀 흔들리지 않는다. 이곳은 이세계인데. 목숨을 뺏고 빼앗기는 곳인데. 보란 말이다, 그의 흔들리지 않는 모습을…….

그걸 어떻게 약하다고 말할 수 있는가?

그는, 그는 누구보다도—.

"그래, 내가 아는 사람 중 가장 『마음』이 강한 사람이야."

마음에 울리는 단언이었다.

잠시 동안 아무도 말을 하지 않았다.

기묘한 침묵에 시즈쿠는 조금 당황하여 눈을 데굴데굴 굴렸다. 『강한 사람』이라고 말했을 뿐인데 왜 이런 분위기가 됐는지 이해되지 않았다.

그런 시즈쿠에게 작은 한숨을 쉰 유에는 마치 옛날 하지메처럼 난감한 표정을 지으며 또 불쑥 다가왔다. 그리고 시즈쿠를 조용히 바라보고 물었다.

"……지킬 수 있을 만큼?"

호흡이 멈춘 것은 불과 한순간이었다. 시즈쿠는 싱긋이 웃었다.

"그래. 이 사람이라면 카오리를 지켜줄 거라고 생각할 정도로."

다른 뜻은 전혀 없었다. 억지로 눌러 넣은 감정 따위 조금도 없었다.

전폭적인 신뢰가 담긴 단언이자 틀림없이 본심에서 나왔다고 알 수 있는 최고의 웃음이었다.

유에마저 무심결에 할 말을 잃을 정도였다. 아무도, 아무 말도 할 수 없을 정도였다.

웬일로 할 말을 찾지 못하고 입을 우물거리던 유에는 분위기를 바꾸려고 했는지 평소처럼 농담을 던졌다.

"……그런데 어쩌지? 그런 미래는 내가 저지할 테니까 카오리는 평생 독신이야."

"유에!"

카오리가 소리쳤지만 시즈쿠의 미소는 더 커졌다.

"그래? 나는 유에가 있어서 다행이라고 생각하는데."

"……응? 왜?"

카오리와 서로 볼을 꼬집던 유에의 고개가 갸우뚱 기울였다.

시즈쿠는 역시 그늘 없는 아름다운 미소로 말했다.

"그야 연적이면서 카오리를 그렇게 좋아해 주잖아. 내 친구를 소중히 생각해줘서 고마워, 유에. 이 말을 쭉 하고 싶었어."

"……응, 으응. 으으응~."

"아야?! 잠깐, 유에! 진짜 아파! 아프다니깐!"

왠지 빨개진 유에 님이 「이 말랑말랑한 볼을 찢어 버리겠어」라고 말할 기세로 볼을 꼬집어 댔다. 카오리가 울먹이며 몸부림쳤지만 아무도 말리려고 하지 않았다. 오히려 아주 드물게도 진짜 쑥스러워하는 유에를 보고 그만 입꼬리가 올라갔다.

주위 반응 때문에 더 빨개진 유에는 마지막으로 화풀이하듯 카오리의 볼을 찰싹 때리고는—.

"……응, 해산! 해사아안~!"

야심한 밤의 친목회를 해산시켰다.

아직도 볼이 붉은 유에를 따라 제각기 방으로 가는 통로를 걸었다.

시아와 스즈가 자주 볼 수 없는 유에의 모습을 뇌리에 새기려고 주위를 알짱거리고 티오가 히죽거리며 따라가는 것을 조금 뒤에서 바라보던 시즈쿠에게 문득 무게가 실렸다.

"카오리? 왜 그래?"

무게의 정체는 뒤에서 끌어안은 카오리였다.

"……시즈쿠."

"왜?"

어깨에 턱을 올리고 바로 옆에서 바라보는 카오리의 눈동자에는 온기가 깃들어 있었다. 그것을 본 카오리가 눈을 깜빡거렸다. 카오리는 그런 시즈쿠를 보며 눈을 살포시 가늘게 떴다.

"난 솔직한 시즈쿠가 제일 좋더라."

유에에게 했던 말 때문이라고 생각한 시즈쿠는 볼을 발그레 물들이며 고개를 돌려 버렸다.

"……굳이 돌이키지 마. 나도 제법 창피한 말을 했다고 생각하니까."

"아니, 그런 소리가 아니야."

"……? 그럼 뭐야?"

시즈쿠는 영문을 몰라 그만 한쪽 눈을 찌푸렸다. 카오리는 역시 부드러운 표정으로, 비유하자면 솔직하지 못한 아이를 어르는 어머니처럼 자애로운 표정으로 다시 한 번 시즈쿠를 꼭 끌어안았다.

"스스로 깨닫지 못하면 의미가 없으니까 말 안 할래. 그렇지만 잊지 마, 내가 한 말. 그리고 그 때가 오면 떠올려 봐."

"……잘은 모르겠지만…… 알았어."

그것으로 만족했는지 카오리는 시즈쿠에게서 살며시 떨어졌다.

시즈쿠는 묘하게 가슴이 울렁거렸다.

치명적인 무언가가 다가오는 듯한 느낌이 들었다.

봐서는 안 될 것이 바로 뒤에서 자신을 바라보는 것 같은 그런 느낌.

고개를 세차게 흔들어 무언가를 떨쳐냈다.

그리고 어서 방으로 가서 쉬자며 미소 짓는 카오리를 향해 말없이 고개를 끄덕였다.

시즈쿠는 아직 모른다.

그 예감이 옳다는 것을…….

자신의 진짜 마음을…….

친구의 말이 또 자신을 구해주리란 것을…….

솔직해지지 못하고 항상 남을 돕는 소녀 검사는 아직 모른다.

■작가 후기

「흔해빠진」 9권을 읽어주셔서 정말로 감사합니다!

원작자인 중2를 좋아하는 시라코메 료입니다.

웹 연재본을 읽어주신 분도, 그러지 않은 분도 깨달으셨겠지만 이번 권은 이 작품 최초로 전후권으로 구성되었습니다.

원본 문자 수가 20만 자에 달해서 말이죠(땀).

역시 서적으로 낸다면 조금이라도 나아지도록 가필, 수정도 하고 싶고 기대하시는 분이 얼마나 계신지는 모르겠으나, 캐릭터를 조금 더 심층적으로 다루는 번외편도 빠뜨릴 수 없다는 저의 욕심이 불러온 결과입니다.

여러분이 즐겁게 읽어주셨다면 저는 더없이 기쁩니다.

또한 이번 권(다음 권도 포함)은 대미궁 시련의 성질상, 그리고 이야기의 종반이기도 하여 등장인물의 내면에 깊이 파고들고 있습니다.

전투 묘사와는 비교가 되지 않을 정도로 내면을 잘 전달하기란 어렵군요. 정말로 뼈저리게 실감했습니다. 대체 몇 번이나 의미도 없이 방을 빙빙 돌고 뒹굴거리고 동네를 배회했는지…….

아무튼 이런저런 고생 끝에 완성된 빙설 동굴 편 전편.

독자 여러분이 어떻게 느끼셨을지, 저자는 무척 궁금합니다.

특히 시즈쿠!

축하해! 친구를 제치고 두 번째 표지 히로인이야! 늠름해! 멋있어!

그리고 귀여워! ……본문을 읽고 그렇게 생각하시는 분이 늘어난다면 정말로 기쁠 것입니다. 자기 마음에 조금 솔직해진 시즈쿠가 여러분에게 받아들여질 수 있기를 간절히 바랍니다.

후편은 남은 멤버의 내면을 파고듭니다. 그리고 불길한 기운이 다가오던 다른 사람들의 이야기도. 이야기를 질질 끄는 것 같아 죄송하지만 기대해주시기 바랍니다.

슬슬 지면이 부족하므로 감사 인사를 드릴까 합니다.

이번 권 발매에 맞춰 본편 코믹스 4권, 외전 코믹스 제로 2권, 흔해빠진 일상 2권이 동시 발매된다고 합니다.

이것도 RoGa 선생님, 카미치 아타루 선생님, 모리 미사키 선생님의 멋진 실력 덕분입니다. 일러스트를 맡은 타카야Ki 선생님과 담당 편집자님, 교정 담당자님은 물론이거니와 출판에 힘써주신 모든 관계자 여러분, 이번에도 정말로 감사합니다.

그리고 무엇보다 이 책을 읽어주신 독자 여러분, 소설가가 되자 유저 여러분!

항상 감사합니다!

앞으로도 「흔해빠진」을 잘 부탁드리겠습니다!

시라코메 료

흔해빠진 직업으로 세계최강 9

1판 1쇄 발행 2019년 6월 10일
1판 3쇄 발행 2023년 11월 3일

지은이_ Ryo Shirakome
일러스트_ Takaya-ki
옮긴이_ 김장준

발행인_ 최원영
편집장_ 김승신
편집진행_ 권세라 · 최혁수 · 김경민 · 최정민
편집디자인_ 양우연
관리 · 영업_ 김민원

펴낸곳_ (주)디앤씨미디어
등록_ 2002년 4월 25일 제20-260호
주소_ 서울시 구로구 디지털로 26길 111 JnK디지털타워 503호
전화_ 02-333-2513(대표)
팩시밀리_ 02-333-2514
이메일_ lnovellove@naver.com
L노벨 공식 카페_ http://cafe.naver.com/lnovel11

ISBN 979-11-278-5081-4 04830
ISBN 979-11-278-1840-1 (세트)

값 7,400원

L NOVEL

데이트 어 라이브 1~20권, 앙코르 1~8권, 머테리얼

타치바나 코우시 지음 | 츠나코 일러스트 | 이승원 옮김

4월 10일. 새 학기 첫 등교일.
이츠카 시도는 평소와 다름없는 일상을 보내고 있었다.
갑작스러운 충격파로 파괴된 마을 한가운데에서 소녀와 만나기 전까지는–

세계를 부수는 재앙, 정령을 막을 방법은 단 두가지.
섬멸, 혹은 대화

정령과 만나게 된 시도는,
세계의 멸망을 막기 위해 데이트로 정령을 꼬셔야하는 운명에 처하게 되는데!?

세계의 멸망을 막기 위한 데이트가 시작된다–!!

ANIPLUS TV 애니메이션 방영 화제작!!

라이트노벨의 새로운 빛! L노벨의 신간은 매월 10일에 발매됩니다. http://cafe.naver.com/lnovel11

데이트 어 불릿 1~5권

히가시데 유이치로 지음 | 타치바나 코우시 원안 · 감수 | NOCO 일러스트 | 이승원 옮김

"……저는 이름이 없어요. 빈껍데기(엠프티)예요. 당신은 이름이 뭐죠?"
"제 이름은 토키사키 쿠루미랍니다."
기억을 잃은 채 인계라 불리는 장소에서 눈을 뜬 소녀,
엠프티는 토키사키 쿠루미와 만난다.
그녀의 안내를 받아 도착한 학교에는 준정령이라 불리는 소녀들이 있었다.
서로를 죽이기 위해 모인 열 명의 소녀들.
그리고 비정상적인 존재이자 빈껍데기인 소녀.
"저는 쿠루미 씨의 일행이자 미끼…… 미끼인가요?!"
"아, 미끼가 싫다면 디코이라고……."
"똑같은 의미잖아요!"

이것은 토키사키 쿠루미의 알려지지 않은 이야기.
자— 저희의 새로운 전쟁(데이트)을 시작하죠

라이트노벨의 새로운 빛! L노벨의 신간은 매월 10일에 발매됩니다. http://cafe.naver.com/lnovel11